KB216251

서정시학 비평선 043

고전과 키치의 거부

유종호

서정시학

유종호

1935년 충북 충주 출생.
서울대 영문과와 뉴욕 주립대(버팔로) 대학원 수학.
공주사대, 이화여대, 연세대 교수 역임. 현재 대한민국 예술원 회원.
현대문학상, 대산문학상, 인촌상, 만해대상, 정지용 문학상 등 수상.
첫 책 『비순수의 선언』에서 최근의 『그 이름 안티고네』에 이르는 비평적 에세이
20여 권이 있음.

서정시학 비평선 043
고전과 키치의 거부

2025년 3월 10일 1판 1쇄 발행

지 은 이 · 유종호
펴 낸 이 · 최단아
편집교정 · 정우진
펴 낸 곳 · 도서출판 서정시학
주   소 · 서울시 서초구 서초중앙로 18 504호 (서초쌍용플래티넘)
전   화 · 02-928-7016
팩   스 · 02-922-7017
이 메 일 · lyricpoetics@gmail.com
출판등록 · 209-91-66271

ISBN 979-11-88903-53-1 93810

계좌번호 · 국민은행 070101-04-072847 최단아(서정시학)
값 27,000원

고전과 키치의 거부

　음악 없는 삶은 하나의 과오라고 니체는 적었다. 예술없는 삶은 하나의 오류라고 넓혀서 말할 수가 있을 것이다. 소년 시절에 겪은 전쟁 전후의 황폐한 풍토 속에서 그리고 그 이후의 각종 위기 경험 속에서 이 말의 진실성을 되풀이 통감하고는 하였다.

　언어예술인 문학은 언어를 매체로 하고 있기 때문에 그 어느 예술보다도 혼신적 즐김에 더하여 다양한 비판적 성찰의 계기로 작동한다. 모든 예술은 음악의 상태를 동경한다는 맥락에서 보면 문학의 이러한 국면은 취약점이 될 수도 있다. 그러나 한편으로 모든 예술이 비판적 성찰에의 무구한 충동을 가지고 있다. 그렇다면 모든 예술은 문학을 선망한다고도 할 수 있다. 이러한 추세는 현대로 내려올수록 뚜렷해진다고 할 수 있다.

　문학과 음악을 삶의 낙이라 여기며 읽기와 듣기를 즐겨온 처지여서 노경으로 접어들면서 이른바 이론혁명으로 쏟아져 나온 새 이론에 대해 점차 유보감을 갖게 되었다. 그것은 나이바퀴의 증가에 따른 자연스러운 현상이기도 할 것이다. 그러한 맥락에서 가령 영미문학에서 에드먼드 윌슨 이후의 박람강기라는 성가를 얻고 있는 프랭크 커모드의 의견에 깊은 공감을 느꼈다. 롤랑 바르트를 높이 평가하며 새 이론에 많은 관심을 기울인 그는 회고록『무자격』에서 만년에 새 이론이 문학을 즐기고 이해하는 데 별 도움이 되지 않는다고 적고 있다. 그러면서 대학원 과정에서 작품 쓰기 과정을 두기를 제안하기도 한다. 시인이나 작가를 양성하자는 것이 아니라 글쓰기가 작품 이해에 도움이 된다는 취지에서다. 동양의 서도書道에서 하는 소리와 같은 것인데 역시 공감이 간다.

문학의 향수가 행복경험의 일환이요 인간이해와 세계이해에 필수적이란 생각으로 문학위기론을 극복해야 한다는 것이 나의 문학적 입장이다. 건전한 사회가 요청하는 총명해야 할 시민적 도덕적 책무를 다하기 위해서도 문학의 인간 형성력은 중요하다는 확신을 가지고 있다. 고전 읽기의 간곡한 권유도 그러한 맥락에서 나온 것이다.

이른바 정전正典논쟁이 고전의 가치에 대한 회의론을 유발한 것도 사실이다. 경박한 음악에 맞서 모짜르트가 당당한 음악 정전으로 자리를 굳히게 된 이유는 어디에 있는가?

연주자의 생활은 고된 것이었고 이들은 좋아하는 음악의 연주를 통해서 겨우 위안을 받았다. 감식안 높은 연주자들의 강력한 요구로 연주 프로그램에 모짜르트가 의례히 포함됨으로써 그리 되었다는 것이 피아니스트이자 음악학자인 찰즈 로젠의 지적이다. 키치의 거부가 고전과 정전을 형성한 것이요 그것이 전통의 힘이기도 하다. 문학 고전에 대해서도 우리는 비슷한 말을 할 수가 있을 것이다.

행복체험으로서의 작품 읽기가 세계이해와 인간이해에 막강하게 작용하여 인간형성에 기여한다는 관점에서 문학의 여러 국면을 검토하고 텍스트 현장의 구체를 음미하려는 것이 이 책에 수록한 글들의 목적이요 취지이다. 2014년부터 시작된 네이버 문화재단 주관의 〈열린연단〉을 통해서 몇몇 주제를 추구하고 발표하고 토론하는 기회를 갖게 된 것은 80대 내 노년의 행운이요 보람이었다. 이 자리를 빌려 재단과 관여 자문단 여러분들께 고마움을 표해둔다. 아울러 단행본으로 엮어내 준다는 위태로운 어려움을 맡아준 〈서정시학〉 여러분께도 고마움을 표해둔다. 고맙습니다.

2025년 1월 23일, 柳宗鎬

차례

3부

1부

존재의 명암
— 삶의 어둠에 대하여

> 주인집 문 앞에서 굶주리는 개는
> 나라의 멸망을 예고한다.
> 노상에서 혹사되는 말은
> 인간의 피를 하늘에 호소한다.
> — 윌리엄 블레이크, 「순수의 전조」

> 세계는 인간 없이 시작되었고 또 인간
> 없이 끝이 날 것이다
> — 레비 스트로스, 『슬픈 열대』

인간 위상과 인간 조건

서구에서 면면히 이어져 오던 인간중심주의anthropocentrism 세계상에 큰 충격을 가한 것은 근세의 지동설과 다윈의 진화론이다. 지동설은 태양계 안에서조차 지구가 태양의 주변을 회전하는 한낱 행성에 지나지 않는다는 사실을 분명히 하였다. 이러한 과학적 사실 확인을 통해서 지구 속의 인간이 우주의 중심에 있다는 자존적 환상은 깨어졌다. 광대무변한 우주에서 인간이 미세먼지가 될까 말까한 존재에 지나지 않는다는 썰렁한 인식을 모든 사람들이 공유하고 있는 것은 아니다. 저마다 일상적 삶의 분주한 영위 속에서 잊고 있기가 첩경이다. 그러나 월화수목의 무의미한 순환 속에서 문득 세계와 인간의 단절을 의식하고 부조리를 감지하는 지난

날의 젊은 이방인처럼 사람들은 의식의 순간을 갖게 된다. 한편 인간이 무로부터의 신의 은총 어린 창조라는 종교 교의에 도전하는 진화론도 세계 속 인간의 특권적 지위를 무너트렸다. 다른 동물들과의 연속성을 가지고 있다는 것은 인간 및 침판지의 DNA의 98.5가 동일하다는 실증적 증거에 의해서 부정하기 어려운 것이 되어버렸다. 인간됨의 긍지도 지위도 날개 없는 추락을 계속해 왔다는 감회를 금할 수 없다.

물리학이 가리키는 바를 따르면 현재 팽창 과정에 있는 우주 나이가 137억 3천만 년(오차범위 1억 6천만 년 플러스 혹은 마이너스)이라 한다. 상상력을 펼쳐 보아도 파악 가망이 없는 아득한 숫자이다. 빠른 속도로 팽창하고 있기 때문에 그 크기나 넓이 또한 우리의 상상을 초월한다. 그러한 우주 속에서 인간은 미세먼지에도 미치지 못하여 없는 것이나 진배없는 사소한 존재이다. 물리학에서 얘기하는 천문학적인 숫자를 접하고 자연스럽게 연상되는 것은 동양 전통 귀속의 불교가 거론하는 숫자 개념이다. 인도의 고대 문헌에 보이는 가장 긴 시간 단위는 겁劫이다. 그것은 찰나의 반대인데 비유로 말할 수밖에 없는 것이어서 불교경전에서는 여러 가지 해설을 시도하고 있다. 그 중의 하나를 따르면 높이와 사방이 1유순由旬(약 7킬로미터 혹은 9킬로미터란 다른 설명이 있다)이 되는 무쇠 입방체가 있고 거기에 겨자씨가 가득 들어있다. 그 가득 찬 겨자씨를 백 년에 한 번 한 개씩 빼돌려 모든 겨자씨가 없어져도 한 겁은 끝나지 않는다. 그러니 겁이란 얼마나 긴 시간인가! 그런데 불교에서는 억겁億劫이란 말을 쓴다. 이러한 시간관을 안고 있는 불교가 그 장례의식에 상징되어 있는 철저한 니힐리즘을 구현하고 있는 것은 자연스러워 보인다. 당대의 선도적 물리학자 스티브 호킹이 종교는 한갓 동화일 뿐이라고 말하고 있는 것 역시 자연스러워 보인다. 종교가 사실상 동화에 불과하다는 생각을 프로이트도 토로하고 있다. "종교 사상은 가르침으로 표출되지만 경험의 침전물도 아니고 사고의 최종 결과물도 아니다. 종교 사상은 환상이며 인류의 가장 오래되고 강력하며 가장 절박한 소망의 실현일 뿐이다. 종교 사상의 힘의 비밀은 절박한 소망의 힘에 있다."[1] 천문학적 숫자와 인간존재의 대비는 인간 중심주의에서 벗어나 인간적인 것으로부터의 해방을 도모한 현대 물리학이 함의하는 인간존재의 미세함을 떠올리게 한다.

그러한 맥락에서 "세계는 인간 없이 시작되었고 또 인간 없이 끝이 날 것이다"[2] 라는 레비-스트로스의 대목은 다시 별 볼 일 없는 인간 위상을 가슴 철렁하게 상기시켜 준다. 언젠가는 인간이 소멸하게 되고 그럼에도 불구하고 아무 일 없었다는 듯이 세계가 계속된다는 상상은 역사 속에서 인간의 하찮음을 다시 절감시켜 준다. 그것은 인류 전체와 연관되는 것이다. 개개인 위주로 살펴볼 때 인간존재는 한결 가련해 보인다. 쉽게 떠오르는 파스칼의 한 대목도 그것을 극명하게 보여준다. "많은 사람들이 사슬에 묶여있음을 상상해 보라. 모두 사형선고를 받았다. 그 중의 몇 사람이 날마다 타인의 면전에서 살해된다. 남은 자들은 자기들의 운명도 그 무리들과 같음을 깨닫고 슬픔과 절망 속에서 서로의 얼굴을 마주보며 제 차례가 오기를 기다리고 있다. 이것이 인간 조건의 그림이다."[3] 인간 조건은 실존적 규정이다. 사회역사적 차원에서 인간은 사회적 제 관계의 총화이지만 실존적으로는 나날이 닥쳐오는 우연의 총화이다. 유아적 자기중심에서 벗어나면서 우리는 이러한 인간 조건을 의식하게 된다. 다만 벌어먹고 살아야 하는 긴박한 볼일에 쫓기어 이러한 의식을 억압하고 있을 뿐이다. 아니 인간 조건의 의식이 야기하는 허망감에서 도피하기 위해 긴박함을 내세워 당장의 볼일로 도망해 가는 것인지도 모른다. 그것을 "현실로의 도피"라고 부르는 사람들도 있다.

1) Sigmund Freud, *The Future of Illusion*, trans. W.E. Robson-Scott (New York: Anchor Books, 1964), p. 47.
2) Claude Levi-Strauss, *Tristes Tropiques*, trans. John & Doree Weightman (New York: Penguin books, 1976), p. 542.
3) Blaise Pascal, *Pensées*, trans. A.S. Kralisheimer (London: Penguin Books, 1995), p. 137.

두 세계

    누구에게나 어린 시절은 넉넉하건 빈한하건 잃어버린 낙원으로 상기된다. 젖과 꿀이 넘쳐흐르거나 사시사철 꽃밭에서 꿀벌이 잉잉거리기 때문이 아니다. 이마에 땀을 흘려야 일용할 양식을 구할 수 있다는 지상적 삶의 제일원리에 무심할 수 있기 때문이다. 먹을 걱정 입을 걱정이 유보된 잠정적 유예기간이기 때문이다. 돌아보는 눈에 어린 시절은 또 저만치 멀리 떨어져 있다. 먼 산, 먼 사람, 먼 나라는 아름다워 보인다. 멀리 떨어진 어린 시절은 그래서 그럴싸하게 보인다. 그러니 가고 없는 어린 시절은 이제 반도에서 사라진 반딧불처럼 명멸하는 환등幻燈을 달고 있다. 그러나 우리는 잃어버린 낙원에서 경험한 세계와의 첫 만남을 잊어버리는 것이 보통이다. 처음으로 맛본 사과 맛, 처음으로 들어본 기적 소리, 처음으로 바라본 진한 저녁놀, 처음으로 읽었던 동화책의 흥미, 처음으로 뺨을 맞았을 때의 놀라움과 노여움과 무서움을 기억하지 못한다. 또 혼자 가는 밤길의 겁나는 불안을 기억하지 못한다. 마주친 것을 보고 놀랄 수 있는 풋풋한 능력은, 보고 느껴야 하는 것으로 예정된 것만을 보고 느끼는 타성으로 위축되고 퇴화하고 말기 때문이다. 요컨대 공리적 유용성의 원리가 어린이의 경험 능력을 대체해 버리고 이에 따라 유용성의 원리에 불편한 모든 경험은 기억의 틀 밖으로 쫓겨나기 때문이다. 공리적으로 유용하지 않은 경험을 수용할 기억의 틀은 없다고 바꾸어 말할 수 있다. 이에 따라 경험과 기억의 상투화가 진행되면서 첫상봉에 놀랄 수 있는 경이 능력이 쇠잔해지기 시작한다. 회상 속에서 변색되게 마련인 어린 시절은 그러나 사실상 위기이기도 하다. 동전을 삼키거나 후진 자동차에 치이는 것 같은 신체적 위해로부터 완전히 보호된 어린 시절은 있을 수 없다. 중요한 것은 그러나 유년기에서 소년기로 옮아가는 시기의 어둠의 발견 혹은 악과의 만남일 것이다. 헤르만 헤세의 『데미안』의 첫 장은 그러한 위기의 순간을 잘 보여준다.

"두 세계"란 표제의 1장은 주인공 싱클레어의 회상으로 시작된다. 소도시의 라틴어 학교 학생인 열 살의 소년은 두 세계가 있음을 알고 있다. 밝음과 어둠의 세계가 그것이다. 밝음과 올바름의 세계인 〈집〉에는 의무와 책임, 양심의 가책과 고해, 용서와 선의 원칙들, 사랑과 존경, 성경 말씀과 지혜가 있었다. 집 한가운데서 시작되고 있는 또 하나의 세계는 완전히 다른 세계이다. 하녀들과 직공들과 스캔들이 있었고 도살장과 감옥, 술취한 사람들과 악쓰는 여자들, 새끼 낳는 암소와 쓰러진 말들, 강도의 침입과 살인, 자살 같은 일들이 있었다. 보호받는 집안의 밝음의 세계와 집 밖의 어둠의 세계의 경계가 서로 닿아있다는 것을 소년은 간파한다. 그리고 집안에는 두 세계의 경계인인 하녀가 살고 있기도 했다. 집 밖의 세계는 19세기 유럽의 자연주의 작가들이 애써서 속속들이 그려낸 삶과 사회의 어둡고 누추한 세계이기도 하다. 소년은 밝은 세계의 질서 속에서 편안함을 느끼지만 금지된 어둠의 세계를 동경하는 경우도 없지 않았다.

그러던 어느 날 두 친구와 함께 있었던 소년은 공립학교 학생 크로머를 만나게 된다. 몇 살 위인 그는 벌써 어른티가 났고 공장 직공들의 걸음걸이를 흉내 내고 있었다. 크로머의 환심을 사기 위해 두 친구는 온갖 종류의 영웅적 행동과 나쁜 짓거리를 자랑삼아 떠벌렸다. 아무 말 없었던 소년은 침묵 때문에 크로머의 노여움을 살까 두려워 황당무계한 도둑 얘기를 발설한다. 물방앗간 집 과수원에서 사과를 훔쳤다고 꾸며댄 것이다. 진짜냐는 크로머의 반문에 진짜라고 대답한 소년은 결국 하느님을 걸고 맹서까지 하게 된다. 주인에게 고해바치면 당장 2마르크를 벌 수 있다면서 그게 싫다면 그 액수를 가져오라는 협박에 못 이겨 몇 번에 걸쳐 집안의 돈을 훔쳐 분할 상납한다. 그 과정에 소년은 죽음을 맛보고 병까지 난다. 그러한 시련 끝에 예상치 못했던 구원이 왔고 그 계기가 된 것이 데미안이란 상급생의 출현이다.

세계 2차 대전 중 전사한 독일 전몰 학생의 배낭 속에서 가장 많이 발견된 책은『데미안』이라 전한다. 헤세는 한국과 일본에서 가장 많이 수용되는 외국 작가의 한 사람이고 1960년대 반체제문화가 풍미하던 시절 미국 대학가에서 널리 읽혔다. 순응을 강요하는 물질숭상 사회에서 자아발견과 내면탐구를 호소하는 문학이 반전反戰세대 청년들에게 환영받는 것은 당연한 일이었다. 그러한 상황에서 헤세가 독일 낭만주의를 계승하고 있는 "파생적" 현대작가라는 어느 미국 독문학자의 호된 비판은 상당히 이색적이면서 얼마쯤 충격이었다.[4] 이번에『데미안』을 다시 한 번 읽어보고 이 첫 장만 가지고도 그의 문학역량에 대한 경의를 저버릴 수 없었다. 이렇게 생생하고 섬세한 소년 심리의 재생은 그리 흔치 않다고 생각한다. 아우구스티누스는 소년 시절 금지를 어기는 재미로 동패와 함께 배나무에서 과일을 훔친 일을 회개 삼아『고백』에 적고 있다.[5] 그러나 싱클레어 소년은 어둠 세계의 타자에 대한 공포심에서 하지도 않은 사과 도둑질을 꾸며댐으로써 혹독한 시련을 당하게 되는 것이다. 몇몇 대목을 읽어 보기로 한다.

　　"나의 죄악은 내가 악마에게 손을 내밀었다는 사실 자체였다. 왜 나는 함께 갔던가? 왜 나는 일찍이 아버지 말에 귀기울인 것보다 크로머의 말에 귀를 기울였던가? 왜 나는 저 도둑질 이야기를 지어내고 영웅적 행위라도 되는 양 범행을 뽐냈을까? 이제 악마가 내 손을 잡았다. 이제 적이 나를 뒤쫓고 있었다."[6]

　　"행복하고 아름다운 나의 삶이 과거가 되며 나로부터 떨어져 나가는 것을 나는 얼어붙는 가슴으로 바라보고 있어야 했다… 처음으로 나는 죽음을 맛

4) Jeffrey L. Sammons, "Hermann Hesse and the Over-Thirty Germanist", *Hesse : A Collection of Critical Essays,* ed. Theodore Ziolkowski (Englewood Cliffs: Prentice-Hall, 1973), pp. 112-133.

5) Saint Augustine, *Confessions*, trans. R.S. Pine-Coffin (New York: Penguin Books, 1961), pp. 47-52.

6) 헤르만 헤세,『데미안』, 전영애 옮김, 민음사, 2000, 24쪽.

보았다. 죽음은 쓴맛이었다. 왜냐하면 그것은 탄생이니까, 두려운 새 삶에
대한 불안과 걱정이니까."[7]

소년이 세상을 "두 세계"로 파악하고 있듯이 소년의 마음도 두 세계로
나뉘어져 있음도 주목할 만하다. 사악한 두 눈, 음흉한 미소, 잔인함의 기
운이 넘치며 침을 잘 뱉는 크로머의 협박에 시달리는 와중에도 소년은 부
친이 젖은 구두만 보고 더 큰 비행을 알지 못한다는 사실에서 복합적인
야릇한 감정을 경험한다.

나는 내가 아버지보다 우월하다고 느꼈던 것이다! 한순간, 아버지의 무지
에 대해 약간의 경멸을 느꼈던 것이다. 젖은 장화에 대한 비난은 내게는 소
소해 보였다. 〈아버지가 아신다면!〉하고 나는 생각했는데, 살인죄를 고백해
야 되는 판에, 조그만 빵 하나를 훔친 죄로 심문을 받는 범죄자처럼 내 자신
이 느껴졌던 것이다. 그것은 추악하고도 꺼림칙한 느낌이었다. 그러나 강렬
했으며 깊은 매력을 지니고 있었다.[8]

불량소년이며 어둠의 세계에 속하는 크로머의 인물 묘사는 라틴어 학
교에 다니는 중산층 출신 소년의 계층적 편견으로 채색되어 있다는 비판
도 가능하다. 그러나 열 살 때 일의 회상이요 또 작가 자신의 자전적 요소
가 가미된 것인 만큼 그것은 자연스럽기까지 하다. 크로머가 계층적 적대
감을 가지고 싱클레어를 시종 위협하고 조종하고 마침내는 지배하는 것
과 마찬가지로 사실에의 충실로 보인다. 싱클레어는 어둠에의 세계로 빠
져들지 않고 위기를 넘기며 크로머 체험을 통해서 자아를 견고하게 한다.
그가 마주하는 두 세계는 비록 세목과 구체는 다를지언정 모든 소년소녀
들이 조우하는 세계 상봉의 기본적인 뼈대일 것이다.

---

7) 위의 책, 27쪽.
8) 위의 책, 26쪽.

낮과 밤, 밝음과 어둠이란 이항대립으로 파악한 두 세계는 세계의 기본 구도이기도 하다. 밤과 어둠의 세계를 두려워하고 혐오하면서도 한편으로 끌리는 양면성은 또 인간 내면의 양면성을 보여주기도 한다. 두 세계를 인지하는 인식주체 또한 두 세계로 나뉘어져 있는 셈이다. 이 〈두 세계〉는 불안, 공포, 절망 그리고 은밀한 쾌감과 같은 감정의 생생한 사실적 기술이면서 삶의 양면성에 대한 인지의 충격을 원형적인 형태로 보여주고 있다. 인식주체의 사회적 위치에 따라서 빛과 어둠의 세계의 구체는 그 세목을 달리할 수 있을 것이다. 어둠의 세계에 속하는 크로머에게는 싱클레어의 빛의 세계가, 배제함으로써 도리어 자아의 안전을 공고히 할 수 있는 그늘의 영역일지도 모른다. 어쨌거나 두 세계의 인지와 발견은 어린 영혼들이 거쳐야 하는 통과의례이기도 하다.

어둠의 심층

위에서 우리가 주목해 본 헤르만 헤세는 독일 낭만파 문학의 계보에 속하는 시인이자 작가이다. 헤세가 되풀이 표방하는 "내면에의 길"이나 "자기 자신에게로 이르는 길"이란 어사가 시사하듯이 자아 혹은 내면성의 탐구는 낭만주의 문학의 주요 특징이 되어 있다. 자아의 탐구는 인간 본성의 숨겨진 부분과 가시적인 것 사이의 대립을 인지하게 되는데 그것은 자연히 어린이나 꿈의 세계에 대한 탐구로 이어진다. 또 여성, 농부, 고귀한 야만인이란 별칭을 얻게 되기도 하는 미개인, 성에 대한 혁명적 태도, 죽음에 대한 동경 등의 모티프를 즐겨 다루게 된다. 인간 본성의 잠재적 부분과 명시적 부분 사이의 대립에 주목하는 낭만주의와 정신분석의 공통성을 염두에 두고 미국의 문화비평가 라이어넬 트릴링은 정신분석이 19

세기 낭만주의 문학운동의 정점頂点의 하나라고 지적한다.[9] 예술사회학자 아놀트 하우저는 더욱 분명하게 정신분석 자체가 낭만적 정신 상태나 낭만적 유산이 없다면 생각할 수도 없는 일종의 낭만주의라고 말한다. 프로이트의 진정한 정신적 선조는 낭만주의자들이며 정신현상에 대한 정신분석 접근법의 전제는 낭만적 인생관의 기본적 함의 속에서 발견된다며 구체적으로 정신분석의 "자유연상"이 낭만주의의 "내면의 소리the inner voice"의 변종이라고 지적한다.[10] 20세기 초반에 마르크스와 프로이트의 십년 간이란 어사를 빚어낸 정신분석의 호소력을 그 낭만주의적 성격과 연관 짓는 일은 과도한 읽어 넣기일 것이다. 그러나 젊은 독자에게 정신분석이 낭만파 문학과 비슷하게 호소한 것은 사실이다. 쉽게 떠오르는 한 사례를 들어보자.

어려서 집안끼리 친히 지내는 한 젊은 여성을 알고 있었다. 스물다섯쯤 되는 이 여성은 미모의 매력적인 화가이기도 했다. 약혼 후 파혼했다는 얘기가 있었던 그녀는 늘 홀아비인 아버지와 함께 있었다. 그녀의 아버지는 외모나 인품이나 전혀 매력 없는 노인이었다. 어느 날 충격적인 소식을 들었다. 아버지가 죽자 곧 미모의 여성은 자살했고 아버지와 함께 묻어달라는 유서를 남겼다. 젊은 여성에게 내심 끌렸던 소년은 "아니 이럴 수가 있는가?"하는 생각에 시달렸다. 열네 살 때 1차 세계대전이 일어났다. 라틴어 교사는 전쟁 전의 2년간 수업시간에 좋아하는 금언이라며 "평화를 원한다면 전쟁을 준비하라"는 뜻의 라틴말 문장을 들려주곤 했다. 그런데 전쟁이 일어나자 그는 희희낙락 희색을 감추지 못했다. 언제나 평화 유지에 관심과 열의를 보인 교사가 어떻게 저리 기뻐할 수 있는가? 소년은 다시 한 번 "이럴 수가 있는가?"하는 생각에서 헤어나지 못했다. 뒷날 프로이트를 읽으면서 어릴 적 의문이 모두 풀렸다고 한다. 마르크스와

9) Lionel Trilling. *The Liberal Imagination* (New York: Harcourt Bruce Jovanovich, 1979), p. 39.
10) Arnold Hauser, *The Philosophy of Art History* (New York: Meridien Books, 1963), pp. 62-63.

프로이트와의 만남을 적은『환상의 사슬을 넘어』에서 에리히 프롬이 토로하고 있는 자전적 삽화이다.[11]

프롬의 경우처럼 극적이지는 않겠지만 비슷한 경험을 공유하고 있는 프로이트 독자들이 많을 것이다. 일상의 크고 작은 의문에 대해 프로이트를 경유한 사후 인지 경험을 가지고 있을 터이다. 과학 혹은 심리학으로서의 위태로운 지위에도 불구하고 정신분석의 견고한 저력과 매력은 깨어있는 의식을 압도하는 무의식에 대한 통찰에서 나온다. 그런 점에서 프로이트 사상이 구현하고 있는 진실은 직관적이고 미적인 종류의 것이다. 내심 노벨의학상을 탐냈던 프로이트가 번지수가 다른 괴테문학상을 받았다는 것은 매우 상징적이다. 시대정신과 결혼한 자는 곧 홀아비가 된다는 경구가 있기는 하나 프로이트 사상이라는 한 때의 시대정신과 결혼한 이가 완전 홀아비가 되어버린 경우는 드문 것 같다. 무의식의 의식화가 치료법이라는 프로이트의 명제는 여전히 유효할 것이기 때문이다. 거짓 의식의 신비화를 무너뜨리고 실천에 필요한 의식을 준비한다는 뜻으로 통용되고 있는 의식화Bewusstmachung가 본시 정신분석의 어휘라는 것은 시사하는 바가 많다.

프로이트는 자기 자신의 이론을 끊임없이 수정하고 변경하였다. 그것은 그의 지적 염결성이나 진실 혹은 진리에 대한 지칠 줄 모르는 열정을 방증하는 것이지만 비전문인독자에게는 적지 않은 혼선을 안겨준다. 그러나 초기의 시험적 가설을 거친 후에 도달한 인간 의식의 이드, 자아, 초자아로의 세 구분은 범상치 않은 설득력을 갖는다. 자아의 엄밀하고 정직한 내면분석도 거부하기 힘들지만 그것을 통해서 많은 수수께끼가 풀리는 것 또한 사실이다. 가령 호메로스의『일리아스』는 트로이 전쟁에 참가한 아킬레스와 아가멤논이 싸우는 장면에서 시작하는데 두 사람의 불화

---

11) Erich Fromm, *Beyond the Chains of Illusion: My Encounter with Marx and Freud* (New York: Simon & Schuster, 1962), pp. 4-6.

는 19권에 가서야 끝이 난다. 아가멤논은 브리세이즈를 빼앗아 갔던 일을 아킬레스에게 사과하고 나서 그 사단이 자기 탓이 아니었다고 말한다. "내 잘못이 아니었소. 내가 아킬레스의 여자를 빼앗아 갔던 날 내 판단을 흐리게 한 것은 제우스와 운명의 여신과 어둠속을 걸어 다니는 복수의 여신이었소. 내가 어떻게 할 수 있었단 말이오? 그럴 때 완전히 힘을 휘두르는 것은 제우스의 맏딸인 아테요. 그녀는 우리 모두를 눈멀게 하고 땅에 발도 대지 않고 사람들의 머리 위로 이리 번쩍 저리 번쩍하면서 사람들을 타락시키고, 쓰러트리는 것이요. 제우스조차도 그녀 때문에 눈멀었던 적이 있소. 모든 인간과 모든 신위에 군림하는 제우스마저도."[12] 아킬레스 편에서도 이러한 변명을 책임회피의 둔사로 받아들이지 않고 곧이곧대로 받아들인다. 그리하여 인간은 얼마나 속절없이 제우스에 의해서 눈멀게 되는 것인가 하고 맞장구를 치고 있다. 여기 나오는 아테란 말은 재앙으로 이끄는 마음의 상태 즉 도덕적 맹목이나 자기통제를 하지 못하는 상태를 뜻했다가 나중에는 재난 일반을 가리키게 된다. 정신분석에서 말하는 이드나 무의식적 충동으로 합리적 설명이 가능하며 그 수수께끼가 풀리게 됨을 알 수 있다.

인간은 이성적인 동물이라는 서구 계몽주의의 낙관주의적 전제가 근대 사회의 진보에 많은 기여를 했다는 것은 크게 보아 사실일 것이다. 과학에서 유래한 기술공학이 합리주의의 구체화이며 사회생활의 합리적 통제와 배열을 지향하는 관료제 또한 그러하다. 그러나 20세기 전체주의가 기본적으로 시민들의 자유로부터의 도피에서 빚어졌다는 성찰을 고려할 때 인간의 정치 실천이 과연 이성적 동물로서의 사려 깊은 영위인가 하는 점에 대해서 회의적이 되지 않을 수 없다. 다수 공중의 지지를 구하면서 경

---

12) Homer, *The Iliad*, trans. E.V. Rieu (Harmondsworth: Penguin Books, 1964), p. 356. 아테 ate는 사람을 파멸로 이끄는 성급함, 눈 먼 정열, 갑작스러운 충동의 여신이다. 아테는 발이 빨라 사람을 앞질러 달음질쳐서 그를 파국으로 몰고 간다. 역시 펭귄 총서로 나온 Robert Fagles의 운문역에는 아테가 파멸의 여신 즉 Ruin이라 번역되어 있다. 19권 100-110행.

쟁을 해야 하는 정치행태에서 쉽게 발견되는 것은 비합리적 충동의 준동임을 간과할 수 없다. 근대의 도시에서 수시로 형성되는 군중 속에서 인간은 이성적 동물이란 가설에서 가장 동떨어진 존재로 드러나기 쉽다는 것이 사실일 것이다. 프로이트의 이드나 무의식적 충동이 밝혀주는 어둠과 그늘을 고려하지 않는 인간론은 얄팍하거나 피상적인 것임을 면치 못한다. 애란 시인 예이츠는 미국의 민주주의 시인 휘트먼을 두고 악이 사상捨象되어 있어 그릇 큰 시인이 되지 못한다고 적은 바가 있다. 인간을 역사와 사회에서 고립시켜 생물학적 존재로만 파악하고 있음을 치명적인 한계라고 지적하는 비판에도 불구하고 존재의 어둠과 그늘의 의식화야말로 건강에 이르는 길이라고 설파하는 정신분석의 주장은 설득력을 잃지 않고 있다. 인간 심리의 비합리적 경향을 지적하고 부각시킨다고 해서 프로이트를 비합리주의자라고 공격하는 것은 당치 않아 보인다. "프로이트는 지성이 충동을 지배할 수 있는 능력에 대해서 회의를 품기는 하지만, 동시에 충동을 지배하는 수단으로서 우리의 지성 이외에는 아무것도 없음을 강조하는 것이다. 그리고 이러한 주장은 결코 절망의 소리가 아니다. 지성의 목소리는 희미한 소리이다. 하지만 그것은 남이 귀를 기울여줄 때까지 가만히 있지 않는다. 그리고 수없이 거듭 거절을 당한 끝에 결국 지성의 소리를 듣는 사람을 찾고야 만다"라고 그는 적고 있는 것이다."[13]

프로이트의 『꿈의 해석』이 나온 것은 1900년이다. 여러 면에서 프로이트의 통찰을 앞당겨 보여준 사상가 중의 한 사람인 니체가 사망한 해이기도 하고 20세기가 시작되는 해이기도 하다. 이 책의 영향력은 뒷날 프로이트 자신이 "시가는 때로 오직 시가일 뿐"란 말을 남겼다는 삽화 속에 잘 드러나 있다. 정신분석에 말하는 합리화의 기제가 이데올로기의 개념과 흡사하다는 것은 차치하고라도 승화, 투사, 억압, 보상 등의 개념은 거의 일상어가 되다시피 하였다. "꿈작업", "가족로맨스", "쾌락원칙", "현실

---

13) 아르놀트 하우저, 『문학과 예술의 사회사 4』, 백낙청·염무웅 옮김, (창작과비평사, 1999), 266쪽.

원칙" 등의 어사도 교양인의 기본적 어휘가 되었다. 20세기에 와서 대세가 된 성도덕 상의 관용의 풍조, 성적 터부가 폐기되다시피한 문학, 연극, 영화, 미술, 그리고 성적 함의가 진한 비속어의 남용과 같은 현상이 프로이트에게서 비롯된 것이라 할 수는 없다. 그러나 심정적 심층적으로 합법화함으로써 그러한 여러 경향의 득세에 크게 기여한 것은 사실일 것이다. 프로이트가 드러내 보이는 이드나 무의식의 세계는 그의 겸사에도 불구하고 하나의 어두운 신대륙이었다. 그 보편적인 인식은 프로이트 사상이 20세기 주요 시대정신의 하나임을 방증한다.

악의 현상학

꼬마들은 풍뎅이를 잡아서 다리를 모두 떼어버리고 마당에 거꾸로 눕혀 놓는다. 다리를 잘리고 강제로 눕힌 풍뎅이는 날개를 펴서 마구 맴돈다. 꼬마 고문관들은 그 광경에 희희낙락한다. 그리고 다른 희생자를 찾아 풍뎅이 사냥에 나선다. 시골에서 흔히 있던 놀이의 하나였다. 다리 자르는 것을 징그럽게 생각하는 아이들도 구경에 가담하였다. 어린이가 순진무구한 꼬마 천사라는 생각은 일면적인 것이다. 어른의 간섭 없이 방임해 둘 때 그들은 윌리엄 골딩의 『파리대왕』에 나오는 사냥부대처럼 창을 들고 피를 찾아서 이리 뛰고 저리 날뛸 공산이 크다. 혹은 그레엄 그린의 단편 「순진한 아이The Innocent」나 손창섭 단편 「소년」의 주인공처럼 조숙한 성적 동물로 드러날 개연성이 높다.

요즘 어린 친자식 혹은 의붓자식의 학대가 연이어 보도되고 있다. 대체로 죽음에 이른 학대만이 보도된다. 양부모가 입양된 아이를 말을 안 듣는다며 살해한 사건 보도도 있었다. 초·중등학교에서는 이른바 왕따 행위가 빈번하게 발생한다. 희생자가 자살이라도 해야 비로소 세인의 관심을 끈다. 군대에서 상급자에 의한 하급자 학대나 폭행을 모르는 사람은 없다. 직장에서 야기되는 이른바 갑질이란 것도 그 연장선상에 있다. 악질이란 이름에 상부하는 인물들이 도처에서 나약한 동료나 하급자를 지배하고 학대하는 놀음에서 즐거움과 보람을 만끽하고 있다. 이러한 불량함의 즐거움은 세계 도처에 편재하고 있다. 이러한 폭력성 놀음에서 희생자와 가해자는 상황에 따라 위치가 바뀐다. 비참한 희생자가 혹독한 가해자가 됨으로써 축적된 모욕감과 억울함을 설욕하려 한다. 종로에서 **뺨** 맞고 한강에서 엉뚱한 사람에게 주먹질하는 것이다. 사나운 시어미는 대체로 왕년의 구박받는 며느리이기 쉽다.

어린 시절에 접한 가장 충격적인 사건은 실종된 딸을 말광대 구경을 갔다가 찾았다는 소문이었다. 동네 아줌마들이 "세상에, 세상에!"하고 이구동성으로 탄성을 올렸다. 그것이 잃어버린 딸을 찾았다는 행복한 결말에 대한 감탄인지 혹은 나 어린 소녀의 구조에 대한 안도감인지에 관해서는 헤아릴 길이 없다. 그러나 그 삽화는 오래 기억에 남아 곡마단 구경을 가서도 누워서 발로 접시를 돌리는 저 소녀도 부모 모르게 저러고 있을까 하는 생각이 들었다. 식초를 먹이고 훈련을 시킨다는 소문도 끔찍하였다. 추위를 이겨내라고 간장을 무진장 먹이는데 그게 가장 괴로웠다는 곡예사 출신 여성의 얘기를 접하고 인간의 잔학성을 다시 절감했다. 얼굴이 반반한 소녀를 눈멀게 해서 노래나 춤을 가르치는 중국 광동지방의 "맹매盲妹"나 거세를 통한 환관과 캐스트라토castrato 양성에 이르는 잔혹사도 끔찍하다. 기아의 마지막 해결책으로 선원들이 마련하는 동전 던지기odd man out와 식인 행위 등등 열거하자면 한이 없다. 그러나 인간 잔혹성의 압권은 전쟁이란 이름의 본격적이고 계획적인 집단 살상행위이다. 『일리아스』가 영원한 고전이 되어있는 것에는 이유가 있다. 세상의 많은 문학이 인간과 세계의 어둠으로 캄캄하다.

그러나 악의 문제를 가장 정공으로 다루고 있는 것은 니체가 "내가 무엇인가를 배울 수 있었던 유일한 심리학자이며 내 삶의 가장 행복한 우연의 하나"[14]라고 했던 도스토예프스키 작품이라 생각한다. 밀란 쿤데라의『참을 수 없는 존재의 가벼움』의 7부「카레닌의 미소」에는 마부에게 채찍질 당하는 말을 보고 다가가 마부가 보는 앞에서 두 팔로 말의 목을 껴안고 우는 니체의 모습을 그린 장면이 있다. 이어서 작가는 말 앞에서 자기 강함을 드러내지 않고 슬퍼하는 이러한 행동은 인류와의 단절을 의미하며 정신착란이란 이름이 붙여진다고 적는다. 인간관계가 많은 부분 이해관계나 항상적 권력관계에 의해서 좌우되기 때문에 약자 앞에서 자기의 강함을 드러내지 않는 순순한 인간 선의나 사랑은 희귀할 수밖에 없다고 말하는 맥락에서 나오는 장면이다. 그리고 인간에게 모든 것을 내맡기고 있는 동물에 대한 관계에서 진정한 사랑을 모르는 인간의 모습이 드러나며 그것은 인간 실패의 근원이 되어있다고도 말한다. 그런데 말에게 채찍질을 가하는 마부의 모티프는 도스토예프스키의『카라마조프가의 형제들』 2부 5편 4장「반역」에도 나온다. 과중한 짐을 진 허약한 말이 이도 저도 못하자 말의 "온순한 눈을" 채찍질하는 장면이 네크라소프의 시에 나온다며 정말로 끔찍하게 그려져 있다고 화자인 이반이 알료샤에게 말한다. 이 장편 중에서 가장 흥미 있는 인물의 하나인 카라마조프가의 차남 이반이 아우 알료샤에게 들려주는 이야기로 구성된 이 4장은 그 다음의 5장「대심문관」과 함께 이 걸작 중에서도 가장 뜻깊고 흥미 있는 부분이다. 작가의 인생관이나 세계상이 요약되어 있는 핵심 부분이라 해도 지나치지 않는다.

〈반역〉이란 4장 제목은 대학에서 자연과학을 공부한 무신론적 성향의 이성주의자 이반의 논리 전개에 대해 알료사가 신에 대한 반역이라고 하는 대화 장면에서 따온 것이다. 여기서의 반역은 기독교 신에 대한 반역

---

14) Friedrich Nietzsche, *Twilight of the Idols & the Anti-Christ*, trans. R. J. Hollingdale (Harmondsworth: Penguin Books, 1968), p. 99.

이다. "'네 이웃을 사랑하고 네 원수를 미워하여라'하고 이른 것을, 너희들은 들었다. 그러나 나는 너희에게 말한다, 너희의 원수를 사랑하고 너희를 박해하는 사람을 위하여 기도하여라"라는 대목이 마태복음서에 보인다. 이반은 가까운 사람을 어떻게 사랑할 수 있는지 이해할 수 없다는 말로 시작해서 먼데 사람은 모르지만 가까운 사람을 사랑하기는 거의 불가능하다고 말한다. 인간에 대한 기독교적 사랑이란 것은 이 지상에서는 있을 수 없는 일종의 기적이라고도 말한다. 어린이라면 가까운 경우에나 누추한 경우에나 사랑할 수 있다고 한 뒤 이반은 인간에 대한 인간의 잔학성을 열거한다. 자기 나라 불가리아에서는 터키인들과 체르케스인들이 슬라브인들의 집단 폭동이 무서워서 가는 곳마다 사람을 찔러 죽이고 여자들과 아이들을 폭행하고 포로들의 귀를 울타리에 못 박아놓고 놓고서 아침까지 내버려 두었다가 아침이 되면 목매달아 죽이는 등속의 상상할 수 없는 일투성이라는 불가리인의 얘기를 전한다. 어머니의 배를 칼로 갈라 태아를 꺼내는가 하면 어머니의 면전에서 젖먹이를 위로 집어 던진 뒤 총검으로 받아넘기는 폭행을 하는데 바로 어머니의 눈앞에서 이런 짓을 한다는 데 "쾌락의 핵심"이 있다고 설명한다.[15]

이어서 어린이 학대의 끔찍한 사례를 매우 구체적으로 또 실감나게 들려준다.

교양 있는 부모들이 다섯 살 난 딸아이를 때리고 매질하고 발로 걷어차서 온몸을 멍투성이로 만들더니 급기야는 밤에 뒷간에 가고 싶다는 말을 하지 않았다는 이유로 한겨울 날씨에 밤새 아이를 뒷간에 가두어 두고 그 벌로 아이 얼굴에 아이의 변을 바르고 변을 먹으라고 강요한 사례를 든다. 그런데 그런 짓을 한 사람이 다름 아닌 친모라는 사실이다. 구린내 나는 곳에 갇힌 아이가 신음 소리를 내는데도 친모라는 사람이 멀쩡히 잠을 잘 수 있다는 사실을 개탄한다. 19세기 초엽에 벌어진 대지주인 한 퇴역

---

15) 도스토예프스키, 『카라마조프 가의 형제들 1』, 김연경 옮김 (민음사, 2007), 496-501쪽.

장군의 얘기는 더욱 끔찍하다. 장군에게는 2천 명의 농노가 딸려있었고 개집에는 사냥개가 수백 마리 있었고 거의 백 명에 이르는 사냥개 지기는 모두 제복을 입고 있었다. 행랑채에 살고 있던 하인의 여덟 살 난 사내아이가 돌장난을 하다가 장군이 애지중지하는 사냥개의 다리를 다치게 해서 다리를 절었다. 자초지종을 알게 된 장군은 그 아이를 잡아 와서 유치장에 가둬 놓았고 날이 밝자 사냥 갈 채비를 갖추고 말에 올랐고 그의 주위로 식객, 개, 그리고 말을 타고 있는 사냥개 지기들, 몰이꾼들이 모여 서 있었다.

"따끔한 본보기를 보여주기 위해 행랑채 사람들을 전부 모아 놓았고, 그 맨 앞에는 죄를 지은 소년의 어머니가 서 있었어. 소년이 유치장에서 끌려 나왔어. 안개가 낀 을씨년스럽고 추운 가을날, 사냥을 하기엔 그야말로 안성맞춤인 날이었지. 장군이 소년의 옷을 벗기라고 명령하자, 소년은 완전히 벌거숭이가 되어 공포에 떨다가 거의 실성하다시피 됐기 때문에 찍소리도 못 내고 있었지… '저 놈을 내몰아라!' 장군이 명령해 '뛰어, 뛰어라!' 소년에게 사냥개 지기들이 이렇게 소리치고, 소년은 뛰는 거야. 그러자 장군은 '달려들어!'라고 고함을 지르면서 소년을 향해 사냥개 무리를 전부 풀어 버렸어. 어머니의 눈앞에서 수캐들이 아이를 물어 죽인 거야. 아주 갈기갈기 찢어버렸지… 그 장군은 보호관찰을 받았다는 것 같더군. 자 그래… 이런 놈을 어떻게 해야 할까? 총살? 도덕적 감정을 만족시키기 위해서라도 총살시켜야 할까? 말해 봐, 알로쉬카!'
"'총살시켜야 해!' 알료샤가 어쩐지 창백하게 일그러진 미소를 띠며 형을 향해 시선을 든 뒤 조용히 말했다."[16]

제정 러시아에서 농노해방을 선포한 것은 1861년의 일이다. 그해 미국에선 남북전쟁이 일어났다. 농노들은 부동산 취급을 받아 영지를 매각하거나 양도할 때 땅과 농노를 함께 처분하는 것이 보통이었다. 또 지주는

---

16) 앞의 책, 510-511쪽.

자기 영지에서 사형을 제외한 어떤 일을 해도 괜찮았다. 그렇다 하더라도 또 19세기 초반의 일이라 하더라도 여덟 살 난 어린이에게 사냥개를 풀어 참혹한 최후를 맞게 하는 것은 몸서리쳐지는 일이다. 성자 비슷한 조시마 장로의 제자인 수도승 알료샤조차도 부지중에 "총살시켜야 해!"하고 소리치지 않을 수 없었다. 부정적인 인물을 실감나게 그리는 일은 그리 어렵지 않다. 소설이나 희곡 속에는 그런 인물들로 차 있다. 그러나 긍정적인 인물로서 현실성의 환상을 불러일으키기는 쉽지 않다. 알료샤는 무구함을 잃지 않고서도 박진감을 갖고 있는 아주 희유한 작중인물이다. 알료샤가 생생하게 살아있는 작중인물로 떠오르는 것은 이러한 장면의 효과이기도 할 것이다. 이반이 이렇게 잔혹한 아동학대나 아동 살해를 거론하는 것은 신은 인정해도 좋지만 신이 만든 이 세계는 인정할 수 없다는 생각을 개진하는 맥락에서이다. 만약 신이 존재한다면 어떻게 신이 만든 이 세상에 이러한 악이나 재앙이나 고난이 존재할 수 있겠느냐는 회의감을 토로하는 과정에서이다. 이반에게 있어 어린이의 고난은 가장 순순한 형태의 악이다. 친부모에게 학대받는 다섯 살배기의 눈물이나 장군의 노염을 사서 사냥개에게 물어뜯기는 여덟 살짜리 사내아이의 죽음은 어떠한 방식으로도 설명되거나 정당화될 수 없다. 그런 세계를 받아들일 수 없다는 것이 이반의 입장이고 그것은 신에의 "반역"일 수밖에 없다.

영국 시인 A.E. 하우스만 시편 「밤나무가 횃불을 던지다」에 "우리는, 어느 짐승 같은 악당이 이 세상을 만들었나하고, 저주했던 최초의 인간은 분명히 아니다"란 대목이 보인다. 신이 전지전능함에도 불구하고 악과 재앙이 가득한 험악한 세계를 만들어 냈다면 바로 신 자신이 악을 구현하고 있는 짓궂은 악당이 아니겠느냐는 세속 차원의 냉소적 관점에 공감한 시기를 갖지 않은 사람은 없을 것이다. 현실에서 또 내면 심층에서 신성모독의 응보가 두려워 발설하지 못하거나 생각했다가도 참회하기가 쉬울 뿐이다. 여기서 우리는 이른바 변신론(辯神論, theodicy)의 문제와 마주치게 된다. 문자 그대로 하면 "신의 정의"를 의미하는 이 말은 악의 존재가 신의 전능이나 선과 모순되지 않는다는 것을 변증하는 것이다. 즉 구약의 욥기에서 시원적 표현을 얻고 있는바 세계에 미만해 있는 고난과 악을 전능하고 자비로운 신에 대한 믿음과 어떻게 화해시키느냐하는 문제의 논증이다. 영혼불멸도 믿지 못하고 타인을 사랑하지도 못하는 이성주의자 이반은 악의 존재는 신의 부재를 보여준다고 생각한다. 기독교에서는 신의 은총 상실을 인정하고 최후의 심판을 믿는다. 그러나 이반은 은총상실을 부정하고 죄 없는 고난에 대한 보답을 원하지 않는다며 최후의 심판도 거부한다. 이반은 나아가 원죄는 없으며 인간은 죄 없이 태어난다고 선언한다. 따라서 어린이의 고난은 부당하며 최후의 심판은 무의미하다. 원죄를 부정함으로써 인간에게 악에 대한 책임을 면제시키고 신에게 그 책임을 돌린다. 타락과 보답을 부정하는 이반이 구제란 생각을 폐기하는 것은 논리적 귀결이다. 이반은 어느 모로는 서구 근대 계몽주의가 도달한 반종교적 인식의 한 정점을 보여주는 것이라 할 수 있다. 그러나 그것은 어디까지나 이반이란 작중인물의 관점이요 견해이고 그것이 곧 작가 도스토에프스키의 것이라고 할 수는 없다.

작가의 사상은 연구자들이 그의 가장 위대한 창조이며 그의 문학과 종교철학의 정점이라고 규정하는 「대심문관」에 드러나 있다.[17] 자기가 써 본 것이라며 아우에게 들려주는 이반의 이야기로 설정된 이 서사시의 무대는 종교재판으로 이단 처형이 자행되던 16세기 스페인의 세비아다. 어느 날 예수가 나타났다. 그는 울부짖는 어머니를 위해 죽은 딸아이를 되살리는 등 기적을 실천해 보였다. 소문을 들은 아흔 살의 대심문관은 즉각 예수를 체포해서 하옥시켰다. 대심문관은 한밤중에 은밀하게 감옥을 방문해서 예수를 힐난한다. 너는 인류에게 자유를 주었지만 그 때문에 인류가 얼마나 고통을 겪었는지를 아는가? 너는 황야에서 악마의 시험을 받

---

17) Konstantin Mochulsky, *Dostoevsky: His Life and Work*, trans. Michael A. Minihan (Princeton, Princeton Univ. Press, 1971), p. 617.

고 "사람은 빵만으로 살지 않는다"고 대답했다. 또 나를 따르면 지상의 영화를 모조리 주겠노라는 악마의 제의에 대해 "하느님만 섬긴다"는 매정한 대답을 했다. 그때 너는 양심의 자유를 몸으로써 인간들에게 보여준 것이다. 또 네가 십자가에 매달렸을 때 거기서 뛰어내려 보라. 그러면 하느님의 아들임을 믿겠다는 소리가 났으나 내려오지 않았다. 인간을 기적의 노예로 삼고 싶지 않았기 때문이요 자유로운 양심에서 나온 신앙을 바랐기 때문이다. 허나 너의 인간들은 어떠한가? 이들 가련한 생물들에겐 자유나 천상의 빵보다 지상의 빵이 소중해서 네가 말하는 자유 때문에 도리어 난처해지고 번민하였다. 우리들은 너의 이름 아래 그들로부터 그 자유를 회수해서 그들의 구제라는 대사업을 시작해 벌써 그 완성을 보게 된 참이다. 지금 네가 다시 나타나면 그들을 다시 괴롭힐 뿐이다. 내일은 우리 사업을 방해하러 온 너를 화형에 처할 것이다. 대심문관의 힐난에 죄수 예수는 굳게 침묵을 지켰다. 이윽고 그는 몸을 일으켜 대심문관의 핏기 없는 입술에 입맞춤을 하였다. 갑자기 대심문관은 옥문을 열더니 나가, 다시 오지 말라고 외친다. 죄수는 말없이 어둠의 거리로 사라진다.

움푹 들어간 눈에 여윈 얼굴이긴 하나 꼿꼿한 장신의 구십 노인인 대심문관은 사실상 악마라고 보아도 좋을 것이다. 여기서 논의되는 것은 자유와 행복 혹은 안전이란 대립항의 문제이기도 하다. 대심문관은 인류의 행복과 안전의 조건은 자유의 방기라고 생각한다. 또 지상의 빵을 제공하는 강력한 정체에 의해서 행복의 조건은 이루어질 수 있다고 생각한다. 대심문관은 누가복음에 나오는 황야의 시험을 거론하며 지상의 빵을 거절한 예수를 힐난한다. 그러나 예수는 지상의 영화, 권위, 기적을 거절함으로써 인간을 고난과 회의로 몰아넣는다는 것을 알고 있었다. 예수가 인간에게 고난에 찬 운명을 과한 것은 선악을 알고 선과 악을 스스로 선택하고 구제를 추구하는 자유를 위해서였다. 대심문관의 힐난을 통해서 역설적으로 자유가 인간됨의 위엄임을 생생하게 보여주고 결과적으로는 기독교의 변신론이 되어 있음을 우리는 알게 된다. 자연계에 있는 것은 필연이며 자유가 아니다. 따라서 자유는 신의 은총이며 가장 소중한 인간의 속성이라는 것이다. 예수를 훼방꾼이라 매도하면서 대심문관이 추진하고 있다는 사업이 지상의 빵을 조달해 주는 대신 자유의 포기를 요구하는 전체주의 사회라는 함의도 가지고 있다. 예수가 인간을 과대평가한다면서 인간은 약하고 사악하며 하찮고 천성이 반항적이나 노예일 뿐이라는 취지의 장광설을 대심문관이 늘어놓고 있다. 그러나 그 장광설은 자유가 인간 위엄의 핵심이라는 논리를 강조하고 있는 셈이기도 하다. 만년의 도스토예프스키는 독실한 러시아 정교 신자가 되어 집을 옮길 때에도 교회가 보이는 집을 택했다고 한다. 그러한 작가의 변신론 즉 인간 자유를 위해 악이 존재한다는 주장을 비기독교인이 그대로 수용하기는 매우 어렵다. 그러나 그 문제는 우리의 당장의 논점을 벗어나는 쟁점이기 때문에 더 이상 거론하는 것은 적절하지 못할 것이다.

기막힌 모순

1963년에 독일어 초판이 나온 콘라트 로렌츠의『공격성에 관해서』는 큰 반향을 일으키고 저자의 명성을 확립하는 데 크게 기여하였다. 그러나 공격충동이 인간에게 생득적인 것이며 피할 수 없는 것이라는 함의가 있다고 해서 많은 비판을 받았다. 에리히 프롬의『인간의 파괴성향 해부』에는 로렌츠 이론에 대한 반론이 보이는데 공격성을 양성良性과 악성惡性으로 나누어 소상히 설명하고 있다. 자기 방어적인 것이 양성 공격이며 잔혹성과 파괴성향에 기초한 공격 성향을 악성 공격이라고 분류한다. 그리고 악성 공격을 말하는 부분에서 나치 지도자의 한 사람인 하인리히 히믈러의 삶과 성격적 특성에 대한 상세하고도 흥미 있는 분석을 보여준다. 히믈러

부분에는 "항문 축적 사디즘의 임상적 사례연구"란 부제가 달려있다.[18]

1900년 고등학교 교사의 아들로 뮌헨에서 출생한 그는 세계 1차 대전 말기에 잠시 참전하였으며 그 후 불안정한 생활을 보내며 한때는 우크라이나, 러시아, 스페인에서 농업 경영을 할까 시도했으나 뜻을 펴지 못했다. 일찌감치 나치에 가담해서 SS로 약칭되는 히틀러 친위대 대장, 게슈타포 수장, 내무장관을 지내면서 죽음의 수용소를 위시하여 많은 반인도적 기획을 주도해서 "유럽의 사냥개"란 악명을 떨쳤다. 히틀러에게 일편단심 충성하였으나 2차 대전 종전기에는 상전에게 등 돌리고 스웨덴의 중재자들을 통해서 연합국 측과의 협상을 시도하였다. 협상 과정에 그는 집요하게 매달렸던 정치적 신조를 하나하나 포기하였다.[19] 연합국 측이 새 독일의 '총통'으로 그를 받아들일 것이라고 생각한 것은 보통 수준의 지능 소유자이고 정치적 판단력의 결여를 보여준다고 프롬은 적고 있다. 한눈에 검정 안대를 하고 코밑수염을 자르고 하사 제복과 허위 신분증을 갖고 도망한 뒤 영국군에게 체포되어 자기 치아 속에 숨겨둔 청산가리로 자살하였다는 것이 공식적 역사 기록이다. 사망 당시 배우자가 18세라는 것도 일탈적이다.

히플러에 대한 인물평을 남겨놓은 관찰자 가운데서 단치히 주재 국제연맹 대표였던 인사의 말을 프롬은 제일 먼저 인용하고 있다. 사디스트 성향의 권위주의적 성격의 기본적 요소를 드러내 주고 있다는 것이다. "히

---

18) Erich Fromm, *The Anatomy of Human Destructiveness* (New York: Penguin Books, 1977), pp. 398-432.

19) 1945년 4월 20일은 히틀러의 56회 생일이었다. 이미 소련군은 베를린 근교에 도달했고 매일 폭격이 있었다. 지하 벙커에서 괴벨스, 히믈러, 립벤트롭, 되니츠 등 고위직들이 도열하여 히틀러와 악수하고 축하하며 샴페인을 마셨다. 참석자들은 그것이 작별 모임임을 알고 있었다. 25일 히틀러는 괴링의 항복 기도를 알고 격노하였고 뒤에 그를 해임시켰다. 27일 히틀러가 연합군과 협상중이란 것을 알고 히믈러의 대리인인 장군을 체포하여 총통 관저 정원에서 처형하였다. 4월 28일 저녁 히틀러는 35세인 에바 브라운과 혼인식을 거행하였고 4월 30일 부부는 자살한다. 히틀러는 권총 자살이었고 에바 브라운은 독물 자살이었다. 자살 직후 시체는 소각되었다.(참조 Robert Payne, *The Life and Death of Adolf Hitler* (New York: Praeger Publishers, 1973), pp. 543-548.)

믈러는 으스스한 부관副官다움, 편협한 소심성, 자동조작이 섞인 비인간적 꼼꼼함을 지닌 위인이라는 인상을 준다." 히믈러의 고분고분한 부관의 태도. 그의 비인간적인 관료적 꼼꼼함과 충실함을 강조해서 보여준다고 프롬은 부연한다. 나치 지도자였으나 1932년 당에서 제거된 인물이 1929년 별 권력이 없을 때의 히믈러와 함께 기차여행을 하며 6시간을 보낸 경험을 적어놓고 있다. 히믈러가 지루하고 별 의미 없는 소리를 시종 지껄여대어 정말 지겨웠다고 그는 술회하고 있다. 그의 대화는 군인의 흰소리와 소시민적 잡담과 종파적 설교자의 열띤 예언의 혼합물이었다. 끝 모르게 계속되는 자기 잡담에 타인이 귀 기울이도록 강요하는 그리하여 그를 지배하려고 하는 주제넘음은 사디스트 성격의 전형이라고 프롬은 적는다. 자기 자신에게 엄격했지만 타인에게 더욱 엄격했던 옛 학교의 잔인한 교사 유형의 인물이라는 은행가의 회고, 그의 의지 결여와 광신을 지적한 부관의 회고를 일별한 뒤 프롬은 생기 없음, 진부함, 지배 의지, 보잘것없음, 히틀러에의 맹종, 광신을 그의 중요 성격 특징으로 거론하면서 그가 항문 사도마조히즘 성격의 교과서적 사례라고 재차 확정한다.

되풀이가 적지 않고 7백 페이지에 이르는 이 책에서 프롬은 삶의 여러 세목을 들어 악명 높은 사내의 이모저모를 분석한다. 14세 이후 그는 부친의 시사에 따라 일기를 적어 24세까지 계속한다. 거의 매일처럼 의미 없는 내용을 적어놓았고 깊은 생각이 적힌 경우는 없다시피 하다. 15세 이후 그는 받은 편지와 쓴 편지를 기록해 두었다. 친위대 수장일 때는 그가 타인에게 준 또 받은 물건을 일일이 기록한 카드 색인을 갖고 있었다.

강력한 부친상에 대한 히믈러의 굴종은 깊고 강렬한 모친 의존을 수반하였다. 그는 마마보이였고 그것은 군사훈련 기간 중 빈번하게 모친에게 보낸 편지와 답장 요청에 잘 드러나 있다. 마마보이에게 흔히 발견되는 신체적 정신적 무기력을 보여주고 있으며 의지력을 단련함으로써 극복하려 하였으나 주로 가혹함과 비인간적인 것으로 극복했을 뿐이다. 그에게 억제와 잔혹함은 힘의 대용품이 되었으나 그의 기도는 실패로 끝났는데 약함이 잔혹함으로써 강해질 수는 없기 때문이다. 한나 아렌트는 『예루살렘의 아이히만』에서 "악의 진부함", 즉 지극한 평범성을 지적함으로써 격렬한 논쟁을 불러일으켰다. 프롬이 보여주는 히틀러는 생기 없고 기만적이고 자신을 제외한 타인에 대한 진정한 관심이 전혀 없는 위인이다. 정연하고 강박적이며 야심적이란 점에서 히틀러는 아이히만과 비슷해 보인다. 그러나 잔혹한 사디즘이 그의 특성이란 점에서 아이히만과 크게 다르다. 프롬은 또 히틀러 집안이 독일제국 체제의 낮은 주변부에 속해서 분노와 무력감과 낙의 결여를 경험한 사실에도 주목하고 있다.

위에서 히틀러란 역사적 흉물에 대해서 자세히 살펴본 것은 그의 또 다른 일면 때문이다. 그가 안마사와 나눈 대화는 인용해서 다 같이 음미해 볼 가치가 있다고 생각한다.

　　케르스텐 씨, 수풀 가장자리에서 무심하게 무방비 상태로 아무것도 모른 채 풀을 뜯어 먹고 있는 가없은 짐승을 향해 숨어서 총을 어떻게 쏠 수 있단 말이요? 그런 행동은 따지고 보면 순전한 살인이요. 자연은 몹시 아름답고 뭐니뭐니해도 짐승은 살 권리가 있어요. 이런 관점은 우리의 조상들에게서 내가 특히 탄복해 마지않는 것이요. 동물에 대한 경의는 모든 인도-게르만인 사이에서 보게 되지요. 일전에 불교 승려들이 수풀을 걸어갈 때 아직도 조그만 방울을 달고 다닌다는 얘기를 듣고 아주 감동했어요. 혹시 발로 밟게 될 동물들이 피할 수 있는 기회를 주기 위해 그런다는 겁니다. 그러나 우리 쪽에선 생각할 여지도 주지 않고 누구나 구더기나 달팽이를 밟아버리지요.[20]

안마사와 나눈 대화는 마치 도통한 성자가 들려주는 얘기 같다. 히틀러의 입에서 나온 것임을 모르면 극히 감동적인 말이 될 것이다. 잔혹한 사디스트의 구제할 길 없는 자기기만의 소치인가? 혹은 주위 인물에게 좋은 인상을 주려는 허영심에서 나온 몸에 배인 상투적 처신의 하나인가? 혹은

20) Hans Magnus Enzensberger, *Critical Essays* (New York: Continuum, 1982), p. 104.

초기 치매증 환자가 잠시 동안 정신이 들어 정상으로 돌아오듯 중죄인이 보여주는 찰나적인 인간 회복인가? 악행과 비행의 연속 속에서의 순간적 반동형성이어서 거론할 가치도 없는 악마의 일회적 일탈인 것인가? 그것은 수수께끼라고 할 수밖에 없지만 인간됨의 깊고 착잡한 모순을 잘 드러내는 사례라 하지 않을 수 없다. 그것이 히믈러의 예외적인 일탈이 아니라면 세상에 알려진 성자에게도 이러한 반동형성의 순간이 있는 것인가? 쉽게 단정할 수 없고 이러한 대화를 남겨놓았다는 것 자체가 악당을 경계해야 할 이유를 덧붙여 준다는 착잡함을 안겨준다.

몇몇 국면

로렌츠의 공격성 이론에 크게 의존하면서 프로이트 심리학을 적용한 정신과 의사 안소니 스토는 성과 함께 공격성도 인간의 본능 장치의 기본적 부분이라고 보고 있다. 개체의 존속이나 종種의 존속에서 생물학적 기능을 한다는 것이다. 곤란의 극복, 지배의 성취, 외부세계의 지배를 위해선 공격성이 필요하다는 것이다. 자연 세계는 적대적 위협이 극복되거나 회피되어야 삶이 유지되는 장소이기 때문에 공격행위에 대한 잠재력을 가질 필요가 있다며 공격성의 적극적인 국면을 설명한다.[21]

동물행동학이 보여주는 인간과 동물의 연속성을 수용하면서 동물과의 차이성에서만 인간위엄과 자존감을 세우려는 것은 잘못이라고 주장하는 매리 미즐리는 여러 심리학적 관찰을 참조하면서 공격성을 폭넓게 고찰한다. 모든 악이 공격적인 것은 아니고 많은 악이 전혀 다른 동기에서 나온다면서 악이 본질적으로 선의 부재이며 그 자체로서 이해될 수 없다고 주장한다. 모든 고체가 그늘을 가지고 있듯이 악도 그늘로서 이해해야 한

---

21) Anthony Storr, *Human Aggression* (New York: Bantam Books, 1970), p. 4.

다며 공격성, 세력권, 소유욕, 경쟁, 지배와 같은 권력과 관련된 동기들을 이해하고 검토해야 한다고 주장한다. 그리하여 악이나 파괴 성향이 다른 긍정적 소망의 부산물이라고 결론짓는다. 가령 소유욕이나 야심은 그 자체로서 무해한 것이요 때로는 필요한 것이지만 경의와 사랑에 의해서 균형이 잡히지 않을 때 극히 유해한 것이 된다. 공격하거나 내몰려고 하는 욕망인 공격성은 그 자체로서 선도 악도 아니지만 누구를 향한 것이며 왜 발동되는 것이냐에 따라 선악이 가름된다는 것이다.[22]

미즐리가 인용하며 거론하고 있는 다윈의 관찰은 흥미 있고 시사하는 바가 많다. 새끼들을 여름 내내 돌본 철새는 가을이 되면 보금자리를 떠날 수 없는 새끼들을 그냥 버려두고 따뜻한 남쪽으로 날아가 버린다. 목적지에 도착했을 때 만약 철새가 보다 발달된 정신능력을 갖추고 있어 황량한 북국에서 추위와 허기로 죽어가는 새끼의 모습이 마음에 떠오른다면 얼마나 가슴 아플 것인가? 가을에 새끼를 기르지 않는 것을 새는 배우지 못한다. 인간은 사전 조처를 통해서 많은 갈등을 피하고 이때 요구되는 계획이 문화의 풍요한 원천이다. 그러나 모든 갈등이 쉽게 해결되지 않는다. 선견지명만으로 피할 수 없는 갈등이 있다. 예측할 수 없는 기근에 임하여 누가 고통받아야 하나? 한 친구가 다른 친구를 해쳤을 때 어떻게 해야 하나? 이러한 딜레마에 대한 조야한 해결에 따르는 가책이 도덕 즉 우선순위 책정의 발명을 필요로 했다는 것이 다윈의 시사이다.

> 다윈은 도덕률을 개인 위에서 승리에 취한 사회란 점령군이 아니라 내적 갈등 해결에 필요한 개인의 대책이라고 본다. 〈해야 한다〉는 오만한 말을 인간의 어휘 속에 집어넣은 것은 사회나 부모의 처벌이란 일차적 공포가 아니라 자신의 상반되는 또는 파괴적인 동기에 대한 두려움이다.[23]

---

22) Mary Midgley, *Wickedness* (London: Routledge, 1984), p. 195.
23) 위의 책, p. 190.

이러한 논의의 타당성은 보다 많은 참조와 성찰을 필요로 하기 때문에 쉬 단언하기는 어렵다. 그러나 전체적인 맥락으로 보아 지능이나 두뇌활동이 진화할수록 도덕의식도 세련되어 간다는 함의는 중요하다. 인간관계도 윤리도 분명히 진화한다는 함의를 보여주는 가령 엘리아스의 역사적 관찰과 함께 우리에게는 희망의 전언으로 들린다. 그것은 오랜 시간을 요하는 것이긴 하나 그러기 때문에 더 믿음직스러울 수도 있을 것이다.

마치면서

　위에서 문학 작품에 나타난 양상을 수로 해서 악의 문제를 살펴보았다. 악은 분명히 세계와 인간의 어둠이요 그늘이다. 그러나 그 배제는 불가능한 꿈일 것이다. 모든 것이 합리적으로 조정된 가령 토마스 모어의 『유토피아』는 공정할지는 모르나 매우 따분하고 재미없는 고장이기도 하다. 왕따는 없어야 하지만 그것이 근절되기를 기대할 수 없다. 전 지구인이 성인군자가 되기를 기대할 수는 없다. 우리가 할 수 있는 일은 근절이 아니라 최소화를 위한 노력이다. 타자 박해는 타자에 대한 공포에서 유래하는 것이 보통이다. 그런 맥락에서 가장 고약한 것은 제도화된 인간악이다. 볼테르는 고문이 없는 시대가 도래할 것이라는 희망을 피력하였다. 그러나 20세기는 고문 기술의 세련과 확산을 보여주었을 뿐 아니라 전대미문의 인종 대학살을 낳았다. 20세기가 시작될 무렵 니체는 "신은 죽었다"고 외쳤다. 그러나 오늘날 유럽을 제외한 전 세계에서 정치와 결합한 원리주의 성향의 종교가 크게 세를 확장하고 있다. 역사적으로 보아 도덕적 순수를 내세운 종교나 정치세력일수록 이단 박해에 있어 광범위하고 혹독하였다. 그나마 불교에서 이단 사형이 없었다는 것은 기억해 둘만한 일이다. 멕시코의 촐루라의 피라미드는 높이 54미터에 좌·우 밑변의 길이가 각각 380미터와 439미터에 이르는 거대한 것이다. 아스텍족은 신들이 인간의 피를 규칙적으로 섭취하지 않으면 우주가 파국을 맞는다고 믿었다. 신에게 바치는 희생자 사냥이 따랐고 한 도시에서만 일 년에 만 명 이상의 희생자를 바쳤다. 기우제를 위해서는 소년들을 희생양으로 바치기도 했다. 16세기 초까지 계속된 의식이었는데 피라미드는 그 희생의식의 장이기도 하였다. 종교와 정치의 이름으로 자행된 제도적 악이야말로 가장 가공할만 한 것임을 상기하면서 마감한다.

정직, 자존감, 명예의식
― 그 이모저모

> 거짓말과 위선과 사치와 오만을 전혀 맛보지
> 않고 인류로부터 떠난다면 인간으로서 가장 큰
> 행운일 것이다. 그러나 이러한 것을 신물 나도록
> 맛본 뒤에 숨을 거두는 것도 차선의 길이다.
> ― 마르크스 아울레리우스 『명상록』 9권 2

무던한 사회

유토피아 충동의 근본적 계기가 되는 것은 말할 것도 없이 당대 사회에 대한 불만이요 비판이다. 현실의 문제를 해결하려는 기도 속에서 가공의 세계에서 이상적인 체제를 구상해 보는 것이 근대 유토피아 문학의 핵심 기획이다. 플라톤의 『국가』를 별격으로 치고라도 상대적으로 정치하게 구상된 근대 유토피아는 그 이름에 표상되어 있듯이 이 세상에 존재하지 않는 고장이다. 그 이름 자체가 실현된 바 없고 실현될 수도 없다는 함의를 처음부터 내포하고 있고 뒷날 비판자에게 스스로의 아킬레스건을 드러내고 있다는 것이 눈에 뜨인다. 동아시아에서 단순 소박한 대로 이상향의 표상이 되어있는 무릉도원도 방문자인 어부가 다시 찾아갔으나 찾지 못했다는 끝자락이 보여주듯이 어디까지나 부재하는 고장이다. 따라서 유토피아는 역사 유물론에 입각해서 계급철폐를 주장하는 엥겔스의 책 제목이 보여주듯이 비과학적이고 공상적이란 함의를 굳히게 된다. 그리하

여 20세기의 한 냉소적 비관론자는 다음과 같이 말하기에 이른다. 마리오
넷 사회를 창출하는 것이 무슨 소용이 있느냐며 푸리에의 사회주의 생활
공동체phalanstery의 서술을 가장 효과적인 구토약으로 추천한다면서 그는
이와 같이 적는다.

> 라로슈푸코의 대척점에 있는 여러 유토피아의 발명가는 인간에게서 사심
> 없음, 희생에의 열망, 겸양지심만을 보는 도덕가이다.
> 비합리적인 것, 되돌릴 수 없는 것들을 추방함으로써 유토피아는 비극, 감
> 정 발작 그리고 역사의 본질에 대해 반대한다. 완벽한 도시에서 모든 갈등은
> 종식되고 인간 의지는 하룻밤 사이에 질식되고 진정되고 기적적으로 한 점
> 으로 수렴된다. 여기선 우연의 요소나 모순 없이 결속이 지배한다. 유토피아
> 는 유치한 합리주의와 세속화된 천사주의의 혼합물이다.[1]

유토피아문학은 20세기에 이르러 이젠 친숙한 이름이 된『놀라운 신세
계』,『1984년』등의 디스토피아 문학을 낳는다. 또 20세기의 가장 큰 역사
적 실험이었던 러시아 혁명이 스탈린주의로 나아가고 환멸의 서사로 기
울면서 미래에 대한 낙관적 전망이나 구상이 설득력을 발휘하지 못하게
된 것으로 보인다. 정의와 행복을 추구하고 정의가 구현된 정치공동체를
기획하는 플라톤의『국가』나 평등을 추구하고 그 구현을 다양한 세목을
통해서 구상하고 있는 토마스 모어의『유토피아』는 그러기 때문에 더욱
실현되기 어렵다는 감개를 안겨준다. 20세기의 정치 사상가들이 너무 완
벽해서 아득한 이상사회 대신 실현 가능한 "무던한 사회"를 구상하는 것
은 이유 있는 것처럼 보인다. 가령 배링튼 무어 2세는 전쟁과 가난과 극심
한 부정의가 없는 "무던한 사회"를 거론하면서 그러한 사회가 가능하다고
주장하는 것은 그러한 사회의 개연성을 믿는 것과는 다르다고 말한다. 그

---

1) E.M. Cioran, *History and Utopia,* trans. Richard Howard (New York: The Arcade
    Publishing, 1987), Kindle, loc. 1140.

리고 자유주의와 마르크스주의를 넘어서는 비전을 추구한다.[2] 과거의 역사적 경험에 기초해서 낭만적이랄 수밖에 없는 유토피아보다 훨씬 실현 가능한 것으로 "무던한 사회"를 말하는 것이라 할 수 있다. 전쟁과 가난과 극심한 부정의가 없는 사회는 사실 뜻있는 인사들이 구상해 온 것이다.

가령 인간과 인간 공동체에 관한 500여 편의 아포리즘 혹은 축약 응집된 에세이라 할 수 있는『논어』에서 정치에 관한 직접적 언급으로 돋보이는 것의 하나는 다음 대목일 것이다.

> 자공子貢이 정사에 대해 물으니, 공자 말씀하기를 식량이 충족하고, 병력이 충족하면 백성들은 정부를 믿을 것이다. 자공이 말하기를 기필코 하는 수 없어서 버리게 되면 이 세 가지 중 어느 것을 먼저 버려야겠습니까? 공자 말하기를 병력이다. 자공이 말하기를 기필코 하는 수 없이 버리게 된다면 이 두 가지 중 무엇을 먼저 버려야겠습니까? 공자 대답하기를 식량을 버릴 것이니, 예로부터 사람들은 다 죽어왔지만, 백성들에게 신용이 없으면 입신할 수 없다.(顔淵 第十二)

여기다가『예기』에 보이는 공자의 말을 추가한다면 공자가 구상했던 정치 이상이 더욱 분명해질 것이다.

> 주유천하 중이던 공자가 산동성의 명산인 태산 곁을 지날 때 한 사람의 여인이 한 분묘 앞에서 비통하게 울고 있었다. 공자는 자로를 시켜 사연을 물어보게 하였다. 이전에 시아버지가 호랑이 때문에 죽고 지아비 또한 죽더니 이번엔 아들마저 죽었다는 대답이었다. 그러면 왜 이곳을 떠나지 않느냐는 물음에 여인은 가혹한 정치가 없어서라 대답하였다. 이에 공자는 제자들을 향해 무자비한 정치는 호랑이보다 더 무섭다고 하였다.(檀弓 下 第四)

---

2) Barrington Moore, Jr., "The Society Nobody Wants: A Look Beyond Marxism and Liberalism", *The Critical Spirit: Essays in Honor of Herbert Marcuse,* eds. Kurt H. Wolfe and Barrington Moore, Jr. (Boston: Beacon Press, 1967), pp. 401-418.

위의 공자 어록이 분명히 하고 있는 것은 넉넉한 식량, 외적으로부터의 안보, 신뢰, 그리고 어진 정치가 건강한 공동체에서 핵심적 사항이라는 것이다. 그것을 현대어로 바꾸어보면 전쟁과 가난과 극심한 부정의가 없는 신뢰사회란 말로 요약될 수 있을 것이다. 또한 그것은 배링튼 무어가 말하는 "무던한 사회"와 다르지 않다.

이렇게 "무던한 사회"는 무던한 사람들만이 마련할 수 있을 것이지만 한편으로 무던한 사회만이 무던한 사람들을 마련할 수 있다는 것 또한 사실일 것이다. 양자의 관계는 암탉과 달걀의 관계처럼 선후관계를 책정할 수 없는 상호의존적이고 분리할 수 없는 표리관계를 이루고 있다. 어쨌건 무던한 사회의 구상에서 무던한 시민적 덕목의 구상은 필수적일 것이다. 20세기의 정치 혁명은 저마다 자기 나름의 "인간개조"를 표방했으나 소기의 목적 달성에 실패하였다. 처음부터 구체적 세목을 사상한 추상적 구호로 출발한 취약점이 있는 것은 사실이나 진지하게 추진한 경우에도 인간본성에 관한 냉철한 파악과 이해에 기초하지 않은 조급한 희망적 관측에 주박된 것과 관련된다고 생각한다. 그러한 맥락에서 시민적 덕성으로서의 정직, 자존감, 명예의식이 과거의 문학 작품 속에 어떻게 드러나 있는가를 살펴보면서 소소한 생각을 첨가해 보려고 한다. 편의상 정직, 자존감, 명예의식을 떼어서 생각하지만 실제 이러한 덕목 관련 자질은 하나의 게슈탈트적 전체로서 한 인격 또는 인품 속에 구현되어 있다. 성실하고 정직하고 신뢰할 수 있는 염결성의 인물을 나타내는 영어에 a man of integrity란 말이 있다. 우리가 얘기하는 정직, 자존감, 명예의식을 두루 갖춘 인물이 되겠는데 이러한 덕목이 분리될 수 없는 하나의 통일체임을 한편으로 보여주고 있다. 그러한 덕목을 음화적으로 접근하면 파렴치함이 전면적으로 배제된 인품이라 할 수 있다. 특히 자존감과 명예의식은 동전의 안팎과 같아 합쳐 생각한다 해서 잃을 것은 없을 것이다.

정직에 대하여

현재 우리사회에서 가정교육이란 것은 사실상 실종된 것이나 진배없다. 예로부터 가정은 생물학적, 경제적, 교육적 단위로 작동하였다. 오늘날 가정은 경제적 단위로서의 측면이 강한 반면에 교육적 단위로서의 성격은 현저히 약화되었다. 핵가족이 대종을 이룸으로써 전통사회에서 가정교육의 중요 담당자였던 조부모가 부재하고 일남일녀가 자녀 두기의 이상형이 됨으로써 기율교육도 자연스럽게 쇠퇴하였다. 근대화의 중요 특징의 하나는 도시화이다. 농촌인구의 괄목할만 한 감소는 도시로의 인구집중을 야기하였다. 게오르그 짐멜이 살펴하였듯이 "도시 생활이 생계를 위한 자연과의 투쟁을 이윤을 위한 인간 상호 간의 투쟁으로 변형시켰다"는 것을 부정할 수 없다.[3] 다수 인구를 포용하고 익명의 충동적 군중을 빈번하고 용이하게 창출하는 도시에서 생존경쟁의 양상은 상대적으로 가시적이고 촉지적인 방식으로 체험된다. 따라서 도시인 부모들은 반듯한 사람이 되라는 인간교육이나 기율교육보다는 기죽지 말고 당당하게 경쟁에서 이겨야 한다는 전술적 사고에 입각해서 인성 및 기율교육을 등한시한다. 그리고 경쟁에서 뒤지지 않고 타인에 대해 배려하지 않는 성향을 조장한다. 한편 깨어진 가정이 증가하고 있다는 것도 중요 요인으로 작용한다. 불행하게 배우자와 사별한 경우를 포함하여 깨어진 가정은 증가일로에 있다. 근자에 우리에게 충격을 안겨준 죽음으로 이르게 한 끔찍한 아동학대의 사례가 깨어진 가정에서 이루어졌다는 것은 음미해 보아야 할 것이다. 콩쥐팥쥐가 단순한 옛 민담이 아님을 우리는 통감한다. 가정이 교육단위라는 것은 가정에서 예절교육이나 기율교육이 가능하다는

---

3) Georg Simmel, "The Metropolis and Mental Life", *On Individuality And Social Forms*, ed. Donald N. Levine,(Chicago: Chicago University Press, 1971), p. 336.

것만을 뜻하지 않는다. 부모의 평소 언행과 습관을 의식적 심층적으로 아이들이 모방하여 사회화 과정에서 흡수 동화한다는 사실이 중요하다. 3살 버릇이 여든까지 간다는 속담은 사람의 성격형성이 3살 정도에서 완결된다는 정신분석의 가설에 의해서 뒷받침되고 있다. 우리 사회의 병리를 학교교육의 실패로 돌리는 지적은 적정하지만 그 못지않게 중요한 것이 가정교육의 광범위한 실종이라고 생각한다. 또 아이들이 성장하는 사회적 맥락과 부모 세대들의 과거 경험은 너무나 차이가 현격해서 부모편의 선의의 노력이 주효하기도 매우 어려운 것도 사실이다. 게다가 분주한 도시 부모의 교육적 역할을 대체 내지는 보충할 수도 있는 시청각 매체의 순기능적 운영은 우리 현실에서는 아직도 멀어 보이는 상황이다.

가정교육이 상대적으로 제대로 작동하던 시절 어린이 교육에서 우선순위를 차지한 것은 당연히 인성교육이요 기율교육이었다. 정직과 성실은 그 가운데서도 가장 중요시된 덕목이었다고 생각된다.[4] 일련의 요약된 규칙으로 윤리가 환원되어서는 안 되지만 우리 모두가 알고 있듯이 대개의 덕목은 금지의 명령이나 권면의 형태로 우리에게 전수되는 게 보통이다. 그것은 앙리 베르그송의 『도덕과 종교의 두 원천』 서두에서 유려한 고전적 서술을 얻고 있다.

금단의 과실의 추억은 인류의 기억 속에서도 우리들 각자의 기억 속에서도 가장 오래된 것이다. 만약 이 추억이 우리가 보다 즐겨 상기하게 되는 다른 가지가지 추억에 덮여 숨겨 있지 않다면 우리는 그것을 깨달으리라. 만약 우리가 하고 싶은 대로 방임되어 있다면 우리들의 유년 시절은 어떠했을까? 우리는 쾌락에서 쾌락으로 날아다녔으리라. 그러나 실제로는 볼 수도 만질

---

4) 가령 몽테뉴도 「거짓말쟁이에 대해서」에서 어린이의 거짓말은 그 발생과 성장을 박멸해야 할 해악이라고 하면서 아이들과 함께 커가는 이 악습교정의 어려움을 말하고 있다. *The Complete Essays of Montaigne*, trans. Donald Frame (Stanford: Stanford University Press, 1976), p. 24. 참조.

수도 없는 하나의 장애가 나타나 있었으니 금지가 바로 그것이다.[5]

정직과 성실의 주입은 대체로 "거짓말하면 못 쓴다", "속이면 못 쓴다"는 형태로 전달되고 통고되었다. 뒷날 외국어 교과서를 통해서 주입된 "정직이 최선의 방책"이란 투의 전략적 발상과는 달리 "거짓말하면 못 쓴다"는 금지 통고에는 정직 그 자체가 의심의 여지없는 선이라는 함의를 가지고 있다. 이 말을 고지식하게 받아들인 어린이는 당연히 곤혹스러운 선택에 직면할 수 있다. 정직해야 한다는 도덕적 책무는 타인에 대해서 특히 연장자에 대해서 공손하고 예의 발라야 한다는 또 하나의 덕목과 상충할 수 있기 때문이다. 사소하나 간단하지 않은 이러한 상충되는 덕목을 상황에 따라 적절히 처리하고 대응하는 능력은 장성해서 호감인물로 발전할 가능성이 크다고 할 수 있고 그 역도 진이다. 가령 구혼자에게 상처 주지 않고 부드럽고 깔끔하게 거절을 통고하는 장면이 보여주듯이 영미의 세태소설the novel of manners은 이러한 미묘한 문제를 다루어서 한 시대 사회생활의 섬세한 결을 보여주고 있다.

왜 우리는 정직을 가장 중요한 덕목으로 생각하는가? 정직하지 못한 사람을 우리는 신뢰할 수 없으며 신뢰 없이 사람도 사회도 설 수 없기 때문이다. 공자의 지향점이 가장 간결하게 요약되어 있는 것은 술이편述而篇에 보이는 〈子以四敎 文行忠信〉이라 할 수 있다. 문행충신에 있어서 정직은 사실상 핵심적인 것이라 할 수 있으며 그것 없이는 사교四敎가 무의미해질 수밖에 없다. 옹야편雍也篇에서는 "사람의 삶은 바른 것으로 살아가는 것인데 바르지 못하고 그래도 살아간다는 것은 요행수로 재난을 면하는 것일 뿐이다"라고 직접 정직을 말하고 있기도 하다.

그러나 정직이 강조되는 것은 정직이 그만큼 구현하기 어려운 덕목임

5) Henri Bergson, *The Two Sources of Morality And Religion*, trans. Ashley Audra and Cloudesley Brereton (London: Macmillan and Co, 1935), p. 1.

을 일변 시사한다. 내가 해줄 수 있는 일이 무엇이냐는 알렉산더에게 그림자지지 않도록 비켜서 달라고 대답한 코린트의 기인 디오게네스는 정직한 사람을 찾는다며 대낮에 등불을 켜들고 거리를 두리번거리며 다닌 것으로도 유명하다. 사실 종교가 가르치고 금하는 모든 것이 보통 사람들이 수행하기 어려운 사항임은 부정하기 어렵다. 유럽에 만연되어 있던 사회현상의 하나인 반유대주의의 근원이 기독교 도덕에 대한 심층적 반감이라는 명제의 타당성 여부와 관계없이 그러한 해석이 나왔다는 것 자체가 종교적 권면과 금기가 수행하기 어려운 것임을 보여준다. 불교에서는 오역 십악이라고 한다. 오역五逆은 부친, 모친, 아라한阿羅漢 살해, 승단의 화합 깨기, 불신 손상을 가리키는데 각각 팔대지옥八大地獄 중 여덟 번째 지옥인 아비규환의 무간지옥으로 떨어질 중죄이다. 십악十惡은 살생殺生, 투도偸盜, 사음邪淫, 망어妄語, 기어綺語, 악구惡口, 양설兩舌, 탐욕貪慾, 진에瞋恚, 우치愚痴 또는 사견邪見을 가리키고 신身, 구口, 의意의 삼업三業으로 만드는 큰 죄악이다. 여기서 망어妄語와 기어綺語가 거짓말이나 속임수와 관련된다. 이러한 금지는 사실상 모든 문화에서 발견되는 보편적 현상이다.[6]

기독교에서는 구약의 「출애굽기」 20:16에 보이는 모세의 십계 중 "너희는 이웃에게 불리한 거짓 증언을 하지 말라"라는 말 속에 드러나 있으나 구체적 맥락을 제시하고 있다는 점에서 거짓말이 그 자체로 악의 범주로 되어있는 다른 경우와 구별된다. 그러나 거짓말이나 속임수는 단테의 『신

---

6) 한나 아렌트는 에세이 「진리와 정치」에서 배화교를 제외한 세계의 중요 종교가 거짓말을 중죄의 목록에 넣고 있지 않은 것은 아주 돋보이는 사실이라고 적고 있다. 물론 거짓 증언하지 말라는 것을 거짓말의 범주와 구분해서 하는 말이다. 그리고 절대적 진실의 확고한 근거 위에서 그 진보가 보증되는 근대과학의 융성과 일치하는 청교도 도덕의 융성과 함께 거짓말이 중대한 죄라고 여겨지게 되었다고 말하고 있다. Hannah Arendt, *Between Past and Future* (New York: Viking Press, 1969), p. 232. 참조. 그러나 이것은 명백한 착오이다. 이 글에서 밝혔듯이 불교에서 금하는 망어妄語는 거짓말을 뜻하고 영어로도 lying이라 번역한다. 십악을 영어로 다음과 같이 번역해 놓은 책이 있다. killing, stealing, adultery, lying, duplicity, slander, obscene language, lust, anger, false views. Barrington Moore, Jr., *Moral Purity And Persecution In History* (Princeton: Princeton University Press, 2000), p. 113. 참조. 여기서도 이간질을 뜻하는 양설兩舌이 잘못 번역되고 있다.

곡』 속에서 폭력 행사보다 더 죄질이 무거운 죄과로 처리되어 있다. 「지옥편」에서 폭력 행사자는 12곡에서 도둑은 25곡에서 처리되고 있음에 반해서 속임수를 잘 쓰는 책략가는 26곡에서 기만적인 조언을 한 자는 27곡에서 처리하고 있다. 지옥에서도 가장 고통스러운 구렁 쪽으로 내려가는 것이다.

저놈은 기만적인 조언을 했기 때문에
내 졸개들 속으로 떨어져야 마땅합니다.
내가 먼저 저놈의 머리채를 움켜쥐었소.

뉘우치지 않는 자는 죄를 씻지 못합니다.
또 뉘우치면서 동시에 원하는 것은
서로 모순되므로 있을 수 없는 일입니다.

— 27곡 115-120[7]

여기서 우리의 흥미를 끄는 것은 속임수를 잘 쓰는 책략가로 다루어진 인물이 호메로스의 『오디세이아』의 주인공인 오디세우스라는 점이다. 그는 꾀와 힘을 갖춘 영웅으로 일반에게 친숙한 인물이다.

저 속에는 오디세우스와 디오메데스가
고통을 겪고 있다. 그들은 함께
분노를 샀으니 벌도 함께 받는 것이다.

그 불꽃 속에서 그들은 로마의
고귀한 씨앗이 나가도록 문을 만들어 준
목마의 기습을 한탄하고 있다

— 26곡 55-60

---

7) 단테, 『신곡: 지옥편』, 박상진 역, 민음사, 2007, 281쪽. 이하 단테 인용은 모두 같은 책에서 따온 것이고 행수를 적어두었다.

우리 사회의 병리는 여러 층위에서 여러 형태로 발견된다. 도덕적인 측면에서 가장 거부감을 주는 것은 거짓말의 난무와 정직성이나 염결성의 결여가 아닌가 생각한다. 극히 한정된 개인적인 경험 속에서 가장 민망한 것은 전기나 회고록 같은 자전적인 책에서 발견되는 거의 명명백백한 허위 진술이나 사실 왜곡이다. 누구나 자랑하고 싶은 공적이나 이력이 있을 터이고 또 드러내놓고 싶지 않은 어둠과 그늘을 가지고 있을 터이다. 그러나 정색하고 자기가 살아온 시대나 걸어온 길을 공개하려면 사실에 맞게 기술해야 흥미도 있고 의미도 가치도 있을 것이다. 공을 내세우고 과를 덮으려는 인지상정에 휩쓸리는 것은 당연하고 자연스럽다. 문제는 도가 넘치고 왜곡의 속셈이 너무 타산적이란 점에 있다. 독자를 멍청이로 취급하지 않는 한 도저히 발설할 수 없는 새빨간 거짓 진술이나 은폐와 왜곡을 자행한다. 특히 정치인이나 정치 지향의 인물들이 내는 책에서는 그런 성향이 심하다. 사실과 반대되거나 현저히 굴절된 진술만이 거짓이 아니다. 비중 있는 엄연한 사실의 의도적 생략도 거짓이고 사교적 목적이나 관대함을 자랑하려는 의도에서 나온 주변 인물의 미화나 일화의 굴절된 전달도 거짓이다. 각계의 지도층 인사나 정치인들은 공인이기 때문에 그 부정적 영향력은 크다.

오래전에 있었던 연구 성과의 조작이나 과장의 추문에서 드러났듯이 모든 분야에서 정직성의 결여나 거짓은 탄로 나고 성토된다. 그러나 가장 빈번히 세상에 노출되어 빈축과 분노를 자아내는 것은 정치인의 거짓과 허언이다. 그것은 개인의 사생활이나 행적에 관계되는 경우도 있고 정치 행위 과정에서 생기는 정치적 발언이나 공약과 관련되기도 한다. 정치에 관해서 정직성과 같은 도덕적 척도를 요구하는 것은 주저되고 겁나는 일이다. 정치적 성공이 정치적 행위와 관련하여 유일한 판단기준이 된다는 마키야벨리의 생각은 상식으로 유통되고 있다. 정치에 관여하는 인간 즉 수단으로써의 권력의 폭력성에 관계를 가진 자는 악마의 힘과 계약하는 것임을 간파하지 못하는 인간은 정치의 기본도 모르는 미숙아라는 막스 베버의 말도 인구에 회자되고 있다. 그럼에도 불구하고 우리는 정치인도 사람이라는 평범한 사실을 간과할 수 없다. 악마의 도제와 괴물만이 정치에 관여하여 정치행위가 괴물들의 사물놀이가 된다면 그것은 민주 사회의 악몽이요 그 희화일 것이다. 멀쩡한 사람이 정치에 투신한 뒤 괴물로 변신한다면 그런 정치는 제도적 전복과 정비가 필요하다. 정치적 선택이 보다 적은 악의 선택이라면 인간화된 정치도 보다 적은 악의 현명한 선택의 누적적 축적 위에서 가능할 것이다. 아돌프 히틀러를 선택 배출한 것도 그 나라의 시민이요 바츨라프 하벨을 선택 배출한 것도 그 나라의 시민이었다. 만약 우리의 정치인 대다수가 괴물이라면 그것은 국민 대다수가 괴물을 사모하고 그 동호인이기 때문이기도 할 것이다. 그들만의 잔치라고 비판하기 전에 시민으로서의 의무 태만도 반성해 보는 것이 정직한 일이 된다. 괴물의 탄생을 국민이 방조했다는 사실이 왕왕 치지도외되는 것은 민주정치의 역설일 것이다.

훼손된 자존감과 명예

그리스 비극은 대개의 경우 처참한 죽음을 수반한다. 소포클레스의 최초의 작품이라고 거의 공인되어 있는 『아이아스』에서는 자살이 다루어진다.[8] 트로이 전쟁에서 전사한 아킬레스의 갑옷을 누구에게 넘겨줄 것인가를 두고 아가멤논 휘하의 장수들이 결국은 오디세우스를 그 수령자로 선정한다. 그리스 군 중에서 가장 용감하고 전투에 임해서 동에 번쩍 서에

---

8) 『아이아스』에서는 코러스가 차지하는 비중이 아주 크며 대사도 길다. 코러스의 비중은 시간이 지날수록 약화되고 대사도 짧아지면서 빈도도 적어진다. 이를 근거로 이 작품을 소포클레스의 첫 작품이라 하는 것이 보통이다.

번쩍 맹활약한 아이아스는 오디세우스에게 영광이 돌아간 것에 자존감이 상해 격분하고 동료들에게 반심을 갖게 된다. 분노와 질투심으로 격앙된 아이아스는 그리스 군 장수들을 공격할 것을 계획한다. 그러나 광란상태에 빠진 그는 양과 가축을 흉측하게 도륙하고 만다. 나중 자기의 치욕적인 망동을 깨닫게 되고 그 망동을 현지처, 어린 아들, 살라미스에서 따라온 추종자들, 그리고 오디세우스가 목격했다는 사실을 알고 치욕감에서 자살하고 만다. 그러나 이복동생의 탄원과 오디세우스의 회개로 아이아스에게는 명예로운 매장과 명성의 복권이 허용된다. 그리스 비극에서 죽음은 대개 전달자나 보고자의 입을 통해 알려지는 것이 보통이고 죽음의 순간을 무대에서 보여주지 않는다. 그러나 아이아스는 죽음의 장소를 선택하고 무릎을 꿇고 칼 손잡이를 땅에 세심하게 단단히 박아놓고 칼날에 몸을 던져 자살한다. 죽음이 무대 위에서 실연되는 아주 드문 경우이다.

아킬레스 갑옷의 귀속자로 오디세우스가 선정된 것에 아이아스가 격분하는 것은 모욕받고 자존심과 명예가 손상되었다고 생각하기 때문이다. 사실 그는 그리스 군인 중에서 가장 용감하고 기운 센 전사로 나온다. 기골이 장대하기 거인과 같은 그는 많은 전우를 위기에서 구해주기도 했고 특유의 정력적 순발력으로 적군의 간담을 서늘케 한 인물이다. 자기를 젖혀놓고 속임수나 지략에 뛰어난 라이벌 오디세우스에게 영광이 돌아간 것을 수긍할 수 없었다. 그러나 분노의 폭발이 증오했던 아가멤논이나 메넬라우스 형제나 오디세우스가 아니라 양을 위시한 가축의 도륙으로 끝난 것을 알고 극심한 수치심을 갖게 된다. 그의 명예나 자존감은 이중으로 상처받게 된다. 동료 장수들의 오디세우스 선정으로 손상된 명예와 터무니없는 가축 도륙으로 자초한 명예 손상이 그것이다. 특히 후자는 격심한 수치심을 안겨주었고 명예 회복이 불가능한 처지에서 자살이 유일하게 남은 길이 된다.

저 사악하고 막힘없는 악당, 아

제우스여, 나의 아버지들의 아버지여,

나로 하여금 저 여우를 죽이게 하소서,

그리고 우리에게 거만하게 구는 두 형제 왕들도

죽이고 스스로 목숨 끊게 하소서.[9]

(⋯)

한 가지는 분명하니―만약 아킬레스가 살아서

용맹스러운 봉사에 대한 보상으로 그의 갑옷과 무기를

받을 가장 마땅한 선수를 지명했다면

내 손 아닌 다른 손으로 떨어지지 않았을 것임은.

이들 아트레우스의 이들들은 그것들을

내게서 날치기해 모사꾼 악당에게 빼돌려주고

나와 나의 모든 업적에 등을 돌렸노라.[10]

아이아스에게 중요한 것은 아킬레스의 갑옷과 무기 자체가 아니다. 그
것이 의미하는 사회적 인정과 경의, 명예 그리고 그리스 진영에서의 신분
이다. 당연히 자기 것이어야 할 것이 다른 사람 아닌 평소 중오하는 모사
꾼 악당에게 갔다는 것은 도저히 수긍할 수 없는 일이었다. 명예의 반대
는 모욕이요 수모이다. 수많은 무공과 전과가 모욕을 받게 된 것이다. 그
가 아트레우스의 아들인 아가멤논과 메네라우스와 오디세우스에게 살의
를 느끼는 것은 상처받은 자존감의 격렬함을 보여준다. 그러나 정당한 대
상을 찾지 못하고 가축의 도륙으로 끝난 자기의 광란의 사태를 깨닫고 자
살을 결의한다. 적진의 여성으로서 아내가 된 테크메사의 간곡한 호소도
그의 확고한 결심을 막을 수는 없었다.

---

9) Sophocles, *Electra And Other Plays*, trans. E.F. Watling (Harmondsworth: Penguin Books, 1954), p. 31.
10) Ibid., p. 33.

오 아이아스, 당신은 매정하게 당신 아버님이 당신 없이
노년을 맞게 하실 작정입니까? 당신은 매정하게
당신 어머님에게 조상 전래의 외로운 세월을
남기게 하시렵니까? 당신의 생환을 빌고 또 비는
어머님을 생각하세요. 당신의 아들을 생각하세요.
당신의 아들을, 서방님. 어린 아들이 당신 없이 매정한 보호자에게
속절없이 맡겨져야 하나요? 이런 몹쓸 짓을 아들에게 또 나에게
할 수 있어요? 당신 말고 내게 누가 있단 말이요? 내가 어디로 갈 수 있겠
어요? 당신의 장검이 친정집을 쑥대밭으로 만들었어요. 내 어머님, 아버님은
다른 운명의 타격으로 죽음의 집으로 몰렸고요. 당신이 없다면
어떤 땅이 내 집이 될 것이며 어떤 행운이 내게 기쁨을 줄 수 있겠어요?
당신은 나의 전부입니다. 벌써 나를 잊으셨나요?[11]

부모와 처자를 생각해서 가지 말라는 테크메사의 호소는 인간본성의 변
화하지 않는 국면을 말해주어 흥미 있다. 아이아스의 막무가내의 자살은
손상된 명예와 극심한 수치심의 깊이를 말해준다. 독일의 한 고전학자는
소포클레스가 아이아스를 고대영웅의 전범적 사례로 만들었다며 아이아
스의 사고에서 중심적인 것이 명예 개념이었다고 말한다.[12] 작품 속에서
오디세우스도 아이아스가 아킬레스 이후 가장 용감한 전사였다고 말한다.

나도 아이아스를 증오한 때가 있었습니다.
내가 아킬레스의 갑옷을 얻은 때부터
그는 가장 격한 내 적수였어요. 그러나
그럼에도 불구하고 나는 그의 명예를
배 아파할 수 없었고 그가 내가 본 가장 용감한 사람임을,

---

11) Ibid., p. 35.
12) Christian Meier, *The Political Art of Greek Tragedy*, trans. Andrew Webber (Oxford: Polity
   Press, 1993), p. 176.

트로이로 출정한 사람 중에서 아킬레스 말고는
가장 훌륭한 사람임을 인정하지 않을 수 없었어요.
그를 업신여기는 것은 정의에 위반되는 일입니다.[13]

아킬레스의 갑옷을 오디세우스에게 준 것은 영웅시대의 종말을 의미하기도 했다. 기운과 힘의 가치가 내려가고 간지의 가치가 올라갔기 때문이다. 한 해석자는 오디세우스와 아킬레스라는 대조적 인물은 5세기의 아테나이인들에겐 전혀 다른 두 사고와 감정세계의 신화적 문학적 전형이 되었다고 말하고 있다. 그리고 그리스 문학에서 귀족적 관점은 아킬레스적인 것으로서 전투적 관대함, 명예의 엄격한 기준, 시민적 명예의 고집, 세계에 대한 경의의 이상으로서 이 모든 것이 경기자의 금욕주의와 육체미 그리고 흔하디흔한 지적 한계와 결합된 것이었다. 민주적 관점은 오디세우스적인 것으로서 다방면의 재능, 적응능력, 외교적 역량, 지적 호기심, 영광에의 희생이 아니라 영광과 결합된 성공을 고집하는 것이 그 이상이었다고 부연하고 있다.[14] 명예의 이상에 충실하려고 한 아이아스는 사실상 귀족적 관점에 시종하였으며 결국은 민주적 관점의 오디세우스에게 패배하게 되는데 그것은 시대발전의 추이를 반영하는 것이라 할 수 있다. 르네상스 후기에 아이아스가 시종 웃음거리가 되는 것은 그가 명예란 귀족적 이상에 과도하게 집착한 것과 관련될 것이다. 어쨌건 소포클레스의『아이아스』에서 우리는 명예가 소중한 인간가치이며 그 반대인 자존감의 손상 혹은 수모가 얼마나 큰 타격이 되는가의 고전적 사례를 본다.

명예와 존엄

13) Sophocles, Ibid., p. 64.
14) Jan Kott, *The Eating Of The Gods: An Interpretation Of Greek Tragedy* (New York: Vintage Books, 1974), p. 290.

명예라는 것은 귀족적 개념이며 적어도 사회의 위계질서와 연관되어 있다. 유럽에서의 명예개념은 중세의 기사도의 행동규범에 의해서 크게 영향받은 것이 사실이다. 그리고 기사도 정신은 봉건제도의 사회구조에 뿌리를 두고 있다. 이른바 노블레스 오블리즈는 높은 신분에 따르는 의무를 말하며 신분이 높은 자는 마땅히 용기, 고결, 관대, 인자함 같은 덕목을 지니고 있어야 한다는 생각에 뿌리박고 있다. 우리 사회에서도 노블레스 오블리즈에 대한 요청은 지속적으로 제기되고 있으나 그 구현이나 사례를 보기는 힘들다. 여러 가지 원인을 지적할 수 있으나 우리 사회의 "높은 신분"이 세습적인 것이 아니라 대부분 벼락부자거나 벼락출세로 획득된 것과 관련된다고 생각된다. 세습 귀족들은 전래적 가풍이나 특권적 신분이 부여하는 여가의 선용이나 교육에 의해서 기대에 부응하는 덕목을 갖추기가 비교적 용이하고 자연스러운 편이었다. 그러나 고결, 관대, 인자함의 덕목을 갖추고 벼락부자 되기나 벼락출세 하기란 쉬운 일이 아닐 뿐만 아니라 성취하기가 심히 어렵다. 벼락출세나 벼락부자란 말 자체가 함의하는 역동적 사회이동이 가능한 사회는 동시에 사회적 안정감이 결여된 사회이기도 하다. 벼락부자는 안정감을 갖지 못하며 따라서 정신적 여유를 갖지 못한다. 우리 사회에서 노블레스 오블리지를 기대하는 것이 연목구어緣木求魚의 형국이 되어있는 것은 대체로 그 때문이라 생각된다.

사회학자들은 명예나 성적 순결이 모두 이제는 구체제 장교와 같이 사라진 계급의 의식 속에 남아있는 이데올로기적 잔재로 간주된다고 말하면서 현대인이 모욕을 이해하지 못하는 사실에 명예관념의 시대 낙후적 성격이 드러난다고 말한다. 모욕의 핵심은 명예에 대한 공격이기 때문이다. 그러면서 그들이 거론하는 사례는 설득력이 있다. 남유럽의 몇몇 나라에서와 달리 미국에서는 모욕은 그 자체로서 소송대상이 될 수 없으며 피해자가 물질적 피해를 증명할 수 있어야 비로소 가능하다. 한 개인이 모욕을 당하고 그 결과 이력이나 소득 획득 능력에 손상을 입었을 때에야 법에의 호소가 가능하며 지인들의 동정 획득도 가능하다. 혹은 모욕으로 말미암아 심한 충격으로 자존감을 잃었거나 신경쇠약이 되었다고 해야 친구나 법정의 동정을 받을 수가 있다. 그렇지 않을 경우 그는 모두 잊어 버리라는 충고를 받게 될 뿐이다. 그럼에도 그가 법에의 호소를 고집한다면 지나치게 "유럽적"이라거나 "촌뜨기 심리"의 희생자라는 칭호를 받게 된다고 말하고 있다.[15]

현대인이 모욕에 대해서 상대적으로 둔감해졌다는 사실은 가령 모욕에 대한 대응이었던 결투가 대부분의 문명국가에서 불법화되고 결투 중의 사망이 의도적 살인으로 취급되어 사실상 사라졌다는 사실에서도 드러난다. 결투재판이 프랑스에서 폐지된 것은 16세기 중반인데 결투는 부분적으로 이를 대체한 것이다. 결투의 목적은 반드시 상대방의 살해를 노린 것은 아니었고 규정된 수의 탄환을 발사한 후 혹은 피를 본 후엔 끝내는 것이 보통이었다. 결투가 분별없고 불합리한 것임이 공인된 후에도 귀족과 장교들 사이에선 오랫동안 결투의 관습이 남아있었고 히틀러 치하의 독일에서는 학생 결투가 부활되기도 했다. 러시아의 푸시킨이나 미국의 알렉산더 해밀턴처럼 결투로 사망한 역사적 사례가 있기는 하다. 문학작품에서는 투르게네프의 『아버지와 아들』, 토마스 만의 『마의 산』, 체호프의 『결투』에서처럼 결투는 살인으로 이어지지 않는 것이 보통이다. 『마의 산』에서 논쟁 중의 사소한 문제로 세템브리니를 결투로 몰아놓은 나프타는 상대방이 허공에 권총을 발사하자 머리에 총을 쏘고 자살하고 만다.

명예관념이 쇠퇴한 것은 새로운 윤리관이 대두하였기 때문이며 이에 따라 개인의 존엄성과 인권에 대한 관심이 커졌기 때문이기도 하다. 앞서 인용한 사회학자들을 따르면 현대인의 의식 속에서 명예관념을 대체한 것은 존엄성이다.

---

15) Peter L. Berger et al., *The Homeless Mind: Modernization And Consciousness* (New York: Vintage Books, 1974), p. 84.

현대의식이 인간존엄과 양도할 수 없는 인권의 소지자로 간주한 것이 바로 이러한 고독한 개인임을 이해하는 것은 중요하다. 현대에서의 존엄 발견은 폭로된 명예관념의 잔해 가운데서 발생했다 … 명예와 달리 존엄은 언제나 사회적으로 부과된 역할이나 규범이 박탈된 본질적 인간됨에 관련된다.[16]

존엄이 명예를 대체했다는 것은 그만큼 사회에서 신분적 차이를 넘어서 평등의식이 보편화되어 있음을 함축한다. 우리가 유념해야 할 것은 그 자체로서 갖는 의미보다도 명예와 존엄이 타인과의 관계 속에서 혹은 교환되고 혹은 훼손된다는 점이다. 사회적 통념에서 벗어나는 반사회적 행위나 파렴치한 언동은 즉각적인 명예 손상이나 존엄에 대한 훼손을 야기한다. 모든 정보가 번개 같은 속도로 전파되고 확산되고 소비되는 전자민주주의 시대에 이미 타인의 시선으로부터 안전한 사적 영역은 존재하지 않는다. 근자에 고위 공직자나 사회지도층 인사의 추문이 끊임없이 보도되는 것은 전자민주주의 시대의 환경 변화와 증거가치 있는 영상 확보의 용이성이 크게 작용한 탓이다. 당대의 인사들이 전에 비해서 별나게 타락한 때문이라고 할 수는 없을 것이다. 명예와 존엄의 유지를 위해서는 자기완성이라는 자기 부과적 목표 말고도 의식적인 노력이 필요하다고 하지 않을 수 없다.

현대에 와서 존엄이 영예를 대체했다고는 하나 양자가 완전히 분리되어 있는 것도 아니다. 아이아스는 훼손된 명예 때문에 분노하고 광란상태에서 자존감과 존엄을 상실했고 그로 말미암은 참괴감에서 이례적인 자살을 택하지 않을 수 없게 된다. 당사자의 의식이 어떻든 아이아스의 경우 명예와 존엄과 수치심은 분리해서 생각할 수 없으며 현대사회에서 존엄이 명예관념을 대체했다고 해서 자아의 행동거지가 달라질 수는 없다. 명

---

16) Ibid., pp. 88-89.

예를 지키고 존엄을 지키는 것이 여러 덕목의 게슈탈트적 전체인 인품과 인격을 유지하는 일이 된다. 뿐만 아니라 모든 덕목은 악덕과 마찬가지로 당사자만의 것이 아니고 그가 소속한 가정, 직장, 지역공동체의 정신적 풍토나 성가와 관련되게 마련이다. 한두 인물의 탈선이나 존엄 상실이 그가 소속한 연구공동체의 명예를 치명적으로 훼손한다는 등속의 사례를 우리는 생생하게 목격한 바 있다. 권리의 경우와 마찬가지로 명예도 존엄도 그 위에서 잠을 자서는 보호받지 못한다는 것은 자기완성 또는 시민적 덕목에의 향념을 가지고 있는 사람이 잊어서는 안 될 사안이라 생각된다.

예바른 사회와 문명화된 사회

교통사고가 빈번하고 사망률이 높다는 점에서 우리 사회는 세계에서 최상위권에 속한다. 왜 그런가? 여러 가지 원인이 있지만 으뜸가는 것은 교통법규를 지키지 않기 때문이다. 교통참사를 보면서 안타까운 것은 언제나 뜻하지 않게 화를 당하는 희생자의 경우다. 음주상태에서 과속을 하고 사고를 내는 당사자에게까지 동정을 지불할 여유가 우리에겐 없다. 인과응보라 생각하면 끝난다. 그러나 그로 말미암은 엉뚱한 희생자에 대해선 안타까운 심정을 금할 수 없다. 일방적으로 교통법규를 지킨다고 해서 안전을 도모할 수 없다는 점에 사태의 핵심이 있다. 앞서 보았듯이 명예와 존엄은 타인과의 관계 속에서 유지되고 교환되고 혹은 파손되기 마련이다. 일방적으로 의도적 노력을 하는 경우에도 음주운전자의 난폭 운전에 휘말리고 마는 희생자와 같은 사태는 명예나 존엄과 관련한 경우에도 일어나게 마련이다. 모욕주기나 창피주기가 일상화되고 항다반사가 되어있는 사회에서 독야청청 명예와 존엄을 지키고 또 지켜주기는 매우 어려워진다. 그러한 맥락에서 이스라엘의 철학자 아비샤이 마갈릿이 제기하는 실제적 성찰은 우리에게 유효한 참조틀이 되어준다.

아비샤이 마갈릿이 『예바른 사회』에서 말하고 있는 것은 사람들의 삶에서 명예와 모욕 또는 수모가 중심적 위치에 있고 따라서 정치적 사고에서도 명예와 모욕 개념에 중요성을 부여해야 한다는 것이다. 플라톤 이래로 정치철학은 공정한 사회의 문제를 다루어왔지만 무던한 사회의 문제는 다루지 않았다. 주로 모욕주기가 없다는 의미에서 예바름의 추구는 정의의 이상 추구에 우선한다고 그는 말한다. 그가 말하는 예바른 사회는 그 제도가 사람들을 모욕하지 않는 사회이다. 그는 예바른 사회와 문명화된 사회를 구분한다. 문명화된 사회란 그 구성원이 서로를 모욕하지 않는 사회이다. 한편 예바른 사회는 제도가 사람들을 모욕하지 않는 사회이다. 예컨대 공산주의 체코슬로바키아는 예바르지 않으나 문명화된 사회였다고 생각할 수 있다. 그런 한편으로 체코 공화국이 덜 문명화되었지만 보다 예바르다고 상상해도 모순되는 것은 아니라고 말한다.[17] 우리가 말하는 전제적 전체주의 사회는 제도가 사람들을 모욕하는 예바르지 못한 사회의 대표적 사례라 생각하면 그의 논점은 분명해질 것이다.

제도가 모욕을 준다고 할 때 그가 의미하는 것은 무엇인가? 가령 관료제라는 것이 있다. 그에 의하면 복지국가에 오명을 안겨준 주요 요소의 하나는 복지국가가 관료제에 근본적으로 의존했다는 사실이다. 복지국가는 자유시장 바깥에서의 급여 송금과 서비스 제공에 의존하고 있다. 그것은 당연히 관료제를 필요로 한다. 즉 급여를 조달하고 서비스를 보증하는 사무원 조직이 필요하다. 관료제는 사회민주주의 체제의 가장 큰 문제점이다. 사회민주주의 체제에서의 분배정의 이상理想의 실현이 골치 아픈 조직의 활용을 요한다는 것이 문제인 것이다. 모욕주기의 핵심은 인간을 인간 아닌 것으로 취급한다는 것이다. 관료제는 인간을 숫자로서 또 신청서

---

17) Avishai Margalit, *The Decent Society*, trans. Naoi Goldblum (Cambridge: Harvard University Press, 1998), p. 1. 배링턴 무어가 말하는 the decent society를 "무던한 사회"라 했지만 아비샤이 마갈릿의 the decent society는 "예바른 사회"라 번역해 썼다. "예바른"은 "예의바른"의 준말이다. "사람대우하는 사회"란 뜻이다.

류로 취급한다. 그러니 관료제는 사람들을 모욕한다. 간단한 사례를 통해서도 아비샤이 마갈릿의 분석이 구체적이고 섬세하며 직접적 호소력을 지니고 있음을 알 수 있다.[18]

그의 책에서 핵심적 개념인 모욕이란 무엇인가? 그것은 한 인간이 자기의 자존감이 상처받았다고 생각할 충분한 이유를 구성하는 행동이나 조건을 말한다. 이것은 심리적인 모욕 혹은 수모가 아니라 규범적인 모욕이다. 규범적인 모욕은 모욕당했다고 느낄만한 정당한 이유를 제공받은 사람이 실제로 그렇게 느끼게 된다는 것을 의미하지 않는다. 한편 심리적인 모욕은 모욕감을 느끼는 사람이 그럴만한 정당한 이유를 가지고 있는 것을 의미하지 않는다. 여기서 강조되는 것은 타인의 행동의 결과로 모욕감을 느끼게 되는 이유들이다.[19] 사실 아이아스가 경험하고 격앙한 모욕감은 아가멤논이나 오디세우스의 입장에서는 심리적인 것으로 생각될 것이다. 까다로운 이론을 떠나서 대개의 경우 모욕주기 행위는 타인에 대한 우위를 증명하기 위해서 의도된다. 가령 객관적 타당성이 없더라도 모욕적인 폭언을 하는 현장에서 모욕을 가하는 자는 순간적인 우월감과 승리감을 느낄 것이다. 세상에 흔한 폭언과 욕설이 끊이지 않는 것은 이러한 찰나적 상상속의 우월감과 승리감 때문이라 생각된다. 세상에는 재승박덕의 인사라는 중평을 얻고 있는 인물들이 왕왕 보인다. 그들의 언동의 중요 특징의 하나는 자기의 우월성을 증명하기 위해서 꾸준히 타인에게 크고 작은 모욕을 가하는 것이라 할 수 있다. 타인에게 모욕을 가하면서 자기의 상상적 우월성과 힘을 즐기는 것이다.

모욕 주기는 존엄에 대한 중대한 침범이요 침해다. 바꾸어 말해서 그것은 타인에 대한 존중의 결여요 배려의 결여이다. 우리는 정치의 현장이나 소견 발표의 현장에서 공공연하고 의도적인 모욕 현상을 빈번히 목도

---

18) Ibid., p. 214.
19) Ibid., p. 9.

한다. 또 길거리나 대중교통의 현장에서도 사소한 사안으로 교환되는 모욕 교환을 빈번히 목도하게 된다. 우리 사회가 "예바른 사회"가 아닌 것은 우리의 정치전통이나 고속근대화 과정을 생각할 때 불가피한 것이라 할 수 있고 그 실현은 장구한 변혁적 노력을 통해서 기대할 수 있는 성질의 것이다. 그러나 구성원 상호 간의 모욕 행위가 일상화되어 있다는 점에서 "문명화된 사회"에서도 멀리 떨어져 있다. 구성원 상호 간의 상호 배려와 존중의 풍토를 성취하는 일도 쉬운 일은 아닐 것이다.

아시아나 아프리카를 여행하는 유럽인에게 빈번한 침 뱉기는 청결의 결여와 함께 각별히 불쾌한 경험이 되어있다. 하지만 4세기 전만 하더라도 침 뱉기는 유럽에서도 널리 퍼져있었고 또 아주 흔했다. 빈번한 침 뱉기는 중세엔 관습일 뿐만 아니라 신체적 필요였다. 봉건영주의 궁정에서도 사정은 같았고 유일한 중요 제재는 식탁 위나 너머로 뱉지 말고 아래에 뱉으라는 것이었다. 또 세숫대야에 뱉지 말고 밖에 뱉으라는 것이었다. 그러나 사회적 압력은 그리 강하지 않았고 16세기에 가서야 심해졌다. 뱉은 침은 밟으라고 했다. 17세기의 문서에는 "이전엔 윗사람 앞에서 땅에 침을 뱉고 발로 덮으면 충분했으나 이제는 보기 흉한 것이 된다"고 적혀 있다. 18세기의 기록에는 "될수록 피하고 사람이나 옷을 더럽히기를 피하라며 높은 분들의 집에서는 손수건에 뱉는다"고 적혀 있다. 18세기에는 "'깨끗이 청소해 두는' 모든 장소에서 침 뱉지 말고 교회에서도 바닥에 뱉지 말고 손수건 사용에 익숙해져야 한다"고 나온다. 1859년엔 "침 뱉기가 언제나 혐오스러운 습관"이라고 나온다. 1910년엔 타구가 명예물품에서 사사로운 가정용품이 되었으나 점차적으로 없이 지나게 되었다 서구사회의 대부분 계층에서 가끔 침 뱉는 필요도 거의 사라진 듯이 보이기 때문이다.[20]

---

20) Norbert Elias, *The History of Manners: The Civilizing Process*: Vol. I, trans. Edmund Jephcott (New York: Pantheon Books, 1978), pp. 156-157.

위생상의 필요에서 나온 것이 아니고 윗사람에 대한 배려에서 나왔던 침 뱉기 억제는 드디어 침 뱉기 습관의 폐기로 귀결되었다. 과학적 통찰의 동기보다도 훨씬 전에 사회적 고려의 동기가 있다는 것이고 자연과정과 역사과정이 불가분의 관계로 상호작용하고 있다는 것이다. 시간이 지나면서 의미심장한 변화가 된 작은 변화들의 축적적 연속의 결과로 근대인이 형성되었다는 엘리아스의 명제에 기대고 또 침 뱉기나 코 풀기의 변천사를 약술하고 나서 마갈릿은 명료하게 말한다.

> 속물들은 예법을 윤리의 단계로 끌어 올렸다. 앞서 말했듯이 예법의 목적은 까다로운 귀하신 몸들의 사회로부터 사람들을 배제하기 위한 것이었다. 그러나 그것이 그들의 목적이었고 속물들이 알고 있었다 해도 예법 프라이버시의 개념 발전에 결정적으로 기여했다는 것이 역사적 결과이다. 프라이버시의 개념은 사사로운 개인이란 개념으로 이르게 되었고 결국 이러한 개념들이 모욕의 근대적 개념뿐 아니라 위엄의 근대적 개념을 형성하게 된다.[21]

차별화와 배제는 모든 문화에서 발견된다. 비록 윗사람이라고 해도 타인에 대한 배려란 국면을 도외시하고 기능을 확대해서 예법의 목적이 배제라고 단정하는 것에 대해선 유보감을 갖게 된다. 그러나 조그만 변화가 축적되어 의미심장한 대폭적 변화를 야기한다는 명제는 우리에게 일말의 낙관론을 갖게 한다. 오늘의 소소한 기획이 대변화란 역사적 결과를 낳을 수 있다는 희망 때문이다. 인간관계도 윤리도 분명히 진화한다는 함의의 역사과정을 보면서 우리는 자존감과 명예를 지키는 일은 타인에 대한 존엄을 지켜주는 일과 별개일 수 없다는 생각에 이르게 된다. 타자의 존엄을 지켜주고 자아의 명예를 지키는 "문명화된 사회"가 마갈릿이 토로하듯이 "공정한 사회"나 정의사회보다 한결 실현이 용이한 사회인가 하는 것은 계량이 불가능한 일일 것이다. 그러나 "예바른 사회"는커녕 "문명화된

---

21) Avishai Margalit, Ibid., p. 193.

사회"도 우리에게는 아득하게 먼 사회라는 인식은 우리 모두의 것이 되어야 할 것이다. "무던한 사회"나 "문명화된 사회"를 얘기하는 것은 피차간에 좀 더 살기 편한 사회를 향해서 나아가자는 것일 뿐 불가능한 꿈을 꾸자는 것은 아닐 것이다.

문학과 이데올로기

교훈과 이데올로기

발터 벤야민의 책을 읽어보지 않은 이도 "희망이 수어진 것은 오식 희망 없는 사람들을 위해서다"란 말에서 가냘픈 위로를 받아본 경험이 있을 것입니다. 이렇게 당초의 문맥에서 징발되어 인용문으로 수용되는 것이 그릇 큰 혹은 괜찮은 사상가들의 공통된 변태적 행운이 아닌가 생각됩니다. 별나게 책 안 읽는 사회에선 더욱 그럴 것입니다. 벤야민이 30대 초에 발표한 「괴테의 친화력」이란 에세이를 끝맺고 있는 이 대목처럼 그의 글에는 좀처럼 기억에서 지워지지 않는 보석 같은 대목이 산재해 있습니다. 그러나 특유의 유대 신비주의 탓으로 난해한 사상가 혹은 비평가로 남아 있는 게 사실입니다. 그런 가운데서도 「얘기꾼: 니콜라이 레스코프에 관한 고찰」같은 것은 접근 친화성이 상대적으로 강하면서도 깊은 통찰로 가득해서 문학도가 꼭 읽어볼만 한 에세이입니다.

> 실용적 관심지향은 수많은 천성의 얘기꾼들의 두드러진 특징이다. …진정한 얘기는 드러난 형태로든 숨겨진 형태로든 간에 유용한 그 어떤 것을 내포하고 있는 법이다. 이러한 유용성은 어떤 경우 교훈으로 나타나고 다른 경우 실제적 충고로서 또 다른 경우 속담이나 처세훈으로 나타나기도 한다. 아무튼 얘기꾼이란 얘기를 듣는 사람에게 조언을 해줄 줄 아는 사람이다.[1]

---

1) Walter Benjamin, *Selected Writings*, vol.3, ed. Michael W. Jennings (Cambridge: The

이렇게 말한 그는 다른 글에서 구체적인 사례를 들려주기도 합니다. 자식들이 훌륭한 농사꾼이 되기를 바란 임종을 앞둔 늙은 농부는 아들들을 불러놓고 말했습니다. "얘들아, 나는 곧 이승을 뜬다. 너희들은 내가 포도밭에 숨겨놓은 것을 찾아내야 한다. 내가 너희들에게 줄 모든 것이 거기 있다." 포도밭 어딘가에 보물이 묻혀있다고 생각한 아들들은 부친이 돌아간 후 땅 구석구석을 깊이 파보았으나 보물은 찾을 수 없었습니다. 그러나 깊은 골을 판 바람에 포도넝쿨은 굉장한 수확을 올렸습니다. 이솝우화의 하나인데 수고한 보람이 최대의 보물임을 가르치고 있다고 종래의 영역 우화집에는 꼬리말로 적혀 있습니다. 행복은 황금 속에 있는 것이 아니라 근면 속에 있다는 경험을 스스로 인지하도록 하는 우화라고 벤야민은 말하고 있습니다.[2]

애, 어른 할 것 없이 사람들은 얘기를 즐깁니다. 또 전해오는 옛 얘기든 창작 동화이든 거기에는 유용성이 내재해 있는 것은 사실이고 그것은 혼히 교훈이나 조언이란 말로 요약되고 있습니다. 사람들은 명시적인 설교나 교훈이 섞인 얘기를 달가워하지 않습니다. 주체성의 침해를 느끼고 조작操作의 대상으로 타자화되었다는 느낌을 촉발받기 때문일 것입니다. 얘기꾼이 단상에서 내려다보고 있는데 그 아래서 듣고 있다는 자의식도 결코 유쾌한 것은 아닐 것입니다. 우화는 어린이 교과서나 읽을거리에 단골로 등장하고 있고 재미있는 것도 사실이나 어린이들은 상대적으로 별로 좋아하지 않습니다. 이것은 추상론이 아니라 경험으로 취득한 관찰 사항입니다. 여기서 개인적 경험을 얘기해 보는 것은 그것이 예외적인 경우가 아니고 다수 어린이들의 공유경험이라 여겨지기 때문입니다.

해방 전 1941년에 초등학교에 입학하여 당시 국어라 칭했던 일어를 배

Belknap Press, 2002), p. 145.

2) Walter Benjamin, *Selected Writings*, vol. 2, ed. Michael W. Jennings (Cambridge: The Belknap Press, 2001), p. 731.

우기 시작했습니다. 1학년 교과서 끝자락에는 사자와 생쥐에 관한 우화가 그림과 함께 실려 있었습니다. 목숨을 살려준 생쥐가 뒷날 새끼줄을 물어뜯어 사자를 구해준다는 우화였지요. 유명한 「삭풍과 나그네」란 우화는 2학년인가 3학년 교과서에서 읽었는데 둘 다 재미있었지만 감동과는 거리가 먼 것이었습니다.

초등학교 때 재미있게 감동적으로 접한 얘기는 「두자춘杜子春」이었습니다. 두자춘이란 옛 중국의 부잣집 아들이 호사와 낭비로 재산을 탕진하고 무일푼이 되어 낙양洛陽의 서대문에 서 있는데 한 노인의 도움으로 두 번이나 막대한 재산을 취득합니다. 그러나 또 무일푼이 되었는데 세 번째 만난 노인의 호의를 사양하고 제자가 되어 신선 되는 법을 배우고 싶다고 간청합니다. 인간은 모두 매정하여 부자일 때는 온갖 아첨을 다 떨지만 돈이 떨어지면 좋은 얼굴 한 번 안 보이니 그런 세상에 정나미가 떨어졌다는 것이지요. 사실 노인은 신선이었고 그가 살고 있는 아미산蛾眉山에서 두자춘은 신선이 되기 위한 무서운 시험을 받게 됩니다. 이른바 가입의례지요. 어떠한 경우에도 소리를 내지 말라는 경고를 받고 잘 지켜내지만 지옥에 끌려가 염라대왕의 심문을 받던 그는 "우리는 어떻게 되던 너만 잘 되면 되니 말하기 싫으면 말하지 말라"는 어머니의 목소리를 듣고 눈을 떠보니 말 한 필이 슬픈 얼굴로 자기를 처다보고 있었습니다. 두자춘은 초주검이 된 말의 목을 붙잡고 "어머니"하고 소리치게 됩니다. 그 소리에 정신을 차려보니 다시 낙양의 서대문 앞에 서성이고 있었습니다.

"내 제자는 되었지만 신선은 못 될 것 같네."

"못 됩니다만 그게 더 흐뭇합니다. 염라대왕 앞에서 매를 맞고 있는 부모를 보고 가만히 있을 수는 없지요."

"가만히 있었다면 네 목숨을 끊어버릴까 생각했다. 신선이 될 생각은 없어졌겠지. 부자 되는 것도 정떨어지고. 앞으로 뭐가 될 작정인가?"

"뭐가 되던 사람답게 정직하게 살고 싶습니다."

"그 말을 잊지 말게. 다시는 만나지 않을 걸세."

걸어 나가던 노인은 급히 걸음을 멈추고 덧붙였습니다.

"태산 밑에 내 집이 한 채 있네. 그 집과 텃밭을 줄 터이니 당장 가서 살도
록 하게. 지금쯤 그곳은 복사꽃이 한창일 걸세."[3]

초등학교 4학년 때 일인 교사가 들려준 이 얘기는 아쿠타가와芥川龍之介
의 동화임을 뒷날 알게 되었습니다만 그때껏 접한 얘기 중 가장 재미있고
감동적이었습니다. 물론 이 동화 속에도 "사람답게 정직하게 살라"는 교
훈이 담겨 있습니다. 그러나 주문을 외면 비행기가 되는 청대나무 지팡이
에서 보듯 시공간의 제약을 벗어난 마술적 능력을 구사하는 신선 세계의
매력이 그 자체로서 듣는 어린이를 매료시켰던 게 사실입니다. 비행기를
만들어 낸 것이 새처럼 날아다니고 싶다는 충동보다도 막강한 시공간의
제약에서 해방되려는 인간의 꿈이라고 생각되지만 동화의 재미도 진부한
일상성으로부터의 잠정적인 해방과 연관된다는 것도 부정할 수 없습니
다. 아쿠타가와에게는 또 「거미줄」이란 동화가 있는데 이 또한 교훈을 내
장하고 있으나 아주 감동적입니다. 교훈의 낌새를 전혀 주지 않으면서도
최상의 교훈 동화가 되어 있다는 점에 두 걸작 동화의 공통점이 있습니
다. 문장도 고전적인 간결함과 격조를 갖추고 있어 작가의 역량에 감탄하
게 됩니다.

내장된 교훈이 명시적이지 않게 잠복해 있는 것은 전래 동화나 민간 전
승의 경우에도 마찬가지입니다. 가령 해와 달의 민간 설화에 나오는 동짓
날의 호랑이는 고개를 넘을 때마다 어머니의 육체를 조금씩 부분적으로
요구하면서 그때마다 그것이 마지막 요구라고 말합니다. 그것은 강자의
약자 수탈 과정을 보여주면서 "시초에 저항하라"는 조언을 들려줍니다.

---

3) 당대唐代의 신선神仙소설 『두자춘전』을 번안하여 짤막하게 쓴 것이 아쿠타가와 동화다. 육조
六朝말에 두자춘이란 인물이 몰락하였으나 도사에게 구조되어 산에 올라 정욕을 극복했지만 애
착이란 한 가지 때문에 신선이 되지 못했다는 얘기다. 「거미줄」도 Paul Carus의 설화를 번안 것
이라 한다. 참조, 芥川龍之介, 『蜘蛛の絲·杜子春』, (東京: 新潮文庫, 1995), p. 138.

시초에 저항하지 못하더라도 최소한 명백한 귀결만은 명심할 것을 일러준다고 할 수 있습니다.

소설은 결국 어른을 위한 동화라고 러시아 출신의 미국 작가 나보코프는 말한 바 있습니다. 동화가 가지고 있는 재미와 교훈을 모든 서사문학은 공유하고 있습니다. 기독교 문학에서나 근대의 세속문학에서나 교훈은 압도적인 무게를 가지고 있습니다. 그러나 현대로 내려올수록 문학에서의 교훈적 요소는 평가절하되고 있는 것 같습니다. 문자 해독 인구의 증가, 세속화의 확충, 인지의 발달이 설법과 교훈을 경원하게 한다고 할 수 있습니다. 한편 실용적 가치와 효용을 최우선시하는 중산계급의 공리주의적 가치관에 대한 경원과 심층적 반발이 문학 분야에서도 문학의 효용 항목인 교훈이나 조언을 배척하게 한 것도 사실이겠습니다.

위에서 장황하게 말한 것을 요약한다면 동화나 얘기에서 조언이나 교훈은 드러나지 않게 내장되면 될수록 작품 효과가 크다는 사실입니다. 이 말은 문학과 이데올로기의 관계에서도 그대로 적용된다 할 수 있습니다. 특정한 관점에서 특정하게 선택된 경험을 표현한다는 점에서 문학은 이데올로기에서 완전히 자유로울 수 없지만 그것이 잠복해 있으면 있을수록 작품 효과가 크다는 것을 지적하고 싶은 것입니다. 역으로 이데올로기가 명시적으로 드러나면 드러날수록 그 작품의 설득력은 감소한다고 할 수 있습니다. 이데올로기와 교훈을 동일시할 수는 없지만 작품에 대한 관계에서는 상동관계를 엿볼 수 있다고 생각합니다. 사실 '사람답게 정직하게 살라'는 「두자춘」 속의 조언 내지 교훈도 유교 이데올로기의 일환이라 할 수 있지요.

정치와 정념

저기 저 아가씨 저렇게 서있는데

어떻게 로마나 러시아나

스페인의 정치에

골똘히 마음을 쓸 수 있겠는가?

하지만 여기엔 자기 의견이 확고한

여행 많이 다녀본 이가 있고

저기엔 책을 읽고 생각을 해본

정치가가 있느니. 아마도

전쟁이나 전쟁의 위험에 대해

그들이 말하는 것은 맞는 말이리라.

하지만 내가 다시 젊어져 저 아가씨를

내 팔로 안을 수 있다면 얼마나 좋으랴!

—「정치」

　20세기의 중요 영어 사용 시인의 한 사람인 W.B.예이츠가 세상을 뜨기 불과 8개월 전에 쓴 시편입니다. "시는 의미할 것이 아니라 존재해야 한다"는 「시법」으로 고명한 미국 시인 아취볼드 머클리쉬의 평언에 대한 대답으로 씌었다는 이 시편은 시인이 세상을 뜬 1939년 1월에 발표되었습니다.[4] 전성기의 트로츠키가 토로한 "사람은 정치만으로 살지 않는다"는 말을 상기시키는 이 시편 앞에는 "우리 시대에서 인간의 운명은 정치적 언어로 그 의미를 제시한다"는 토마스 만의 말이 올려 있습니다. 이 토마스 만 발언의 출처가 어디인지는 불명이지만 젊은 날의 그는 『비정치적 인간의 성찰』을 통해 반정치적 입장을 토로한 것으로 알려져 있습니다. 그런 그가 1차 세계대전 이후의 혼돈기와 나치스의 대두라는 새 상황 속에서 망명을 택하고 파시즘에 대항하여 민주주의를 옹호했다는 이력을 고려할 때 분명 예이츠가 인용한 것은 후기의 발언이라 생각됩니다. 토마스 만의 젊은 날의 발언은 결코 지식인의 안일한 현실 도피적 발언이 아

---

4) A Norman Jeffares, *A Commentary on the Collected Poems of W.B.Yeats* (London: The Macmillan Press, 1968), p. 511.

닙니다. 그 의미를 살피기 위해 위에서 접한 예이츠의 짤막한 시편을 또 하나 읽어보도록 하겠습니다.

> 삶을 완성시킬 것인가, 일을 완성시킬 것인가
> 인간의 지성은 불가불 선택하지 않으면 안 되느니.
> 만약 두 번째 길을 택한다면 하늘의 대궐을 마다하고
> 어둠속에서 미쳐 날뛰어야 하리니.
> 만사가 끝나면 어찌 될 것인가?
> 운이 좋았든 나빴든 고역의 흔적은 남느니.
> 저 오래된 곤경이, 텅 빈 지갑이,
> 아니면 한낮의 자부심과 한밤의 회한이.
>
> ─「선택」

시종 반정치적 입장을 취했던 프랑스의 발레리는 "정치는 자기 볼일 보는 것을 방해하는 기술"[5]이라는 말을 남겨놓고 있습니다. "일"의 완성을 도모하는 예술가인 젊은 토마스 만에게 "삶"의 소관사항인 정치는 예술가로서의 정진을 방해하는 기술로 비쳤을 것입니다. 사실 그런 그가 현대인의 운명과 정치를 연계시키는 것은 단순히 예이츠가 말하는 이탈리아, 러시아, 스페인의 정치상황이라는 맥락 속의 반응은 아닐 것입니다. 파시즘과 스탈린주의에 이르는 난경은 오랜 역사적 과정의 소산입니다. 국민의 주요 직업을 근대 산업에서 구하는 사회조직인 산업주의의 도래와 함께 점점 더 많은 사람들이 정치적 지적 문화적 생활에 참여하게 되는 민주화 과정이 진척을 보게 됩니다. 이 민주화 과정에서 그전엔 닫혀 있던 사회 여러 계층에서 지식인이 충원되고 대중이 부상하고 이에 따라 사회의 합리적 힘과 비합리적 힘 사이의 균형 잡힌 분포에 대한 위협이 증대합니

---

5) Theodor W. Adorno, *Notes to Literature*, Vol. one, trans. Shierry Weber Nicholsen (New York: Columbia University Press, 1991), 139쪽에서 재인용.

다. 동시에 사회의 합리적 힘과 비합리적 힘의 균형을 잡아주는 조정 기구인 가령 의회 같은 제도가 조정 능력을 상실하면서 위기가 시작됩니다. 파시즘이나 나치즘이나 민주주의 전통이 취약한 정치풍토에서 대두된 것이지만 이에 따라 현대인의 운명은 점점 더 정치적 언어 속에서 해명이 가능해 지고 토마스 만의 발언도 그러한 상황을 배경으로 토로된 것이라고 할 수 있습니다. 우리 전통에는 생소한 민주주의를 수입 채용한 20세기 후반의 상황에서 정치가 얼마나 막강하게 인간운명을 좌우하느냐 하는 것은 우리의 현대사가 잘 말해주고 있습니다.

건실한 민주주의의 작동은 계몽된 시민들의 이성적 판단과 선택을 전제로 할 때 비로소 모범적으로 가능합니다. 그러나 정치현실에 친숙하지 못한 채 정치적 기능을 담당하게 된 신생국가의 유권자들과 함께 비합리성이 공적 생활의 장으로 옮겨오게 됩니다. 사회구성원 사이의 갈등은 이성적 조정을 기대할 수 없게 되고 제어 없는 감정적 분출을 빈번하게 목도하게 됩니다. 이성의 민주주의가 교과서 속의 이상론으로 치부되면서 도처에서 충동의 민주주의가 창궐하게 됩니다. 그리고 충동의 민주주의를 말의 엄밀한 의미에서의 민주주의라고 부를 수 있는지는 의문입니다. 다시 한 번 예이츠를 인용한다면 "최선의 무리는 신념이 없고 최악의 무리는 강렬한 격정으로 차 있다"고 할 때 그것은 충동과 비합리성의 정치에 대한 선지자적 계고라고 할 수 있을 것입니다. 전체주의 성향의 사회에서 정치는 개인의 사생활에까지 침투해서 사적 영역이 극도로 좁아지는 것을 우리는 알고 있습니다.

정치와 종교를 두고 토론하지 말라는 영어의 속담이 있습니다. 토론이 주먹다짐으로 끝날 공산이 크다는 것이지요. 그만큼 정치는 인간 정념에 불을 지르는 요소가 있습니다. 제임스 조이스의 『젊은 예술가의 초상』에는 크리스마스 때 모인 가족들이 정치 논쟁으로 모처럼 만의 가족재회를 파토내는 장면이 나옵니다. 투르게네프의 소설에서 범정치적 논쟁은 결투 장면으로 이어지기도 합니다. 선거기간 중 택시에서 하차를 강요당했다는 경험담은 우리의 정치 풍토에서 생소한 일이 아닙니다. 사람들을 강렬한 격정에 휩쓸리게 하는 정치를 다룰 때 시인 작가들이 곧잘 이데올로기의 충동이나 편향에 노출되는 경향이 있는 것은 자연스러운 일일지도 모릅니다. 그러나 문학사에서 볼 때 그 문제에 관한 한 답이 나와 있다는 것이 나의 생각입니다. 생경한 이데올로기가 명시적으로 드러나면 드러날수록 작품 효과는 줄어들고 작품의 성취도가 빈약해진다는 것입니다. 그리고 그 역도 진입니다. 정치와 정치적 행동을 다루면서도 높은 성취도를 보여주고 있다고 생각되는 사례를 검토해 보겠습니다. 구체적 사례 없는 추상적 명제는 문학론에서 별 설득력이 없다는 생각입니다. 편의상 단편을 검토하려 합니다.

「인간의 양」

오에 겐자부로大江健三郎가 1958년에 발표한 단편 「인간의 양」은 문고판으로 30쪽 정도가 되는 단편입니다. 같은 해에 한 달 먼저 발표되어 아쿠타가와상 수상작이 된 「사육」의 절반이 안 되는 길이입니다. 작품의 주인공이자 화자는 방문 가정교사로 불어를 가르치는 아르바이트 대학생입니다. 초겨울의 이슥한 밤에 화자가 교외로 가는 버스에 오릅니다. 차장이 버스 뒤쪽의 빈자리를 가리켜 학생이 술 취한 외국 군인들이 진치고 있는 뒷좌석의 비좁은 틈새로 가까스로 자리를 잡는 것으로 얘기는 시작됩니다. 시간 순서로 서사가 진행되는 이 작품은 대충 3부분으로 나누어 생각하는 것이 편리할 것 같습니다. 제1부는 술 취한 외국 군인들이 부리는 가학적 모욕적 난동의 자초지종을 묘사하고 있습니다. 제2부는 외국 군인들이 하차한 후에 승객들의 반응 및 수모당한 희생자인 화자와 수모 사실을 고발하고 공개하자는 교사 사이의 옥신각신을 다루고 있습니다. 제3

부는 교사의 심리적 압박을 피하려고 화자가 뛰다시피 해서 버스를 내리지만 뒤따라온 교사에게 이끌려 파출소로 가고 집으로 돌아가는 길에서도 보여주는 교사의 고압적 요청을 다루고 있습니다. (어디까지나 편의를 위한 구분이고 작품 속에 그러한 구획이 적혀있는 것은 아닙니다.)

　작품 현장으로 가보지요. 한 군인이 키가 작고 얼굴도 자그마한 여자를 무릎에 올려놓고 희롱하며 시시닥거립니다. 역시 술 취한 그 여성이 자기를 마다하고 동포 학생을 좋아하는 듯한 낌새를 보이자 그 군인은 심사가 틀립니다. 군인 무릎에서 벗어나 어깨에 기대려는 여성의 팔을 학생이 뿌리치는데 마침 버스가 크게 흔들리는 바람에 여성은 바닥으로 자빠지고 맙니다. 아까와는 다른 한 외국 군인이 재빨리 그 여성을 일으켜 세우고 마치 기사도정신을 발휘하듯 여성을 감싸고 대학생을 노려보게 됩니다. 그 외국 군인은 손에 칼을 들고 있었고 군인 여럿이 합세해서 학생의 바지를 벗기고 엉덩이를 치는 놀이를 시작합니다.

　외국 군인이 갑자기 노래를 부르기 시작했고 그 법석 뒤에서 일본인 승객들의 웃음소리가 학생 귀에 들어옵니다. 군인들은 동요같이 단순한 노래를 계속 불러댔고 박자를 맞추기 위해 학생의 엉덩이를 철썩철썩 두드리며 낄낄거립니다. "양치기, 양치기, 빵빵!" 칼을 쥐고 있던 군인이 버스 앞쪽으로 가 소리를 지르고 동료들의 도움을 받아 많은 승객들을 버스의 중앙통로에 세우고는 엉덩이를 까게 했습니다. 학생처럼 말이지요. 버스 문 열리는 소리가 나더니 차장이 소리를 지르며 도망쳤고 마침내 운전사도 바지를 내리고 엉덩이를 드러내는 수치스러운 "양"의 무리의 하나가 됩니다. 현장의 몇 장면은 작품 스스로가 말하도록 해야겠지요.

　　외국 군인은 갑자기 억센 팔로 내 어깨를 덥석 움켜쥐고는 동물의 가죽이
　라도 벗기듯 내 외투를 벗겼다. 몇몇 외국 군인이 낄낄거리며 내 몸을 옥죄
　었다. 나는 속수무책이었다. 그들은 내 바지의 벨트를 풀더니 바지와 속옷을
　거칠게 벗겨버렸다. 나는 억센 팔에 양팔과 목덜미를 억압당한 채 바지가 흘

러내리는 데 저항하여 다리를 양쪽으로 벌렸다. 외국 군인들은 환성을 지르며 내 등을 구부러뜨려 네발짐승처럼 엎드리게 했다. 나는 벌거벗은 엉덩이를 그들에게 고스란히 드러낸 채 몸부림을 쳤지만 양팔과 목덜미가 완전히 잡혀 있는데다 흘러내린 바지가 무릎에 걸려 도통 움직일 수가 없었다. 엉덩이가 시렸다.[6]

그러다가 갑자기 노래 부르기에도 싫증이 난 외국 군인들이 여자를 데리고 버스에서 내렸다. 태풍이 쓰러진 나무를 남기고 가듯 엉덩이를 깐 우리를 버려둔 채… 우리는 천천히 등을 폈다. 그것은 허리와 등의 통증을 이겨내기 위한 움직임이기도 했다. 그만큼 오랫동안 우리는 "양"이었던 것이다…

"양"이 되었던 인간들은 모두 느릿느릿 바지를 끌어 올리고 벨트를 매고 좌석으로 돌아갔다. "양들"은 고개를 수이고는 해쓱해진 입술을 깨물고 몸을 덜덜 떨었다. 그리고 "양"이 되지 않았던 사람들은 오히려 상기된 얼굴을 손으로 감싸며 "양들"을 지켜보았다. 아무도 입을 여는 사람은 없었다.

— 1부

외국 군인들이 하차한 후에 수모당한 "양"들은 거의 버스 뒷좌석에 자리 잡았고 무사했던 승객들은 버스 앞쪽에 모여 흥분한 얼굴로 피해자들을 바라봅니다. 운전사도 뒷좌석에 앉아있었고 한동안 모두 잠자코 있었고 아무 일도 일어나지 않았고 차장은 돌아오지 않았습니다. 하지만 운전사가 운전대로 돌아가 버스가 발차하자 버스의 앞좌석엔 생기가 돌아와 무언가 수근수근하고 피해자를 지켜보았습니다. 특히 교사 한 사람이 열띤 눈으로 피해자를 응시하고 입술을 떨고 있는 게 보였습니다. 화자는 굴욕감으로 좌석에 몸을 파묻고 시선을 피하기 위해 고개를 숙이고 눈을 감고 있었지요. 교사가 뒷좌석 쪽으로 와서 외국 군인들을 성토하는데 피해를 입지 않은 승객의 의견을 대표하듯 당당하고 열정적입니다. 도로 공사

---

6) 세계문학단편선,『오에 겐자부로』, 박승애 역, 현대문학사, 2016, 155-173쪽. 이하 인용된 부분에 대해서 일일이 각주 달지 않음.

장 인부인 듯한 사람도 성토에 가담하지요. 교사는 경찰에 신고하고 경찰이 움직이지 않으면 여론을 움직여 표면화를 시켜야 한다고 역설합니다. 피해자들이 잠자코 있으니 이런 일이 벌어진다는 논리지요. 경찰에 신고하면 자기가 증인이 돼주겠다 말하자 자기도 증언하겠다는 사람도 나섭니다. 수모당한 피해자들이 단결해야 한다고 재삼 교사가 역설합니다. 화자는 분노에 몸을 떨었고 "양"들도 동요하기 시작합니다. 그때 빨간색 가죽점퍼를 입은 "양"이 벌떡 일어나 교사의 멱살을 잡고 무슨 말을 하려다 여의치 않자 교사의 턱을 후려갈깁니다. 넘어진 교사에게 덤벼들려는 가죽점퍼를 회사원과 다른 "양"이 말려 그는 제자리로 돌아갑니다. "양"들은 모두 녹초가 되어 고개를 숙였고 서 있던 승객들도 모두 입 봉하고 앞쪽 자기 자리로 돌아갔고 고양됐던 감정이 냉각되어 어색한 분위기가 됩니다. 교사는 바닥에서 몸을 일으키더니 불쌍하다는 시선으로 "양"들을 쳐다보고 더 이상 말을 걸지는 않았지만 벌겋게 된 얼굴로 "양"들을 뒤돌아보곤 했습니다.

버스가 시 입구의 주유소에 멈추자 회사원과 화자를 제외한 모든 "양"들과 다른 승객들이 하차합니다. 버스가 다시 출발했을 때 화자는 교사의 시선이 끈질기게 자기를 향해있음을 알고 긴장감을 느낍니다. 자기와 얘기하고 싶은 표정을 노골적으로 짓고 있는 교사의 시선을 피해 화자는 버스 뒤편의 유리창을 바라보았으나 자기를 응시하고 있는 교사를 발견하고 그는 다음 정류장에서 뛰다시피 버스에서 내립니다. 이상이 2부의 상황입니다.

그러나 뒤따라온 교사가 끈질기게 채근하며 끌다시피 해서 파출소로 가게 됩니다. 파출소의 젊은 경관에게 교사는 화자와 몇몇 사람이 외국 군인에게 폭행당했다고 신고하자 군부대 문제는 신중해야 한다며 혼자서는 안 된다고 안으로 들어가 중년의 경관을 데리고 나옵니다. 문제의 전말에 대해 경관의 질문에 대답하는 과정은 사실적이면서 희극적으로 서술되어 젊은 경관은 웃음을 참느라 애를 먹습니다. 결국 일단 피해 신고서를 내야 한다며 이름과 주소를 대라는 말에 화자는 질겁합니다. 자기가 받은 굴욕을 온 천하에 광고하고 선전하는 셈이 되는 일에 무기력하게 끌려온 것이 한심하게 느껴진 그는 고소할 생각이 없음을 어떻게 설명해야 할지 막막한 심정이 되어 파출소를 뛰쳐나가고 싶었으나 교사가 통로에 서서 막습니다. 그 사건을 위해선 누군가가 희생양이 돼야 하니 그 역할을 맡아달라고 교사는 화자에게 호소합니다. 화자는 교사에게 배알이 틀렸으나 침묵으로 일관했고 이 광경을 본 경관은 내일이라도 타협을 짓고 오라고 두 사람의 어깨에 손을 얹고 떠밀다시피 밖으로 내보냅니다. 거리로 나온 뒤에도 교사는 자신의 수치를 감출 속셈이라면 비겁한 것이라며 이름과 주소를 대라고 채근합니다. 주소를 알리는 게 저어되어 화자는 자기 집 앞을 지나 다른 길로 접어들지만 교사는 끈질기게 따라붙으며 꼭 이름을 밝혀내고 말겠다고 합니다. 작품은 다음과 같은 문장으로 끝납니다. "나는 기어코 네 이름을 밝혀내고 말겠어." 선생은 목소리가 격한 감정으로 떨려 나왔다. 갑자기 선생의 두 눈에서 눈물이 흘러나왔다. "네 이름과 네가 당한 굴욕을 모두 밝혀내고 말 거야. 그리고 외국 군인들은 물론 너한테도 죽고 싶을 만큼의 수치를 안겨주겠어. 네 이름을 알아낼 때까지 나는 결코 너를 놓아주지 않겠어." 작품의 설득력과 성취도는 세목에서 뚜렷한 만큼 다시 계시적인 장면을 읽어보도록 하겠습니다.

"여자 엉덩이를 벗겼다면 또 몰라." 투박한 작업화를 신은 도로 공사장 인부로 보이는 남자가 분통이 터진다는 듯이 소리를 질렀다. "도대체 남자 바지를 벗겨서 어쩌겠다는 거야!"

참 어이없는 자들이다.

"저런 꼴 그냥 못 본 척 해서는 안 돼요." 도로 공사장 인부로 보이는 남자가 말했다. "그냥 놔두면 우쭐해서 아주 버릇이 된다고요."

남자들이 토끼몰이하는 사냥개 떼처럼 우리를 둘러싸고 울분에 찬 목소리로 떠들어댔다. 유순하게 고개를 숙이고 잠자코 앉아 있는 우리 "양"들의 머리 위로 그들의 말이 쏟아져 내렸다.

"경찰에 신고를 해야 돼요." 선생이 우리 들으라는 듯이 한층 큰 소리로 말했다. "그 군인이 어느 캠프 소속인지는 금방 알 수 있을 거예요. 경찰이 움직이지 않으면 피해자가 단결해서 여론을 움직이는 방법도 있을 거예요. 분명히 지금까지도 피해자들이 다들 힘없이 굴복하고 입을 다물었기 때문에 표면화가 안 된 거라고요. 이런 예는 다른 것도 있어요."

선생 주위에 있던 피해를 입지 않은 승객들이 강한 찬동의 움직임을 보였다. 그러나 자리에 앉아 있던 우리는 고개를 숙인 채 아무도 입을 열지 않았다.

"경찰에 신고합시다. 내가 증인 설게요." 선생이 회사원의 어깨에 손을 올리며 활기 넘치는 목소리로 말했다. 그는 다른 승객들의 의지를 온몸으로 대표하고 있었다.

"나도 증언하겠어." 누군가가 거들었다.

— 2부

선생은 바닥에서 몸을 일으키더니 불쌍하다는 시선으로 우리를 쳐다보고 꼼꼼하게 레인코트를 털었다. 그는 더 이상 아무에게도 말을 걸지는 않았지만 가끔씩 홍조로 얼룩진 얼굴을 뒤로 돌려 우리를 바라보았다. 나는 엎어터지고 바닥에 쓰러지는 선생을 보며 자신의 굴욕감이 다소 누그러졌던 게 다소 켕기기는 했으나 그것으로 괴로워하기에는 너무 지쳐있었다. 그리고 추웠다.

— 2부

"이봐, 학생." 선생은 간절한 소리로 말했다. "누구 한 사람은 이 사건을 위해서 희생자가 되어야만 해. 자네로서는 그냥 입 다물고 잊어버리고 싶겠지만 눈 딱 감고 희생자 역할을 맡아줘. 희생양이 되어달라고."

양이 되어달라고? 나는 선생에게서 심한 분노를 느꼈다. 그러나 그는 열심히 나의 얼굴을 들여다보았다. 그의 얼굴에는 애원하는 듯한 선량한 표정이 떠올라 있을 뿐이었다.

"자네가 이렇게 입을 다물고 있으면 내 입장이 뭐가 되나. 이봐, 도대체 왜 이러는 거야." … "자네 이름과 주소만 가르쳐주게." 선생은 내 뒤에서 계속

말을 이었다. "앞으로의 투쟁 방침을 세우고 연락하겠네." 나는 분노와 초조함에 휩싸였다.

— 3부

다시 읽기

「인간의 양」은 치밀하게 구성된 군더더기 없는 단편소설입니다. 등장인물의 성격묘사나 대화언어에 있어서나 빈틈이 없습니다. 낱낱의 사건이나 삽화도 자연스럽고 무리가 없어 현실성의 환상 조성에 크게 기여하고 있습니다. 그 점 대학을 갓 졸업했을까 말까한 청년의 작품치고는 놀라운 인간통찰 및 현실 관찰 능력을 보여주고 있습니다. 정치적 행동과 정치적 인간의 행태라는 묵직하고 진지한 소재를 얄미울 만큼 능란하게 처리하고 있어요. 일인칭 화자가 경험담을 들려주는 형태를 취하고 있지만 주관적 편벽성이나 탐닉으로부터 자유롭습니다. 가장 중요한 것은 정치라는 인간 격정을 촉발하기 쉬운 소재가 시종 냉철한 시선으로 포착되고 서술되어 있다는 점인데 바로 이러한 편향되지 않은 시선에서 뛰어난 작품적 성취가 가능했다고 할 수 있습니다. 요컨대 특정 이데올로기에 매이지 않음으로써 준수한 작품적 성취가 이루어진 것입니다.

외국 병사들의 버스 속에서의 난동과 가학적 행위는 자칫하면 혼란스러운 난장판으로 드러날 소지가 있지만 작가의 차분한 눈과 구상력이 정연한 질서를 부여하고 있습니다. 작은 몸집의 빵빵 여성의 언동이 결국은 화자 학생이 봉변을 당하는 계기를 마련해 주는데 그 과정이 극히 자연스럽게 전개되어 무리가 없습니다. 사실 이러한 소재는 전후 일본에서는 상당히 민감한 사안이 될 수밖에 없었을 것이고 서투른 필치가 과장으로 흐른다면 점령군에 대한 반감과 저항을 선동하는 상투적 정치소설이란 비판에 노출되었을 것입니다. 민감한 사안이기 때문에 작가도 각별히 세심한 운필로 임해서 객관적 태도만이 가질 수 있는 자연스러운 설득력을 획득한 것인지도 모릅니다. 독자들은 외국 군인들이 각별히 고약하다거나 일본인 승객들이 각별히 무던하다든가 하는 느낌을 받지 않습니다. 외국 군인은 술 취한 청년답게 적당히 난폭하고 무례하며 군인들의 가학행위를 보는 일본인 승객들은 안전을 위해 시종 침묵을 지키고 또 인간의 자연에 맞게 웃기까지 합니다. 작가는 얄팍하고 감상적인 민족주의 감정을 이입하거나 투영하지 않습니다.

가학적 모욕적 장면이 전개될 때 시종일관 침묵을 지키고 있던 일본인 승객들은 일단 군인들이 버스를 내리자 흥분하고 분노합니다. 특히 교원으로 지칭되는 이는 승객들의 감정과 노여움을 대표하는 기세로 피해자에게 다가가 경찰에게 알리자며 자기가 증인이 돼주겠노라고 역설하고 피해를 받지 않은 승객들은 이에 동조합니다. 이에 반해서 "양"이 되었던 피해자들은 굴욕감으로 몸 둘 바를 모르고 잠자코 아래만 내려다보고 있습니다. 피해자들의 참담한 심정을 존중하지 않고 정의와 인권의 선량인 양 단결을 호소하는 교사의 멱살을 잡았던 가죽점퍼가 일격을 가하는 장면도 심리적 정당성을 가지고 있습니다. 그러나 교사는 굴하지 않고 버스에서 내린 화자를 따라가 함께 파출소로 향하게 됩니다. 자초지종을 들은 경관의 태도도 자연스럽고 사실적입니다.

여기 나오는 교사는 자기회의가 전혀 없는 정의의 사도입니다. 자기의 멱살을 잡는 가죽점퍼의 착잡한 심정을 이해하지 못해 놀라기만 합니다. 자기의 호소에 대해 무심한 "양"들을 불쌍하다는 시선으로 바라보지요. 그의 관심은 오로지 버스 안의 사건을 널리 알려 가시적 성과를 얻으려는 데 있습니다. 그러자면 희생양이 필요하니 제발 희생양이 돼달라고 청하는데 당연히 학생은 분노합니다. 버스 안에서 양 노릇한 것만으로도 분하고 창피한데 다시 희생양이 되어 달라니! (버스 안에서의 군인 가학행위를 "양치기"라 하고 피해당한 승객을 "양"이라 하고 이어서 "희생양"이 돼달라는 교사의 말이 나오도록 한 것은 작가의 치밀한 구상력의 소산입니다.) 학생의 회피와 거부에도 불구하고 이름과 주소를 알려달라며 "앞으로의 투쟁 방침을 세우고 연락하겠네"라 말하는 교사는 시종 정치적 입지를 고수합니다. 피해자들의 착잡한 무력감과 굴욕감은 헤아리지 않고 자기의 말발이 서지 않는 사실에만 골똘합니다. 이런 성향이 조금 더 발전하면 이른바 "광신적"인 것으로 귀결될 것이고 광신의 정치가 충동의 정치 이상으로 위험함을 우리는 알고 있습니다.

우리는 그의 강경하고 독선적인 정치적 입장이 실은 사건 현장에서 침묵을 지키고 적절한 대응 행동을 취하지 못한 것에 대한 자괴감과 자격지심에서 나온 일종의 보상 행위라는 의혹을 지울 수 없습니다. 과연 그는 상찬에만 값하는 정의를 위한 투사일까요? 입장에 따라 견해는 나를 것입니다. 어머니와 누이동생과 함께 사는 가난한 아르바이트 학생, 특히 후배에게 설령 그것이 정당해 보이는 행위라 할지라도 주관적 자의적으로 정의된 선과 정의를 강요하는 것은 갸륵한 행위일 수 있을까요? 교사의 고압적 요청이 정당성을 가지려면 진지한 권고나 설득에서 멈춰야 하지 않을까요? 사람을 잔혹하게 만드는 것은 상처입은 자존심이란 말을 니체가 한 것으로 기억합니다. 상처 입은 양에게 다시 희생양이 돼 달라고 한낱 방관자가 고압적으로 강권하는 것은 외국 군인의 가학적 모욕 행위 못지않게 잔혹한 정신적 폭행이 아닐까요?

교사는 선과 정의에의 시민적 동참 요청이 무어가 잘못이냐고 항변할 것입니다. 비자발적인 별에의 행진이 보리밭의 황폐와 무수한 시체를 야기하는 것은 역사의 상례입니다. 20세기의 정치적 공룡인 전체주의 체제는 권력자가 책정한 선과 정의에의 동참을 행위자의 동의 없이 획일적으로 가차 없이 집행한다는 것을 상기할 때 그는 언제든지 완장을 찬 폭력 기구의 유능한 조직원으로 변신할 가능성을 내포하고 있다고 생각됩니다. 냉혈적 고문관으로서의 자질을 넉넉히 가지고 있어 보입니다. 많은 지식인들이 정당 조직에서 이탈하여 당초의 대의 참여를 저버리는 데는 조직 내 상층부의 일방적 결정을 수긍할 수 없다는 누적된 좌절감과 연관되어 있다고 생각됩니다. 끊임없이 희생자를 만들어가며 투쟁을 이어가는 정치실천 현장의 불순한 장면을 실감시켜 준다는 한 가지만으로도 이 단편은 정독에 값합니다. 이름도 모르는 독선적 교사가 어디서 많이 본 구면으로 느껴지는 것 자체가 작가 역량의 소치입니다. 강압적 권유가 아닌 온유한 권면도 그것이 중대한 결과로 이어지는 행동과 관련될 때 그것이 타인의 주체성을 침해하는 내정간섭이 아닌가, 하고 검토해 보는 것이 윤리적 태도라는 것을 실감시켜 주는 것도 이 작품이 갖는 미덕의 하나이겠습니다.

화자인 대학생은 섬세한 감수성을 가진 인물로서 교사와 대척점에 있으며 시종 당하기만 하고 능동적으로 대처하지도 행동하지도 못하는 수동적 소극적 인물입니다. 연소한 대학생이란 것과도 연관되지만 교사와의 대비 때문에 그런 측면이 두드러져 보이는 것도 사실입니다. 최대의 피해자이기 때문에 독자의 동정이 쏠리는 구석도 있지만 중요한 것은 그의 냉철한 관찰입니다. 호오에 매임이 없이 세밀한 관찰을 수행하고 있다는 점에서는 작가의 분신이라는 생각도 듭니다. 교사와 학생을 보면 "행동자는 항시 비양심적이고 생각하는 자 이외의 누구도 양심을 갖지 않는다"[7]는 괴테의 잠언이 떠오릅니다. 적극적 행동인과 우유부단한 지식인으로 대비되어 있는 교사와 학생이 생생하게 살아있는 데는 섬세한 심리묘사와 자연스러운 대화 언어가 크게 기여하고 있습니다. 작가가 명시적 이데올로기에서 초연하기 때문에 가능하고 정치의 이모저모를 그 맹아적 단계에서 잘 보여주고 있는 수작이라고 여겨집니다.

오에의 단편 「싸움의 오늘」도 정치를 다루고 있는 작품입니다.[8] 「인간

---

7) Johan Wolfgang Goethe, *Maxims and Reflections* (New York: Open Road Integrated Media, 2017), kindle book, loc. 188.
8) 「싸움의 오늘」은 구성이나 작중인물 조형에서 비교적 느슨하고 박력이 결여되어 있어 「인간의 양」과 달리 오에가 스스로 선정한 800페이지가 넘는 『오에 겐자부로(自選 短篇)』에도 수록되어 있지 않은 게 눈에 뜨임.

의 양」과 같은 해 몇 달 뒤에 발표되었는데 분량도 곱절이 넘고 따라서 구성은 조금 느슨합니다. 젊은 학생 형제가 한국전쟁에 출정하는 젊은 지식인 외국인 병사를 상대로 팜플렛을 돌립니다. 마지막 페이지에는 머리가 반쪽 난 앳돼 보이는 외국 군인의 사진이 실려 있는 것으로 전쟁에서 개처럼 살해되는 굴욕을 한국인을 위해 떠맡는 것은 우매한 짓이고 우리 일본 청년은 용감하게 전선에서 이탈하는 그대들 바다 건너에서 온 동학에게 손길을 뻗칠 용의가 있다는 등의 선동적 언사가 적힌 것입니다. 그런데 이 팜플렛을 본 열아홉 살의 병사가 단골 팡팡을 통해 탈주를 희망하니 맡아달라는 뜻을 전합니다. 형은 주저하지만 이제 와서 뒷걸음질 치는 것은 비겁하다고 고집하는 동생이 동의하는데 아무런 대책 없이 받아들인 탈주병은 우여곡절 끝에 죽게 됩니다. 정치적 구호와 선동이 소기의 목적을 달성했는데 정작 선동 주체들은 뜻밖의 결과에 당황하고 적절하게 대처하지 못합니다. 정치 실전 현장의 구체적 사례를 통해서 정치적 구호의 허구성과 정치선전의 부정적 측면을 포착해서 소설만이 전할 수 있는 진실을 드러내고 있습니다. 이 작품에서도 작가는 시종 냉철한 입장을 취해서 역성을 드는 인물은 없어 보입니다. 군이 찾아본다면 깊은 성찰을 거치지 않은 정치적 실천의 희생자가 되는 군인이 될 것입니다. 어쨌거나 「인간의 양」, 「싸움의 오늘」이 거둔 정치에 대한 통찰과 작품적 성취가 경직한 이데올로기로 무장하지 않은 작가의 눈에서 나온다고 말할 수 있겠습니다.

소학교 5학년 때 종전을 맞은 오에는 전후의 민주화와 평화헌법 아래서 성장한 전후세대입니다. 정치참여와 평화헌법 준수가 대세를 이룬 가운데 그도 이른바 진보적 문화인의 한 사람으로 행동한 것으로 알고 있습니다. 그러나 초기의 대표적 단편인 두 편에 관한 한 그는 정치적 이데올로기에서 자유로움으로써 도리어 정치와 참여와 정치적 행동의 문제점을 생생히 보여줄 수 있었다고 생각됩니다. 그렇다고 작품에 보이는 노여움과 굴욕감이 전후 일본인의 심성에 대한 표상이 될 수도 있다는 가능성을 배제하는 것은 아님을 부언해 둡니다. 침묵과 방관에 대한 작가의 비판적 시선도 간과해선 안 되겠습니다.

리얼리즘 승리의 앞뒤

20세기 한국 작가들이 애독한 외국문학은 러시아문학입니다. 벽초, 춘원, 이태준 등은 톨스토이 숭상을 실토하는 글을 남겨놓고 있습니다. 염상섭은 가장 감명 깊게 읽은 작품으로 『카라마조프가의 형제들』을 들고 있고 벽초, 이태준, 이효석이 모두 투르게네프를 애독했음을 기록으로 남겨놓고 있습니다. 벽초는 『루딘』을 변소에서 읽어냈다 말하고 있고 이태준은 도쿄 교외 무사시노武藏野를 걸으면서 투르게네프를 읽었다고 적고 있습니다. 평창의 메밀밭과 함께 모르는 사람이 없게 된 이효석은 젊은 시절 러시아 문학을 읽고 바자로프의 정열이야말로 이 땅 청년이 가져야 할 정열이라고 흥분했고 『그 전날 밤』 속에 주인공의 혁명적 활동이 구체적으로 그려져 있지는 않으나 불가리아의 한 민족적 투사의 기개와 정열은 그대로 당대의 계급적 투사의 그것으로 대체되어야 한다며 주먹을 쥐었다고 회고적 산문에 적고 있습니다. 또 체홉을 애독했다며 영향받았음을 시사하고 있습니다.

이들이 러시아 문학에 경도한 것은 당시 일본에서의 활발한 러시아문학 수용과 연관된 면이 있습니다. 일본에서 언문일치의 구어체 소설을 처음으로 시도한 작가 후다바떼이二葉亭四迷는 그 후 명역이라는 평판이 난 『사냥꾼의 수첩』 속의 단편을 비롯하여 『루딘』 등을 번역하여 일본에 많은 투르게네프 애호가를 낳게 했습니다. 일본문학 연구자 도널드 킨이 『최초의 일본 현대인』이란 표제로 평전을 쓴 이시카와 다쿠보쿠의 단가에도 "진눈깨비 내리는 이시카리 평야의 기차에서 읽는 트르게네프여"란 것이 있습니다. 또 아쿠타가와는「톨스토이와 투르게네프」란 실명 단편소설을 남겨놓고 있습니다. 한편 톨스토이 숭상도 고조되어 러시아로 순례를 다녀온 문인들도 있고 그의 영향을 받은 젊은 문인들이『시라가바白樺』를 창간해서 영향력이 컸다는 것도 작용했을 것입니다. 그러나 외국문화 수입이 왕성했던 일본의 문학풍토에 친숙했던 한국의 문학청년들이 특히 러시아문학에 경도한 것은 거기서 어떤 친연성을 발견했기 때문일 것입니다. 구체적으로 말하면『루딘』에서 시작해서 체홉의「결투」에 이르는 저 러시아소설에 빈번히 등장하는 잉여인간들에게서 자신의 모습을 보게 된다는 소외의 공유경험 때문이 아닐까 싶습니다. 귀속된 사회에서 자기 자리를 찾지 못하는 고향상실감이 식민지의 의식청년들에게 각별히 호소해 왔기 때문이라 생각됩니다. 그만큼 러시아문학이 보편적 호소력을 갖고 있었다 할 수 있습니다. 그 호소력의 원천은 어디서 찾을 수 있을까요?

19세기 러시아 문학 특히 소설이 일거에 높은 성취를 보인 것은 차르의 엄혹한 전제정치 아래서 검열로 말미암아 지하로 쫓긴 정치비판 혹은 사회비판이 문학 속으로 유입되었기 때문이라는 게 정설입니다. 달리 출구를 찾지 못한 사회문화적 비판적 에너지가 문학에 집중됨으로써 풍요한 작품적 결실로 이어졌다는 것입니다.[9] 러시아 작가 중 가장 균형 잡힌 중용의 작가라는 평판을 얻은 투르게네프의 소설들조차 모두 정치적 함의로 차 있다는 것은 널리 알려져 있습니다. 작가나 지식인이 사회적 양심의 구현자여야 한다는 강렬한 의식은 19세기 러시아의 지적 풍토의 특징이라 할 수 있습니다. 폭압적인 전제정치, 이성적 토론의 전통이 전혀 없는 교회, 기아선상에서 삶을 영위하는 까막눈인 대다수 농민으로 구성된 사회체제 속에서 교육을 받은 극소수의 지식층들은 서유럽에서 흘러오는 새 사상을 접하면서 자신들이 자신의 터전에서 이방인이 돼 있음을 의식하게 됩니다. 그리고 그 가운데서 여린 혹은 민감한 양심을 가진 극소

---

9) Edmund Wilson, *The Triple Thinkers* (Harmondsworth: Penguin Books, 1962), p. 228.

수가 자신들보다 불행하고 뒤쳐진 동포들에게 도움이 되어야 한다는 도덕적 의무감을 느끼게 됩니다. 이젠 단어 속에 사회적 책무의 함의가 들어있게 된 인텔리겐차란 러시아말이 발명된 것은 1860년에서 1870년 사이라고 하는데 이 말은 위에서 본 극소수의 교육받은 사람을 지칭합니다. 그 후 이 말은 세계적인 의미를 갖게 되는데 역사적 혁명적 결과를 야기한 인텔리겐차라는 현상은 세계의 사회 변화에 대한 가장 크고 유일한 러시아의 기여라고 아이자이어 벌린은 말하고 있습니다.[10] 그는 또 인텔리겐차intelligentsia를 지성인intellectual과 혼동해서는 안 된다고 말합니다. 그리고 그 진정한 시조로 벨린스키, 투르게네프, 바쿠닌, 겔첸을 들고 있습니다. 19세기 러시아의 모든 작가들이 인텔리겐차는 아니라면서 고골, 톨스토이, 체홉을 예로 들고 있습니다. 그럼에도 투르게네프, 톨스토이, 곤차로프, 도스토예프스키, 그 밖의 군소작가들의 작품들은 그들의 시대, 특정 사회·역사적 환경, 그리고 그 이데올로기적 내용에 대한 이해를 서유럽의 "사회"소설보다 한결 높은 단계에서 보여주고 있다고 말하고 있습니다. 고귀한 신분에 따르는 의무란 말이 있지만 예술적 문학적 재능도 일종의 특권이며 의무가 따르고 사회적 책임이 따른다는 의식의 심층적 평행 현상의 결과라 할 수 있겠습니다.

　이차대전 이후 일세를 풍미한 문학론의 하나는 사르트르의 참여론일 것입니다. 물론 그것은 실존주의 철학사상 수용이란 맥락에서 이루어진 것이긴 하지만 특히 개발도상사회의 청년들에게 호소력을 발휘했다고 여겨집니다. 사르트르의 참여론은 "누구나 모든 것에 대해서 모든 사람에게 책임이 있다"는 『카라마조프가의 사람들』에 나오는 조시마 장로의 생각의 문학론적 확대라는 측면이 있습니다. 그의 이론적 전개가 있기 전에 19세기 러시아 작가들은 사실상 당대 상황에 열의 있게 "참여"했다 할 수 있습

---

10) Isaiah Berlin, *The Russian Thinkers*, ed. Henry Hardy & Aileen kelly (Harmondsworth: Penguin Books, 1979), p. 116.

니다. 또 벨린스키를 비롯한 급진파 비평가들은 자가들에게 참여의 당위성을 역설하면서 거의 위협적으로 강권하다시피 했습니다. 그러나 잘못 알고 있는 일반 통념과 달리 선도적 급진파인 벨린스키의 경우에 예술의 요구와 사회의 요구 사이의 대립에서 사회의 요구가 그저 승리를 거두어 체르니에프스키, 피사레프, 플레하노프와 그들의 마르크스주의 아류들의 분명한 급진적 전통의 기점이 된 것은 아니라고 아이자이어 벌린은 말합니다.[11] 도리어 문제가 해소되지 않았기 때문에 그 후에 러시아 작가나 예술가가 빠지게 되는 딜레마를 마련하게 되었다는 것입니다. 19세기 러시아 작가들이 문학의 요구와 사회의 요구 사이에서 끊임없이 고민하면서 각자 자기 나름으로 양자를 조정하여 높은 성취를 이루었다고 바꾸어 말할 수도 있을 것입니다.

19세기 말엽에서 20세기에 걸쳐 특히 1930년대에 문학인들이 씨름해야 했던 것은 마르크스주의 사상입니다. 마르크스주의는 자본주의 체제의 사회적 모순에 대한 통렬한 비판도 중요했지만 고유의 유토피아 의식과 제휴하여 많은 지식인이나 작가들에게 호소한 게 사실입니다. "예술은 자립적이 된 이래 종교에서 증발한 유토피아를 보존해 왔다"고 호르크하이머가 말했지만[12] 유토피아 충동은 문학예술의 주요 내재적 충동의 하나라 할 수 있습니다. 마르크스주의 지향이나 마르크스주의적 발상은 여러 가지 형태로 문학적 상상력을 자극하고 매혹하고 혹은 곤경에 빠뜨리기도 했습니다. 문학을 무기화하여 즉시적 효과를 거두려는 초조한 기획은 매력 없는 결과물을 양산하기도 했습니다. 그러나 문학과 이데올로기의 관계에 대해선 이미 마르크스주의의 교부들이 고전적 답변을 내놓았다는 것이 나의 생각입니다. 레이먼드 윌리엄즈의 『마르크스주의와 문학』에는

---

11) Isaiah Berlin, *The Sense of Reality: Studies in Ideas and their History*, ed. Henry Hardy (New York: Farrar, Straus and Giroux, 1996), p. 226.

12) Mac Horkheimer, *Critical Theory: Selected Essays* (New York: The Seabury Press, 1972), p. 275.(140장)

엥겔스의 다음과 같은 발언이 인용되어 있습니다.

> 작품 제작에 있어 재주 없는 것을, 이목을 끌게 마련인 정치적 암시로 벌
> 충하는 것이 특히 열등한 문인들의 버릇으로 점점 굳어졌다. 시, 소설, 평론,
> 희곡, 모든 문학 생산품이 이른바 "경향"으로 가득 차게 되었다.(엥겔스, 1851년
> 10월: MEL. 119)

> …재주가 없기 때문에 자신의 확신을 드러내려 극단적으로 경향성 쓰레기
> 를 보여주는 하찮은 친구가 있는데 사실은 독자를 얻기 위해 그러는 것이다.(엥
> 겔스, 1881년 8월 MEL. 123)[13]

여기서 우리는 마르크스주의 문학론의 비평적 관용구의 하나인 "리얼
리즘의 승리"를 떠올리게 됩니다. 작가 시인이 공언하는 철학이나 정치
적 견해와 그들이 작품 속에서 성취한 진실 표출을 분리하는 "리얼리즘의
승리"라는 개념은 엄격히 따지면 지난날의 거장들을 진보주의 계보 속으
로 편입시켜 그것을 강화하려는 문화적 전략의 일환이라 할 수 있습니다.
1888년 4월에 마가레트 하크네스에게 보낸 편지 속에서 엥겔스가 처음으
로 발설한 이 관용구는 그 후 루카치가 발자크의 『농민』을 분석 평가하는
데에서 보다 정교한 형태로 채용하고 있으며[14] 같은 논리로 톨스토이 등
의 작가에게 적용하고 있습니다. 루카치와 마찬가지로 역사유물론의 관
점에서 예술의 사회사를 서술하고 있으나 리얼리즘과 자연주의에 대해서
다른 입장을 취하고 있는 아놀트 하우저는 도스토예프스키가 자신의 지
향과 상관없이 유물론자가 되고 말았다면서 리얼리즘의 승리로 설명하고
있음을 보게 됩니다.[15]

엥겔스는 어떻게 해서 이데올로기가 "리얼리즘의 승리"에 의해서 반박

---

13) Raymond Williams, *Marxism and Literature* (Oxford: Oxford University Press, 1977), p. 200.
14) Georg Lucacs, *Studies in European Realism* (New York: Grosset & Dunlap, 1964), pp. 11-12.
15) A. 하우저, 『문학과 예술의 사회사―현대편』, 백낙청·염무웅 공역, 창작과비평사, 1983, 90-91쪽.

되는지에 관해서는 정교한 설명을 보여주지 않고 있습니다. 이데올로기와 상부구조에 관한 마르크스의 통찰을 인정하면서도 우리의 사고에 내재하는 왜곡성향에 대해서 끊임없이 저항하면서 자신의 사고를 비판적으로 검토하고 그 일면성과 오류를 교정하는 자기검증 능력을 인간이 가지고 있다는 것을 인정하지 않을 수 없습니다. 작가도 창작과정에 이러한 자기검증을 지속적으로 이행해서 보다 높은 진실을 포착해서 표현한다고 할 수 있습니다. 또 작가의 이데올로기란 것도 대개의 경우 느슨하고 막연한 일반론이기 때문에 현실에서 융통성 없이 일관성 있게 작동하는 게 아니라고 할 수 있습니다. 뿐만 아니라 작품은 그 자신의 내재적 논리를 가지고 있어 작가의 의도를 변형시킬 수 있다는 사정도 간과할 수 없을 것입니다. 가령 톨스토이는 『안나 카레니나』 구상 당시 여주인공 안나를 상당히 부정적 인물로 설정했으나 집필 과정에 의도와 상관없이 안나에 공명하고 좋아하게 되어 독자의 동정을 사는 인물로 귀결되었다고 합니다. 창작 과정은 작가의 의도를 일관되게 관철하려는 의식적 노력의 집행 과정이 아니라 심층적이고 무의식적인 성향도 활발하게 참여하는 복잡한 과정이라는 것도 참작해야 할 것입니다. 작가의 의식적 의도를 넘어서는 뜻밖의 행복한 통찰이 영감이라고 할 때 그것은 창작 과정에서 대단한 희귀현상이 아닐지도 모릅니다. 예술의 가치는 그 메시지의 추상적인 적정성이나 의식적 이데올로기에 있지 않고 삶의 표현에 있어서의 풍요하고 복합적인 구체라는 것은 다시 강조되어도 좋을 것입니다.

끝으로

1952년 토마스 만은 미국에서 스위스 츄리히 근교로 이주합니다. 그 이듬해 영어로 『흑고니The Black Swan』라 번역된 긴 단편 『기만당한 여자』를 완성해서 간행한 그는 다시 그 이듬해 체홉과 실러에 관한 2편의 에세이를 집필합니다. 그러니까 지금 얘기하려는 에세이 「체홉」은 그가 세상을 뜨기 1년 전에 집필한 생애의 마지막 문장의 하나가 됩니다. 79세의 노인이 44세의 나이에 50년 전에 타계한 15년 연장의 작가에 관해서 쓴 이 에세이를 무안하고 미련하게 80을 넘긴 처지에 읽으면서 감동을 받았습니다. 두 외국인이 모두 좋아하는 작가인데다가 거장이 거장에게 보내는 공감과 애정의 헌사獻辭는 비평적 문장의 전범을 보여준다고 여겨졌기 때문입니다. 체홉은 인간으로서 또 작가로서 모범적일 뿐만 아니라 그의 작품이 문학과 이데올로기가 있어야 할 방식에 대해서도 계시적이요 계고적이라 생각합니다. 훌륭한 예술가는 고약한 인간이기 쉽다는 속설이 있는데 그 반증이 되고 반듯한 인품에서 반듯한 문학이 나온다는 사례를 보여준다는 점에서도 극히 흥미 있는 글입니다.[16]

토마스 만은 젊은 시절 체홉에 대해 별 관심이 없었고 단편이란 장르를 은근히 얕보았다 합니다. 끈질긴 인내심에 의해서 유지되고 완성되는 기념비적 서사시를 숭상하고 발자크, 톨스토이, 바그너를 우러러보았기 때문이었습니다. 천재의 손끝에서 짤막하고 간결한 것이 내적 깊이를 얻을 수 있다는 것, 짤막함이 예술적 강렬성에서 서사시적 차원으로 올라갈 수 있고 삶의 풍요성 전체를 포용함으로써 때때로 따분함으로 빠질 수밖에 없는 방대한 대작을 능가할 수 있다는 것을 이해하지 못하였기 때문이었으나 사간이 지남에 따라 태도가 바뀌어갔다는 거지요. 체홉은 오랫동안 서유럽에서 과소평가되었는데 체홉의 겸손이 주요 원인이라고 말합니다. 겸손함으로써 세상에 나쁜 본보기를 보여주었다는 것이지요. 체홉은 자기 재능이 별 볼 일 없는 것이며 예술적 가치가 있는 것이 아니라고 믿고 있었고 자신에 대한 믿음을 서서히 아주 힘들여 얻게 되었다는 것입니다.

---

16) Thomas Mann, "Chekhov", *Russian Literature and Modern English Fiction*, ed. Donald Davie (Chicago: The University of Chicago Press, 1965). pp. 214-235.

조부는 농노였고 조그만 식료잡화상을 하던 부친이 파산하고 빚쟁이를 피해 모스크바로 도망친 것은 체홉이 16세 때 일입니다. 3년을 더 시골에서 보내고 라틴어학교를 마친 후 모스크바로 가서 대학에 들어가 의학을 공부하게 됩니다. 그는 해학과 기지를 좋아했고 천부의 재능이 있어 해학과 기지에 찬 스케치나 단편을 신문에 기고하여 미미한 고료를 받아 가족 생계에 보태게 됩니다. 19세에 그는 가족 생계의 버팀목이 됩니다. 자기 자신도 의식하지 못하는 사이 그가 쓰는 얘기는 재미있고 해학적이면서도 삶과 사회를 연민과 비판의 눈으로 바라보는 절실함을 갖게 됩니다. 이를 주목한 쌩뻬뜨르부르끄에 사는 그리고로비치라는 선배 문인이 모스크바 근처의 시골에 사는 체홉에게 편지를 보냅니다. "당신은 극히 예외적인 재능을 가지고 있습니다. 당신의 재능을 하찮은 글에 낭비한다면 비극입니다. 그러지 말고 진정한 예술적 덕목을 가진 작품 쓰기에 전념하기를 간곡히 호소합니다." 체홉은 "눈물이 나도록 감격했으며 이러한 과찬이 합당한 것인지 판단이 안 서지만 만약 경의에 값하는 재능이 있다면 지금껏 자신의 재능을 존경하지 않았음을 감히 고백합니다."란 취지의 감사 답장을 씁니다. 편지를 쓰고 난 체홉은 검시檢屍를 하러 가지만 그 후 자기 글에 안톤 체홉이라 서명하고 그때까지 써 온 안토샤 체혼테란 필명을 버리게 됩니다.

　체홉이 인턴으로 일하던 스물 서넛이 되었을 때의 일입니다. 문학은 애인이고 의술이 정식 부인이라고 말한 그는 삶의 가장 중요한 질문에 해답을 주지 못하면서 글을 쓰는 것이 독자를 우롱하는 게 아니냐는 심정을 토로하고 있기도 합니다. 스물아홉에 그는 폐결핵의 첫 징후를 접하게 됩니다. 그 후 약 6백 편의 단편을 발표합니다. 물론 불후의 명작으로 세계 도처에서 꾸준히 상연되는 희곡 작품을 빼서는 안 되겠지요.

　토마스 만은 체홉 에세이에서 「6호실」, 「나의 삶」, 「의사의 방문」, 「약혼자」 등을 언급하지만 가장 좋아하는 작품이 「지루한 얘기」임을 밝힙니다. 이 작품을 두고 "낯선 잔잔한 슬픔의 분위기가 세계문학의 어떠한 작품과도 다른 비범하고 매력적인 작품"이라 말하고 있습니다. 62세의 저명 학자가 일인칭 화자로 되어 있는 이 작품에서 "솔직히 나는 내 명망을 좋아하지 않는다. 거기 속아왔다는 느낌이다."라고 화자는 말하는데 작품을 썼을 당시의 체홉이 젊은 나이였음을 만은 지적합니다. 체홉은 그 후 오래 살지 못했고 아마도 이 때문에 노년의 심경을 으스스한 통찰력으로 예상할 수 있었을 것이라며 죽어가는 노학자에게 자기 자신을 투영한 것이라고 말합니다. 우리는 타계 직전의 토마스 만이 여기 나오는 노학자에게서 자기 자신을 발견하고 젊은 작가의 통찰에 탄복한 것이라고 생각하게 됩니다. 삶이 안겨준 여러 보상에도 불구하고 그의 삶에는 정신의 중심 혹은 중심적 이념이 없었고 따라서 무의미한 삶이었음을 노인은 깨닫고 있었다는 것입니다. 피후견인이자 내심 애착을 느끼는 여배우 카티아가 깊은 혼란과 절망감에서 "저는 어쩌면 좋아요?"하고 간청할 때 노학자는 "정말 모르겠어. 명예와 양심을 걸고 정말 모르겠어"라고 대답할 수밖에 없었고 그러자 카티아는 그의 곁을 떠납니다.

체홉처럼 일이 문화의 기초라는 것을 깊이 믿고 있는 사람을 달리 보지 못했다고 고리키는 적고 있습니다. 그는 병약한 체질과 결핵에도 불구하고 끊임없이 지칠 줄 모르고 일에 열중했습니다. 모든 그의 작품은 "명예로운 불면증"이며 무엇을 할 것인가란 질문에 대한 해답의 모색이지만 그것은 쉽지 않았습니다. 그가 확실하게 알고 있었던 것은 나태가 가장 나쁜 것이라는 것, 나태는 타인이 나를 위해 일하는 것을 의미하고 따라서 수탈과 억압을 의미하기 때문에 사람은 일을 해야 한다는 것이었다고 만은 말합니다. 그리고 일에 기초한 미와 진실의 결합이 그의 미래상이었다고 맺습니다. 그가 "모든 위대한 현자들은 장군처럼 폭군적이고 장군처럼 무례하다"고 적은 것은 의미심장합니다. 메시지나 설교나 이데올로기를 중시하는 태도에 대한 불신이 보입니다. 그의 짧막한 작품이 발휘한 호소력의 비밀이 무엇인가를 보여준다고 생각합니다. 토마스 만이 고리키에서 인용한 대목을 그대로 적어 끝맺음으로 삼겠습니다. "스타일리스트로서 체홉에 견줄만한 이는 없다. 미래의 문학사가들은 러시아말의 발전에 대해 생각하면서 러시아어가 푸슈킨, 투르게네프, 체홉에 의해서 창조되었다고 주장할 것이다."

문학과 시장

　문학과 시장市場은 얼마쯤 낯선 대칭이다. 인간이 발명한 가장 정교한 컴퓨터라는 시장 예찬자의 말을 수용하든 않든 시장경제 체제 아래서 문학도 상품으로 생산되고 유통되고 소비된다. 이 자명한 사실을 모르는 이는 없지만 시장이 문학에 가하는 막강한 형성력, 영향력, 파괴력에 대해서 우리는 대체로 무심하다. 어두운 등잔 밑의 하나일 것이다. 문학의 내재적 논리나 엘리트 독자의 암묵의 합의에 의존한 것으로 검토 없이 수용되고 있는 장르의 위상 설정이나 부침이 대체로 시장 논리로 결정되었다는 사실은 문학이 가지고 있는 전통적 후광을 탈신비화 한다. 시장과의 관련 속에서 검토할 때 노출되는 불편한 사실들은 또 우리를 우울하게 한다. 그러나 가령 사실주의 흐름의 걸작들이 드러내는 삶의 국면은 대체로 불편하고 곤혹스럽고 불결하기까지 하다. 이 불편한 사실들을 인지하고 감내하면서 삶의 가능성을 추구하는 것이 성숙한 태도요 가까스로 우리에게 허여된 선택지다. 불편한 사실의 적정한 인지와 확인은 언제나 중요하다.

시인과 시장

　그대는 누구를 가장 사랑하는가? 수수께끼 같은 사내여. 아버지인가, 어머니인가, 누이인가 아니면 아우인가?

내게는 아버지도 어머니도 누이도 아우도 없다.

친구는?

그대는 지금껏 내가 그 뜻도 모르는 말을 쓰고 있다.

조국은?

내 조국이 어느 위도 아래 있는지조차 모른다.

미인은?

불멸의 여신이라면 기꺼이 사랑하련다.

황금은?

그대가 신을 증오하듯 난 그것을 증오한다.

그렇다면 그대는 무엇을 사랑하는가? 불가사의한 이방인이여?

난 구름을 사랑한다…… 저기 저 지나가는 구름을…… 저 신묘한 구름을!

보들레르의 산문시집 『파리의 우울』 맨 앞에 실려 있는 산문시 제1호다. 더 쉽게 쓸 수 있을 터인데 그러지 않은 계획적인 모호성의 소산이라고 톨스토이가 『예술이란 무엇인가』에서 전문인용하고 비판한 작품의 하나다.[1] 정말 톨스토이가 이 시를 이해하기 어려운 난해시라고 생각한 것일까? 베토벤의 교향곡 9번을 두고 자기의 호불호를 떠나서 결코 좋은 예술 작품이 아니라고 역설하는 입장에서 보면 이 시편은 일탈적 철부지 불량자의 치기稚氣 만만한 자기현시일 것이다. 개종 이후의 톨스토이가 설파한 단순성 숭상이나 근대 정치이론이 기획하는 공동선으로의 집단적 강제연행에 저항하거나 동의하지 않는 독자들에게 이 작품은 아주 매혹적이다. 가족과 친구와 조국과 종교와 시장의 굴레에서 해방되어 미의 여신에 대한 동경과 흘러가는 구름에 대한 사랑만으로 살고 있는 이 이방인은 얼마나 멋있고 근사한가? 구름은 매임 없는 자유방랑의 표상이 아닌가? 근대 담론의 중요 주제의 하나는 인간해방인데 해방된 자유인의 구상적 이미

---

1) Leo N. Tolstoy, *What is Art?*, trans. Almyer Maude (New York: Bobbs-Merril, 1960), pp. 81-82.

지는 바로 이런 것이 아닌가? 그런데 이 이방인의 모델은 과연 누구일까? 20세기의 살인범인 뫼르소를 예언한 것은 아닐 것이다. 우리는 이방인이 바로 시인 자신이며 시편이 보들레르의 자화상이라고 추측하게 된다. 이 방인은 바로 19세기 유미주의적 시인의 자화상이다. 그리고 모든 초상화가 그렇듯이 보비위 초상화이기도 하다. 그러나 이것은 어디까지나 문학과 시인의 거죽이요 "밖"일 뿐이다. 그 "안"에 대해서 발터 벤야민은 이렇게 말한다.

> 일찍부터 그는 아무런 환상 없이 문학시장을 관찰했다. 1846년에 그는 적었다. "아무리 아름답다 하더라도 한 가옥은 일차적으로는 아름다움이 문제되기 이전에 몇 미터의 높이와 몇 미터의 폭을 가지고 있다. 마찬가지로 가장 측량할 길 없는 실체인 문학은 무엇보다도 먼저 행수行數를 채우는 일이다. 그리고 자기 이름만으로 이득을 기대할 수 없는 문학의 건축가는 어떤 가격으로라도 팔지 않으면 안 된다." 최후까지 문학시장에서 보들레르의 지위는 낮았다. 그가 전 작품을 가지고 번 돈은 1만 5천 프랑도 안 된다고 계산한 이도 있다.[2]

이어서 벤야민은 보들레르가 문인을, 그리고 무엇보다도 자기 자신을, 흔히 창녀와 비교하였음을 지적하고 『악의 꽃』에 수록하지 않은 극히 초기의 시편이 창녀를 다루고 있다면서 그 2연을 적고 나서 말한다.

"구두가 갖고 싶어 그녀는 영혼을 팔았다.
하지만 신은 웃으시리라
만약 이 비루한 여인 곁에서 내가 위선자 되어 고상한척 한다면.
나 또한 사상을 팔아 작가가 되고 싶으니까.
보들레르는 문인의 실제 상황을 잘 알고 있었다. 즉 문인은 건달로서 시장

---

2) Walter Benjamin, "The Paris of the Second Empire in Baudelaire", *Selected Writings* vol. 4. ed. Howard Eiland & Michael W. Jennings (Cambridge: The Belkap Press, 2003), p. 17.

엘 간다. 본인은 시장을 구경하기 위해서라고 말하지만 사실은 구매자를 찾기 위해서다."[3]

　실제 『악의 꽃』 첫머리에는 「몸을 파는 시의 여신」이란 소넷이 보이기도 한다. 뮤즈나 자신을 창녀에 비유하는 것은 그의 자학적 위악적 포즈와 연관된 충격어법이란 측면이 없는 것은 아니다. 또 창녀 애인을 가지고 있던 그에게 창녀는 그리 비하적인 대상이 아니었을 것이다. 그러나 출판사라는 포주가 독자라는 고객을 상대하는 창녀로서 자신들을 고용하고 있는 게 문학시장의 현실이란 자의식은 아주 생소한 것은 아니다. 명사 prostitute가 동사로 쓰이면서 prostitute one's pen으로 쓰이기도 하는 것은 타자에 대한 비방의 문맥에서만 쓰이고 있지도 않다. 구매자를 찾기 위해 시장에 간다는 벤야민의 진단이 옳다면 보들레르의 유명한 댄디즘도 사실은 판촉행위의 일환으로 채택한 생산자의 브랜드일 것이다. 예술가의 많은 기행이나 습관도 마찬가지이다. 문학의 안은 밖과 달리 한결 음울하고 음산하다.

승리의 역설

　문학과 시장이라는 대칭구조는 당연히 근대문학과 시장이라는 것으로 귀결된다. 그러면 근대는 어떻게 왔는가? 시장 지향에서 오는 단순화와 과장의 혐의가 없지 않은 최근의 한 해석은 추리소설 같은 서사로 전개된다. 학문도 심층적으로는 시장을 의식하지 않을 수 없다는 것이 오늘의 난경이다. 얼마 전 우리나라에서도 『1417년, 근대의 탄생』이란 표제로 번역 상재된 스티븐 그린블랫의 『진로 전환: 세계는 어떻게 근대가 되었는

---

3) Ibid., p. 19.

가』는 흥미진진하게 읽히는 사상사요 문화사이다. 인문학의 쇠퇴와 몰락이 흡사 주문처럼 끊임없이 울려오는 풍토에서 문학과 인문학의 시계視界와 그 물리칠 길 없는 매혹을 실감케 하는 역사 서사이다.『진로 전환』서사의 구심점이 되어있는 이탈리아인 포지오 브라치올리니는 글씨 솜씨가 뛰어나 필사자筆寫者로 성공하여 역대 교황 중 최고 흉물이란 평가를 받고 있는 요한23세의 비서가 된 인물로서 14명의 사생아를 낳고 56세에 18세 신부와 결혼하여 5남매를 두고 피렌체의 최고 명예직에 오른 수직적 신분 상승의 인문학자이다. 그가 1417년에 독일의 어느 수도원 도서관에서 루크레티우스의『사물의 본성에 관하여』를 발견한 것이 르네상스의 기원이며, 역사 진행에서 진로 전환의 계기가 되어 근대세계가 성립되었다는 것이 이 책의 명제이다.[4]

유럽 전통에서 교훈시로 분류되는 루크레티우스의『사물의 본성에 관하여』는 7,400행이 넘는 장시로써 여러 가지 정황으로 보아 미완의 작품이라고 간주되고 있다. 이 시에는 통상적인 의미에서의 등장인물과 플롯이 없고 우주, 자연, 인간, 종교에 관한 운문으로 된 논문이라는 뼈대를 가지고 있으며 라틴말 원시는 심미적으로도 빼어나다는 평가를 받고 있다.

만물은 보이지 않는 입자로 되어있다는 '원자론'을 비롯해서 "영혼은 죽으며 내세는 없다", "인간사회는 고요와 풍요의 황금시대가 아니라 생존을 위한 원시적 투쟁에서 시작되었다", "종교는 미신적인 망상이며 항시 잔혹하다"라는 등의 수다한 도전적인 명제를 담고 있다. 이러한 유물론의 시각과 "인간생활의 최고 목표는 쾌락의 고양이고 고통의 감소다"란 명제에서 독자들이 눈치챌 수 있듯이 전개되는 많은 논의가 루크레티우스의 창의가 아니라 에피큐로스 사상에 의존한 것이라는 게 정설이다.

브라치올리니가 1417년에 발견한 필사본은 9세기에 어떤 수도승이 필

---

4) Stephen Greenblatt, *The Swerve: How the World Became Modern* (New York: W.W. Norton, 2011), pp. 8-13. 이하의 부분은 필자의 요약임.

사한 것으로 그것이 연원이 되어 활판 인쇄술 발명 이후『사물의 본성에 관하여』는 유럽 각지에서 간행되어 널리 읽혀지게 된다. 1580년에 나온 몽테뉴의『에세이』에는 루크레티우스로부터의 직접적인 인용이 거의 1백 번 나오고 그의 주장과 궤를 같이하는 에세이가 허다하다. 여기서부터 루크레티우스가 유럽 각지에서 읽혀지는 과정을 추적하는 그린블랫의 필치는 책 전체가 그렇긴 하지만 특히 추리소설을 읽는 것 같은 진진한 박진감을 준다. 시와 책의 마력이 세계를 변화시키고 근대를 탄생하게 했다는 그린블랫 명제의 서사는 토마스 제퍼슨과 미국의 독립선언서에 이르러 정점에 도달한다. 제퍼슨은 최소 5종의 라틴어판『사물의 본성에 관하여』와 영어, 프랑스어, 이탈리어판을 소장하고 있었고 미국 건국 당시 독립선언서 작성에 참여하였다. "생명과 자유와 행복의 추구가 조물주가 부여한 양도할 수 없는 권리"라는 행복추구권의 명기는 제퍼슨의 발상이었으며 우리는 거기서 루크레티우스의 명제를 확인하게 된다는 것의 그의 결론이다.

조지 슈타이너는『사상시: 헬리니즘에서 첼란까지』에서 "루크레티우스의 시에선 다른 어디에서보다도 전근대의 사상이 근대의 사상에 바짝 근접해 있는 것으로 보인다"는 리오 스트라우스의 말을 동조적으로 인용하고 있다.[5] 근대사상에 근접해 있는 전근대의 사상이 바로 근대사상의 기원이며, 거기서 똑바로 근대사상이 이어져 왔다고 생각하는 것은 원자가 맹목적인 진로 전환으로 좌충우돌하면서 만물이 생성과 분해를 계속한다는 루크레티우스의 세계상에 걸맞지 않아 보인다. 루크레티우스의 발견은 근대화 과정에서의 하나의 삽화적 현상일 뿐 변화의 빅뱅으로 간주하는 것은 자기 착상에 대한 그린블랫 자신의 과대평가가 아닌가, 하는 의혹은 물리칠 길이 없다. 그가 펼쳐 보이는 유럽이 역사적 사실에 부합하

---

5) George Steiner, *The Poetry of Thought: from Hellenism to Celan* (New York: New Directions, 2011), p. 46.

지 않는다면서 특히 가톨릭 학자 사이에서의 비판은 거세다. 그러나 이 문학 위상의 끝없는 전락시대에 하나의 시편이 역사를 변경시켰다는 명제는 그 자체로서 벌써 매혹이요 극히 고무적이다. 시도 역사를 만들었다는 생각은 문학과 인문학 회의론자들에게 커다란 위안이 될 것이다. 어쨌거나 우리가 그린블랫의 명제를 전폭적으로 수용하여 루크레티우스가 근대세계 형성의 큰 계기가 되었다는 것을 시인할 때 우리는 하나의 커다란 역설적 사실과 마주치게 된다. 그것은 역사와 근대를 만들었다는 시의 승리가 그대로 시의 위상하락과 산문문학의 융성으로 이어지기 때문이다. 근대에 와서 현저한 위상 추락을 겪는 운문시는 문학에서의 윗자리를 산문문학으로 넘겨주게 된다. 사실 근대는 산문의 시대이며 소설의 시대이다. 아마 범세계적인 현상이라 해도 좋을 것이다.

운문 시의 쇠퇴와 소설의 융성

행복한 결말로 끝나는 그린블랫의 역사 서사의 정점이랄 수 있는 행복 추구권의 미국 독립선언서 명기 이후 한나 아렌트가 혁명이라는 이름에 값하는 진정한 성공 사례라며 높이 평가하는 미국혁명이 일단의 완결을 보게 된다. 그보다 40여 년 앞선 1740년에 영문학사가 최초의 근대소설이라고 기술하는 리처드슨의 『패멀라』가 나온다.[6] 고전 공부를 한 바 없는 한 인쇄업자가 돈벌이로 구상했던 모범편지투 모음 준비 중 쉰 살의 나이에 편지체로 쓴 이 소설이 시장적 성공을 거두자 그는 몇 해 뒤에 역시 편

---

6) 유럽의 문화민족주의는 최초의 근대소설이 각각 자기 나라 작품이라고 주장한다. 그러나 소설이 근대사회의 산물이기 때문에 근대화 측면에서 가장 선진국이었던 영국의 주장은 일단 타당성이 있어 보인다. 또 『패멀라』이전에도 스위프트의 『갈리버 여행기』, 드포의 『로빈슨 크루소』 등이 있으나 소설 전사前史로 취급하는 것이 보통이다. 한편 바흐친처럼 소설 장르를 그리스 시대로 소급해서 적용하는 이도 있다. 한편 이하에서 다룬 것 중 영문학사에서 상식이 되어 있는 사항에는 일일이 주를 달지 않았다.

지체로 된 가장 긴 영어소설『클러리사 할로』를 출간한다. 세 번째 작품인『찰스 그랜디슨 경』역시 편지체로 되었으나 남성 주인공을 내세웠다는 점이 다르며 독자나 시장 쪽의 반응은 별로 신통치가 못하였다. 미천한 소목장의 아들로 태어나 인쇄소 견습공으로 시작해서 런던 유수의 인쇄업자와 작가로 성공한 그는 한창때 30명의 직원을 두었고 2349권의 서적을 인쇄해 냈다. 의회 출판물 인쇄로 1만 2천 파운드의 거금을 수령한 적도 있는 그는 72세의 나이로 세상을 뜰 때 장례식에 30파운드 이상 쓰지 말라는 것, 아내와 미혼인 세 딸의 명의로 사업을 계속하라는 유언장을 남겼다.

우리가 그의 삶에 주목한 것은 '부르주아의 서사시'인 근대소설의 시조가 중산층의 성공담을 실현한 전형적인 중산계급 인물이기 때문이다. 읽기 쓰기와 기초 셈법을 배운 뒤에는 오로지 창의성과 근면으로 자아성취를 이룬 그는 중산계급 가치관을 완벽하게 보여주는 여성을 그려냈고 소속한 사회의 긴장과 이상을 구현한 소설을 창출해 내었고 독자로 하여금 작중인물의 감정과 생각에 몰입하게 하는 데 전례 없는 성공을 거두었다. 실제 편지대필을 통해 통찰을 얻게 되었다는 여성의 심리나 여성에 가해지는 압력 또한 전례 없는 것이어서 현대독자들의 인내 한계를 넘어서는 줄거리에도 불구하고 그 사회사적 의미는 여전히 연구 대상이 되고 있다. 『패멀라』는 거의 모든 유럽어로 번역되었고 그 영향은 루소의『새 엘로이즈』, 괴테의『젊은 베르테르의 괴로움』과 같은 서간체 소설에 흔적을 남기고 있다.

리처드슨의 동시대인으로 서머싯 몸이 세계 십대소설로 꼽은『톰 존스』를 쓴 헨리 필딩, 러시아 형식주의에서 가장 소설다운 소설이라고 정의한『트리스트램 쉔디의 생활과 의견』을 쓴 목사 로렌스 스턴, 스코틀랜드의 외과의사인 스몰렛과 같은 작가의 연이은 등장으로 18세기 영국소설은 풍요한 다양성을 획득한다. 흔히 최초의 영국 소설가로 분류되는 앞의 네 작가는 모두 실무가로 당대의 삶에 정력적으로 관심을 가져 세상사에 정통하였고 각계각층 인물의 세심한 관찰자이기도 하였다. 이들의 작품세계는 근대소설을 최초로 창출해냈다는 영국인의 문화적 긍지를 어느 정도 정당화해 준다.

고전교육을 받지 못한 리처드슨의 작품과 인물에 대한 풍자적 반응으로 필딩은 『조지프 앤드루스』를 썼는데 작가는 이 작품을 "산문으로 된 희극적 서사시"라고 스스로 규정했다. 산문으로 된 서사시란 말은 사실상 근대소설에 대한 평범하나 정확한 정의가 된다. 거기에 헤겔을 추가하여 "산문으로 된 부르조아의 서사시"라고 한다면 소설에 대한 가장 간결하고도 적정한 정의가 성립한다. 흔히 문맥에서 떼어 인용하는 "소설은 신에게 버림받은 세계의 서사시"란 루카치의 정의는 한결 시적으로 들리긴 하지만 산문으로 돼 있다는 점이 누락되어 엄밀성에서는 소루하다고 하지 않을 수 없다.

초기 근대소설이 중산계급을 그리면서 그들의 열망과 가치관을 구현한 것 말고도 리처드슨의 경우에 보았듯이 작가 또한 대부분이 중산계급 출신이다. 레이먼드 윌리엄즈는 1470년에서 1920년 사이에 태어난 약 350명의 시인 작가들의 출신성분, 교육정도, 생계의 방법 등을 조사하여 "영국문인의 사회사" 기술을 시도하였다. 대충 50년간을 한 단위로 묶어서 시대별 통계를 내고 간략한 개관을 시도한 것이다. 18세기 작가들이 포함된 시기인 1680년에서 1730년 사이의 출생자로는 19명이 선택되어 있다. 이 중 2명이 귀족 및 신사계층 출신, 13명이 중산계급의 전문직 집안 출신, 여타 4명이 상인 및 장인 집안 등 하층 중산계급 출신으로 되어있다.[7]

작가와 함께 독자들도 대체로 중산층으로 되어있었다. 문자 해독자의 수효는 획기적으로 증가해 갔지만 현재로선 상상하기 어려울 정도의 비싼 책값과 독서의 전제조건이 되는 여가나 프라이버시의 결핍 때문에 독서 인구는 제한적일 수밖에 없었다. 그런 중에 단일한 직업집단으로서는

---

7) Raymond Williams, *The Long Revolution* (Harmondsworth: Penguin Books, 1966), pp. 254-259.

가장 큰 집단을 이루고 있었던 종복과 하녀가 견습생, 상업과 생산업에 종사하는 유복한 신흥계급과 함께 소설의 독자층을 형성하고 있었다. 다시 말해 작자, 독자, 작중인물들이 대체로 중산계급이고 작품의 에토스는 중산계급의 생활관 및 가치관이었다는 사실은 중산계급의 서사시란 정의를 다시 뒷받침해 준다.

그렇다면 "산문으로 된 서사시"란 정의에 내포된 의미는 무엇인가? 마르크스가 여전히 "규범과 도달할 수 없는 모범"이 돼 있다고 한 호메로스에서 시작해서 서사시는 당연히 운문으로 되어있었다. 서사시나 비극은 물론이요 소설 이전의 중세 로맨스 또한 운문으로 돼있었다. 14세기쯤엔 벌써 쇠퇴기로 접어들어 산문으로 쓰인 경우도 있으나 월터 스코트의 경우에 볼 수 있듯이 19세기 초반까지 운문으로 된 로맨스가 많은 독사를 얻는 일도 있었고 스페인에선 독자적인 장르로 발전하여 17세기까지 이어졌다. 이러한 운문 주도의 문학은 소설의 대두와 함께 사실상 역전된다. 산문이 주도권을 잡게 된 것이다.

운문과 산문, 또 시와 산문의 엄격한 구별은 쉽지 않다. 그러나 시인은 언어를 이용하기를 거절한 사람이란 사르트르의 정의는 여전히 설득력을 갖고 있으며 그것을 넘어서는 통찰은 별로 찾아지지 않는다.[8] 산문에서 말은 목적을 성취하는 유용한 도구이나 시에서 말은 그 자체가 목적이 된다. 산문은 보행이요 시는 무도라는 말과 함께 상징주의 전통에서 시를 익힌 프랑스인다운 발상이다. 상징주의 시가 보여주는 자폐적 폐쇄적 질서는 극단적인 것이기 때문에 도리어 시의 특징을 밝혀주는 데 유효하다고 할 수 있다. 규칙과 관습과 거추장스러운 제약이 많은 운문을 버리고 산문을 채용함으로써 소설은 현실과 인물묘사에서 현장 고유의 사실성과 직접성을 얻을 수 있었다. 또한 알아보기 쉽게 동어 반복적으로 씀으로써 교육 수준이 낮은 독자들에게 쉽게 호소할 수 있었다. 시장의 유통구조와

---

8) 장폴 사르트르, 『문학이란 무엇인가』, 정명환 역, 민음사, 1998, pp. 22-27.

자유경쟁 속으로 뛰어든 작가들에게 보수를 주는 것은 후원자가 아니라 이제 서적판매상이 된다. 속도와 많은 분량이 경제적 미덕이 되는 것을 아는 작가들이 산문의 효율성을 선택하고 숭상한 것은 당연한 일이다.

여기서 근대극의 경우를 상기하는 것은 우리의 시계를 넓혀준다. 고전 비극은 물론이요 영국의 경우 엘리자베스 여왕과 제임스 1세 시대의 극은 운문으로 돼 있었다. 19세기의 주요 낭만주의 시인들이 시극을 시도했으나 실패한 선례 때문이기도 하겠지만 19세기 말에서 현대에 이르기까지 예이츠, 엘리엇 같은 소수 시인들의 고독한 시도 이외엔 산문극이 주류가 되어버렸다. 소설의 산문 채용과 그 성공을 본 근대의 극작가들이 운문을 버리고 산문극을 선택한 것은 자연스러운 추세였다. 입센 이후의 근대극은 산문도입을 통해서 당대의 문제적 국면을 제시하여 극예술에 새로운 전기를 마련했다고 할 수 있다.

소설이 다수 독자를 획득하여 러시아 형식주의에서 말하는 변두리 형식의 주류화의 한 사례가 된 것은 중층적 결정의 소산이다. 모리스 슈로더에 따르면 소설의 주제는 돈키호테 이후 비교적 단순하다. "소설은 순수의 상태에서 경험의 상태, 축복이랄 수 있는 순수에서 실제로 세상 돌아가는 것에 대한 깨달음으로의 추이를 기록한다."[9] 따라서 소설은 본래 넓은 의미의 형성소설Bildungsroman이라 할 수 있다.[10] 봉건질서 아래서의 신분 고정성이 무너지고 지리적 이동을 수반한 수직적 신분 이동이 극히 유연해진 활발한 사회이동social mobility의 시대에 독자들이 소설에서 어떻게 살아야 할 것인가 하는 실제적 지혜와 조언을 구한 것도 극히 중요하다. 그러나 그 가장 큰 원인은 운문에 비해서 상대적으로 읽기 쉽고 알기 쉽고 쓰기 쉬우며 접근 용이한 산문의 채택에서 찾아야 할 것이다.

---

9) Maurice Z. Schroder, "The Novel as a Genre", *The Theory of the Novel*, ed. Philip Stevick (New York: Free Press, 1967), p. 14.

10) Bildungsroman이란 말을 처음 쓴 이가 Wilhelm Dilthey라고 흔히 알려져 있다. 그러나 1820년대 초에 Karl Morgenstern이 최초로 썼다 한다. Martin Swales, *The German Bildungsroman from Wieland to Hesse* (Princeton; Princeton University Press, 1978), p. 12. 참조.

시장과 장르의 순위

영국의 경우 18세기에 대두한 소설이 사회에서 사실상 문학으로 수용된 것은 1814년에 익명으로 간행된 월터 스코트의 『웨이벌리Waverly』가 계기가 되었다는 설명은 설득력이 있다.[11] 그 놀라운 성공에 힘입어 이미 유명한 대중적 시인이었던 작자는 본명을 걸고 연작소설을 발표하기 시작하였다. 어마어마한 시장적 성공이 새 문학 장르의 확실한 사회적 승인을 가능케 한 것이다.

오늘날 대중적 상상력 속에서 문학은 곧 소설을 뜻하며 소설은 문학의 대명사가 된 감이 있다. 가장 많이 읽히는 문학 장르는 소설이요 시장에서 독자 선호의 지표가 되는 베스트셀러는 단연 소설이 차지하고 있다. 유럽이나 미국에서 베스트셀러를 열거할 때 "허구와 비허구"로 분류하는 관행 자체가 소설의 위력을 말해준다. 소설의 번창은 상대적으로 시의 위축과 동시적으로 진행된다. 소설의 융성과 다수 독자의 획득에 따라 작가의 사회적 위상도 크게 상승한다. 물론 개인차는 현격하지만 많은 독자를 가진 작가들의 사회적 위상은 대체로 소수 독자밖에 갖지 못한 시인의 그것에 비해서 현격하게 높다. 결국 시장에서의 수요와 작가의 사회적 위상은 함수관계에 있다. 독자가 많다는 것은 그대로 작가의 수익이 많다는 것을 의미하기도 하기 때문에 시인에 비해 소설가의 사회적 지위는 더욱 상승하게 된다.

그 평가 기준보다는 수상자의 지명도 향상과 시장에서의 독자 증가 때문에 늘 지대한 관심의 대상이 되는 노벨문학상의 경우 수상 작가가 수상

---

11) Annette T. Rubinstein, *The Great Tradition in English Literature From Shakespeare to Shaw* vol. 1 (New York: Modern Reader Paperbacks, 1953), p. 329.

시인보다 월등히 많다. 20세기 이후 21세까지 100명이 넘는 수상자 가운데 작가 수상자는 시인 수상자의 2배가 훨씬 넘는다. 엄격한 문학적 기준에 의거해 선정한 것이라는 공식적 견해야 어쨌건 시장의 동향에 크게 영향받고 있다는 혐의를 지울 수 없다. 한편 수상자를 시나 극작보다 다수 배출했다는 이유 때문에 작가의 사회적 위상은 더욱 향상되기 마련이다. 토마스 만과 릴케, 프루스트와 발레리, 제임스 조이스와 딜런 토마스, 헤밍웨이와 월리스 스티븐스를 비교하여 그 문학적 성취는 높낮이를 가늠할 수 없지만 사회적 위상은 작가들 쪽으로 무게가 실리게 될 것이다.

칼 만하임의 지식사회학에 대해서 극히 비판적인 아도르노는 "문화적 산물의 사회적 가치는 그 산물을 만들어 낸 생산자의 사회적 지위와 함수 관계에 있다는 것이 사회학적 법칙"이라는 만하임의 주장을 잘못된 일반화의 모범 사례라며 혹평하고 있다. 그러면서 음악의 사회적 가치가 의심의 여지 없이 소중하였던 18세기 독일의 예를 거론하며 궁정에 속해 있던 명장이나 프리마돈나 혹은 거세된 남성 가수castrati를 제외하고는 음악가의 사회적 지위가 낮았음을 지적한다. 바흐는 교회의 하급 직원이었고 젊은 날의 하이든은 하인이었다. 그들의 생산품이 즉각적인 소비에 적절하지 못하게 되고 작곡가 스스로 독립된 개인으로서 사회와 맞섰을 때 사회적 지위를 획득하게 되었음을 지적하면서 베토벤을 예를 들고 있다.[12] 그러나 아도르노가 말하는 18세기 독일에서의 음악의 사회적 가치가 교회와 종교에 의존한 부분이 무거운 만큼 그의 판단을 일반화할 수는 없다. 시장경제가 더욱 공고해지고 근대화가 진척될수록 칼 만하임이 말하는 사회학적 법칙도 굳어지는 것을 볼 수 있다. 대상으로서 눈에 보이는 사회현상이 하나의 과정이라는 인식은 이 경우에도 중요하다.

아도르노가 비판한 만하임의 사회학적 법칙은 중국문학의 경우 현저

---

12) Theodor W. Adorno, *Prisms,* trans. Shierry Weber Nicholsen and Samuel Weber (Cambridge: The MIT Press, 1981), pp. 40-41.

해 보인다. 중국 시의 사회적 가치와 시인의 사회적 지위는 높았으며 서로 함수관계에 있다. 이에 비해서 소설과 소설가의 위상은 현격하게 낮았다. 문학이란 말의 경우에도 그렇지만 "소설"이란 말은 본시 문학 장르를 가리키는 것이 아니다. 이 말의 최초의 용례는『장자莊子』외물外物편에 나오는 "소설小說을 꾸며가지고 높은 벼슬을 구하는 것은 큰 도道에 통함에는 먼 짓이다"이며 이 때 소설은 "쓸 데 없는 작은 말"의 뜻이다. 이것이 문학 장르를 가리키는 말이 되었으니 소설이 어엿한 사회적 가치를 지닌 것으로 대접받았을 리가 없다. 뒷날 중국소설은 당대의 전기傳奇소설을 거쳐 명대明代에 이르러 많은 독자를 가진 사대기서四大奇書를 갖게 된다. 그중 우리나라나 일본에서 가장 많이 읽힌 중국소설은『삼국지연의三國志演義』이다. 일반적으로 원말명초元末明初의 나관중羅貫中의 소작으로 알려져 있지만 긴 전사前史가 있다. 어쨌건 14세기 사람인 나관중이 이전의 대본과 여러 작품에 나오는 얘기를 집성하여『삼국지통속연의』를 썼는데 현존하는 가장 이른 판본은 1494년에 간행된 것이다. 그 후 17세기의 청대淸代에 모종강毛宗崗이 나관중 본을 다시 개작하였고 오늘 우리가 읽고 있는 것은 이 모종강 본이라 한다. 그런데 나관중에 대해선 가령 당시唐詩를 남긴 시인과 달리 그 생애가 잘 알려져 있지 않다. 또『평요전平妖傳』을 위시해서 그 밖의 몇 권을 더 쓴 것으로 알려져 있지만 그 원본은 하나도 전해지지 않고 있다. 뿐만 아니라 그의 집안이 벌을 받아 손자 대까지 벙어리가 생겼다는 전설은 소설과 소설가의 위상이 낮았기 때문에 야기된 결과임에 틀림없다.[13]

오늘날 시장 수요에서의 우위로 상위 장르로 부상하고 이에 따라 작가의 사회적 지위도 상승한 소설과 소설가의 경우 소설의 사회적 가치와 소설가의 사회적 지위의 함수관계는 계속적인 순환 관계에 있다. 만약 독자의 계속적인 감소로 이른바 하이브라우 문학 위상의 하락이 결정적인 것

---

13) 김학주,『중국문학개론』, 신아사, 1977, 404-407쪽.

으로 된다면 그 생산자들의 사회적 지위도 회복할 수 없게 하락할 것이다. 이에 따라 대중문학 생산자의 사회적 지위는 그의 수입에 비례해서 상승할 것이다.

위에서 말한 것을 요약해 보면 이렇게 된다. 많은 독자를 갖게 되자 자연히 소설 장르의 위상도 향상한다. 낭만주의 시대에 일시적 부상을 겪었던 서정시를 누르고 소설이 그 위로 부상한 것은 전혀 시장 수요와 이에 따른 작가들의 수입 향상에 따른 것이다. 장르의 순위는 문학적인 혹은 심미적인 기준이 아니라 사실상 시장이 결정해서 우위와 하위를 결정해 준 것이다.

문학성과 시장성

문학성과 시장성이 평행하지 않는다는 것은 누구나 알고 있다. 문학성과 시장성은 대체로 엇나가면서 반비례 관계에 있다는 견해는 거기서 파생한 것으로 보인다. 그 관계는 어떠한 것인가? 구체적인 사례를 통해 검토해 보기로 한다. 막강한 다수의 선호와 후원을 얻은 20세기의 작가로는 누구를 들 수 있을까? 외국에 알려지지 않아서 그렇지 나라마다 기록적인 판매고와 독자를 가진 국민적 대중작가가 있을 것이니 그것을 가려내기는 어려운 일이다. 세계적으로 알려진 대형 작가가 수다하다. 가령 메그레란 인물을 앞세운 추리소설로 유명한 조르주 심농은 86세의 생애에 장편 200권과 중단편 150권을 써냈다. 그 밖에도 많은 변성명으로 수많은 소설을 써냈는데 그가 낸 책의 총수는 약 5억 5천 권으로 추산된다고 한다.[14] 체코의 카렐 차페크는 추리소설이 본질적으로 표적은 포획하는 사냥이며 그 기원은 멀리 구석기시대 동물 벽화에 보이는 사냥 장면으로 소

---

14) Online source: Google, Wikipedia.

급한다고 말하고 있다.[15] 인류의 원초적인 생존 투쟁에 연결되어 있으며 흥미진진한 추리게임을 보여주는 추리소설의 매혹을 한 번쯤 경험하지 않은 사람은 없을 것이다. 추리소설은 도처에 중독 수준의 애독자를 가지고 있으며 아이젠하워 같은 이도 그 대표적인 사례이다. 심지어 버트런드 러셀 같은 철학자도 작품을 시도했을 정도다. 그렇지만 미메시스와는 거리가 먼 특정 관습으로서의 추리소설 전문 작가를 다수 독자를 가진 대표적 작가로 검토하는 것은 적절치 않아 보인다.

그런 맥락에서 영국의 서머싯 몸이 유력한 후보자로 떠오른다. 우선 언어 사용자와 해독자 수가 가장 많다고 생각되는 영어로 쓴 작가라는 사실을 간과할 수 없다. 우리나라에 적지 않은 독자가 있다는 것도 호조건을 제공해 준다. 그러나 91세의 장수를 누리는 농안 장편소설, 난편소실, 희곡, 에세이, 여행기 등 여러 장르에서 많은 생산고를 올린 것이 가장 중요하다. 젊어서 처녀작 『램버스의 라이자』를 낸 후 호평을 받았으나 이후 주로 단편과 극작에 주력하여 성공을 거두었다. 34세 되던 1908년엔 런던에서 네 편의 희곡이 동시 상연되어 일거에 부와 명성을 얻게 되고 사교계의 총아가 되어 윈스턴 처칠과 친해져 평생 교우관계를 유지하게 된다. 같은 해에 65세 된 작가 헨리 제임스는 작품 상연을 위해 필사적인 노력을 하지만 뜻을 이루지 못했다. 미국의 명문 부잣집 아들로 태어나 소설 쓰기에 바빠 결혼을 못했다고 말할 정도로 창작에 몰두한 이 정전 귀속의 거장은 늘그막에 뮤즈에의 배타적 헌신에서 비롯되는 인과의 된맛을 톡톡히 맛본 셈이다. 몸과 헨리 제임스의 대조는 이른바 대중문학과 본격문학의 차이를 보여주는 사례라 할 것이다.[16]

몸의 대표적인 단편의 하나인 「비」는 사화집에 많이 오르고 다수 언어

---

15) John Carey, *What Good are the Arts*? (Oxford: Oxford University Press, 2006), pp. 36-37.

16) Gore Vidal, "Maugham's Half and Half", *New York Review of Books*, February 1, pp. 21-24. 작가 몸에 관한 신상정보는 이 글과 David Leavitt, "Lives of the Novelists: Somerset Maugham", *New York Times*, 2010년 7월 25일자 서평에 의존하였다.

로 번역되고 영화화되어 무려 1백만 불의 수입을 올렸다고 그의 전기에 나온다. 단편 하나로 1백만 불을 벌어들인 경우는 달리 유례가 없을 것이다. 1923년의 계약서에 따르면 허스트 계열의 잡지에서 몸에게 보증한 액수는 단편소설 한 편에 2천5백 불이다. 90년 전의 2천5백 불이 막대한 금액임은 말할 것도 없다. 1915년에 출간된 그의 반자전적인 소설『인간의 굴레에서』는 출간 50년 후에 1천만 권 판매 기록을 세웠다. 70세 되던 1944년에 출간된『면도날』은 곧 베스트셀러가 되었고 그 자리를 오래 지켜 모두 5백만 권이 나갔다 한다. 주인공을 위시해서 주로 미국인이 작중인물로 나온 탓이겠지만 특히 미국에서 많이 나갔다. 그의 작품으로 영화화된 것도 근 40편에 가까우며 책과 영화의 시장에서의 상승相乘작용은 그치지 않고 계속되었다. 앞에 얘기한 「비」를 위시해서 「사중주」, 「앙코르」, 「분노의 그릇」 등은 단편인데 「비」는 세 번이나 영화화되었다. 『인간의 굴레』도 세 번이나 영화화되었고 베티 데이비스, 엘레나 파카, 킴 노박 등 들어본 옛 이름들이 밀드레드 역으로 나온다. 몇 해 전 우리나라에도 들어온『채색된 베일』의 1934년판에는 북유럽의 전설적인 여배우 그레타 가르보가 주연으로 등장한다. 그의 저작 전체의 판매고를 계산해 낸 호사가는 없지만 그의 많은 소설이 모두 잘 나갔다는 사실을 감안할 때 이 또한 천문학적 숫자에 이를 것이다.

이렇듯 억수로 쏟아지는 수입으로 돈방석에 앉은 그는 세계 각지를 여행하고 고가 미술품을 사들이고 남프랑스 리비에라에 호화주택을 마련하여 파티를 열었다. 72세 때는 스위스에서 양의 태아세포를 인체에 주사하는 회춘시술을 받았는데 84세까지 지속된 그의 집필생활과 무관하지 않을 것이다. 단발성 동성애 파트너에게 순금 담배 케이스를 선사했다는 일화는 호화생활의 일단을 말해준다. 다수 독자를 겨냥한 홍미와 오락 제공이 막대한 부 그리고『과자와 맥주』(셰익스피어에서 따온 인유로 삶의 재미 혹은 삶의 환락을 가리킨다)로 돌아오는 문학시장의 뿌듯한 인과를 그는 포기하지 못했을 것이다. 황금알을 낳는 거위 모가지를 비트는 광기가 아무에게나 허락되는 것은 아니다. 『달과 6펜스』는 달을 등진 자가 달을 사모하는 자에게 보내는 일변 선망 일변 경원의 이중주일 것이다. 작품이 비극의 충격을 주지 않고 재미있게만 읽히는 것은 그 때문일 것이다.

서머싯 몸의 대척점에 있는 것이 영국작가 제임스 조이스일 것이다. 그는 시장성에 등을 돌리고 오직 문학 창작에 몰두한 20세기 최고 작가의 한 사람이란 비평적 동의를 얻고 있다. 윌리엄 요크 틴달은 몸의 『인간의 굴레에서』가 조이스의 『젊은 예술가의 초상』과 함께 영국의 사춘기 소설 중 최상의 작품이며 영국리얼리즘의 가장 음울한 걸작이라고 평가하고 있다.[17] 몸이 의사면허증을 따고 의사의 길을 포기한데 반해 조이스는 의사지망이었으나 여러 이유로 단념하였다. 이러한 삶의 삽화에서 삼산 접근할 뿐 두 사람의 삶과 문학은 전혀 딴 길을 가게 된다. 몸이 굉장한 다작임에 반해서 조이스는 과작이다. 조이스는 꾸준히 애독자를 가지고 있으나 16년에 걸쳐 집필한 『피네간의 밤샘』은 난해함으로 유명할 뿐 통독한 사람이 유럽 전체에서 몇십 명이 있을 뿐이라는 말이 있을 정도다. 피아니스트이자 음악학자인 찰즈 로즌은 이 작품을 통독했다고 얘기하는 사람을 두 사람 보았을 뿐이라고 적고 있다. 가족과 나라와 종교를 등지고 유럽에서 생활한 그는 스스로 문학에 헌신하는 "세속 사제"로 자처하였다. 트리스테 등에서 영어를 가르치며 창작에 정진하다 추리히에서 사망한 그는 예술의 순교자로 널리 수용되고 있다. 시장을 의식하지 않고 자신의 문학이상에 따라 창작에 전념한 작가의 표본이 되어 있다. 그러나 최근에 이러한 문학사적 고정관념을 파괴하는 글이 나와 있어 요약해 보면 이렇게 된다.

그는 40대 이후 녹내장과 백내장으로 고생했다. 딸을 정신병원으로 보

---

17) William York Tindall, *Forces in Modern British Literature 1885-1956* (New York: Vintage Books, 1956), pp. 148-149.

내는 아픔을 겪었으나 그것은 여느 아버지나 겪음직한 아픔이었고 예술에의 정진과 관련된 것은 아니란 것이다. 잠시 의학을 공부했던 20대 초의 파리에서 그가 호의호식 못한 것은 사실이나 비참한 수준은 아니었다. 그의 식단이던 완숙계란, 햄, 버터 바른 빵, 마카로니, 무화과와 코코아는 결코 기아선상의 식사가 아니다. 가난에 시달리기는커녕 후원자의 복을 누렸다. 1923년 한해에만 해리엇 위버는 순전히 그의 재능에 대한 경의로 2만 1천 파운드를 증여했는데 요즘의 100만 불에 상당하는 액수였다. 사실상 그는 위버 가문의 투자 수익으로 사는 대영제국의 작은 금리생활자인 셈이었다. 그 밖에 영국정부, 에디스 록펠러 매코맥을 비롯해 친구와 가족 특히 불행한 동생에게서 돈을 받았다. 『율리시즈』의 판매금지가 해제되기 이전에 출판사 실비아 비치에서 12만 프랑의 인세를 받았는데 그것은 파리에서 쓸만한 아파트를 6년간 빌릴 수 있는 액수였다. 조이스가 때때로 곤궁에 시달렸다면 예술가의 극기 때문이 아니라 어처구니없는 낭비 때문이었다. 호화판 식사, 고급 포도주, 과도한 팁, 택시, 고급 호텔, 샤넬 의상, 그리고 모피외투 때문이었다는 것이다.[18] 40세 이후 빈곤에 시달린 바 없지만 예술의 순교자란 자못 극화된 낭설이 그림자처럼 따르게 된 것이다. 재능 비호와 보호가 조이스 문학의 하부구조로서 시장의 구매력을 보상해 준 것이다.

몸과 조이스의 경우 시장과 후원이 그들로 하여금 호화판 내지는 준호화판 생활을 가능하게 했음을 알 수 있다. 시장의 독자가 사실상 익명의 집단적 후원자임을 생각할 때 문인은 여전히 후원자에 의해서 생활이 보장된다고도 할 수 있다. 몸과 조이스는 미들브라우 및 하이브라우 독자들의 압도적인 선호를 받은 문인이고 그 점 대척적인 입장에서 정점에 선 작가들이다. 조이스의 문학적 성취에 대해선 이념적 차원에서 역사적 전

---

18) Fintan O'Toole, "Joyce: Heroic, Comic", *New York Review of Books*, November 7, 2012, pp. 46-47.

망의 부재를 비판하는 국면을 제외한다면 대체로 이론이 없다. 몸에 대해선 그런 비평적 일치가 보이지 않는다. 몸의 언어가 상투어구의 조직으로 일관되어 있다며 에드먼드 윌슨이 혹평하고 있음에 반해서 특정 작품을 두고 몸을 높이 평가하는 사례는 허다하다. 독자 많은 작가, 에세이스트, T.V. 탈렌트로서 "에드먼드 윌슨 이후 최상의 전방위적인 미국문인"이란 성가를 얻었던 고어 비달은 영어권의 최고 얘기꾼이고 서사에 타고난 재능을 가지고 있다고 몸을 고평한다. 또 그가 에세이의 대가로서 해즐릿과 몽테뉴의 후예라 하면서 그를 절반 허드레이나 절반은 소중하고 고전에 속한다고 균형 잡힌 평가를 내리고 있다. 몸의 경우 시장성이 반 허드레라는 오명을 주었으나 그것으로 그의 평가가 탕진되는 것은 아니다.

대척적인 자리에 서있으나 조이스와 몸은 노벨문학상 수상작가의 명단에 오르지 못했다는 공통의 무안無顔함을 가지고 있다. 이 사실의 검토는 노벨상 신화의 정체를 밝혀줄 것이다. 같은 영어권 작가인 미국의 펄 벅은 1938년 노벨문학상을 받았다. 20여 출판사에서 퇴짜를 맞은 처녀작 『동풍, 서풍』이 출판된 것은 1930년의 일이다. 제법 잘 나가서 존 데이 출판사의 요청으로 쓴 것이 1931년에 출간된 『대지』인데 곧 베스트셀러가 되어 2백만부가 나갔고 퓰리처상을 받았다. 중일전쟁 탓에 국제문제로 부상한 중국에 대한 관심 때문에 노벨상 수상으로 이어졌다는 게 정설이다. 그녀의 수상은 미국 내에서 조롱과 야유의 대상이 되었다. 수상 소식에 당사자는 "믿기지 않는다. 우스꽝스러운 일이다. 노벨상은 드라이저에게로 갔어야 했다"는 반응을 보였다. 당시 미국에서 노벨문학상 수상에 값하는 인물로 거론된 이는 생존여부와 관계없이 펄 벅이 언급한 드라이저 이외에도 마크 트웨인, 헨리 제임스, 셔우드 앤더슨, 윌러 캐서, 존 도스 파소스 등이었다.[19]

---

19) Jonathan Spence, "The Question of Pearl Buck", *New York Review of Books*, October 14, 2010, pp. 51-52.

그녀가 그린 중국에 대해 중국 쪽 반응은 부정적이어서 노벨상 수상식 초청을 국민정부나 연안 정부나 모두 거절하였다. 공산주의 정부가 수립된 후에는 펄 벅의 중국입국을 허용하지 않았다. 어쨌건 펄 벅 수상이 판매 부수 2백만 부라는 시장의 위력 때문이라는 것은 분명해 보인다. 펄 벅의 소설은 동양 무대 탓에 우리나라에서도 많이 읽힌 적이 있지만 내구성이 전혀 없는 수준의 것이다. 수상 소식을 듣고 펄 벅이 상이 마땅히 갔어야 할 작가로 지목한 드라이저가 『인생의 굴레에서』가 출간되던 해에 격찬하는 서평을 썼다는 것은 유의할 필요가 있다.

> 낯설게 굶주린 영혼의 경험, 꿈, 희망, 두려움, 환멸, 황홀, 그리고 사색으로 가득 찬 이 소설은 방황하는 자의 길잡이가 될 수 있는 봉화의 불빛이다. 빼놓은 것이라곤 없다. 작가는 사랑의 노동인 양 쓰고 있다. 마음속에 있는 것을 진실되게 말하려는 간절하고 거의 열렬한 욕망의 흔적을 지니고 있다.[20]

1938년이면 고어 비달이 고전이라고 한 『과자와 맥주』, 『변방』이 벌써 나왔고 에세이스트로서의 몸의 면모를 보여주는 『요약』이 출간된 해이다. 그럼에도 진지한 독자가 아무도 읽지 않는 펄 벅에게 노벨상이 돌아갔다. 톨스토이, 프루스트, 조이스, 릴케, 발레리 등등 최상급의 시인 작가를 별난 이유를 붙여 물리친 노벨상은 시장의 소음에 현혹되는 수상한 안목의 심사가 특징이다.

시장의 허실

루스번은 그의 『비평의 가설』에서 프랑스의 문학사회학자인 로베르 에

---

20) Theodore Dreiser, "As a Realist Sees It", *Of Human Bondage* (New York: The Modern Library, 1999), p. XXIX.

스카르피의 연구를 인용하고 있다. 에스카르피의 계산에 따르면 인쇄된 책의 경우 출판물의 80프로는 1년 안에 잊히고 99프로는 20년 안에 잊힌다. 그리고 20년을 지나서도 잊히지 않는 희귀한 1프로 안에는『소복한 여인』,『벤허』같은 허드레가 끼어있다는 것이다.[21] 전자는 1860년 영국에서 나온 추리소설 흐름의 책이고 후자는 영화가 되어 널리 알려진 미국의 역사소설로 1880년에 나왔다. 100년이 지나서도 잊히지 않았다고 해서 허드레가 허드레임을 그치는 것은 아니다. 독자의 많고 적음이 문학 가치의 징표가 될 수 없다는 가정은 정당하지만 독자의 적음이 가치를 보증하는 것도 물론 아니다. 한 작품이 위대한 문학이냐 아니냐 하는 것은 문학적 기준만으로 가늠할 수 없지만 무던한 문학이냐 아니냐 하는 것은 문학적 기준으로 가늠된다는 것은 한 때 문학적 공리이다시피 통용되었다. 그러나 문학적 가치의 문제가 사실은 이데올로기나 취향의 문제라는 논의가 전파되면서 사정은 달라졌다. 시장가치가 엄청날 때 즉 독자의 수가 엄청날 때 은연중 그것이 문학적 평가에 영향을 끼치게 되는 것이 눈 앞에서 전개되는 오늘의 사태다.

돈은 사물의 모든 다양성을 균일하게 하고, 모든 질적 차이를 양적 차이로 표현하며, 무미건조하고 무관심한 성질을 빙자하여 모든 가치의 공통분모임을 자처함으로서 아주 섬뜩한 수평화 기계가 된다. 돈은 이로써 사물의 핵심과 특유의 고유성, 특별한 가치, 유일성, 비교 불가능성을 돌이킬 수 없는 방식으로 도려내 없애버린다.[22]

이러한 돈의 논리가 문학 시장에서도 작동하여 그 위세 앞에 평준화된 작품들이 양적 차이로 표현된다. 그것이 전횡적이라 할 수는 없지만 막강

---

21) K.K. Ruthven, *Critical Assumption* (Cambridge: Cambridge University Press, 1979), p. 193.
22) Georg Simmel, "The Metropolis and Mental Life", *Georg Simmel on Individuality and Social Forms,* ed. Donald N. Levine (Chicago: Chicago University Press, 1971), p. 330.

한 힘을 발휘하는 것만은 부정할 수 없다. 이것이 펄 벅의 노벨상 수상의 배경이며 그것은 그녀의 경우만은 아니다.

군중으로서의 독자

운명으로부터 인간사에서의 선택으로 옮겨가는 거대한 운동이야말로 근대화의 가장 근본적인 특징이라고 피터 L. 버거는 말한다. 근대의 과학 기술은 자신의 환경을 관제할 수 있는 인간능력을 크게 증가함으로써 이전엔 불가변의 운명이라고 경험되고 인지되었던 삶의 국면을 현격하게 감소시켰다.[23] 이러한 운명으로부터의 해방이 그대로 축복으로 이어지는 것은 아니다. 선택의 자유가 주는 고뇌는 허약한 개인에게 감당하기 어려운 중하가 된다. 근대화와 함께 대가족제, 촌락, 길드 등 인간 상호 간의 직접적 유대에 기초한 집단이 해체해 간다. 새로 선택한 생활 영역은 타자 간의 편의와 타산에 의해 접촉하고 이산하는 냉랭한 사회공간이다. 운명에서 선택으로 옮겨간 것은 분명 자유이지만 그 결과 마주친 것은 고독이다. 근대화는 그러므로 개인에겐 고향상실이기도 하다. 근대적 삶은 타향살이다. 선택을 제한하는 온갖 굴레로부터의 해방은 근대성의 강력한 영감이요 기획이긴 하지만 그 대가는 선택의 고뇌이다. "자유로부터의 도피" 현상이 일어난다. 그러므로 근대성의 큰 드라마는 해방과 재예속再隸屬사이의 역동적 긴장이라고 피터 L. 버거는 말한다.[24]

이러한 고향상실로서의 근대화 과정은 동시에 세속화 과정이기도 하다. 그 과정 한복판에 놓인 고독한 근대인에게 기분 전환은 각별한 의미

---

23) Peter L. Berger, *The Capitalist Revolution* (New York: Basic Books, 1986), p. 86.

24) Peter L. Berger, *Facing up to Modernity* (New York: Basic Books, 1977), pp. 77-78. 에리히 프롬이 『자유로부터의 도피』란 표제로 분석하고 파시즘의 심리적 기반이라고 기술한 괴상한 정치적 질병을 진단한 최초의 관찰자는 알렉산더 게르첸이라고 E.H. 카는 말한다. E.H. Carr, *Studies in Revolution*(New York: Grosset & Dunlap, 1964), p. 61.

를 갖게 된다. 문학사회 학자 리오 로웬달을 따르면 근대인의 오락 추구 경향을 문제시한 최초의 사람은 16세기의 몽테뉴였다. 그는 중세문화가 붕괴한 뒤 개인이 마주친 조건에 관심을 기울였고 신앙이 쇠퇴한 시대에 살고 있는 사람들이 마주치게 되는 고독에 주목하였다. 시대가 개인에게 과하는 압력을 피하고 파멸에서 벗어나기 위해 또 고독의 끔찍함을 피하기 위해서 기분전환 혹은 오락이 필요하다고 보았다. 또 기분전환의 조건으로서의 여가가 필요하다고 보았다.[25] 여기에 반론을 제기한 것은 17세기의 파스칼이다.

비참함

우리의 비참함을 위로해 주는 유일한 것은 기분전환이다. 하지만 이것이 야말로 가장 큰 우리들의 비참함이다. 우리들이 우리 자신에 관해 생각하는 것을 방해하고 우리를 부지중에 파멸로 몰아가는 것이 기분전환이기 때문이다. 그것이 없다면 우리는 권태에 빠지고 이 권태를 피하기 위해 보다 단단한 방법을 찾게 될 것이다. 그러나 기분전환은 시간이 잘 가게 하면서 부지중에 우리를 죽음으로 이르게 한다.[26]

인간이 인간의 본래적인 비참함 혹은 불가피한 죽음의 문제를 생각할 때의 끔찍함을 피하기 위한 기분전환은 일시적인 위로를 주기는 하나 궁극적으로는 파멸로 이끈다는 것은 신에 의한 구제라는 생각에 기초한 것이다. 우리는 몽테뉴와 파스칼의 대립에서 회의론자와 신앙인의 대립을 본다. 그러나 근대의 세속화 과정에서 몽테뉴의 생각이 현실로 나타난 것

---

25) Leo Lowenthal, *Literature, Popular Culture, and Society* (Palo Alto: Pacific Books, 1961), pp. 2-3.
26) Blaise Pascal, *Pensées*, trans. A.J. Kralisheimer (New York: Penguin Books, 1995), p. 120.

이 사실이다. 여러 가지 형태의 기분전환이 발견 내지는 발명되면서 근대인은 그만큼 공허하게 분주한 나날을 보내게 되었다.

실은 소설 읽기도 근대인이 발명한 기분전환 혹은 오락의 한 형태다. 다만 그것은 몽테뉴가 인지한 필요성과 파스칼이 우려한 폐해의 절충지점에서 이루어졌다. 파스칼은 인간의 불행의 대부분은 자기 방에 가만히 있지 못하는 데서 비롯한다고도 적고 있다. 소설 독서는 대체로 파스칼이 말하는 자기 방에서 이루어졌다. 중산계급이 누릴 수 있는 여가와 프라이버시의 공간에서 기분전환으로 읽은 것이다. 기분전환 혹은 오락의 요소는 모든 소설이 가지고 있는 일면이다. 그러나 특히 음악, 미술에서 위대했던 19세기는 소설에서도 그릇 큰 작가를 다수 배출하여 소설의 위상을 크게 올려놓았다. 마르크스가 부르주아사회에 대해 많은 것을 배웠다고 실토한 발자크, 니체가 심리학자라고 칭송한 도스토예프스키, 고리키가 신을 닮았다고 생각했다는 톨스토이, 보바리즘이란 말을 낳고 시의 필요조건을 소설에 도입한 플로베르 등등 기라성같은 작가들이 소설 장르를 "달콤함과 빛"이 어울리는 높은 진지성의 문학으로 끌어 올렸다. 20세기 초엔 소설가이기 때문에 성인, 과학자, 철학자, 시인보다도 우월함을 자부한다고 말하는 작가도 생겨났다. 기분전환은 극히 작은 일부이고 소설 읽기는 이제 지적 모험이자 정체성 정립과 자기성취 과정의 오리엔테이션이기도 하였다.

그러나 20세기 말에 이르러 컴퓨터게임, 스포츠, 영화, 텔레비전 연속극, 팝음악, 환각제 등과의 경쟁이 불가피해지면서 문학시장의 정세도 확연히 달라졌다. 다수자에게 호소하기 위해서 소설은 높은 진지성을 자진 포기하여 무장해제하고 공공연히 대중지향을 표방하게 된다. 그리고 이에 따라 글로벌 시장에서 유례없이 많은 구매자를 획득하는 작가와 작품이 생겨나게 된다. 이때의 독자는 이미 파스칼 흐름의 독방에서 정독하는 진지한 독자가 아니다. 그들은 도시의 광장을 메우고 함성을 지르는 군중과 같은 독자들이요 하나의 컬트 현상이기도 하다.

군중의 대두는 대도시 출현 이후의 현상이다. 벤야민은 보들레르를 얘기하면서 "누구도 타인에게 눈길을 주려 하지 않는 잔혹한 무관심과 사적 관심에 사로잡힌" 군중을 다룬 엥겔스 집필의 1845년의 글을 인용하고 있다.[27] 엥겔스가 영국에서 관찰한 이러한 군중은 정치적 목적으로 집합할 때 구성원 모두가 상호 격려하며 영웅적 집단행동을 감행한다. 국가 폭력 기구의 간담을 서늘하게 하는 혁명적 군중으로 변모할 수 있는 잠재성을 항시 가지고 있다.

동시에 그들은 권력 과시 혹은 적대세력에 대한 협박 수단으로 독재자가 광장으로 동원하는 자동인형이 되어 고함칠 잠재성도 항시 가지고 있다. 이러한 군중들은 다수 속에 함몰함으로서 특유의 안정감을 느낄 것이다.

특이한 군중론을 펴고 있는 엘리아스 카네티는 군중 속의 사람들이 편안한 안도감을 느낀다고 적고 있다. 모르는 사람의 "신체적 접촉"처럼 사람이 두려워하는 것은 없는데 군중 속에 섞이면 그러한 두려움이 사라지기 때문이라 한다. 사람들이 주위에 거리를 두고 간격을 마련하는 것도 "접촉 공포" 때문이라는 것이다.[28] 먹이를 위한 경쟁을 세력권territory 경쟁으로 대체한 것은 "자연"이 발전시킨 관습 가운데서 가장 정교한 것이라고 한 공격성 연구자는 말한다. 세력권은 개체 서식지의 거리를 두게 함으로써 각자가 충분한 먹이를 확보하게 되는 효과가 있기 때문이다.[29] 카네티의 소견은 이러한 세력권 이론과 상충하는 것이긴 하나 지속성이 길지 않은 현상으로 파악한다면 군중 속에서 안도감을 느낀다는 설명은 설득력이 있어 보인다.

군중으로서의 독자도 다수에 휩쓸리면서 어떤 안도감을 느끼는 게 사

27) Walter Benjamin, "On Some Motifs in Baudelaire", *Walter Benjamin: Selected Writings*. vol. 4. eds. Howard Eiland & Michael W. Jennings (Cambridge: The Belkap Press, 2003), p. 322.

28) Elias Canetti, *Crowds and Power*, trans. Carol Stewart (New York: The Viking Press, 1963), pp. 15-17.

29) Anthony Storr, *Human Aggression* (New York: A National General Company, 1972), pp. 34-35.

실이다. 주변의 입소문이나 타자의 모방, 직간접 광고에 현혹되어 충동구매를 하는 다수는 결국 유행을 좇는 사람들이다. 한마디로 그들은 모방에 능란한 비주체적 군중이다.

> 의존적인 성향을 가지고 있으나 그의 자의식이 어느 정도의 뛰어남과 주목과 독자성을 필요로 하는 개인들에게 유행은 이상적인 장을 제공해 준다. 유행은 하찮은 개인조차 치켜 올린다.[30]

군중의 일원이 됨으로써 느끼는 특유의 안도감과 유행을 따름으로써 신분향상 성취의 자의식을 갖게 되는 것이 군중으로서의 독자 대두의 심리적 기반이다. 유행은 다수자의 타인 추종과 모방을 통해 가능하다. 추종과 모방은 근대 계몽주의의 제일원리인 자율성의 포기를 의미한다. 군중으로서의 독자가 비주체적인 고독한 개인의 집단이라는 것을 다시 확인하게 된다. 전체주의가 쉽게 동원하고 활용하는 군중도 이러한 군중이다. 문화적 포퓰리즘은 정치적 포퓰리즘과 전체주의로 가는 함성으로 요란한 그리고 아마 장미도 뿌려진 탄탄대로일 것이다. 그러면 자율성의 포기는 단수로는 무력하나 복수가 됨으로써 위협적인 군중에게 한정된 것일까? 정상급 작가의 실토가 있다.

> 1868년과 1869년 사이에 『농담』이 모든 유럽어로 번역되었다. 그러나 깜짝이야! 프랑스에서는 나의 문체를 장식해서 번역자가 소설을 다시 썼다. 영국에서는 출판사가 사색하는 모든 대목을 지우고 음악론이 나오는 장을 제거하고 부분적으로 순서를 바꿔서 소설을 재구성했다. 다른 나라에선 체코말을 한마디도 모르는 번역자를 만나게 된다. "그러면서 어떻게 번역을 했습니까?" "내 심장으로." 그리고 그는 지갑에서 내 사진을 꺼내었다. 그는 너무

---

30) Georg Simmel, "Fashion", *On Individuality and Social Forms,* ed. Donald N. Levine (Chicago: Chicago University Press, 1971), pp. 304-305.

나 마음이 잘 통해 심장의 텔레파시로 번역하는 것이 실제 가능한 것이라고 나는 믿을 뻔하였다. 실제로는 다시 쓴 프랑스어판에서 번역한 것이었다. 아르헨티나에서도 마찬가지였다.[31]

그는 같은 책에서 세미콜론을 피리어드로 바꾸려 하는 단 한 가지 이유 때문에 출판사와 헤어진 일이 있다고 적고 있다.[32] 1993년에 나온 『농담』 영어판의 서문에는 그것이 역자와 저자가 검토해서 내는 5번째 판본으로서 아마 6번째 판본은 없을 것이라고 적혀 있다.[33] 독자의 기대에 호응하련다는 구실로 출판산업이 작가에게 가하는 내정간섭은 가지각색이다. 쿤데라처럼 다수 독자를 획득하고 국제적 명성을 누리고 있는 작가니까 그런 고집이 통했지 그렇지 않은 작가들은 어떻게 대처할 것인가? 독자뿐 아니라 저자의 자율성마저도 위태롭게 만드는 것이 시장의 논리다. 출판산업은 독자들의 호응을 받기 위한 조처라고 자기변명에 급급하지만 독자들의 취향이나 소망이라는 것도 사실은 출판산업이 사실상 유도하고 육성하고 조련한 것의 결과이다.

그러면 문학에서도 시장이 만능인가? 군중으로서의 독자가 작가와 안목 있는 이에게 위협적인 것은 사실이다. 줄곧 비판적인 입장을 취하다가 범세계적인 군중독자 바람에 위축되어 다수 독자를 당기는 작가는 상응하는 미덕을 가지고 있을 것이라고 슬며시 꼬리를 내리는 사례를 본 적이 있다. 충격이었다. 그러나 유행 추수의 산물인 군중독자는 모든 유행이 그렇듯이 바람이 지나면 흩어져 사라진다. 그래서 유행은 죽음의 어머니란 말도 있다. 이에 반해서 한정된 소수 애독자를 꾸준히 당기는 문학도 있다. 고전에 대한 한 유력한 정의는 "항시 유행으로 남아있는 유행"이 될

---

31) Milan Kundera, *The Art of the Novel*, trans. Linda Asher (New York: Harper & Row, 1988), p. 121.
32) Ibid., p. 130.
33) Milan Kundera, *The Joke: Definitive Version* (New York: HarperPerennial, 1993), pp. vii-xi.

것이다. 그런 맥락에서 피아니스트이자 음악학자이고 인문학자이기도 한 걸출한 인물의 말은 우리에게 가냘픈 희망을 준다.

1810년대만 하더라도 파리에서 모차르트의 교향곡과 오페라는 청중에게 터놓고 배척받았다. 그럼에도 그의 음악은 연주 프로그램에 으레 올라 있었고 그것이 일반 청중들의 수용에 크게 기여하여 모차르트의 궁극적인 승리를 초래했다는 것이다. 연주가의 삶은 고되고 단조하였다. 좋아하는 음악을 연주하지 못한다면 그들의 삶은 견딜 수 없는 것이고 따라서 이들의 요구는 연주 프로그램에 반영되게 마련이었다. 안목 있는 소수의 존재는 막강하게 중요하다. 그러면서 그는 쉰베르크를 현대의 사례로 들고 있다. 그는 널리 수용되지는 않지만 광적인 팬이 있고 그의 연주를 고집하는 중요 음악가들이 있어 늘 충분한 청중을 갖게 된다는 것이다. 그러므로 대중적 인기는 누리지 못하지만 충분히 살아남는다고 말한다.[34] 음악뿐 아니라 모든 예술 부문에 해당하는 얘기일 것이다. 안목 있는 소수에 의해서 정전이 정전으로 전래되어 온 역사적 사실을 외면하는 것은 편향된 정신이 갖게 되는 일탈적 색맹현상이다. 역사나 정치에서나 다수가 중요하다. 그러나 유행에 휩쓸리지 않는 안목 있는 소수도 시간적으로 누적될 때 강력한 다수 또는 "무서운 복수複數"가 될 것이다.

---

34) Charles Rosen, *Freedom and the Arts: Essays on Music and Literature* (Cambridge: Harvard University Press, 2012), pp. 74-75.

2부

작은 일과 큰일 사이
― 몇 가지 소회

　한반도를 에워싸고 있는 국제 정치적 상황이 19세기말 조선왕조 몰락기와 비슷하다고 주장하는 견해가 설득력 있게 번지고 있다. 우리에겐 생소하지 않은 위기론이요 비상시론이다. 돌이켜 보면 광복 이후 위기가 아니고 비상시가 아니었던 세월은 없었던 것으로 회상된다. 사이사이 희망과 기대에 찼던 시기가 없었던 것은 아니나 대체로 불안하고 편안하지 못한 나날의 연속이었다는 것이 20세기의 과반을 살았던 국민들의 실감이리라고 생각한다. 곤혹스러운 지형학적 조건으로 말미암아 빈번하고 혹독했던 외침外侵과 더불어 내우 또한 끊이지 않았던 근세역사를 돌아 볼때 휴전 이후 그런대로 유지돼 온 평화가 이례적인 것이 아닌가 하는 생각이 들면서 잠복했던 불안감이 의식 위로 부상하는 것을 경험하게 된다. 현실감각의 누적된 피로감에서 오는 안전 불감증이 우리로 하여금 위기의식 없는 생활 영위를 가능하게 하는 것이 아닌가, 하는 의구심을 자아내기도 한다.

　　아무래도 나는 비켜서 있다 絶頂 위에는 서있지
　　않고 암만해도 조금쯤 옆으로 비켜서 있다
　　그리고 조금쯤 옆에 서있는 것이 조금쯤
　　비겁한 것이라고 알고 있다!

그러니까 이렇게 옹졸하게 반항한다
이발쟁이에게
땅주인에게는 못하고 이발쟁이에게
구청직원에게는 못하고 동회직원에게도 못하고
야경꾼에게 20원 때문에 10원 때문에 1원 때문에
우습지 않으냐 1원 때문에

모래야 나는 얼마큼 적으냐
바람아 먼지야 풀아 나는 얼마큼 적으냐
정말 얼마큼 적으냐……

"왜 나는 조그마한 일에만 분개하는가"란 첫 줄로 시작되는 「어느날 古宮을 나오면서」는 아마도 가장 많이 인용돼 온 현대 시편의 하나가 아닌가 생각된다. 안이한 소시민적 행복의 유혹을 거부하면서도 소시민적 자아로 안주하고 있다는 자의식과 자신에 대한 통렬한 반성을 담고 있는 것이 공감을 자아낸 탓이라 생각한다. 김수영의 많은 시편들이 소시민적 자아에 대한 성찰과 자괴감에 대한 변주라 할 수 있지만 「어느날 古宮을 나오면서」는 그 갈등을 내부검열 없이 그대로 드러내고 있다. 큰 것에 대해 분개하지 못하고 조그만 일에만 분개하는 것은 현대사회 소시민들만의 고유 전담사항이 아니다. 인간 있는 곳에 편재하고 있는 보편적인 심적 성향의 일단일 것이다.

조그만 사안에 대한 인간의 민감성과 커다란 사안에 대한 무감각성은 괴이한 이상 징후이다.[1]

『팡세』에 보이는 대목이다. 물론 구체적 맥락에 놓고 볼 때 김수영이

---

1) Blaise Pascal, *Pensées*, trans. A.J. Krailsheimer (London: Penguin Books, 1995), p. 209.

말하는 것과 파스칼이 말하는 것에는 큰 차이가 있다. 김수영의 대목은 1960년대라는 역사적 사회사적 맥락에서 토로한 말이다. 파스칼의 대목은 가령 "영혼이 불멸 아니면 필멸이라는 것은 의심할 여지가 없다. 이것은 윤리체계에서 큰 차이를 빚는다. 그런데도 철학자들은 이러한 의문에서 동떨어져 그들의 윤리체계를 작성한다"[2]는 대목에서 보게 되듯이 영혼 불멸 여부와 같은 형이상학적 쟁점이 커다란 사안이 된다. 그러나 하나는 사회적 일상적 발언이요 하나는 형이상학적 문제에 대한 발언이라는 차이를 인정하면서도 우리는 그것이 보편적 심성의 성향을 반영하고 있다는 것을 시인하지 않을 수 없다. 영어에 penny-wise and pound foolish란 속담이 있다. "한 푼 아끼고 백 냥 잃는다"는 뜻인데 결국은 비슷한 인간 심성을 지적한 것일 터이다. 작은 일에 민감하고 큰일에 무관심한 한 한 푼 아끼다 백 냥 잃는 꼴을 당하기 십상일 것이다.

국제정치라는 관점에서 볼 때 정말 우리가 대한제국 말년과 비슷한 상황에 놓여있는 것일까? 보는 시각에 따라 의견은 달라질 수 있을 것이다. 그러나 급박하게 움직이는 국제상황이나 한반도에서 벌어지는 사태가 심상치 않은 것이라는 점에서 일단 비상시라는 것은 인정해야 할 것이다. 이런 커다란 사안에 대해서 대체로 무감각하면서 상대적으로 조그만 일에는 난리를 피우는 것이 우리의 오늘이 아닌가, 하는 생각을 금할 수 없다. 공연한 위기의식을 조성하는 알라미즘alarmism이라고 폄훼할 관점도 있을 것이다. 그러나 조그만 사안에 민감하고 나라의 큰일에 무감각한 사회적 풍조에 대한 우려 표시는 결코 기우가 아니다. 가령 통일이 지상목표라고 모두 역설하지만 그 통일의 구체적 실질적 내용과 형식이 어떻게 되어야 할 것인가, 하는 개괄적 프로그램에 대한 국민적 합의에 우리는 도달한 바가 없다. 그 치열한 모색이 있었다고 할 수도 없다. 당위론의 반복적 복창이 전개되고 있을 뿐이다. 도둑처럼 온 해방과 같이 도둑처럼 오는 통일을 기다리는 것도 괜찮은 일일지 모른다. 그러나 이질적인 체제

2) Ibid., p. 206.

의 통일에 앞서 동일한 체제 안에서도 갈등과 분쟁은 격심하고 전투적이다. 갈등과 분쟁이 없는 사회는 상상할 수 없지만 그것을 합리적으로 조정하는 기술을 우리는 익히지도 길들이지도 못했다. 커다란 사안에 대해서 극히 민감하면서 조그만 사안에도 민감하게 적정한 대응을 해야 우리 사회는 건강과 안정을 도모하고 건전하고 무던한 사회로 진화할 수 있을 것이다. 그런 맥락에서 우리 사회가 당면하고 있다고 생각되는 몇몇 국면을 검토해 보기로 한다. 이 자리에서 든든한 해결책을 제의할 정도로 담대하지도 현명하지도 못하다. 문제점을 제기함으로써 모색을 위한 공동 노력의 계기를 마련한다면 다행이라 생각한다.

아버지와 아들

어느 사회에나 세대 간의 대립과 갈등은 있게 마련이다. 세대 간 대립은 역사의 기본적 리듬이라고 말할 수도 있다. 얼핏 세대 간 대립의 표현이 아닌 것처럼 보이는 서술의 행간에서 세대 간 대립의 징표를 보게 되는 것은 어렵지 않다. 세상이 점점 고약해진다는 일반적 비관론은 연만한 노인들의 일상적 담소에서 흔히 목도하게 된다. 그것이 사실은 무자각적 세대론이며 젊은 세대를 겨냥한 것이라는 것은 쉽게 간취된다. 가령 20세기 시인 T.S. 엘리엇의 「문화의 정의를 위한 노트」에는 다음과 같은 대목이 보인다.

우리 시대가 쇠퇴의 시대라는 것, 문화의 수준이 50년 전보다 낮다는 것, 이러한 쇠퇴의 증거가 인간 활동의 모든 분야에 보인다는 것은 확신을 갖고 단언할 수 있다. 문화의 쇠퇴가 더욱 진척되어 문화가 없는 일정 기간의 시대를 예상하는 일이 결코 없을 것이라고 말할 수는 없다.[3]

---

3) T. S. Eliot, *Christianity and Culture* (New York: Harcourt, 1948). p. 91.

이러한 문화적 보수주의자의 개탄은 사실상 젊은 세대의 문화향유 수준의 쇠퇴와 타락을 기초로 한 것이고 그런 점에서 잠복된 세대론이다. 그런가 하면 기성사회나 체제에 대한 비판이나 거부가 사실은 선행세대에 대한 분노나 불만에서 나온 경우도 있다. "나는 스무 살이었다. 그때가 최고 시절이라고 말하게 내버려 두지 않으리라"란 첫대목이 1968년 학생운동 때 대대적 구호가 되었던 폴 니장의 『아덴, 아라비』에 붙인 사르트르의 서문에는 이런 대목이 보인다.

> 가장 분명한 욕망은 성과 그 좌절된 욕망에서 나온다. 여인을 노인과 부자를 위해 예약해 두는 사회에서 이 욕망은 가난한 청년의 첫 불행이며 그의 앞에 놓인 난경의 사전체험이 된다. 우리 여인들과 동침하며 우리를 거세하려드는 노인들을 니장은 호되게 욕했다.[4]

동년배 젊은 여성들을 차지하는 돈 많은 선행세대에 대한 분노도 가난한 청년의 급진주의 수용에서 중요한 계기가 되어있음을 보여주고 있다. 그 거리낌 없는 토로와 지적은 놀랍고 참신하다. 우리는 프로이트 사상의 강력한 영향력을 다시 확인하게 된다. 위에서 보았듯이 세대 간의 명시적 혹은 잠재적 갈등과 거리감은 세계에 미만해 있다. 투르게네프의 『아버지와 아들』은 세대 갈등을 다룬 작품으로 흔히 거론되지만 서구어 역본에서 아버지와 아들이 각각 복수로 되어있음은 우연이 아니다. 세대 갈등이 보편적이며 도처에 편재하고 있다는 함의가 있다.

한 인간의 탄생에서 시작해서 성숙하여 자손을 마련하기까지의 순환이 세대라고 할 때 그 기간을 대충 30년으로 잡는 것이 보통이다. 3세대가 1세기인 셈이다. 그러나 이러한 생물학적 혹은 계보적인 의미와 함께 사

---

4) Paul Nizan, *Aden, Arabie*, trans. Joan Pinkham (Boston: Beacon Press, 1968), p. 27.

회역사적 차원을 고려할 때 그 기간은 달라진다. 세대 개념에서 귀속 세대 동년배들의 공통 경험이 중요한 변별요소로 작용하면서 그 기간은 짧아지는 것으로 보인다. 가령 청년문화란 공통 경험을 특징으로 하는 "통기타세대"란 말이 있었는데 그것은 휴전 전후해서 사회활동을 하기 시작한 "전후세대"보다는 짧은 시간대를 갖고 있다고 할 수 있다. 우리 사회에서 각 세대의 공통경험이 되는 것은 아무래도 정치적 사건이나 행동에 관련되는 것으로 보인다. 1960년 자유당 정권 타도에 결정적으로 기여하고 이어서 한일회담 반대운동에 참여했던 세대를 4·19세대라 하고 1980년대 전두환 정권에 맞서 학생운동을 한 세대를 386세대라 부르면서 세대의 정치적 구획을 꾀하는 것이 대세가 되어있는 것 같다. 이에 반해서 아날로그세대나 디지털세대란 말은 기술제품의 향유시기를 통해서 연대적 세대를 정의함으로써 한정된 맥락에서만 쓰이고 있다.

4·19세대나 386세대란 말에 보이듯이 한 세대의 공통경험에서 그 정치적 국면이 결정적인 변별요소가 되는 것은 우리만의 고유현상은 아니다. 베트남 전쟁 반대운동을 폈던 미국의 반전세대도 그 비근한 사례다. 그 누구도 상상할 수 없었던 이승만정부의 퇴진을 가져온 세대는 맨주먹으로 사회와 시대를 바꿀 수 있다는 자신감과 함께 합일된 다수의 힘이 얼마나 막강한 것인가를 실감하였다. 산업화 과정에 드러나고 또 한편으로 도출 동원된 "하면 된다"는 자신감 형성에는 4·19 경험이 젊은 세대에게 안겨준 자신감도 한 몫을 담당했다고 할 수 있다. 한편 어느 때보다도 억압적이었던 80년대에 최루탄 가스를 마셔가며 거리에서 가투를 벌였던 세대는 엄혹한 시기였던 그만큼 연대감과 결속력도 강하고 동아리 학습 활동도 조직적이고 체계적이었다. 특유의 결속력 때문에 동아리 학습에서 익힌 이념체계의 허구성이 드러나고 구소련 붕괴라는 세기적 사건을 경험했음에도 불구하고 이에 따른 자기 성찰과 세계이해의 수정노력은 별로 없었던 것으로 생각된다. 그 시절의 순수한 열정에 대한 향수를 통

해서 자아정체성 유지를 꾀하고 있는 것으로 보인다.[5]

세대마다 역사를 다시 쓸 필요가 있다는 말이 있다. 누구나 상상과 기억 속의 자서전을 수정해 가면서 사는 것이 의식 있는 사람의 일생이다. 수정한다는 것은 없었던 일을 날조해 낸다든지 있었던 사실을 없었던 것으로 치부하여 생략의 허위를 집행한다는 뜻이 아니다. 행운이라 생각했던 것이 실은 불행의 씨앗이었다든가 옳다고 생각했던 것이 사실은 착시현상이었다던가 하는 해석의 수정을 말한다. 혹은 크게 보였던 사안이 사소해 보이는 것 같은 뒷지혜의 수용을 말한다. 가치관과 평가의 수정은 깨어있는 사람의 삶에 따라붙게 마련이요 그런 과정이 곧 성숙 과정이기도 하다. 한 시기의 편향된 열정에 주박呪縛되어 세계의 변화를 외면하고 이에 대응하지 못하는 것은 구시대 미망인의 외통수 수절守節을 답습하는 것이나 진배 없다. 오늘날 그러한 미망인을 정절이나 절개란 미덕으로 옹호할 사람은 없을 것이다.

구체적 세목을 괄호 속에 집어넣고 대범하게 말하면 우리 사회에서의 세대 갈등은 386세대와 그 이전 세대 사이에서 가장 현저하게 발견된다고 할 수 있다. 세칭 진보세력의 주축을 이루는 것은 386세대라 생각되는데 이들의 동조세력과 반대세력을 축으로 해서 우리 사회의 이념적 스펙트럼이 달라진다고 보아도 크게 잘못은 아닐 것이다. 우리는 모든 사회구성원의 독자성을 존중해야 한다. 그러나 극단적인 이념의 스펙트럼이 세대를 주축으로 해서 갈라지는 사회에서 무던하고 성숙된 사회로의 진화를 기약하기는 어렵다. 격심한 이념대립을 완화하고 상호 시인하는 최소한의 동의 확립이 필요하다고 생각한다. 그것은 어정쩡한 타협이나 절

---

5) 80년대 이른바 학생운동권의 후일담을 다룬 소설들이 꽤 많이 나와 있다. 최윤의 「회색 눈사람」처럼 일정한 거리를 두고 당시를 냉정하게 비판적으로 바라본 경우는 극히 예외적이다. 가령 작가적 역량이 탄탄하다고 생각되는 김인숙의 작품들은 감상적 회고에 함몰되지 않고 있지만 당시의 열정에 대한 향수를 드러내면서 성숙한 중년이 마땅히 가지고 있어야 할 비판적 거리는 유지하지 못하고 있는 것이 특징이요 한계이다. 당시를 미화하거나 적어도 아쉬워하는 회고적 낭만주의가 그 세대 작가와 작품의 주류가 아닌가 생각된다.

충을 도모하자는 것이 아니다. 구체적인 사안을 놓고 진지하고 생산적인 대화를 통해서 합의사안을 도출하자는 것이다.

단일한 가치체계를 강요하고 있는 전체주의사회가 아닌 한 다양한 견해와 입장의 공존은 당연하고도 소망스럽다. 시장에서의 자유 경쟁 체제 속에서 소비자가 상품을 선택 구매하듯이 이념이나 특정 사안에 대한 입장 또한 자유 경쟁 속에서 선택받고 수용되어야 할 것이다. 그러나 이른바 압축 성장에서 야기된 병리적 부작용을 지적하는 것과 산업화 자체를 전면적으로 부정하는 것은 별개의 문제다. 산업화를 이룩한 시대를 민주와 독재라는 정치적 이분법만으로 접근해서 재단하는 환원주의는 사태를 단순화시켜서 모든 현상을 왜곡시킨다. 386세대와 그 전 세대의 갈등은 공통경험의 상위相違에서 온다고 생각한다. 산업화 이전의 절대빈곤을 경험한 세대는 산업화 이후의 경제적 발전에 대해서 외경과 자긍과 안도의 감정을 갖지 않을 수 없다. 많은 병리적 현상을 감안하더라도 그 이전의 비참한 생활수준과 비교할 때 산업적 성공을 긍정하게 마련이다. 이에 반해서 절대빈곤 시대를 경험하지 않은 세대들은 상대적으로 산업화의 경이로움을 체감하지 못한다. 따라서 압축 성장 과정의 병리적 측면만이 크게 보이고 이에 따라 우리 사회 전반과 역사에 대해서 매우 부정적인 견해를 갖게 된다.

세대 간 공동경험의 차이와 거기서 유래한 부수적 가치관의 차이를 가장 단적으로 드러내는 것은 우리 국토의 산림 재생이다. 한반도의 나무 없는 민둥산에 대해서는 19세기 말에 한국을 여행한 이사벨라 버드를 비롯해서 많은 사람들이 기록을 남겨 놓고 있다. 특히 해방 후 38이남에서 산림 황폐화는 극심해져서 1950년대에 한국을 방문한 미국 학자는 이대로 가면 30년 안으로 국토 전체가 사막이 될 것이라고 경고할 정도였다. 실제로 그 무렵 경부선을 타 보면 좌우 양변으로 가도 가도 나무 없는 민둥산이 나타날 뿐이었다. 그러나 1960년대 이후의 성공적인 산림녹화정책의 결과로 오늘날 우리 국토는 문자 그대로 세계에 유례없는 산림 재생에 성공하여 국토의 표상이었던 "붉은 산"을 완전히 퇴출시켰다. 뉴욕 타임스를 위시해서 미국의 환경잡지가 대서특필한 자랑스러운 위업이다. 미국의 비영리 학문간 연구기관인 지구정책연구소 소장 레스터 브라운이 2006년에 낸『계획 B20: 압박받는 지구와 곤경에 빠진 문명 구하기』에는 우리의 산림 재생에 감탄하면서 이로 미루어 "우리는 지구에 산림 재조성을 할 수 있다"고까지 적어놓고 있다.[6] 사실 산림 재조성 한 가지만 가지고도 산업화시대의 지도자는 역사적 기억에 값한다고 생각한다. 그러나 이러한 생각은 전 국토가 붉은 산의 연속이었던 시절의 절망감을 경험하였기 때문에 가능한 것이라 생각한다. 그런 경험이 없는 386세대에게는 별 감흥이 없는 얘기가 될 것이다. 따라서 그들은 기득권을 가진 노인들의 주책없는 보수주의의 발로라고 폄훼할 공산이 크다. 산업화 이후의 생활수준 향상에 대해서도 같은 말을 할 수 있을 것이다. 강조하고 싶은 것은 공동경험의 차이에서 오는 견해 차이를 좁혀서 객관적 사실에 대한 최소한의 사회적 동의를 이루어내는 일이 필요하고 중요하다는 것이다. 그러한 최소한의 사회적 동의 없이 세대갈등과 불신이 지속될 때 사회적 분열은 치유될 길이 없을 것이다. 최소한의 객관적 역사적 사실에 대한 사회적 동의도 없는 상태에서 우리가 어떻게 통일이란 지상과업을 이룩할 수 있을 것인가? 그런 맥락에서 세대 간 갈등과 견해 차이는 역지사지하는 열린 정신과 대화를 통해서 최소한의 세대 간 동의를 이루어내야 할 것이다. 도둑처럼 온 해방이 민족분열과 전쟁으로 이어진 민족적 불행의 역사적 재생산을 원치 않는 우리는 대한제국 말년과 흡사하다는 위기상황에 현명하게 대처해야 할 것이다.

---

6) Lester R. Brown, *Plan B 2.0: Rescuing a Planet Under Stress and a Civilization in Trouble* (NY: W.W. Norton & Co., 2006), p. 148.

젊음의 칭송

4·19 이후 학생들은 나라의 큰 사안에 대해서 적극적으로 참여하고 행동하여 우리가 말하는 민주화 달성에 크게 기여하였다. 그 과정에서 그들이 감당했던 고난과 희생도 이루 말할 수 없이 무거운 것이었다. 상대적으로 사태를 수수방관했던 구세대들은 절반은 죄책감에서 절반은 구경꾼의 응원심리로 젊음을 기리고 칭송하기 시작하였다. 한국의 청년 학생은 은연중 도덕적 순수와 정의의 사도 같은 이미지를 갖게 된다. 그리고 그것은 우리 사회에서 학생의 정치참여를 크게 고무하고 의무화시키는 계기가 되기도 했다. "빛나는 4월의 선배 뒤를 따르자"란 취지의 구호는 수시로 등장했고 자연 학생운동의 전통이 탄탄히 형성되기도 했다.

물론 젊음에 대한 격려와 찬가는 어제오늘에 비롯한 것도 아니고 우리만의 것도 아니다. 다음 세대에 거는 기대와 희망은 인류사회에 공통되어 제식祭式 흐름의 언어를 낳는다. "청춘! 이는 듣기만 하여도 가슴이 설레는 말이다. 청춘!"으로 시작되는 민태원의 「청춘예찬」은 한때 교과서에 의례히 수록되는 단골 문장이기도 하였다. 물론 이러한 청춘예찬이 청춘 활용을 위한 서곡이 되는 경우도 허다하다. "아저씨, 아저씨, 하면서 짐 지운다"는 것은 청춘의 경우에 더 절실하게 해당되기 때문이다. 자살공격의 효시인 카미카제神風특공대를 죽음으로 몰아넣으면서 일본 군부는 비장한 청춘 예찬을 되풀이 읊조리곤 하였다.

1960년대 미국 히피들의 구호의 하나에 "서른 넘은 사람들을 믿지 말라"는 것이 있었다. 서른을 막 넘은 처지였지만 그 말에 공명했다. 그로부터 많은 세월이 흘렀다. 미국 대통령 후보가 된 버락 오바마의 나이가 50이 채 안된 것을 알고 그래도 50은 돼야 할 것이 아닌가 하는 생각이 들었다. 당시 70을 넘긴 처지였다. 40대의 존 케네디가 쿠바 위기 때 보여준 성공적임이 드러난 대담한 결정을 알고 있었음에도 그랬다. 자신을 돌아

볼 때 단순히 "노인의 이데올로기"라고만 할 수 없는 국면이 있다고 생각된다.

『논어論語』 양화편陽貨篇에는 "나이 사십이 되어서도 남의 미움을 받는다면 끝장이다"란 대목이 보인다. 그 나이쯤에는 사람됨이 원숙해서 남의 기분도 알고 따라서 남의 미움 받는 일은 하지 않아야 한다는 정도로 이해하면 될 것이다. 여기에 유명한 사십불혹四十不惑을 첨가해서 생각하면 일단 40을 성숙의 하한선이라 생각해도 될 것이다. 초로란 말은 요즘 느슨하게 쓰이고 있지만 본시 40을 가리키는 말이라는 것도 참조해야 할 사항이다. 사춘기는 증기기관과 함께 발견되었다는 말이 있는데 증기기관이 발명된 것은 1765년이다. 그 후 근대사회에서 청년기가 빨라지고 또 길어진다는 추세를 보여주고 있다. 따라서 평균수명이 낮았던 공자 시대의 40은 요즘의 50정도라고 생각해도 무방할 것이다.

연령이란 것은 생물학적 측정 단위이다. 젊음과 늙음은 흔히 연령에 의해서 정의되지만 그것은 심리적 사실이기도 하다. 우리는 주변에서 겉늙은 "애 늙은이"를 보게 되기도 하고 또 팔팔한 젊은 노인들을 보게 된다. 정년퇴직 무렵 흔히들 토로하는 말이 있다. "기운이 빠지고 의욕도 없어지고 정년 나이는 참 기막히게 책정된 것 같아요." 그러나 이것은 주입된 자기암시에 지나지 않는다. 레스터 서로의 『자본주의의 미래』를 따르면 비스마르크가 만든 독일 연금제도가 모형이 되어 65세 정년이 일반화되었다. 그것이 제정된 1891년에 독일인의 평균수명은 45세에도 이르지 않았다. 요즘의 평균수명으로 말하면 연금의 지급개시를 95세로 책정한 것이란 것이다.[7] 사실상 수혜자를 극소화하려는 조처인데 그 65세를 우리도 근로능력의 상한선으로 생각하는 것이고 그러한 자기암시가 기막힌 책정이란 착각을 낳는 것이다.

이로 볼 때 젊음과 늙음은 사실상 사회적 정의의 문제이다. 40을 초로

---

7) Lester C. Thurow, *The Future of Capitalism* (New York: Penguin Books, 1996), p. 107.

라고 정의한 옛 동양의 관습도 그것을 말해준다. 프란시스 베이컨은 "젊은이들은 판단보다 발명, 충고보다 실행, 정해진 일보다 새 기획에 적합하다. 노년의 경험은 그 범위 안에 속하는 사안에 대해선 노년을 제대로 인도하지만 새로운 문제에 대해선 오도誤導한다"고 「청년과 노년」이란 에세이에서 말하고 있다. 그리고 "도덕적 역할에서는 아마도 젊은이들이 뛰어나지만 정치적 역할에서는 노년이 뛰어나다"고도 말하고 있다.[8] 판단이나 정치적 역할에서는 노년이 앞서고 창의성이나 도덕성에선 청년이 앞선다는 경험론적 양식良識에 대해서 우리는 이의를 제기하기가 어렵다.

　창의성이나 도덕성에서 청년이 앞서고 판단이나 정치적 역할에서 노년이 앞선다는 관찰을 수용할 때 우리는 젊은 유권자들이 정치적 방향을 사실상 결정짓게 된다는 사태에 대해서 얼마쯤의 의구심을 갖지 않을 수 없다. 그것이 국내의 지역 간의 문제, 큰 차이가 생기지 않는 우선순위의 문제라면 별문제가 안 된다. 또 그 궁극적 결과를 전혀 예상할 수 없는 그러나 필요한 개선이나 조처의 사안이라면 역시 크게 문제가 되지 않는다. 가령 19세기 유럽에서 재산과 상속에 관한 법은 인구 동향에 큰 영향을 미쳤다고 홉스봄은 말하고 있다. 장자만이 상속받도록 한 영국 귀족들은 자손을 많이 두었고 또 토지 재산의 크기나 가치가 그대로 유지되었다. 그러나 나폴레옹법전은 토지를 자식들에게 분배 상속하도록 규정함으로써 인구감소현상이 빚어졌다.[9] 보다 진보적인 평등이념의 적용이 전혀 예상하지 못한 결과를 빚은 것이다. 이러한 문제는 전문가들이 다루는 세부적인 사항이기 때문에 별문제가 되지 않는다. 그러나 궁극적으로 국가 존망이나 사회의 방향을 결정짓게 되는 천하대사가 사실상 판단력이 취약하고 경험적 현실감각이 부족하고 이상주의에 흐르기 쉬운 청년층에 의해서 결정된다면 작은 일이 아니다. 도덕적 순결이란 것을 엄밀하게 정

---

8) Francis Bacon, *The Essays* (New York: Penguin Books, 1969), p. 187.
9) Eric Hobsbawm, *On the Edge of The New Century*, trans. Allan Cameron(New York: New Press, 2000), p. 154.

의하기는 어렵지만 청년기의 그것은 독선과 자기중심으로 흐르기 쉽다. 청년기에 급진파였다가 장년 이후엔 보수파가 된다는 진부한 속설이 있다. 대체로 경험론적 뒷받침을 받고 있는 것으로 생각된다. 경험에 의해서 계몽되지 않은 순수는 한갓 빛 좋은 무지에 지나지 않을 수 있다.

좌파나 우파를 막론하고 대개의 급진적 운동이 청년들을 동원하고 있다는 것은 흔히 목도되는 역사적 현상이다. 무솔리니의 흑黑셔츠단, 나치스의 히틀러 유겐트, 소련의 피오닐, 문화대혁명기 중국의 홍위병이 대표적인 사례이다. 앰너스티 본부 추산 140만 명에 이르는 캄보디아의 인간도살에서 중요한 역할을 한 것이 청소년들이라는 것도 알려지고 있다. 오늘날 이슬람 원리주의자들의 자살공격에도 청소년이 많이 동원되고 있다. 청년들의 도덕적 순결이나 이상주의 성향을 악용하는 것은 국가나 정치조직의 "앵벌이" 활용 현상이다. 청년들을 정치적으로 동원하고 활용하는 것도 크게 보면 같은 맥락이요 같은 성질의 것이라 생각된다.

젊음의 도덕적 순결성이나 정의감이 정치에 동원될 때 그것은 심각한 비인간화 경향으로 흐를 가능성이 많다. 사례를 프랑스 대혁명에서 들어보는 것도 괜찮을 것이다. 프랑스 혁명을 어떻게 보느냐 하는 것은 보는 사람의 정치적 입장을 극명하게 밝혀 준다. 프랑스 혁명의 지도자들이 로마역사를 참조했고 러시아 혁명의 지도자들이 프랑스의 혁명 과정을 모형으로 해서 혁명 방어를 기획하고 실천했다는 것은 널리 알려져 있다. 프랑스 혁명이 나폴레옹에게 날치기 당했다고 생각한 볼세비키들이 자기 동료 중에서 가장 나폴레옹을 닮은 트로츠키를 경계하고 가장 닮지 않은 스탈린을 선택함으로써 스탈린 폭주 시대가 개막되었다는 E.H. 카 이래의 해석은 정설이 되다시피 했다.[10] 볼세비키들은 로베스피에르에서 혁명의 양심과 권화를 보았고 따라서 로베스피에르를 어떻게 보느냐 하는 것은 러시아 혁명이나 그 지도자들을 어떻게 보느냐 하는 문제와 직결되어

---

10) E. H. Carr, *What is History?* (Harmondsworth: Penguin Books, 1964), p. 71.

있다. 러시아 혁명과 소련의 성취에 공명한 사람들은 대체로 로베스피에르에 대해서 긍정적이고 공명적인 태도를 보여주었다. 그러나 20세기 말소련과 동구권이 붕괴함에 따라 프랑스 혁명에 대한 시각 변화를 목도하게 된다. 혁명 그 자체에 대해서 이의를 제기하는 사람은 극소수지만 가령 루이 16세의 처형이나 로베스피에르의 공포정체에 대해서는 비판적인경향이 그전보다 한결 짙어지는 것은 사실이다. 과거의 폭력적 부정 및단절이 궁극적으로 수용소 군도와 중국의 문화대혁명과 캄보디아의 대학살로 이어진 것을 인지할 때 자연스러운 일이다.

1793년 1월 16일 오전 10시에서 17일 밤 10시까지 36시간 계속된 국민공회 공개 의사표시 방식의 투표에서 국왕 무조건 처형은 투표자 721명중 근소한 차이로 결정된다. 그 전에 국왕 유죄 여부를 결정할 때 마라의제안으로 대의원 하나하나가 의장석으로 나가서 찬성이냐 반대냐를 구두로 표시하도록 해서 사실상의 공개투표였다. 급진적 파리 시민을 두려워해서 감히 반대 못 한 것도 사실이다. 혁명에 동원된 것이 젊음의 에너지였다는 것은 1791년 10월에서 이듬해 9월까지 열렸던 입법의회立法議會 의원의 평균 연령이 26세였다는 사실에서도 드러난다.[11] 국민공회에서 루이16세 처형을 역설했고 시종일관 로베스피에르의 충직한 부관이었던 쌩쥐스트는 처형 당시 27세, 로베스피에르는 36세였다.

청년기엔 대체로 인간사회의 복잡성이나 역사의 모호성에 대한 감각이여린 편이다. 따라서 단순화된 이분법으로 사물을 보는 성향이 있다. 특히 강력한 도덕적 정열이나 정의감으로 충만한 젊은이의 경우에 그러하다. "대혁명이 그렇듯이 로베스피에르는 선인과 악인, 애국자와 범죄자, 감시의 공개적 발언과 대신들의 숨은 음모밖에 인정하지 않는다"라고 프랑소아 퓨레는 『프랑스 혁명을 생각한다』에 적고 있다.[12] 진부하다면 진부

11) Tony Judt, *Reappraisals: Reflections on The Forgotten Twentieth Century* (New York, Penguin Books, 2008), p. 210.
12) フランソワ フュレ, 『フランス革命をえる』, 大津眞作譯(岩波書店, 2000), p. 129.

한 분석이요 정치 현상을 심리학적으로 접근하는 것에는 문제가 따르는 것도 사실이다. 그러나 이것은 대개의 급진적 정신 특히 젊은 급진적 정신의 성향과 특징을 단적으로 나타내는 것이라 말할 수 있다. 이러한 과격한 발상법이 공포정치로 이어지리라는 것은 쉽게 상상할 수 있다. 하워드 멈포드 존스의 『혁명革命과 낭만주의浪漫主義』는 프랑스 혁명과 낭만주의의 동시성과 친연성을 다룬 책인데 사실 양쪽 모두 청년 정신의 발로라할 수 있다. 낭만주의에는 항상적인 성숙의 거절 성향이 보이기 때문이다.

젊음의 특성은 책임의식이 비교적 희박하다는 데서도 찾을 수 있다. 가족부양 책임에서 자유로운 경우가 많고 이 때문에 무책임한 또는 심정적 반항심이 활발할 수 있다. 이 또한 젊음의 과격한 정치성향으로 합류할 공산이 크다. 따라서 경험이나 사려 깊음에서 취약한 젊음의 성향을 지나치게 부추기거나 계도의 여지가 많은 대상에 대한 일방적 추파는 결과적으로 사회전체의 이익에 반할 수 있을 것이다.

여담이지만 우리 사회에서의 일반적인 젊음 숭상을 조장하는 최근의 또하나의 사례가 학생들에 의한 교수평가제도라 생각한다. 교수평가제도는 필요한 것이고 긍정적인 효과를 낳고 있다고 생각한다. 그러나 소수파의 조직적인 사전 담합이 특정인의 평가를 최저치로 만들어 궁지로 몰아넣을 개연성이 충분하다. 교수 평가제 도입 이후 특히 신진 교수들의 학생 계도는 실종되고 눈치 보기가 번지고 있다는 것은 가시적인 현상이다. 연구실적 압력과 학생평가 압력으로 위아래에서 조여오니 심적 갈등이 심하다는 게 사석에서 토로하는 신진 교수들의 공통적인 애로사항이다. 인간본성을 이성과 선의로 파악한 계몽주의의 정치적 산물인 근대 민주주의가 마주친 문제는 이성 아닌 충동과 감정이 인간행동을 추동한다는 사실 앞에서의 곤혹일 것이다. 교육받은 성인의 행동도 예외는 아니고 교수평가제도 청년 파워를 조장하는 데 일조하고 있다. 국지적이고 지엽적인 선거부정이 따른다고 해서 선거제도를 폐기할 수는 없다. 마찬가지로 교수평가제도는 유지되어야 하지만 평가가 이성적 행위가 되도록 하기 위한 지도는 계속되어야 할 것이다.

세대 갈등이나 젊음 예찬이란 맥락에서 중국에서의 유학儒學 재해석을 참조하는 것도 유익하다고 생각한다. 중국에서 유학이 부흥하고 있다는 사실은 보도를 통해 알려지고 있다. 특히 2008년 베이징 올림픽 개막식에서 논어를 인용한 소책자를 배포했다든가 독일의 괴테 인스티튜트와 비슷한 기능을 가진 Confucius Institute를 운영하고 있다는 비근한 사실은 유학 부흥의 일단을 짐작하게 하고 있다. 이념적으로는 성리학이 지배했던 조선조의 부정적인 국면을 잘 아는 우리사회에선 솔직히 유학을 경원하는 경향이 농후하다. 유학을 반근대주의의의 원흉으로 간주하는 것이 조선조 붕괴 이후 이 땅 지식인의 일반적 풍조였다. 그러나 유학적 덕목이 일생생활의 덕목으로 표방되고 숭상되는 경우가 많다는 사실이 보여주듯 유학은 우리의 의식과 거동 속에 깊이 뿌리를 박고 있다. 우리에게 익숙한 유학이 지니고 있는 현대적 응용가치를 중국에서는 어떻게 찾고 있는 것일까? 현지에서 가르치고 있는 미국인 중국학자가 전하고 있는 사례와 배경은 이러한 맥락에서 우리에게 시사하는 바가 많다.

중국정부가 유학 부흥에 나서는 데는 몇 가지 이유가 있다. 우선 소련 붕괴 이후 공산주의가 영감부여능력을 상실했다는 점이 중요하다. 마르크스주의에 근거한 현실이나 미래 설명이 설득력을 발휘하지 못하는 빈자리를 전통적 지혜로 대체 혹은 벌충할 필요가 생겨난 것이다. 또 하나 중요한 것은 경제력을 비롯한 국력이 향상됨에 따라 유럽 원산原産의 사상이나 근대적 제도에 대해서 중국 고유의 전통적 가치체계를 내세워 전 세계에 중국문화의 힘을 보여주려는 잠재된 의도이다. 서구인의 관점에서 보면 19세기 이후 서구 세력에 의해서 상처 입은 자존심을 회복하자는 국격 회복을 위한 노력의 일환이라 할 수 있다. 많은 학자들이 나서서 유학에 대한 새로운 해석을 시도하고 그것을 대중화하려는 노력을 보여주고 있는 것으로 보인다. 개중에는 서구 정치제도의 취약점을 유학의 이념 선용을 통해 보완할 수 있다는 논의도 만만치 않은 것으로 보인다. 돈벌이가 개인의 행복으로 이어지지 않는다는 개방 이후의 새로운 의식이 좋은 삶은 사회적 관계 속에 있다는 것을 강조하는 유학에서 어떤 영감을 얻으려 하는 기운도 보인다. 근대화에 따르는 정신적 공백을 메우는데 유교윤리는 중요한 기여를 할 수 있다는 것이다.[13]

유교는 풍요하고 다양한 지적 전통이기 때문에 어떤 국면을 부활시켜야 하는 문제가 제기된다. 우선 사회윤리 확립에 활용 가능한 국면이 있다. 가령 유학에서 강조하는 것의 하나는 효이다. 너무 익숙하기 때문에 우리는 그 의미를 평가절하하기 쉽다. 그러나 가령 『열국지列國志』에 흔히 보이는 왕자王子의 부친 왕 살해 삽화나 불교에서 말하는 오역五逆 (무간지옥에 떨어질 악행으로 부친 살해, 모친 살해, 아라한 살해, 승려의 화합 파괴, 불신佛身 손상을 말한다.)을 보면 공자를 위시한 유학의 교부敎父들이 효를 강조한 이유가 분명해진다. (교敎가 효孝에서 나왔다는 것도 유의할 필요가 있다. 효孝자에 사역을 뜻하는 복攵자를 끼워서 '효하게 한다'의 뜻을 갖고 결국 가르침을 뜻한다.) 효孝의 개념인 부모 존중과 배려를 타인에게 확대하는 감정이입적 감각으로 발전시킬 수 있다면 그것은 메마른 경쟁적 사회에서 하나의 가능성이 될 수 있다는 의견을 비롯해 유학의 현대적 해석을 통한 새 사회윤리 정립의 모색이 활발해 지고 있다. 사회변화의 속도가 빠르고 기술혁신이 숨 가쁘게 전개되는 사회에서 노인은 옛날과 달리 불가결한 지식이나 경험의 전수자 구실을 하지 못한다. 이에 따라 경로사상이나 효제孝悌사상이 쇠퇴를 지나 소멸상태에 빠진 것이 사실이다. 그러나 노년은 청춘의 연대기적 미래이며 이 미래 앞에서 만인은 평등하다. 연령과 능력에 상관없이 모든 인간에 대한 존중을 우선시하는 사회윤리 확립을 위해 온고溫故의 지혜가 요청된다고 생각한다.

---

13) Daniel A. Bell, *China's Mew Confucianism* (Princeton: Princeton University Press, 2008), ix-xxi. 참조. 페이퍼백 판에 붙인 서문의 요약임.

절제라는 영감

고령이 되어서 새로 생긴 버릇의 하나는 오늘과 어제를 비교해 보는 일이다. 21세기인 오늘과 20세기 중엽 때의 과거를 돌아보고 비교하는 일이 잦아졌다. 그것은 사회변화가 너무나 격심하고 세태의 변화가 너무나 현격하기 때문에 자연스레 생겨난 개인적 취미인지도 모르겠다. 가령 다이어트를 위해서 눈물겨운 노력을 하는 젊은 여성에 관한 보도를 접하다 보면 체중을 늘리기 위해 적지 않게 노력하지만 신통한 결과를 보지 못하던 중년의 친척을 떠올리며 격세지감을 느낀다. 50년 전에는 대체로 과수원, 양조장, 인쇄소, 양복점 주인이 시골 부자로 통했다. 또 부자라면 그런 사람이 대부분이었고 조금 후엔 연탄공장, 약국 주인이 부자대열에 가담하였다. 그러나 이들은 이제 시골서도 익명의 다수 속으로 사라져 행방이 묘연하다. 다양한 알짜 부자들이 도처에 늠름하게 포진하고 있기 때문이다. 당시엔 의복과 신발이 비근한 신분상징 구실을 했으나 요즘에는 복장과 신발의 평준화로 자가용 차종이나 거주 공간을 점검해 보아야 차이를 알 수 있다.

50년 전과 달리 새 시대의 징표로 드러나는 것의 하나는 가정교육이 사실상 사라졌다는 점이 아닐까 생각한다. 백화점이나 공공장소에서 아이들이 장난치고 소란을 피우는데도 부모들이 말리는 법이 없다. 예의범절에 대한 교육은 사실상 사라진 것 같다. 자유분방한 아메리카 풍조가 들어와서 그렇다는 진단도 있지만 의심스럽다. 공공장소에서 우는 어린이를 호되게 야단치는 것은 그쪽에서 아주 흔한 장면이다. 식탁에 팔꿈치를 댄다고 식탁예법에 어긋난다며 아들 야단치는 것을 목격한 일도 있다. 가족계획 탓에 외아들 외동딸이 늘어나서 그리 된 것이라는 진단이 그럴싸해 보인다.

가정교육이 사라졌다는 것의 사례는 가끔 신문에 보도되는 학부형의 항의에서도 발견된다. 가정교육의 부재에 근본적인 원인이 있다고 생각되는 일탈 행동에 대해 학교에서 교정을 시도하는 경우 자녀의 일방적인 말만 듣고 학교로 달려와 교사에게 격렬하게 항의하는 경우가 허다하다. 물론 학교 교사의 교정 시도가 상식이나 도를 넘어선 경우도 있을 것이다. 그러나 그 전에 좀처럼 없던 일이 빈번하게 일어난다는 것이 실정이다. 일선교사의 경험담을 따르면 학급의 어린이 수가 줄었지만 말을 안 들어 학급 지도와 가르치는 일이 점점 버거워진다는 것이다. 가정교육이 사라진 터전에서 학교 교육이 바로 교정하지 못한 청소년을 궁극적으로 담당 처리하는 것은 경찰이다. 정신분석에서는 세 살 때쯤엔 성격이 형성된다고 말한다. 가정교육의 중요성을 다시 한 번 생각하게 되는데 가정 붕괴나 가족 해체가 늘어가는 세태에서 문제는 점점 어려워져 간다고 할 수밖에 없다.

　보육원이나 유치원 교육이 사실상 가정교육을 대체한 상황에서 가정교육 실종을 얘기하는 것 자체가 시대착오적인 처사라고 할지 모르겠다. 그러나 그 이전에 가정에서 길들여져야 할 언어습관이나 기본적 예의범절이 처음부터 잘못된 것이 아닌가 생각된다. 중학생이나 고등학생들이 어울려 가면서 떠드는 것을 보면 태반이 상욕이요 비속어요 그들만의 은어이다. 저들 끼리만의 배타적 사회공간을 만들려는 충동은 자연스러운 것이기는 하다. 그러나 동원되는 상욕과 비속어는 한심스러운 저질에 속한다. 물론 욕설이나 비속어가 사춘기의 여러 충동을 억압하는 데서 오는 긴장감을 해소하는 기능을 가지고 있는 것은 사실이다. 또 비속어나 욕설을 통해서 어떤 순간적 해방감을 느끼고 일종의 카타르시스를 경험하는 국면도 있을 것이다. 그러나 이러한 악순환은 결국은 항상적인 것이 되어 저질 인격으로 굳어질 공산이 크다. 대통령 영부인조차 상욕과 비속어를 쓰는 외국영화도 있는데 우리만 그런 것 아니라고 할 사람도 있을 것이다. 그러나 이런 언어습관이 결국은 막말과 언어폭력의 세계로 진화할 것이고 막말과 언어폭력은 물리적 폭력의 예고지표가 된다. 걱정스럽고 두려운 것은 바로 이점이다.

　막말이나 언어폭력은 상대를 모욕하려는 의도에서 나온다. 모욕을 가하여 상대방에게 굴욕감을 줌으로써 순간적인 상상 속의 우위를 점하는 쾌감을 맛보기 위해서이다. 모욕하는 자는 모욕을 가함으로써 상대방에 대한 우위優位를 증명했다고 생각한다. 세상에서 말하는 예의범절은 대하는 사람을 존중하고 조금이라도 감정이나 자긍심을 상하지 않도록 배려하기를 요구한다. 또 공연한 폐 끼치기를 삼가기를 주문한다. 이러한 예의범절상의 배려는 궁극엔 자기에게로 돌아오는 것이고 그러한 면에서는 실용적 효용조차 있는 미덕이다. 그럼에도 의도적으로 상대에게 모욕을 가하는 것은 공공연한 도발이요 인격 침해요 예의범절의 중대한 범칙행위이다. 그래서 유럽에서는 모욕에 대한 대응으로 결투를 하는 일이 비일비재하였다. 우리는 러시아 시인 푸슈킨이 결투로 해서 요절했음을 알고 있다. 또 이탈리아인 자유주의적 인문주의자인 세템브리니와 제쥐잇인 나프타의 저 인상적인 결투장면을 『마의 산』에서 보게 되는 것이다. (옛 그리스의 법률에서는 모욕주기나 모욕적 취급이 신체적 학대보다도 더 심각한 중죄였다는 것을 읽은 적이 있다.)

　예의범절에 어긋나는 공격적인 무례함이나 막말은 정치적 반항의 형식인 경우도 많다. 서른 넘은 사람을 믿지 말라는 구호를 외쳤던 히피세대들은 기성세대가 위선으로 무장하고 체제의 폭력 장치를 통해서 지배하고 억압하고 있다고 생각했다. 따라서 기성세대의 위선을 폭로하고 거기 대항하기 위해서는 의도적으로 복장과 언어와 취향과 모든 면에서 점잖은 기성세대의 역상逆像을 보여주어야 한다는 자기부과적 행동지침을 마련하고 실천했다. 기성 가치와 사회전복에 대한 열망을 일탈적 언어구사와 문법파괴로 표현한 시인들과 궤를 같이 하는 것이다. 그러나 영원한 청춘이 없듯 영원한 히피가 없다는 것은 일탈이 일시적 잠정적일 수밖에

없다는 것을 말해준다

　막말이나 욕설이나 모욕주기는 사춘기 학생의 대화나 전투적 정치인의 공격적 발언에서만 발견되는 것은 아니다. 그것만으로도 심각한 수준이지만 더욱 심각한 것은 사이버 공간에서의 익명적인 막말과 언어폭력의 난무상태다. 수적으로나 내용상으로 보나 간과하기 어려운 수준이다. 옛날엔 기차역 공동변소나 학교 변소 같은 지하공간에서나 볼 수 있었던 수준의 낙서가 최첨단 문명 이기인 PC에서 여과 없이 또 제어 없이 쓰이고 있다. 인구비례 대학 진학률이 세계 최고수준이라는 사회에서 벌어지고 있는 이 역설적인 현상을 보는 관점도 여러 가지가 있을 것이다. 시간이 지남에 따라 지정白淨작용의 효과가 드러날 것이라는 낙관론, 젊은 실업자를 양산하고 불만세력을 포용하지 못하는 사회에서 당연한 업보가 아니냐는 체제비판론, 전체인구 대비 극소수 수자에 구애받을 필요가 없다는 묵살론에 이르기까지 다양할 것이다. 그러나 이러한 지하적 잠복적 언어폭력은 무의식의 다이나미즘이 그러하듯 기회 있을 때마다 지상으로 치고 올라올 공산이 크다.

　마땅한 놀잇감이 없던 시골에서 어린이들이 즐기는 놀이에 풍뎅이 놀이가 있었다. 풍뎅이를 잡아서 다리를 떼어내고 엎어놓으면 풍뎅이는 놓인 자리에서 빠른 속도로 회전을 하였고 그것을 보며 아이들은 희희낙락했다. 다리를 떼어내는 것이 고통을 주리라는 것을 모를 리 없다. 다리를 떼어내는 일이 섬뜩해서 물러서는 아이들도 있었다. 인간에 내재하는 공격성이나 잔혹성이 모두 힘에의 의지나 갈망에서 나온다. 이런 공격성을 순치馴致시키는 것이 곧 사회를 순화시키는 방법이 될 것이다. 스포츠란 생존경쟁의 유희적 형태를 통해서 공격성을 승화시키는 것도 방법이고 음악 감상이나 미술 향수와 같은 심미적 마력을 통해서 순화시키는 것도 방법이다. 취미의 개발도 마찬가지다. 결국 가정과 학교와 사회가 담당해야 할 몫이요 궁극적으로는 교육의 문제다.

1960년대 후반에 처음으로 내한한 미국 평화봉사단원들이 이구동성으로 감탄한 것은 서울 같은 큰 도시의 밤거리를 위험의식 없이 걸어 다닐 수 있다는 것이었다. 별로 감탄할 것이 없어서 의도적으로 찾아낸 결과이기도 할 것이다. 반세기가 안 되어 사정은 역전되었다. 오늘날 인터넷의 댓글은 옛 공동변소 낙서에 비해서 한결 유식해졌다. 무학無學보다 반半교육이 한결 곤란하고 위험하다는 생각을 금할 수 없다. 곰곰이 생각하고 유의해야 적절한 대응책도 나올 것이다. 경제성장을 이룬 후 평등의식은 크게 확산되었다. 그러나 청년이 가지고 있는 평등의식을 뒷받침해 주는 평등의 경제적 기초는 취약한 상태다. 이러한 조건 아래서 증오와 르쌍티망은 편재해 있다. 과교육過敎育을 받은 대다수 청년들의 불만 해소책은 물론 경제력 향상에 있지만 적정한 세계이해의 교육도 필요할 것이라 생각한다. "여기에 있는 것은 중용中庸이 아니라/답보다 죽은 평화다 나태다 무위無爲다"라고 개탄했던 김수영은 명편 「봄밤」에서 이렇게 적어 놓고 있다.

> 재앙과 불행과 격투와 청춘과 천만인의 생활과
> 그러한 모든 것이 보이는 밤
> 눈을 뜨지 않은 땅속의 벌레같이
> 아둔하고 가난한 마음은 서둘지 말라
> 애타도록 마음에 서둘지 말라
> 절제여
> 나의 귀여운 아들이여
> 오오, 나의 영감이여

시인은 절제가 곧 영감이라고 말한다. 전자민주주의 시대의 시민정신은 모든 면에서 절제를 요구한다고 할 수 있다. 충동의 절제야말로 교육의 핵심일지도 모른다.

김소월『진달래꽃』, 정지용『시전집』
― 현대시의 고전

> 방금 말했듯이 좋아하는 영어 시인이 있습니다. 그러나
> 나는 러시아 시인들을 더 좋아합니다. 러시아어가 나의 제1
> 언어이기 때문입니다. 나는 시가 어린 시절에 썼던 언어 속
> 에 있다고 생각합니다. 열 살 이전에 썼던 언어야말로 시에
> 가장 근접한 것입니다.
>
> ― 아이자이어 벌린[1]

동갑내기 시인

두 시인의 연보를 따르면 김소월과 정지용은 1902년생으로 동갑이다.
많은 사람들이 의외라고 느낄 것이다. 적어도 시를 통해서 알게 되는 김
소월과 정지용은 동년배라고 하기에는 너무나 큰 세대차를 보여준다. 과
장을 마다 않는 사람이라면 19세기와 20세기의 차이를 느끼게 된다고 할
수도 있을 것이다. 모든 사람이 같은 시대를 똑같은 행보로 살아가는 것
은 아니다. 말굽 소리도 씩씩하게 앞서 달려가는 선구자도 있고 터벅터벅
뒤처져 가는 지각생도 있다. 동갑일 뿐 아니라 같은 나이로 죽어간 마르
크스와 투르게네프(1818-1883)의 경우를 생각해 보라. 한 독일인은 세계변
혁을 외치며 혈기왕성하게 새 세계를 열어갔고 한 러시아인은 급진사상

---

1) Ramin Jahanbegloo, *Conversations with Isaiah Berlin*: kindle (London: Halban Publishers, 2011), location 2285.

에 끌리면서도 뒷걸음질 치기를 계속하여 후세 사람들에게 정치적 회의론의 일면적 유용성을 보여주었다. 두 사람의 차이는 조금은 더 앞선 사회와 뒤진 사회의 차이에서만 나오는 것은 아니다. 그것은 공적 윤리의식의 차이에서만 오는 것도 아니다. 사회적 총화로서의 인간의 개성 차이에서 오는 것이라고 할 수밖에 없다. 같은 시대의 동시대인이 다른 시대인인 것처럼 느껴지는 것은 작품세계의 차이가 빚어내는 이유 있는 착시현상일 것이다. 김소월과 정지용을 함께 얘기하는 것은 그러한 착시의 연원을 분명하게 밝히는 것이 될지도 모른다.

　김소월 생전의 유일 시집 『진달래꽃』이 간행된 것은 스물네 살 되던 1925년의 일이다. 127편의 작품이 수록되어 있고 백순재, 하동호 편 『결정판 소월 전집: 못 잊을 그 사람』에는 시집 미수록 시편과 시집 상자 이후 발표한 작품 74편이 추가돼 도합 201편이 수록되어 있다. 당대의 일반적 생산량과 견줄 때 방대한 분량이라 하지 않을 수 없다. 20세기의 우리 자유시가 출발한 직후의 일이어서 시인으로서의 방법적 자각이 투철하지 못했다는 사정의 반영이겠지만 201편의 시편들은 구슬과 자갈이 한데 뒤섞여 있어 개개 작품의 작품적 성취는 높낮이가 고르지 못하다. 스물여섯이 넘어서도 시인이고자 하는 이는 전통을 의식하는 역사 감각을 가져야 한다고 말한 외국시인의 생각을 따르면 소월은 스물여섯 이후에도 시인이고자 하는 뚜렷한 지향을 갖고 있던 시인은 아닌 것으로 생각된다.

　정지용의 첫 시집 『정지용 시집』이 간행된 것은 서른네 살 되던 1935년의 일이다. 89편이 수록되어 있고 태반이 1920년대에 발표된 것이다. 제2시집 『백록담』은 1941년에 간행되었고 시 25편과 산문 8편이 수록되어 있다. 산문 수록은 아마도 책 한 권의 분량으로는 시 25편이 너무 빈약했기 때문이라 추정된다. 한글 신문이나 잡지가 없어진 시기여서 제2시집 상자 이후 사실상 절필 상태에 있었고 해방 이후 몇 편의 작품을 보여주었으나 자기 회화적인 작품이 대부분이다. 시인이 시집에 넣지 않아 사실상 버린 자식인 셈인 몇 편을 뺀다면 정지용 시편은 120편 정도가 된다. 『백록담』을 상자했을 당시 정지용은 우리 나이로 갓 마흔이었고 이때부터 사실상 시인이기를 그쳤다 할 수 있다. 서른세 살 때까지 200편의 시를 쓴 김소월과 마흔 살 까지 120편을 쓴 지용을 대비할 때 소월은 다작을 한 셈이다. 이에 반해서 정지용은 과작이었고 작품 성취도의 됨됨이는 상대적으로 고른 편이다. 그러니까 정지용은 스물여섯 살 이후에도 시인이고자 했고 그만큼 방법적 자각을 가지고 있었고 그런 의미에서 전문적 직업적 시인이라 할 수 있다.

20세기 전반기 한국의 대표적 시인이었던 두 사람은 모두 불행하게 세상을 떴다. 1934년 소월이 세상을 떴을 때 단순 병사인 양 알려졌으나 해방 이후 시인 오장환이 소월 자살설을 제기한 이후 대체로 수용되어 현재는 정설로 굳어졌다. 개인사적 기록 이상으로 작품은 시인의 신상에 대해서도 많은 것을 밝혀준다.『진달래꽃』상자 이후의 작품에「돈타령」이란 것이 있다.

1
요 닷돈을 누를 줄고? 요 마음.
닷돈 가지고 갑사댕기 못 끊겠네
은가락지는 못 사겠네 아하!
마코를 열 개 사다가 불을 옇자 요 마음.

2
되려니 하니 생각.
만주滿洲갈가? 광산鑛山엘 갈가?
되겠나 안 되겠나 어제도 오늘도
이러 저러하면 이리저리 되려니 하는 생각.

자조적自嘲的 가락임을 감안하더라도 여유도 기품도 없어 상당히 절박한 상황에서 쓰인 것임을 짐작게 한다. 만주로 갈까, 광산으로 갈까, 하는 생각은 당시 교육받지 못한 빈민층이나 하던 생각이었을 것이다. 시인의 재정적 곤경이나 궁핍 이상으로 시인 말년의 소작으로서 너무나 격이 떨어져 있음에 처연한 생각마저 든다. 20년 이후 후배 시인 김광균이 그의 돈타령이라 할 수 있는 시편에 적고 있는 것과 대조가 된다. 소월에게선 "먹고 산다는 것"에 쫓기는 지경을 넘어서 막다른 골목에 이르렀다는 사정이 엿보인다.

> 시를 믿고 어떻게 살아가나
> 서른 먹은 사내가 하나 잠을 못 잔다.
> 먼 기적소리 처마를 스쳐가고
> 잠들은 아내와 어린 것의 벼개 맡에
> 밤눈이 내려 쌓이나 보다.
> 무수한 손에 뺨을 얻어맞으며
> 항시 곤두박질해온 생활의 노래
> 지나는 돌팔매에도 이제는 피곤하다.
> 먹고 산다는 것,
> 너는 언제까지 나를 쫓아오느냐.
>
> —「노신魯迅」 부분

정지용은 김소월과 달리 정치와 전쟁의 와중에서 최후를 맞는다. 해방 후 그는 친구 따라 강남 가는 형국으로 문학 성향이 맞지 않는 문학가동맹에 가담하고 이어서 1948년 정부 수립 이후 보도연맹에 가담하여 자기 자신도 번민과 자괴감이 적지 않았으리라 생각된다. 육이오 직전인 1950년 2월에 발표한 만년 작품은 그러한 맥락에서 전기적 자료로서의 가치를 부가적으로 가지고 있다.

> 방한모防寒帽 밑 외투外套 안에서
> 나는 사십년 전 처량한 아이가 되어

내 열 살보담

어른인

열여섯 살 난 딸 옆에 섰다.

열길 솟대가 기집아이 발바닥 우에 돈다

솟대 꼭두에 사내 어린 아이가 가꾸로 섰다

가꾸로 선 아이 발 우에 접시가 돈다.

솟대가 주춤 한다

접시가 뛴다 아슬 아슬

클라리오넷이 울고

북이 울고

가숙 잠바 입은 난장團長이

이욧! 이욧! 격려激勵한다

방한모 밑 외투 안에서

위태危殆 천만千萬 나의 마흔아홉 해가

접시 따라 돈다 나는 박수拍手한다.

　　　　　　　　　—「곡마단」부분

　열여섯 살 난 딸과 함께 곡마단 구경한 것을 다루고 있다. 우리 나이로
49세 때 일이니 1902년생 시인의 실제 나이와 정확하게 일치한다. 곡마단
의 곡예가 사실적으로 그려져 있지만 마지막 3행은 자신의 삶이 아슬아슬
한 곡예라는 자의식을 담고 있다. 그가 이 작품을 쓰고 발표한 것도 마지
막 대목을 위해서였고 그것은 일종의 참회록이라고 추정할 수 있다. 희화
화된 자화상을 보여준 후 몇 달 뒤에 육이오가 터지고 그는 북으로 가게
된다. 북으로 간 그가 평양 감옥에 이광수, 국회의원 김상덕金尙德, 야담가
신정언申鼎言 등과 함께 수용되어 있었다는 것을 뒷날 국회의원을 지낸 계
광순桂珖淳이 그의 회상록에 기록하고 있고 그것은 김학동 교수의 『정지용

연구』에 인용되어 있다.[2] 그럼에도 뒤늦게 21세기가 되어서 북의 변두리 매체가 지용 폭사설을 보도하고 방북한 어느 시인에게 현장 목격자라는 인사가 폭사 사실을 들려주었다. 그 시인이 돌아와서 전하는 바람에 그것이 사실인 양 전파되고 있다. 폭사설에 따르면 1950년 9월 하순 이북으로 후퇴할 당시 동두천 소요산 근처에서 미군기의 폭격을 만나 그가 폭사했다는 것이다. 당시 현장을 목격하고 시신을 매장하기까지 했다는 석인해란 이가 시인에게 직접 들려주었다고 한다. 그러나 뒤늦게 미군 폭격에 의한 폭사설이 나온 배경은 엄정한 검토를 요한다. 더구나 계광순이 평양 감옥에서 보았다는 10여 명의 인사는 성명이 구체적으로 나와 있어 신빙성이 높다. 그러니 그는 1950년 겨울 이광수가 사망했을 당시에 비슷한 상황에서 비슷한 최후를 만났다고 보는 것이 온당할 것이다.

여기서 생각나는 것은 20세기에 중요한 업적을 남긴 미당이다. 그는 86세로 천수를 다하고 900편에 이르는 걸출한 시편을 남겼으니 시인으로서는 행복했다고 할 수 있다. 소월이나 지용과 달리 천수를 누릴 수 있었다는 것은 적은 행운이 아니다. 시적 야망의 지속적 연마를 가능케 했던 8·15해방을 서른 초입에 맞았다는 개인사적 사실, 시인으로서의 원숙기가 이 나라의 경제 성장기와 겹친다는 사실도 개인적 행운의 덤이 되어주었다고 할 수 있다. 미당의 상대적 행운을 말하는 것은 그것이 식민지 시인으로 종신했던 김소월, 태평양전쟁 발발 당년에 나온 제2시집 이후 사실상 절필하고 만 정지용의 불운을 부각시켜 주기 때문이다. 가령 시 고료란 개념이 정립되지 않았던 시절에 신문이나 잡지에 시를 발표한 소월과 시집 판매량이 인세로 연결되고 상대적으로 독자가 많았던 시기의 미당 사이에는 비빌 언덕이 있고 없고의 큰 차이가 있다는 것을 상기하기 위해서다. 빈약한 물질적 토대는 문학작품의 질과 양에도 흔적을 남기게 마련이다.

---

2) 김학동, 『정지용연구』, 민음사, 1987, 163-164쪽.

세대차라는 착시

 동갑내기 시인의 작품이 세대차를 느끼게 하는 것은 흔한 일은 아니다. 소월은 서울에서 중학을 다닌 후 서북의 변방에 살면서 민요조의 작품을 많이 썼다. 지용은 일본 유학에서 돌아온 후 서울에 살면서 모더니스트 시인이라는 공인된 세평을 얻었다. 두 시인의 동요나 동시 흐름의 작품을 읽어보면 그 차이는 단박에 드러난다.

> 엄마야 누나야 강변 살자
> 뜰에는 반짝이는 금모래 빛
> 뒷문 밖에는 갈잎의 노래
> 엄마야 누나야 강변 살자
>
> ―「엄마야 누나야」

> 말아, 다락같은 말아,
> 너는 즘잔도 하다마는
> 너는 웨 그리 슬퍼 뵈니?
> 말아, 사람편인 말아,
> 검정 콩 푸렁 콩을 주마.
>   *
> 이 말은 누가 난 줄도 모르고
> 밤이면 먼 데 달을 보며 잔다.
>
> ―「말」

 「엄마야 누나야」는 소월 시편 가운데서도 가장 널리 알려지고 노래로도 불리는 작품이다. 동요라는 느낌을 주지만 사실 동요와 시 사이에 명확한 경계가 있는 것은 아니다. 가령 윌리엄 블레이크의 『순수의 노래』도 그러한 사례의 하나일 것이다. 좋은 동요나 아동문학은 성인에게도 호소한다. 엄마라는 말은 우리말 가운데서도 가장 친근하고 호소력 있는 말이다. 누나도 비슷하여 엄마의 축소판이 되어 있다. 이 두 단어를 연달아 배열함으로써 작품은 특유의 정겨운 호소력을 발휘한다. 발음과 발성이 그대로 시로 근접해 간다. (이기문 교수의 말을 따르면 '누나'는 평북 방언에서 '뉘'로써 그 지방에선 쓰지 않는 말이라 한다.)[3] 이 시의 압도적인 매력과 호소력은 첫줄에서 나오고 마지막 줄에서 반복됨으로써 더욱 고조된다. 엄밀하게 말해서 강변은 홍수의 위험도 있고 살기 좋은 곳은 아니다. 그러나 금모래가 반짝이고 뒤꼍에서 갈잎이 노래하는 강변은 그대로 놀이터로 동심에 비친다. 삶이 놀이가 되는 철부지 소망을 그대로 조르고 있으니 호소력을 발휘한다. 발상이나 가락이 민요 가락이라 느껴진다. 쉽게 외워진다. 니체는 리듬은 "하나의 강제"[4] 라고 말한 바 있지만 음률성은 중요한 시적 자산이 된다. 구비적 전통에 대한 청각적 충실에서 김소월은 음률성을 확보한다.

「말」도 화자가 어린이로 되어 있는 동시이다. 몸집과 키가 큰 말을 향해 '다락같은 말'이라고 하는 것은 자연스럽다. 전래 한옥에서는 안방 아랫목에 다락문이 있어 오르내렸다. 말이 슬퍼 보이는 것은 '감정의 오류pathetic fallacy' 탓이겠지만 화자는 슬픔을 아는 어린이다. '검정콩 푸렁콩을 주마'의 콩은 말의 보양식품이다. 콩을 많이 먹으면 말이 기운을 얻어 성질이 세차고 사나워진다. 사라져가는 토박이말의 하나인 '콩기'라는 말은 그것을 가리킨다. 전통 한옥 구조에서의 다락이나 말의 보양식품으로서의 콩에 대한 정보는 이 작품이 지닌 자연스러움을 감득하는 데 필요하지만 그

---

3) 김학동 편, 『김소월』, 서강대학교 출판부, 1995, 182쪽.
4) Friedrich Nietzsche, *The Gay Science*, trans. Walter kaufmann, (New York: Vintage, 1974), pp. 138-139. (사람들이 운문을 산문보다 더 잘 기억한다는 것을 알아차리고 나서 인간의 간구사항을 신들에게 깊이 명심시키기 위해서 리듬으로 호소하게 되었다─운율적인 기도가 신들의 귀에 더 가까이 간다고 믿었기 때문이다. 그러나 무엇보다도 사람들은 음악을 들을 때 경험하는 압도적으로 강렬한 인상에서 득을 보기를 바랐다. 리듬은 하나의 강요다.)

것을 모른다고 해서 이해가 어려운 것은 아니다. 짐승 가운데서도 소, 말, 개 등은 사람과 가깝게 지내니 '사람편인' 셈이다. 이 동시는 마지막 두 줄에서 어떤 인지의 충격을 주게 된다. 우리가 무심코 기르는 강아지나 송아지가 사실은 이산가족으로 살고 있음을 충격적으로 감득하게 한다. 그것은 모든 목숨 있는 것에 대한 연민과 측은의 정을 촉발한다. 김소월 소품이 옛 가락에 의탁해서 동심을 드러내는 데 반해 정지용 소품은 자연스럽게 인지의 충격을 안겨준다. 모든 것이 개성적이고 독자적이고 그런 맥락에서 새로운 발상이다. 이러한 차이가 두 시인 사이에서 세대차를 느끼게 하고 그것은 많은 작품에서 그대로 발견된다.

김소월: 청각적 상상력

동서고금의 서정시는 표현상의 차이는 있으나 인간의 기본적이고 본원적인 정감이나 내면 경험을 소재로 한다. 가령 사랑의 기쁨이나 아픔, 삶의 짧음과 무상감, 계절의 변화에 대한 정서적 반응, 고독과 생이별과 사별의 설움은 서정시의 영원한 소재가 된다. 서정시가 즐겨 다루는 이러한 기본적 소재의 음률적인 처리로 독자에게 호소하는 것이 소월시의 특징이다.

봄 가을 없이 날마다 돋는 달도
"예전엔 미처 몰랐어요."

이렇게 사뭇차게 그리울 줄도
"예전엔 미처 몰랐어요."

달이 암만 밝아도 쳐다볼 줄을

"예전엔 미처 몰랐어요."

이제금 저 달이 설움인 줄은
"예전엔 미처 몰랐어요."

—「예전엔 미처 몰랐어요」 전문

　사랑의 경험이 달과 자연을 재발견하게 한다는 것은 문학상으로는 해묵은 모티프이다. 중요한 것은 그것을 실감 있게 구체적으로 또 매우 음률적으로 처리했다는 점이다. 이 작품의 표제는 이제 우리의 일상 관용구로 굳어졌다. '다시금'이란 말은 있어도 '이제금'이란 말은 없었다. 창의적으로 써서 새로운 정감을 강조한다. '사무치게'도 '사뭇차게'로 해서 강조하고 있다. 「해가 산마루에 저물어도」, 「먼 후일」, 「못 잊어」, 「자나 깨나 앉으나 서나」 등 일련의 사랑 시는 그 후「초혼」에서 절창의 경지에 이른다.

산산이 부서진 이름이어!
허공중에 헤어진 이름이어!
불러도 주인 없는 이름이어!
부르다가 내가 죽을 이름이어!

심중에 남아있는 말 한마디는
끝끝내 마자 하지 못하였구나.
사랑하던 그 사람이여!
사랑하던 그 사람이여!

—「초혼」 부분

　「초혼」에서 사랑하던 임은 이제 이승 사람이 아니다. 불러도 없는 사람이며 부르다가 죽을 이름이다. 죽어간 임이 살아있을 때도 두 사람 사이에 사랑의 완성은 없었다. "심중에 남아있는 말 한 마디는 끝끝내 마자 하지 못하였으"니까 말이다. 그럼에도 (혹은 바로 그러하기 때문에) 임의 이름을 평생을 두고 죽을 때까지 부르겠다고 한다. 연애가 수입된 지 얼마 안 되는 시기에 〈사랑하던 그 사람이여!〉를 터놓고 연발할 수 있었다는 것은 시인의 젊음과 함께 낭만적 사랑에의 동경과 집착을 드러내 준다. 조선조 유학의 전제專制 아래서 이성간의 사랑은 금기 사항이었다. 황진이의 시조 같은 수작이 있었음에도 이성간의 사랑을 다룬 시문은 남녀상열지사男女相悅之詞로 폄하되었다. 1919년 전후의 시기에 자유연애와 낭만적 사랑관이 수입되었다고 생각할 때 소월의 문화사적 의미는 그가 이성간 사랑의 이념을 정서적으로 완전히 합법화시켰다는 점에 있다. 자나 깨나 앉으나 서나 한 이성을 그리워하는 것이 아주 떳떳한 일임을 정서적으로 합법화했다는 것은 성적 터부가 많았던 전환기의 사회에서 획기적인 일이었다.

소월 시에 가장 빈번히 등장하는 말은 임과 집과 길이다. 임은 대체로 사별이든 생이별이든 헤어진 임, 잃어버린 임, 없음으로써 부재 저편에 간절히 드러나는데 이 임 없음과 함께 되풀이되는 모티프는 집 없음과 길 없음이다. 이 점 집 떠나는 사람의 회포를 노래한 「가는 길」은 하나의 단서가 되어준다. 집이나 고향을 노래하는 작품에서 화자는 집이 없거나 있더라도 집을 떠나 있다. 그리고 집으로 가는 길은 막혀있다.

여보소 공중에
저 기러기
열십자 복판에 내가 섰소.

갈래갈래 갈린 길
길이라도
내게 바이 갈 길은 하나 없소.

—「길」부분

내 고향을 가고지고
삼수갑산 날 가둡네.

불귀不歸로다 내 몸이야
아하 삼수갑산 못 벗어난다.

―「차안서선생 삼수갑산」 부분

「산」, 「무심」, 「집생각」, 「제비」, 「우리 집」, 「바라건대는 우리에게 우리의
보습대일 땅이 있었다면」 등이 모두 직간접으로 집 없음과 길 없음을 노
래한 것이다. 집 없음과 길 없음의 모티프가 가장 조화롭게 구현된 것이
대표작의 하나라 할 수 있는 「삭주구성朔州龜城」이다.

물로 사흘 배 사흘
먼 삼천리
더더구나 걸어 넘는 먼 삼천리
삭주구성은 산을 넘은 육천리요

물 맞아 함빡히 젖은 제비도
가다가 비에 걸려 오노랍니다
저녁에는 높은 산
밤에 높은 산

삭주구성은 산 너머
먼 육천리
가끔가끔 꿈에는 사오천리
가다오다 돌아오는 길이겠지요

서로 떠난 몸이 길래 몸이 그리워
임을 둔 곳이 길래 곳이 그리워
못 보았소 새들도 집이 그리워
남북으로 오며가며 아니 합디까

들 끝에 날아가는 나는 구름은
밤쯤은 어디 바로 가 있을 텐고
삭주구성은 산 너머
먼 육천리

　여기서의 3천 리나 6천 리는 정확한 측정 거리는 아닐 것이다. 원거리를 그렇게 주먹구구로 말한 것이리라. 배로 사흘 걸리는 3천 리에 걸어 넘는 3천 리가 있으니 합해서 6천 리가 되는 셈이다. 제비도 비에 걸려 돌아오는 곳이다. 꿈속에서는 사오천 리로 줄어드는 일도 있으나 역시 거기에 이르지 못한다. '못 보았소'는 의문문으로 읽으면 분명해진다. 마지막 연에서 '어디 바로'의 '바로'는 평북 방언으로 '근처'를 가리키니 '어디쯤'의 뜻이 된다. 먼 6천 리 밖의 지경에 있어 제비도 구름도 쉬 이르지 못하는 삭주구성을 그리는 것인데 그 지명과 거리의 되풀이가 소월시의 특징을 두루 보여주고 있다.

　임 없음과 집 없음과 길 없음을 주로 노래했다고 해서 그가 사사로운 사랑만을 노래한 시인으로 남아있는 것은 아니다. 시집으로 읽지 않고 사화집을 통해「산유화」,「진달래꽃」,「접동새」,「금잔디」,「산」,「왕십리」 등의 유명 시편만을 접한 독자들은 그에게 가령「옷과 밥과 자유」란 시편이 있다는 것이 낯설게 느껴질 것이다.

공중에 떠다니는
저기 저 새여
네 몸에는 털 있는 깃이 있지.

밭에는 밭곡식
논에는 물베
눌하게 익어서 숙으러졌네.

초산楚山지나 적유령狄踰嶺
넘어 선다.
짐 실은 저 나귀는 너 왜 넘니?

— 전문

　위의 작품은 그의 작품 중에서 각별히 뛰어난 것은 아니나 평균 수준은
웃돌고 있다. 간단한 서경에 소박하나 절제된 탄식과 연민이 숨겨 있으
며 직접 옷과 밥과 자유는 얘기하지 않고 있으나 그 결여를 선연히 드러
낸다. 화자는 우선 공중에 떠다니는 새를 가리키면서 사람들이 헐벗고 있
음을 시사한다. 이어서 잘 익은 곡식을 가리키면서 그것이 화자나 이웃들
에게 그림 속의 떡에 지나지 않음을 시사한다. 나그네임이 분명한 화자는
짐 싣고 재를 넘는 나귀에게서 바로 자신의 고단한 모습을 발견한다. 초
산을 지나 오랑캐령을 넘는다는 것은 만주로 간다는 함의가 있다. 헐벗고
굶주리고 자유 없는 식민지 현실을 예사로운 듯하나 단호하게 가리키고
있다. 이 작품은 표제만으로도 그의 현실감각을 잘 드러낸다. '빵'이라 하
지 않고 밥이라 한 것도 소월다운 처리이다. 옷과 밥과 자유를 빼앗긴 식
민지 상황에 대한 소월의 시적 반응은 「나무리벌 노래」에서 다시 절실한
민요의 가락으로 나타난다.

신재령新載寧 나무리벌
물도 많고
땅 좋은 곳
만주 봉천奉天은 못 살 곳.

왜 왔느냐
왜 왔느냐
자곡자곡이 피땀이라
고향산천이 어디메냐

— 부분

소월의 가리어진 국면을 얘기하는 것은 그를 무리하게 저항시인으로 추대하기 위해서가 아니다. 시인의 거레에 대한 기여의 형태는 여러 가지가 있을 수 있으며 또 시인인 한에 있어서 그의 기여는 필경 말의 조직과 표상의 선택을 통해서 이루어지게 마련이다. 3·1운동 실패 직후인 1920년대에 글을 쓴 사람치고 식민지 상황에 대한 의식을 갖지 않은 사람은 거의 없다. 이것은 문학적 노력에서 성공을 거두거나 실패한 경우를 막론하고 해당된다. 이상화의「빼앗긴 들에도 봄은 오는가」란 표제는 말할 것도 없지만 몇몇 시집의 예를 들더라도「흑방비곡」,「님의 침묵」,「조선의 마음」,「조선의 맥박」등이 표제에서도 그런 상황 감각을 시사하고 있다. 그런데 표제 하나만 보더라도 소월의 태도는 극히 시적이다. 그는「소선의 마음」이나「님의 침묵」의 관념보다는「진달래꽃」이란 구체적 표상을 선택함으로써 자기 나름의 〈조선주의〉를 걸어갔다. 조국의 산천에 지천으로 피어있어 조국의 상징이 될 수 있는 진달래꽃으로 조선주의를 밝혔다는 것은 그가 천성의 시인이었음을 말해 준다.

고향상실 시대의 민족시인

자칭 시 애호가들은 흔히 현대시가 어렵다고 한다. 그들이 말하는 현대시는 대체로 20세기 후반에 활약한 시인들의 작품을 가리키는 경우가 많다. 그러면 그들은 20세기 전반의 시는 제대로 수용하는 것인가? 그렇지만은 않은 것 같다. 김소월을 난해한 시인이라고 생각하는 사람은 없다. 그러나 그의 작품도 제대로 이해하는 독자들은 많지 않다. 빼어난 4행시이지만 별로 거론되는 바 없는 작품이 있다.

밤마다 밤마다

온 하룻밤!
쌓았다 헐었다
긴 만리성!

— 「만리성」 전문

이 작품의 밑그림이 되는 것은 "하룻밤을 자도 만리성을 쌓는다"는 속담이다. 잠깐 만나 헤어질 사람이라도 정은 깊게 맺는다는 뜻으로 쓰이지만 시인은 창조적 변형을 가해서 이 생각 저 생각, 이것저것 상상하고 걱정하며 잠 못 이룬다는 뜻을 일구어 내었다. 실제로 밤에 잠 못 이루고 이 생각 저 궁리 하는 것을 "밤새 기와집 짓느라고 잠 못 잤다" 혹은 "밤새 벽돌 쌓느라고 뜬눈으로 새웠다"라고 말한다. 불면의 밤이 절묘하게 시각화된 이 작품을 거론하지 않는 것은 그 의미를 제대로 파악하지 못하기 때문이다. 의미를 알고 나면 기막히게 아름다운 시이지만 제대로 이해하는 문과대학생을 만나 본 적이 없다. 두 소품이 보여주는 4행시의 매력을 공유하고 있는 것이 「팔베개노래」다. 지극한 정한의 노래다.

집뒷산 솔밭에
버섯 따던 동무야
어느 뉘집 가문에
시집가서 사느냐

두루두루 살펴도
금강 단발령
고갯길도 없는 몸
나는 어찌 하라우

— 「팔베개노래」 전문

모더니스트 김기림은 김소월을 전혀 인정하지 않았다. 그가 시론에서 낡은 시를 공격할 때 거명은 하지 않았지만 김소월을 대표적인 가상적으로 생각했을 공산이 크다. 오늘의 시점에서 볼 때 참신한 현대성을 자부했던 김기림 시가 퇴색하여 울림이 약한 반면 김소월 시는 꾸준히 독자를 모으면서 독자에게 호소한다. 김기림이 가장 높이 평가했던 『와사등』의 김광균이 만년에 소월을 노래한 2편의 시를 써서 그에 대한 경의와 추모의 정을 표한 것은 반어적이다. 소월에 대한 평가 중에서는 김우창 교수의 "소월의 슬픔은 말하자면 자족적인 것이다. 그것은 그 자체의 해결이 된다. 슬픔의 표현은 그대로 슬픔으로부터의 해방이 되는 것이다"란 말 속에서 지극한 정의를 얻고 있다.

김소월은 "옷과 밥과 자유" 없는 고향상실의 구차한 시대에 원초적인 그리움과 슬픔의 정서적인 합법화를 통해서 인간 회복과 민족 회복을 호소한 당대의 민족시인이었다. 인간 삶의 본원적인 슬픔에 대해서 깊은 통찰을 보여주진 않았으나 보편적인 슬픔의 표출을 통해 독자들에게 공감의 위로를 안겨주었다. 취약점이 허다하지만 그의 시가 거부감을 주지 않고 호소력을 갖는 것은 이념의 명시적 표출을 멀리했기 때문이다. 그것은 그가 천성적인 시인임을 말해주는데 당대의 조서주의 시인이나 테제문학 시인과는 좋은 대조가 된다.

정지용: 시는 언어로 빚는다

넓은 벌 동쪽 끝으로
옛이야기 지즐대는 실개천이 휘돌아 나가고
얼룩백이 황소가
해설피 금빛 게으른 울음을 우는 곳,

―그 곳이 참하 꿈엔들 잊힐리야.

질화로에 재가 식어지면
뷔인 밭에 밤바람 소리 말을 달리고
엷은 졸음에 겨운 늙으신 아버지가
짚벼개를 돋아 고이시는 곳,

―그 곳이 참하 꿈엔들 잊힐리야.

흙에서 자란 내 마음
파아란 하늘 빛이 그립워
함부로 쏜 화살을 찾으려
풀섶 이슬에 함추름 휘적시는 곳,

―그 곳이 참하 꿈엔들 잊힐리야.

전설傳說바다에 춤추는 밤물결 같은
검은 귀밑머리 날리는 어린 누이와
아무렇지도 않고 예쁠 것도 없는
사철 발벗은 안해가
따가운 햇살을 등에 지고 이삭 줍던 곳,

―그 곳이 참하 꿈엔들 잊힐리야.

하늘에는 석근 별
알수도 없는 모래성으로 발을 옮기고
서리 까마귀 우지짖고 지나가는 초라한 집웅
흐릿한 불빛에 돌아 앉어 도란도란거리는 곳,

―그 곳이 참하 꿈엔들 잊힐리야.

―「향수鄕愁」 전문

이 작품은 1927년 「조선지광」에 발표되었으나 실제 제작 연도는 1923년이라 한다. 시인 자신이 이 작품을 처녀작이라고 밝히고 있는데 제작 순서에 충실했다기보다 가장 애착이 가는 초기 작품이란 뜻일 것 같다. 어쨌건 『진달래꽃』이 상자되었을 무렵에 이 작품이 씌었다고 생각하면 될 것이다. 첫 작품에 작자의 가능성이 모두 들어있다는 말이 있다. 그 말을 실증해 주고 있다.

우선 우리는 작품 속에 동원된 어휘의 풍부함, 그 적정성, 거의 발명에 가까운 독자적 구사에 놀라게 된다. 소리 내며 흐르는 개천을 "옛이야기 지즐대는 실개천"이라 함으로써 오래된 옛 마을의 정경을 떠올리게 한다. "지즐대다"는 "지절거리다"로 "낮은 소리로 지껄이다"의 뜻이다. 넓은 벌에 무슨 실개천이 있는가라고 이의 제기하는 의견도 있다. 그러나 실개천은 그냥 좁은 개천이란 뜻이다. 그것은 상대적인 개념이지 객관적으로 폭이나 넓이가 책정되어 있는 것은 아니다. 뿐만 아니라 시에서는 뜻과 함께 소리나 어조도 중요하다. 이 시는 유장悠長한 리듬을 가지고 있다. 그것은 옛 마을의 생활 리듬을 반영한다. 근대화되기 이전의 농촌에서 생활 템포는 상대적으로 느리고 더디었다. "옛<u>이야기</u> 지즐대는 <u>실개천이 휘돌아나가고</u>"에서 밑줄 친 부분은 모두 유장한 리듬에 기여한다. 이러한 유장한 리듬을 가지고 있는 것만으로도 작품은 고향을 충실하게 반영한다. "얼룩배기 황소"에 대해서는 대체로 칡소를 가리킨다는 것이 해석공동체의 다수파 의견이다. 그렇다면 "얼룩배기 칡소"라고 하지 왜 황소라고 했느냐는 의문이 제기될 수 있다. 정지용은 언어 구사에서 엄밀성과 적정성을 지향한 시인이다. 더구나 황소보다는 칡소가 생소한 편이고 생소한 어사 자체가 숭상되는 시에서 칡소를 쓰지 않았다는 것은 어디까지나 황소이기 때문일 것이다. 얼룩배기를 얼룩말의 얼룩이 아니라 얼룩이 보이는 정도로 해석한다면 소에 보이는 하얀 부위를 가리키는 것이 온당하지 않을까, 하는 것이 필자의 생각이다. 사오십 년 전엔 피부병 탓인지 대부분의 황소 몸뚱이에는 하얀 얼룩이 보였다. 최근 연변 교포 화가의 그림에서 하얀 얼룩이 보이는 황소를 보고 잃어버린 황소를 찾았다는 느낌을 받았다. 해설피는 "해가 설핏할 무렵에"라는 뜻으로 부사적으로 씌었다. 그러한 용례는 지용의 다른 작품에서도 보인다. 「태극선太極扇」에는 "나도 일찍이, 점두룩 흐르는 강가에 이 아이를 뜻도 아니한 시름에 겨워 풀피리만 찢은 일 있다"란 대목이 보인다. '점두룩'은 해가 질 때까지 강가에 있었다는 뜻이 된다. '해설피'와 '점두룩'의 부사 쓰임새에는 공통점이 있고 이 시인의 창의적 용법이라 할 수 있다. '금빛 게으른 울음'은 발표 당시에는 놀라운 공감각 표현이었을 것이다. 단 넉 줄로 고향 마을의 정경을 인상적으로 떠올리는 서경의 솜씨는 놀랄만하다. 완전히 새로운 수법이요 솜씨다. 실개천과 황소는 한국의 전형적인 농촌의 정경이다.

제2연의 질화로와 짚베개는 다시 전형적인 농가의 방안을 보여준다. 가부장적인 질서의 고향집에서 방이 아버지와 함께 환기되는 것은 사실에의 충실이어서 적정하다. 질화로는 화로 중에서 가장 값싼 화로이다. 질그릇과 오지그릇이 있는데 오지그릇은 오짓물을 대어서 윤기가 나는데 반해 질그릇은 그냥 잿빛으로 윤이 나지 않는다. 짚벼개도 가장 흔한 싸구려 베개이다. 농가의 질박한 살림살이가 떠오른다. "뷔인 밭에 밤바람 소리 말을 달리고"는 조금은 요란한 바람 소리인데 앞서의 "금빛 게으른 울음"과 함께 뛰어난 감각을 핀잔받기도 했던 시인의 면목이 잘 드러난다. 두운頭韻현상도 눈여겨 볼 부분이나 그게 커다란 효과를 내는 것은 아니다.

제3연은 어린 시절의 놀이 경험을 다룬다. 시골에서 흔히 뽕나무 가지로 활을 만들어 활쏘기 놀음을 했다. 또는 그보다 쉽게 구하는 싸릿대로 엉성한 활을 만들어 놀기도 했다. 화자의 직접적 경험이 회고되는데 흙에서 자란 마음과 파란 하늘빛의 대조는 현실과 이상의 대조이기도 하다. 함부로 쏜 화살은 동경이요 꿈이요 이상이요 상승의욕이기도 하다. 현실에서의 실제 놀이 경험은 그대로 내면 경험의 상관물이 되어 있다.

제4연은 한 시절의 아내와 누이 상을 보여준다. "아무렇지도 않고 예쁠 것도 없는/사철 발 벗은 아내"는 과중한 노동시간으로 시달렸던 농촌 여성의 전형적인 모습이다. 이를 두고 아무리 가난한 집안의 아내라도 신발도 신지 않고 사는 여성이 어디 있느냐는 투의 반론이 있다. 그건 사실이다. 문전걸식하는 사람이 많았던 시절 거지도 겨울에 신발 없이 다니는 이는 없었다. 그러나 여기서의 "발벗은 아내"는 양말이나 버선을 신지 않았다는 뜻이다. "맨발로 다닌다"에는 두 가지 뜻이 있다. "전설바다에 춤추는 밤물결 같은 검은 귀밑머리 날리는 어린 누이"라는 직유는 휘황하기 대낮과 같은 도시의 밤을 살고 있는 현대인에게 작위적이고 과장된 것으로 비칠지 모른다. 그렇지만 전기가 들어오기 이전의 흐릿한 호롱불 불빛이나 어둠이라는 맥락을 고려할 때 그 시각적 선명성은 감탄에 값하는 것이다. "귀밑머리"를 "귀 밑에 난 머리" 정도로 이해하고 의아해하는 젊은 세대들이 많다. 귀밑머리란 앞쪽 머리를 양쪽으로 갈라 땋은 뒤 귀 뒤로 넘긴 치렁치렁한 귓머리를 말한다.

제5연의 "석근 별"은 해방 이후에 나온 『지용시선』에는 "성근 별"로 표기되어 있다. "석근"에 대한 의문이 많았고 따라서 선집을 낼 때 고쳐 적은 것이라 추정된다. 요즘 말로 하면 "성긴"이 된다. (수록 시편의 선정 등은 후배 청록파 시인 특히 박두진이 맡았다 하나 교정 등을 보는 과정에 얘기가 오갔을 공산이 크다.) "알 수도 없는 모래성으로 발을 옮기고"는 모호하고 난해한 대목이다. 주어를 시의 화자로 보는 의견도 있으나 전후 맥락상으로 보아 설득력이 없다. 주어는 성근별일 수밖에 없다. 필자는 은하수의 별을 가리키는 것이 아닌가 추정한다. 한밤중에 일어나 보면 큰 별의 위치가 바뀌어 있다. 『백록담』 수록 시편인 「별」에는 다음과 같은 대목이 보인다.

찬물에 씻기어
사금砂金을 흘리는 은하!

대웅성좌_{大熊星座}가
기웃이 도는데!

이렇게 별의 위치가 바뀌기 때문에 "발을 옮기고"라 했고 모래성은 아무래도 금모래를 흘리는 은하와 연관된다는 것이 필자의 추정이다. (이러한 추정에 이르기 전 필자는 별똥 떨어지는 것을 말하는 것이 아닌가, 추정한 적이 있다.) 그 다음 대목에 모호한 구석은 없다. "서리 까마귀"를 놓고도 의견이 분분하여 그 연원을 이백의 「상오_{霜烏}」에서 찾는 고심 어린 의견도 있다. 그러나 문자 그대로 서리 묻은 까마귀 즉 서리철의 까마귀라 생각하면 될 것이다. 우리말에 서리병아리란 말이 있다. 서리 내리는 철에 부화된 병아리를 말한다. 아주 많이 쓰이는 말이었다. 이 서리병아리를 서리까마귀로 창조적으로 변용한 것이다. 앞에서도 말했지만 그냥 까마귀라 하지 않고 "서리까마귀"라 함으로서 작품의 유장_{悠長}한 가락에 기여하고 그것은 자연히 긴 가을밤이나 겨울밤을 함축하면서 가족이 불빛에 돌아앉아 얘기를 나누는 장면으로 이어진다.

전부 5연 26행으로 되어 있는 「향수」는 "그 곳이 참하 꿈엔들 잊힐리야"란 환정적_{喚情的} 후렴의 되풀이가 특징인데 그 구도가 복잡하면서도 정연하다. 제1연에서 고향 마을의 정경을 떠올린 후, 질화로가 있는 방에서 짚베개를 베고 누워있는 아버지, 어린 시절의 놀이, 가난한 집 지어미와 딸이 이삭 줍는 모습을 떠올린 후 긴 가을밤 가족의 단란이 정연하게 그려진다. 26행의 시편은 우리 20세기 시로선 긴 시편인데 소품에서 멀어질수록 밀도가 낮아지면서 소루해지는 일반적 경향에서 벗어나 있다. 이 시편은 '전설'을 빼고는 모두 토박이말로 구성되어 있다. 시인 자신이 의도적으로 '흙에서 자란' 토박이 말만을 골라 쓴 것으로서 토착어의 배타적 조직이 그 특징이다. 1920년대 일제 한자어를 마구잡이로 빌려 쓰던 시절에 이것은 획기적인 일이었다. 그의 모든 시가 이렇게 토착어의 배타적 조직으로 일관한 것은 아니고 그것은 가능한 일도 아니다. 그러나 주류사회에서 소홀히 되고 배제된 토박이말을 찾아내어 그것을 시어로써 조직하는 일을 선도했을 뿐 아니라 그 시적 유효성을 보여주면서 결과적으로 부족 방언의 순화에 크게 기여하였다. 시가 언어로 빚어진다는 것을 모르는 사람은 없다. 그러나 우리 시가 우리말로 빚어진다는 것을 직관적으로 통찰하고 방법적으로 자각한 시인은 많지 않았다. 소월 시에서는 직관적 통찰이 보이지만 방법적 자각까지는 이르지 못했다. 정지용에 와서 방법적 자각과 시범적 실천이 이루어졌다고 할 수 있다. 그런 의미에서 그는 한국 현대시의 아버지다.

시사적으로 볼 때 정지용 이전과 이후에 한국시의 언어는 크게 변한다. 박목월, 조지훈, 박두진, 윤동주, 김춘수의 시어는 지용의 영향을 크게 받았다고 생각된다. 한편 서정주, 유치환, 백석의 경우에는 역주행의 영향을 볼 수 있다. 초기 유치환의 한자어 숭상은 거의 의도적인 역주행이라 할 수 있다. 초기 백석은 그 나름의 토착어 추구가 방언주의로 귀착되었고 그것은 낯설게 하기 효과를 내었다. 서정주도 초기엔 강렬성의 추구에서 토박이말과 한자어를 활용했으나 후기로 갈수록 토착어에 경도해서 가장 푸지고 능란한 토착어 구사자로 자신을 정립하였다. 오늘날 지용시는 상당히 평범해진 느낌이 없지 않다. 그것은 그의 시어 조직이 많은 추종자를 통해서 일반화되고 주류화됨으로써 마침내는 관례화되어 범상해진 것이라 할 수 있다. 지대한 영향력이 도리어 당사자의 시를 범상하게 만들었다는 것은 역사의 아이러니다.

모작설의 내막

정지용의 「향수」가 모작이라는 얘기가 정확히 언제부터 떠돈 것인지는 분명치 않다. 벌써 1980년대에도 있지 않았나 생각한다. 그러나 21세기

들어와서 인터넷 공간에서 거세게 유포 확산되었다. 그 요지는 미국 시인 트럼블 스티크니Trumbull Stickney의 「추억Mnemosyne」을 모방해서 짜깁기했다는 것이다. 스티크니의 이 작품은 1950년대에 나온 『미국의 현대시』(루이스 보건 지음, 김용권 역)에 전문이 소개되어 있다. 트럼블 스티크니는 미국의 고전학자로 요절하였고 1905년에 친구들의 노력으로 그 유고가 묶여 『시집』으로 간행되었다. 「추억」이 처음으로 사화집에 실려 얼마쯤 알려지게 된 것은 1929년 〈모던 라이브러리〉 판으로 나온 콘래드 에이큰의 『미국시선집A Comprehesive Anthology of American Poetry』을 통해서였다. 이 작품은 미국에서 널리 교과서로 쓰인 『노튼 미국문학사화집』에도 수록되어 있지 않다. 뒤늦게 2004년에 나온 해럴드 블룸의 『영어최고시편The Best Poems of the English Language』에 수록되어 있다. 엘리엇을 경원하고 낭만주의 시인을 재평가한 블룸의 개인 취향의 반영이라 할 것이다. 유럽이나 미국에서 시집은 처음 고가의 하드카버로 나오다가 시장의 수요가 있으면 나중에 값싼 페이퍼백으로 나온다. 일본이 아무리 경제적으로 번영했다 하더라도 도서관에서 무명시인의 시집을 비치했을 리 없다. 또 일정한 성가를 지닌 시인을 번역하지 무명시인의 시를 번역하는 만용을 가진 번역가는 없다. 휘트먼이나 예이츠 같은 유명 시인이 산발적으로 1920년대에 번역되었다. 일찍이 일본에서 논의된 가령 윌리엄 블레이크만 하더라도 『순수의 노래』가 번역되어 나온 것은 1932년이고 『경험의 노래』가 번역된 것은 1935년의 일이다. 스티크니의 작품을 1929년 전에는 일본에서 원문으로 접하거나 번역으로 접할 기회가 전무했다고 해도 과언이 아니다. 일본이 경제적으로 번영한 것은 1차 세계대전이 끝난 뒤의 일이다. 「향수」가 1927년에 활자화되었고 그 제작 시기는 훨씬 이전이란 사실은 중요하다.

모작설의 진원이라 생각되는 글을 검토한 뒤 사실은 「추억」의 번역이 정지용 「향수」의 어휘를 다수 채용하여 흡사 정지용이 스티크니를 모방했다는 착시를 경험한 결과라는 것을 필자는 조목조목 제시하며 반박한 바가 있다.[5] 모방설의 최대 약점은 스티크니의 원문을 놓고 정지용 작품과 비교·대조한다는 제1원리를 소홀히 하고 우리말 번역만 놓고 피상적으로 파악한 유사점을 지적하고 그것을 곧 모작이라고 속단한 점이다. 「향수」에 보이는 세계는 사철 발 벗은 아내가 이삭을 줍고 질화로가 있는 방에서 짚베개를 베고 자며 초라한 초가집이 있는 가난한 옛 마을이다. 그런데 작품에 동원된 세목과 어휘는 유례없이 풍부하고 적정하며 26행으로 이루어진 전체적 구성이 장대하여 화려한 언어의 궁전이라는 느낌을 준다. 그림이 실물보다 더 아름다울 수 있다는 비근한 사실을 도외시하고 아름다운 그림이 우리의 고향일 리 없다는 속단에서 엽기적인 모작설이 생겨난 것이다. 또 텍스트에 대한 경의가 처음부터 결여되어, 남의 말을 자세히 듣기도 전에 심술부터 부리는, 작자에 대한 은폐된 적의가 크게 한몫을 했다.

명품을 찾아내는 것도 중요하지만 명품을 잘 간수하고 지키는 것도 비평과 연구의 소임이다. 그러한 취지에서 스티크니의 원시와 필자 자신이 시도한 번역과 모작설의 전거가 된 1950년대의 번역을 나란히 적어서 독자들의 판단자료로 삼으려 한다. 꼼꼼한 시 읽기에 좋은 훈련이 된다는 부가적 사유도 고려하였음을 부기한다. 1950년대 김용권 역에서 「향수」의 어휘라 생각되는 부분에는 밑줄을 쳐두었다.

Mnemosyne

It's autumn in the country I remember.

How warm a wind blew here about the ways!
And shadows on the hillside lay to slumber
During the long sun-sweetened summer-days.

---

5) 졸저, 『과거라는 이름의 외국』, 현대문학, 2011, 195-229쪽 참조.

It's cold abroad the country I remember.

The swallows veering skimmed the golden grain
At midday with a wing aslant and limber;
And yellow cattle browsed upon the plain.

It's empty down the country I remember.

I had a sister lovely in my sight;
Her hair was dark, her eyes were very sombre
We sang together in the woods at night

It's lonely in the country I remember.

The babble of our children fills my ears,
And on our hearth I stare the perished ember
To flames that show all starry thro' my tears.

It's dark about the country I remember.

There are the mountains where I lived. The path
Is slushed with cattle-tracks and fallen timber,
The stumps are twisted by the tempests' wrath.

But that I knew these places are my own,
I'd ask how came such wretchedness to cumber
The earth, and I to people it alone.

It rains across the country I remember.

—「기억」 전문

내 기억하는 땅은 이제 가을

이곳에서 바람은 따뜻하게 불었었지
산마루의 그림자는 누워서 잠들었었지
햇빛 감미로운 기나긴 여름날에

내 기억하는 땅은 이제 추워

한낮에 비스듬한 날개도 날렵하게 제비들
향을 바꾸며 황금빛 밀 보리를 스처 나르고
누런 소들은 들판에서 풀을 뜯었지.

내 기억하는 땅은 이제 텅 비어있어

내 눈에 사랑스런 누이가 있었지
새까만 머리에 검정색 두 눈
한밤 숲속에서 우린 함께 노래 불렀지.

내 기억하는 땅은 이제 쓸쓸해

내 아이들의 뜻 없는 말소리 내 귀를 채우고
난로 바닥 다 꺼진 깜부기불 골똘히 지켜보니
불꽃이 눈물 어린 내 눈에 모든 걸 별처럼 반짝이게 하네

내 기억하는 땅은 이제 캄캄해

내 살던 산들이 있고 길은
소 발자국과 쓰러진 나무로 산란하고

나무 그루터기는 폭풍우의 노여움에 비틀려 있네

이곳이 내 살던 곳임을 몰랐던들
어찌 이런 비참함이 지상을 짓누르며
어찌 나 홀로 거기 살게 되었는가, 물어보리라

내 기억하는 땅에 비가 내리네.

— 「추억」 전문(2010년 역)

지금은 가을 맞은 내 추억의 고장

길 모롱이 하냥 따사로운 바람결 스치고
태양 향그러이 긴 여름날을
산마루 감돌아 그림자 조우던 곳

지금은 치운 바깥 내 추억의 고장

한낮에 금金빛 보리밭 곁 박차 소소떠는
날씬한 기울은 제비 나래여
누른 소 넓은 들에 한가로이 풀 뜯던

지금은 비인 땅, 내 추억의 고장

칡빛 머릿단에, 수심 짙은 눈망울에
내가 보아도 사랑스런 내 누이와
밤이면 손맞잡고 노래 부르던 숲 속.

지금은 쓸쓸한 내 추억의 고장

내 귓전에 어린 자식들 도란거리고
난로煖爐 속에 여신餘燼을 내 눈여겨 보매
눈물 방울 스며 스며 불꽃마다 별인양 반짝이다

지금은 어두운 내 추억의 고장

그 옛날 내 자라던 산마루들 솟고
쓰러진 교목喬木, 달구지 자죽 진창된 길에
폭풍우暴風雨 처참悽慘에 틀어굽은 그루터기들 모습

이곳 고장인줄 내 몰랐던들 내 푸념다히 물어보리라
어찌 이도록 저참에 새塞한 대지大地뇨
어찌 내 홀로 이곳에 와 살았느뇨

지금은 비 뿌리는 내 추억의 고장

— 「추억」 전문(1956년 역)

새로움과 시의 위의威儀

『정지용시집』에는 바다를 노래한 시편이 많다. 그가 모더니스트란 칭호를 얻게 된 데에는 「카페 프란스」, 「귀로」, 「슬픈 인상화」, 「아츰」 같은 도회 시편, 「비로봉」, 「절정」 같은 선명한 그림 시편과 함께 바다 시편이 많다는 것과 연관된다. 「해협」, 「다시 해협」, 「갑판 위」를 위시하여 「바다」란 표제가 달린 시편만도 7편이나 된다. 바다는 우리의 전통 시가에 등장하는 법이 거의 없다. 그것은 농경사회라는 우리의 전통적 삶과 관련되기도 하지만 중국시에 바다 시편이 드물었다는 것과도 무관하지 않을 것이다. 20세

기에 들어와 바다가 시에 도입되고 그것은 새로운 것이고 정지용은 바다
를 노래한 최초의 시인의 한 사람이 된다.

> 흰물결이 치여들때 푸른 물굽이가 나려 앉을때,
> 갈메기야, 갈메기야, 아는 듯 모르는 듯 늬는 생겨났지,
> 내사 검은 밤비가 섬돌우에 울 때 호롱불앞에 났다더라.
> 내사 어머니도 있다, 아버지도 있다, 그이들은 머리가 히시다.
> 나는 허리가 가는 청년이라, 내홀로 사모한이도 있다, 대추나무 꽃 피는
> 동네다 두고 왔단다.
> 갈메기야, 갈메기야, 늬는 목으로 물결을 감는다, 발톱으로 민다.
> 물속을 든다, 솟는다, 떠돈다, 모로 날은다.
> 늬는 쌀을 아니 먹어도 사나? 내손이사 짓부푸러졌다.
> ──「갈메기」 부분

위에서 읽어본 「향수」가 주제에 걸맞게 느긋한 유장조悠長調임에 반해
서 바다 시편인 「갈메기」는 가쁜 호흡에 템포가 빠르다. 갈매기의 동작이
빠르고 그것을 지켜보는 눈과 의식이 똑같이 빠르게 움직이기 때문이다.
"나는 허리가 가는 청년이라, 내 홀로 사모한 이도 있다," 다음에 나오는
것은 사람이 아니라 "대추나무 꽃 피는 동네다 두고 왔단다"이다. 구문 상
으로 신선하다. "대추꽃"이 아니라 "대추나무 꽃"이라 한 것도 신선하다.
"대추꽃이 한 주 서있을 뿐이었다"는 미당 「자화상」의 대목을 떠올리게 한
다. 통상적 어법이나 구문에서 일탈함으로써 조그만 대로 신선한 충격을
마련해 내고 있다는 점에서 공통된다. "늬는 목으로 물결을 감는다, 발톱
으로 민다. 물속을 든다, 솟는다, 떠돈다, 모로 날은다."는 갈매기의 동작
을 숨 가쁘게 보여준다. 빠름은 어느 면에서 근대 도시에서의 근대인의
삶이나 의식을 반영한다. 인상파 화가 드가가 그림 속에 속도를 도입하였
듯이 역동적인 빠름의 '속도'를 시 속에 도입한 것도 모더니스트 정지용이
보여준 새로움의 하나일 것이다. 그러한 속도는 흔히 인용되는 「바다2」

같은 작품에도 역력하다. 이 작품에 보이는 "내사 어머니도 있다", "내손이사" 같은 "사"란 조사가 박목월의 "내사 애달픈 꿈꾸는 사람/내사 어리석은 꿈꾸는 사람" 이후 한동안 널리 퍼진 조사인데 그 연원은 정지용 시다. 그만큼 우리의 토착적인 언어자원 발굴과 활용에 힘을 쓴 것이고 후배 시인들의 본보기가 되어주었다.

최상의 지용 시편은 극도로 절제되고 언어경제 상으로 간결한 2행 1연의 시로 드러나는 경우가 많다. 「춘설」, 「구성동」, 「인동차」, 「불사조」, 「해협」, 「압천鴨川」, 「석류」를 들 수 있다. 채동선이 1930년대에 불후의 명곡으로 옮겨놓은 「고향」도 그 중의 하나이다.

오늘도 메 끝에 홀로 오르니
흰점 꽃이 인정스레 웃고,

어린 시절에 불던 풀피리 소리 아니 나고
메마른 입술에 쓰디 쓰다.

그러나 2행 1연의 연장선상에 있으면서 변주를 보여준 작품도 많다. 『정지용시집』의 4부를 이루는 신앙시편이 대체로 이 계열에 속한다. 다음은 2행 1연의 표준형에서 가장 많이 벗어난 경우다.

온 고을이 받들만한
장미 한가지가 솟아난다 하기로
그래도 나는 고하 아니하련다.

나는 나의 나히와 별과 바람에도 피로疲勞웁다.

이제 태양을 금시 잃어 버린다 하기로
그래도 그리 놀라울리 없다.

실상 나는 또하나 다른 태양으로 살았다.

사랑을 위하얀 입맛도 잃는다.

외로운 사슴처럼 벙어리 되어 산길에 슬지라도-

오오, 나의 행복은 나의 성모聖母 마리아!

— 「또 다른 태양」 전문

　마지막 행의 〈성모 마리아〉만 아니라면 지순한 연애 시로 읽을 수 있을 것이다. 남녀 사이의 사랑이 지상적 삶의 최고 가치라는 낭만적 사랑관이 11세기 프로방스 지방의 궁정적 사랑에 기원을 두고 있다는 것은 널리 알려져 있다. 궁정적 사랑이란 요컨대 찬미 대상을 종교적 예배 대상인 성모 마리아로부터 세속 대상으로 옮긴 결과이다. 따라서 낭만적 사랑은 기독교 전통에 뿌리박고 있다.[6] 독신 수도사들이 고립된 수도원에서 마리아 상을 예배할 때 거기 잠재적 에로스 충동이 작동하리라는 것은 추측할 수 있다. 위의 시는 그러한 속사정을 뒷받침하고 있는 것으로 생각될 수 있다. 에로스 충동의 승화라는 측면에서 보더라도 위의 시는 소월 시보다 한결 기품 있는 격조를 갖추고 있다. 절제되어 있으면서도 강렬하다. 한편 위에서 "나는 나의 나히와 별과 바람에도 피로疲勞웁다"는 대목은 윤동주의 "잎새에 이는 바람에도 나는 괴로워했다"를 연상케 한다. '하늘과 바람과 별'은 정지용 신앙시편에 나오는 반복적 모티프이자 어휘이다. 초기의 동요나 습작을 참조하지 않더라도 윤동주에 끼친 정지용의 영향은 전폭적이고 가시적이다. 그렇다고 윤동주시의 무구한 시적 개성이 손상되는 것은 아니다. 시 제작에는 사실상 공동제작이란 국면이 따르게 마련이다.

---

6) Ian Watt, *The Rise of the Novel* (Harmondsworth: Penguin Books, 1963), p. 141.

이산離散의 모티프

말아,
누가 났나? 늬를. 늬는 몰라.
말아,
누가 났나? 나를. 내도 몰라.
늬는 시골 듬에서
사람스런 숨소리를 숨기고 살고
내사 대처 한복판에서
말스런 숨소리를 숨기고 다 잘앗다.
시골로나 대처로나 가나 오나
량친 몬보아 스럽더라.

— 「말2」 부분

첫새끼를 낳노라고 암소가 몹시 혼이 났다. 얼결에 산길 백리百里를 돌아 서귀포西歸浦로 달어났다. 물도 마르기 전에 어미를 여힌 송아지는 움매- 움매- 울었다. 말을 보고도 등산객登山客을 보고도 마고 매어달렸다. 우리 새끼들도 모색毛色이 다른 어미한테 맡길 것을 나는 울었다.

— 「백록담白鹿潭」 일부

"이 말은 누가 난줄도 모르고/밤이면 먼데 달을 보며 잔다"는 가족 이산의 모티프가 다시 보인다. 감정이입적인 연민감을 보여주는데 작게는 정, 크게는 자비심이라 할 수 있다. 신앙시편을 별도로 치고 정지용의 시에 보이는 이러한 모티프는 목숨 있는 모든 것에 대한 연민 또는 자비의 정신이다. 가령 기독교의 사랑이 대체로 인간에 대한 사랑으로 한정되어 있음에 반해서 정지용 시에 보이는 자비는 마소나 갈매기까지 포함하는 폭을 가지고 있다. 그런 맥락에서는 불교적이라 할 수도 있다. 그것이 어디서 나온 것일까?

> 삼동내- 얼었다 나온 나를
> 종달새 지리 지리 지리리…
>
> 웨저리 놀려 대누.
>
> 어머니 없이 자란 나를
> 종달새 지리 지리 지리리…
>
> 웨저리 놀려 대누.
>
> 해바른 봄날 한종일 두고
> 모래톱에서 나홀로 놀자.
>
> ―「종달새」 전문

　동시 흐름의 이 작품의 화자는 어머니 없이 자랐다. 그러나 위에서 읽은 가령 「갈매기」 시편 등에서는 분명히 어머니가 있다. 동시의 화자는 가공적인 인물이며 작품이 일종의 극적 독백이라 생각하면 될 것이다. 작가보다 작품을 믿으라는 말을 수용하는 입장이어서 작가에 대한 전기적 천착에 나서는 일은 하지 않는다. 그러나 이제는 고인이 된 시인의 장남으로부터 시인의 생모가 소박맞아 친정에 가 있다가 훨씬 뒷날 복귀했다는 말을 듣고 지용 시에 나오는 이산의 모티프가 개인사적 트라우마에서 나온 것임을 알게 되었다. 그러니까 동시에 나오듯이 시인이 "어머니 없이 자란"것도 사실이고 「갈매기」에 나오듯이 "내사 어머니도 있다"는 것도 사실인 셈이다.
　정지용의 후기 작품이 보여주고 있는 것은 사회를 향해서 닫혀 있고 자연을 향해서 열려 있는 은자적隱者的 지각이 성취한 고요와 무심의 경지이며 그것은 동양전통에서 낯선 것이 아니다. 그의 작품 중에는 경박한 감각과 말놀이라고 여겨지는 것들도 적지 않다. 그러나 시인은 최상의 작품으로 평가되어야지 빈약한 작품 위주로 냉소적 평가를 받아서는 안 된다. 그의 시력 20년은 우리말을 찾아서 닦고 조직하는 일에 바쳐졌고 그것을 기반으로 어떤 성찰이나 지혜를 펼칠 기회는 그에게 주어지지 않았다. 후배인 미당은 중년 이후 신라를 통한 "전통 창제"에 전념하여 시인으로서의 자기 부과적 과업을 높이 성취하였다. 또 김춘수는 "무의미의 시"를 기획하여 노년 이후에도 지속적으로 제작에 임할 시적 공간 혹은 평생직장을 마련하였다. 나이 마흔에 사실상 절필한 정지용에게는 그러한 문학적 행운이 허여되지 않았다. 그러나 서정시 쓰기가 힘든 시내에 "인이미술이 존속하는 이상 그 민족은 열렬하리라"는 신념과 "우리시는 우리말로 빚어진다"는 평범하나 홀대된 방법적 자각을 작품 제작으로 실천한 그의 공로는 응분의 평가를 받아야 한다고 생각한다. 20세기 최초의 직업 시인이라 할 수 있는 그의 시적 성취가 후속 시인들에게 가장 많은 영향력을 발휘했다는 문학사적 사실도 간과되어서는 안 될 것이다.

부기

1. 김소월과 정지용에 관해서 각각 몇 편씩의 독립된 에세이를 발표한 바가 있습니다. 시인들을 보는 관점이 크게 변한 것이 아니기 때문에 이왕에 한 소리가 되풀이되는 것은 어쩔 수 없었습니다. 다만 무엇인가 새 얘기를 해야 한다는 점에서 전기적 사실을 언급하였습니다. 양해해 주시기 바랍니다.

2. 시의 인용에서 시집 원본대로 하는 것이 원칙이나 1925년본『진달래꽃』은 맞춤법 통일안이 나오기 전인데다가 워드프로세스로 활자화할 할 수 없는 것도 있어 민음사 판 세계시인총서의『진달래꽃』표기를 따랐습니다. 한편『정지용 시집』,『백록담』은 저자 생존 시에 나온 원본을 따랐습니다.

『임거정』에의 초대
― 작가 시대 작품

그때 시절에 사람이 잘나면 화적질밖에 실상 하잘 것이 없
었지요. 더구나 천민이라고 남이 모두 손가락질하는 백정계
급에 속한 자이지요. 백정을 벼슬을 줍니까, 백정을 돈 모으
게 합니까. 아무 바라볼 것이 없게 되니까, 체력이나 지략이
남에게 뛰어난 자면 도적놈밖에 될 것이 없었지요.

이시애李施愛나 홍경래洪景來와도 임꺽정은 이러한 의미에
서 공통되는 어떤 점을 가지고 있다 할 것입니다.

― 『임거정전』을 쓰면서(1933년)

불가사의한 후광

벽초 홍명희는 20세기 한국의 걸출한 인물 가운데서 가장 불가사의한
후광을 가지고 있는 인물로 내게는 비쳤다. 그는 식민지 시대에 우리 사
회에서 가장 널리 알려지고 존경을 받으며 많은 일화로 인구에 회자된 인
물이다. 물론 그의 명성은 20세기 전반 한국의 최장 대하소설인 『임꺽정』
의 작자란 사실에 의존하고 있다. 그리고 『임꺽정』이 우리말 어휘를 가장
많이 담고 있는 우리말의 보고이며 우리말이 가장 적정하고 동시에 순정
하게 씌어진 모범 사례라는 사실은 문학인이나 지식인 사이에서 거의 만
장일치라 할 수 있는 비평적 동의를 얻고 있었다. 그러나 그는 당대의 문
학계 혹은 문단에서는 언제나 국외자였으며 어느 한때도 그 중심에 있었

다고 할 수는 없다. 뿐만 아니라 그는 『임꺽정』 이외에 어떠한 작품도 보여준 바 없다. 그 점 그는 『님의 침묵』 한 권만을 가지고 20세기 최고의 시인 반열에 오른 만해 한용운과 흡사한 점이 있다. 그러나 벽초와 마찬가지로 문단 권외에 있었던 만해는 유일 시집 이외에 비록 소수이기는 하나 시조나 한시 같은 후속 작품을 보여주고 있다. 이에 반해서 벽초는 유일 장편 이외에 어떠한 단편이나 허구 작품을 보여준 바 없다. 그리고 유일한 장편이 역사소설이고 당대 현실을 다룬 작품은 없었다. 그럼에도 불구하고 그는 팔이오 이후 결성된 문학가동맹 위원장으로 추대되었고 한 번도 동맹의 회합에 참석한 바 없음에도 불구하고 그 명예직은 늘 그를 따라 다녔다. 그가 우리에게 수수께끼의 후광을 두른 인물로 비치는 것은 동시대의 작가이자 소싯적 지기인 춘원 이광수와 달리 자신을 드러내는 글을 별로 쓰지 않았고 또 자신을 드러내는 일을 꺼렸다는 사사로운 사실과 관련된 것인지도 모른다.

그는 동시대인임에도 불구하고 많은 일화로 둘러싸여 있었다. 그것은 전승이 되고 전설이 되어 그에게 어떤 신비감을 부여하였다. 그는 육당, 춘원과 함께 "조선의 삼재사三才士"라는 칭호를 젊어서부터 누렸다. 그의 부친은 경술국치 당시 금산 군수 직에 있었지만 망국이 된 상황에서 살아 있음의 치욕과 부질없음을 통감하고 자결함으로써 순국의 길을 택하였다. 부친은 어떠한 경우에도 친일행위를 금하는 당부를 했다고 알려져 있고 실제로 그는 일제 말기에도 떳떳하지 못한 언행을 남겨놓은 바가 없는 것으로 전해진다. 반드시 정확한 것은 아니지만 그래서 자녀들을 학교를 보내지 않았다는 얘기도 있었다. 당대의 관습으로 열세 살에 조혼한 그는 열여섯에 장남을 낳아 스스로 형제와 같은 부자라고 적고 있는가 하면 아들이 쓴 책에 서문을 얹어놓고 있는 드문 사례를 보여준다. 그래서인지 해방 직후 미군정청에서 국립서울대학교안을 내놓았을 때 그는 학계나 문화계의 중평이라며 서울대 총장 후보로 언론에서 거론되기도 했다. 그가 이렇다 할 학문적 저작을 보여준 바 없었고 세칭 좌파진영에서 내세운

김태준金台俊이 일단 옛 경성대학의 졸업생임에 반해서 이렇다 할 학벌이 없는 처지여서 그런 중평을 얻고 있다는 것이 더욱 불가사의하게 느껴졌던 것도 사실이다.

이번에 여러 연구자들의 노력으로 이루어진 전기나 상세한 자료를 통해서 그의 삶과 사람됨을 접하고 나서 그에 대한 전설적 세평이 결코 과장된 것이 아님을 확인할 수 있었던 것은 큰 보람이다.[1] 적어도 해방 이전의 문화적 사회적 실천에 있어서 그는 누구보다도 가장 소중한 성취를 보여주었다는 것을 확인할 수 있었다. 또 양심의 위기로 가득 찬 구차한 시대에 개명된 지식인으로서 항시 깨어있는 양식과 의지로서 자신을 지켰다는 것도 확인할 수 있었다. 작품과 사람은 별개라는 말을 하는 수가 있고 그것이 억지스러운 것은 아니다. 그러나 벽초는 문학적 성취에 상부하는 인품의 위엄을 지켜낸 희유한 사례이다. 그의 장남 홍기문은 해방 전에 발표된 「아들로서 본 아버지」라는 이색적인 글에서 "총괄해 말한다면 우리 아버지는 용감하게 나아가지는 못하나 날카롭게 보고 굳게 지키는 분이다"라고 적고 있다.[2] 용감하게 나아가지 못했다는 것은 정치적 사회적 실천에서 치열하게 저항하고 투쟁하지 못했다는 뜻인 것으로 보인다. 날카롭게 보고 굳게 지킨다는 것은 당시 상황에서 매사를 정확히 파악 인지하고 또 자기 신조나 생각을 굳게 지킨다는 뜻이 될 것이다. 그것이 결코 혈육 간의 두둔이나 안으로 팔 굽히기가 아님을 확인할 수 있었다는 것이 나의 생각이다.

1948년 4월 이른바 남북협상으로 알려진 "남북조선 제정당 사회단체 대표자 연석회의"에 중도노선으로 알려진 민주독립당 대표의 자격으로 평

---

1) 텍스트는 1985년 사계절에서 나온 9권짜리 『林巨正』을 대본으로 삼았고 작품에서 인용할 때는 번잡을 피해 인용 끝에 표기했음.) 강영주 교수의 역작 『벽초 홍명희 연구』(창작과비평사, 1999), 임형택, 강영주편 『벽초 홍명희와 〈임꺽정〉의 연구 자료』(사계절, 1996)를 그 귀중한 성과로 꼽을 수 있다. 자유롭게 벽초에 대해서 얘기하고 있는 최명 교수의 『벽초, 임꺽정 그리고 나』(책세상, 2006), 민충환 편저 『임꺽정 우리말 용례사전』(집문당,1996)도 좋은 자료가 된다.

2) 홍기문저, 김영복, 정해렴 편역, 『홍기문 조선문화론선집』, 현대실학사, 1997, 370쪽.

양에 간 이후 아마도 그쪽 실세의 요청으로 눌러앉게 되고 8월에는 서울에 있던 가족들이 평양으로 이사해 합류하였다. 1950년 5·30 선거를 앞둔 시점에 차남 홍기무洪起武가 내려와 간첩 혐의로 서울에서 체포되어 기사화되었던 것을 기억한다. 북에서 계속 고위직에 머물러 있던 그는 1968년 향년 만80으로 세상을 떴다. 동시대의 고명한 인문적 지식인 육당, 춘원, 호암 문일평, 민세 안재홍, 위당 정인보보다 장수하였던 그의 북에서의 구체적 행적과 처신에 대해서는 객관적 자료가 없으므로 거론하는 것은 적정하지 않다고 생각되어 언급하지 않는다. 다만 파란만장한 역사의 풍파에 쉴 새 없이 노출되고 평균수명이 낮았던 20세기 한반도에서 괴테만큼의 수명을 누린 것은 하나의 인간적 위업이라는 느낌이 드는 것이 솔직한 심정이다.

견고한 구식 한문 공부

1988년, 1세	충북 괴산군 괴산면에서 출생.
1890년, 3세	모친 별세.
1892년, 5세	『천자문』 배우기 시작.
1895년, 8세	『소학』 배우고 한시 짓기 시작.
1898년, 11세	『삼국지』 비롯 중국소설 탐독 시작.
1900년, 13세	혼인하다.
1901년, 14세	상경하다.
1902년, 15세	서울 중교의숙中橋義塾 입학하다.
1903년, 16세	장남 기문 출생.
1905년, 18세	중교의숙 졸업하고 귀향하여 『춘추』 등 사전을 공부하고 일인부부에게 일어회화 배우다.
1906년, 19세	일본 유학 떠나다. 토오요오東洋 상업학교 예과 편입. 호암, 춘원, 육당 등과 교우하다.

1907년, 20세	타이세이大成중학 3년 편입. 서양 및 일본의 근대 문학 및 다방면 독서 탐닉.
1909년, 22세	대한흥학회에 가입하여 활동.
1910년, 23세	2월, 졸업시험 앞두고 학업 포기한 채 귀국. 성적 우수로 졸업증서 받음. 8월 부친 범식 자결로 순국. 기무起武출생.
1912년, 25세	출국 후 만주 안동현에 체류.
1913년, 26세	정인보와 함께 상하이 가다. 박은식, 신규식, 신채호, 김규식, 문일평, 조소앙 등과 함께 동제회同濟會 활동.
1914년, 27세	상하이 떠나 남양南洋 감.
1915년, 28세	싱가포르에 정착하여 활동
1917년, 30세	12월 싱가포르 떠남.
1918년, 31세	상하이, 베이징 체류 후 7월 귀국, 귀향.
1919년, 32세	3월 독립선언서 반포와 만세시위 주도로 괴산서 체포됨. 4월 공주지방법원 청주지청에서 징역 2년 6월 선고 받음. 5월 경성 복심법원에서 징역 1년 6월 선고받음. 6월 경성고등법원에 상고했으나 기각됨.
1920년, 33세	4월, 징역 10월 14일로 감형되어 청주 감옥에서 만기 출감.
1921년, 34세	서울로 솔가 이주함.[3]

위의 연보에서 유소년기의 사항은 편집자의 끈질긴 요청으로 쓰긴 했으나 투옥 관계로 중단된 42세 나던 1929년에 쓰인 「자서전」을 근거로 하여 요약된 것이다. 1919년 향리 괴산에서 손수 작성한 독립선언서를 반포하고 만세시위를 주도하여 체포된 후 출옥하여 서울로 솔가하기까지의 역

---

3) 이 부분은 강영주 『벽초 홍명희 연구』의 연보에 의존했으나 앞부분만 원용했음.

정을 담고 있다. 출옥 이후 서울에서의 1920년대 및 30년대의 행적은 단편적으로나마 이왕에 널리 알려져 있었으나 그 이전의 세목은 그렇지가 않다. 위의 축약 연보는 유일 작품 『임꺽정』의 작가로서 또 당대의 대표적 인문 지식인이자 민족지도자로서의 벽초의 인간적 문학적 형성기를 일목 요연하게 하기 위해서 적어본 것이다.

그의 삶을 분명하게 이해하기 위해서는 그 시대의 구체적 상황을 알아 두는 것이 필요하다. 그가 태어난 1880년대는 1882년의 임오군란과 미국 과의 통상조약 체결이 주요 사건으로 부각되는 시기다. 1883년은 마르크 스가 세상을 뜬 해지만 1884년은 개화파의 삼일천하로 끝난 갑신정변이 일어난 해다. 한말의 정세가 불안정하면서도 신속하게 동요하던 시기였 다. 1875년에 초대 대통령 이승만과 토마스 만이 출생하였고 벽초가 태어 나기 20년 전에 일본서 이른바 명치유신이 시작되었다는 것을 상기하면 시대상황이 대충 상상될 될 것이다.

많은 걸출한 인물이 그렇듯이 그의 유년기는 조숙한 신동의 행적을 보여준다. 8세에 『소학』을 배우고 한시를 시작했다는 그는 11세에 한문으로 중국소설을 탐독한다. 「자서전」의 대목을 직접 읽어보는 것이 상황 파악 에 도움이 될 것이다.

소설은 그해 정월 노는 때에 대고모부의 집에서 『삼국지』 한길을 빌려다 놓고 첫권서부터 두서너 권은 집안노인 한 분과 같이 보았다느니보다 배웠 고 그 다음 십여 권은 나 혼자서 보았다, 물론 개가 머루 먹듯한 것이라 모르 는 것이 아는 것보다 더 많았지만 "조자룡작창상마趙子龍綽鎗上馬"를 신이 나 서 보았다. 이십 권 책을 건성으로 다 본 것은 닭의 귀신날이 지나서 다시 글 을 배우기 시작한 뒤라 선생님에게 고만 보라는 말을 들은 걸로 기억한다. 그 뒤로는 길래 소설 보기에 반하여 『논어』, 『맹자』보다도 『동주열국지』, 『서 한연의』등속을 탐독하게 되었던 것이다. 그러나 우리 집에는 소설서류가 별 로 없을 뿐이 아니라 어른 몰래 보는 까닭에 열네 살에 서울 올라온 뒤에 친 구들에게서 빌려다 본 것이 많았었다. 그때도 문리文理 부족한 나로서 『수호지』,『서유기』 더구나『금병매』 같은 것을 어떻게 보았던지 의자궐지疑者闕之도 정도가 있지 전문궐지全文闕之에 무슨 맛이 있었던지 그래도 밥 먹을 줄 모르고 본 것이 장관의 일이다.[4]

선생에게서 배우는 사서四書보다도 순한문으로 된 중국소설을 탐독한 것을 알 수 있는데 이러한 소년기의 탐독이 뒷날『임꺽정』을 집필할 때 큰 도움이 되었을 것임은 말할 것도 없다. 더구나 어려서 읽은 문학책일수록 기억 속에 확고하게 각인되는 것이 보통이어서 그 형성적 영향력은 막강한 것이었다고 추정된다. 그의 인문적 지식인으로서의 소양과 고전에 대한 조예가 요즘으로 하면 초등학교 상급반 무렵의 나이에 능통한 경지에 이른 한문 실력에 기본적으로 의존하고 있음을 알 수 있다. 그 점에서 그는 육당, 호암, 위당과 비슷하고 춘원, 김동인, 염상섭 등 문인들과 크게 다름을 알 수 있다.

행간의 사회사

유년기의 한문공부는 가정 내에서 이루어진 것으로 친척 어른 혹은 독선생이 처음엔 지도했을 것으로 추정된다. 여러 학생을 집단적으로 가르친다는 의미에서의 공교육 기관에서의 공부는 10대 중반에 처음으로 받게 된다. 1902년 15세에 다녔다는 중교의숙中橋義塾[5]의 숙감塾監은 조부가

---

4) 임형택, 강영주 편『벽초 홍명희와 〈임꺽정〉의 연구 자료』, 사계절, 1996, 23쪽. 아래에서 이 책은『자료』로 약칭함.
5) 중교의숙은 1896년에 민영기閔泳綺가 서울에 세운 사립학교이다. 민영기는 제2차 한일협약 체결당시 탁지부度支部대신으로서 끝까지 저항했던 인물이다. 1885년의 배재학당, 1886년의 이화학당을 비롯해서 1905년의 공주 영명학교에 이르기까지 을사보호조약 이전에 28개의 사립 학교가 설립되었다. 중교의숙은 그 중의 하나이다. 당시 이들 학교에서는 시대적 요청에 따라 영어나 일어 등 외국어를 가르쳤다. 1908년 사립학교령의 공포로 모든 사립학교는 학부의 인가를 받아야 했는데 이 학교령이 공포된 후 2년이 채 안된 1910년 5월 현재 인가받은 사립학교 수는

상없지 않게 여기는 인물인데 그 숙감이 조부에게 권하고 부친이 안식이 있는 터여서 조부에게 말하여 다니게 되었다. 거기서 일본어와 아라비아 숫자를 배우기 시작했다. 이 학교에 만 3년 다녀서 1905년 일어과日語科를 졸업하고 귀향하여 일본인 부부에게 일어 회화를 배우게 된다. 당시 괴산에는 양잠의 이익 됨을 알고 일인 내외를 양잠교사로 데려온 이가 있었다. 이 일인 내외가 양잠 일을 마치고 귀국하게 되었을 때 부친에게 말하여 집에 데려다 두고 일어를 연습하였다. 불과 몇 달 만에 3년 배운 결과가 나타나 일어로 어지간한 말은 서로 통하게 되었다. 집에 있는 마테오리치의 곤여번도坤輿全圖 병풍 덕택으로 왜국의 존재를 일찌감치 알았고 일어까지 배웠으나 가보고 싶은 마음은 없었다. 그러나 일인 내외가 동경이 공부하기 좋다는 말을 해서 구경 갔다 올 생각이 났다. 일인이 양잠한 고치를 일본으로 팔러 간다고 해서 따라갈 생각이 났다. 여기 전후 사정은 사회사적으로도 매우 흥미있는 대목이어서 자서전 대목을 직접 인용해 본다.

> 공부를 간다면 아버지부터 선선히 허락할는지 모르겠고 구경갔다 온다면
> 증조모까지도 구태여 말리지 아니할 것 같아서 구경간다고 거짓말하고 동경
> 에 가서 떨어져 있어보려고 속으로 작정하고 일본 사람에게만 미리 이 뜻을
> 통하여 두었다. 내딴은 층층시하에 허락받기가 어려워서 꾀를 쓰려고 하였
> 던 것인데 우리 아버지가 잠깐 구경만 하고 오느니 몇 해 동안 공부를 해보
> 라고 말씀하고 시골 있어서 증조모의 허락도 아버지가 맡아주었다. 그리하
> 여 나는 동경 유학길을 떠나게 되었다.[6]

부친 홍범식은 경술국치를 당해서 목매어 자결한 인사이다. 널리 알려진 그러한 일화로 보아 우리는 수구적이고 완고한 한말의 인물로 상상하

2,250교나 된다. 평북 평남이 844교나 되어 가장 많은 학교가 섰다. 신석호 외,『한국현대사』3,
신구문화사, 1969, 283-284쪽 참조.
6)『자료』, 25쪽.

기 쉽다. 쉽게 말해서 최익현 흐름의 유자儒者를 연상하게 된다. 그러나 그는 안식이 있는 인물이어서 아들이 중교의숙 다니는 것을 허용한다. 뿐만 아니라 일본구경을 바라는 아들에게 이왕 가거든 공부를 하라고 권한다. 매우 개명된 안식 있는 명문가 출신의 목민관임을 알 수 있다. 벽초가 중교의숙에서 일어과日語科를 나왔다는 것도 흥미있다. 병조참판을 지낸 조부 홍승목조차 "멧돝 잡으려다 집돝 잃을까" 걱정이 된다면서도 중인출신의 역관譯官희망자나 공부하던 외국어 공부를 허용한 것은 눈여겨 볼 만하다. 일본 유학을 떠나기 전 향리에서 일인 내외에게서 일어 회화 교습을 받았다는 것도 공식 역사에서는 접하지 못하는 사회사적 사실이다. 직접 사정을 들어보는 것이 좋겠다.

> 이때 우리 동리에 양잠의 이익을 일찌감치 깨달은 사람이 있어서 일본 사람 내외를 양잠교사로 데려왔다. 서울서도 일본사람 구경하려면 진고개를 가야만 하던 때라 괴산 같은 시골 구석에서는 이 일본 사람 내외가 여편네와 아이들의 구경꺼리가 될 만큼 희귀한 손이었다. 우리 아버지가 나의 일본말 공정을 시험하여 보려고 그 내외를 불러다 놓고 따라다니는 통사를 제치고 인사하라고 말씀하셨다 …나는 아버지 앞이라 서서 있고 그 내외는 꿇어 앉아 있었다 …그 일본 사람 내외가 양잠 일을 마치고 가게 되었을 때 아버지에게 말씀하고 집에 데려다 두고 일어를 연습하였더니 불과 몇 달이 아니 지나서 3년 배운 결과가 나타나 어지간한 말은 서로 통하게 되었다.[7]

1905년 18세 때 얘기로 노일전쟁이 끝난 해다. 그런데 충청도의 오지인

---

7) 『자료』, 25쪽. 강화도 조약 이래 청일전쟁이 끝난 1895년까지의 20년간에 조선에 와서 거주한 일본인의 수는 12,302명이고 청일전쟁 이후 격증하여 1910년에는 171,547명이 되었다. 1945년엔 75만 명이다. 신석호 외, 『한국현대사』 2권, 신구문화사, 1969, 354쪽. 또 1900년 서병숙徐丙肅이 인공양잠전습소를 만들었다. 여기서 외국 양잠기계를 사용하고 외국에서 양잠기술을 배워온 장홍대, 김한목 등을 고용하여 1년에 7, 8차례나 양잠하는 방법을 발견하였으며 학생을 모집하여 양잠기술을 교육함으로써 많은 기술자를 배출하였다. 또 같은 해에 대한제국 인공양잠합자회사가 설립되어 외국으로부터 기계를 구입하는 한편 일반 자본금을 모집하였다. 같은 해에 김동규金東圭가 양잠회사를 설립하였다. 신석호 외 『한국현대사 3』, 신구문화사, 1969년, 412쪽.

괴산에서 양잠에 눈을 떠서 일인 내외를 불러들여 양잠법을 배웠다는 것은 내게는 놀랍게 생각되었다. 벽초는 이 일인 부부를 따라 부산서 윤선을 타고 현해탄을 건너 오사카大阪에 도착하여 며칠을 체류한 뒤 토오쿄로 간다. 그런데 동행한 일인이 일본 도착 후 태도가 돌변하여 비위가 상하는데 그 장면은 흡사 소설 읽는 것 같다.

> 동행한 일본 사람이 현해를 건너온 뒤로 전에 없던 '기미'니 '고오궁'이니 하는 홀한 언사를 써서 비위가 상하는 데다가 윤선에서나 여관에서나 누구든지 붙들고 이야기한다는 것이 한국이 어떠하다, 한국 사람이 어떠하다, 우리의 있는 흉 없는 흉을 늘어놓으니, 옆에서 듣기 괴란한 때가 많아서 그 사람과 단 둘이 있을 때 낯을 붉혀가며 말다툼한 일도 한두 번이 아니었다.[8]

토오쿄에서 타이세이大成중학 재학 중 3년에서 4년으로 승급할 때 벽초는 1등을 하였다. 「만조보萬朝報」[9]에서 각 학교 우등생을 소개했는데 그의 사진이 났다. 만조보 독자인 일본인 순사가 4호 제목의 작은 기사를 발견하고 당시 태인泰仁 군수였던 부친에게 보여주어 몹시 기뻐한 부친은 자세한 편지와 함께 당신의 사진을 보내주었는데 그것이 "종생 잊히지 아니할 자랑의 하나이다"라고 적고 있다. 그러니까 한일합병 이전에 벌써 충남 시골에도 일인 순사가 주재하고 있었다는 얘기이다.[10] 합병 이후 샹하이에서 체류했던 벽초는 독립운동을 위한 재정적 기반을 구축하기 위해 남양으로 가서 싱가포르에 머무르게 된다. 그 시기에 함께 있던 인물로 김

---

8) 『자료』, 27쪽.
9) 만조보萬朝報는 1892년 토오쿄에서 크로이와 루이꼬黑岩淚香가 창간한 일간신문으로 번역소설을 위시해 문예란에 주력하고 사회주의, 노동문제에도 관심을 표명했음. 1920년 창간자의 사후 쇠퇴하여 1940년 東京每夕新聞에 합병되었다. 참조 新村出 編, 『廣辭苑』.
10) 1905년의 이른바 을사보호조약에 따라 통감부가 설치되어 한국은 외교권을 상실했을 뿐 아니라 내정권도 반은 상실한다. 각국의 공사관이 철폐되고, 일본의 경찰권이 한국의 경찰권 위에 군림한다. 1905년 일인 경관 5명이 한국정부 경무청에 초빙 고용된 이후 일인 경관 수는 점차 증가해서 1907년엔 1,200명 정도의 일인 경관이 있었다. 趙景達, 『近代朝鮮と日本』(岩波書店, 2012), 194-195쪽.

진용金晉鏞과 정원택이 있었다. 그 중에 김진용은 고무원을 사두었거나 석광錫鑛에 투자한 듯한 흔적이 보이는데 이러한 사실을 좀 더 세밀히 천착하면 우리 동포의 해외 활동은 의외로 넓은 것임이 드러날지도 모른다. 경술국치 이후 우리 동포로서 중국, 노령, 만주에서 활동한 이들의 역사는 상대적으로 연구되어 있지 않아서 이 분야의 연구가 우리 사회사를 밝히는 데 필요하다는 생각이 든다.

작가의 형성

벽초가 역사소설 유일 작품을 제외하고 당대현실을 다룬 어떠한 허구작품도 남기지 않았고 비허구 산문이 주로 우리 역사와 문화에 관한 것임을 상기할 때 그의 관심이 중국 고전과 소설, 또 우리의 옛 책으로 한정되어 있을 것이라는 예단을 부지중 갖게 한다. 그래서 서양의 근대문학에 대한 폭넓은 독서경험을 가지고 있다는 사실은 뜻밖이라는 느낌을 준다. 그러나 그는 당대의 어느 문인 작가보다도 서양근대문학에 대한 식견과 조예를 가지고 있었다. 젊은 시절에 그는 가인假人 혹은 가인可人이란 아호를 쓴 적이 있는데 그것이 바이런의 『카인』에서 유래한 그 음역이라는 것은 시사하는 바 많다. 그는 스스로 문예서류를 난독亂讀, 남독濫讀하여 학교 교과를 등한히 하고 육적肉的 사상 중독과 신경쇠약으로 중학을 그만두었다고 적고 있다. 일본의 자연주의문학을 탐독했음을 실토하고 있기도 하다. 그의 독서는 다독에 그치지 않고 속독으로 특징지어진다고 생각할 수 있는 기록이 있다.

> …이대용군과 한방을 쓴 일이 있었다. 어느날 낮에 루딘의 번역인 『부초浮草』를 사두었다가 저녁에 첫머리 몇 페이지를 넘기었을 때 당시 유학생계의 쟁쟁한 인물 몇 사람이 이군을 찾아와서 나도 그 사람들은 아는 관계상 독서

를 중지하지 않을 수 없었다. 책이 보고 싶어 좀이 쑤시는 판인데 그 인물들의 기염 경쟁은 그칠 줄을 몰랐다. 주인측 이군이 단아한 사람인 만큼 부수근청俯首謹聽하는 까닭에 기염의 도수가 오르고 내리지 아니하였다. 그 사람들보다도 이군이 미웠다. 참다 참다 못하여 한 손에 양등洋燈을 들고 한 손에 『부초浮草』를 들고 뒷간으로 들어가서 조금 조금 하다가『부초浮草』한 권을 다 마치고 한참 동안 오금이 붙어 고생하다가 나와서 본즉 기염 인물들은 다 돌아가고 이군이 자리 깔고 누워서 전무후무의 굉장한 뒤라고 조롱하였다.[11]

투르게네프의 첫 장편인 『루딘』은 비교적 짧은 작품이다. 그러나 장편임에 틀림은 없다. 그것을 변소에서 앉아 다 읽었다니 굉장한 속독이라 하지 않을 수 없다. 실지로『부초浮草』는 1897년에 간행되었는데 번역자는 일본에서 구어체 소설의 창시자라 불리는 작가이다.[12] 이러한 속독을 가능케 하는 것은 골똘한 탐독성과 관련되는 것이지만 그의 특출한 재능이었다고 생각된다. 그의 광범위한 독서는 그가 속독에 능했으리라는 것을 추정케 하면서 그의 실토를 뒷받침한다. 「청빈낙도하는 당대 처사處士 홍명희씨를 찾아」란 기사에서는 어떤 종류의 책을 많이 보느냐는 질문에 전문적으로 연구하는 것도 없고 신문에 소설이라고 쓰는 바람에 그저 손에 쥐는 대로 읽게 된다면서도 "저기 발자크 전집이 있지요마는 얼마 전에 그것은 다 읽어보았지요. 지금 동서양을 물론하고 모두들 부르조아 작가의 최고봉으로 쳐서…"라고 답변하고 있다.[13] 실제로 그 당시 일본서 발자크 열기가 있어서 그 전집이 간행된 바 있다. 또 "그는 내가 상해에 갔을 때는 오스카 와일드의『도리안 그레이』,『옥중기』같은 것을 읽고 있었다. 그에게는 악마주의적인 것을 좋아하는 성미가 있었다"는 춘원의 대목이 있다. 『옥중기』는『심연으로부터De Profundis』의 일역판 제목이다. 톨스토이 서거 25년을 기념하여 쓰인 글에서 그는『부활』을 높이 평가하면서 종교

11)『자료』, 27-8쪽.
12) 中村光夫,『日本の近代小說』(岩波書店, 1954), 51쪽.
13)『자료』, 160쪽.

와 교훈을 내포하고 있는 작품들이 객관적 실재성이 없다면서 루소의『에
밀』이나 페스탈로치의『주정군의 안해』를 그 사례로 들면서『부활』의 가
독성을 말하고 있다. 그 글에는 다음 같은 대목이 보인다.

> 감옥생활에 체험이 많은 크로포트킨이 아메리카합중국 감옥을 두 번째 구
> 경하였을 때 제도의 개선된 점이 많아서 나중 알아본즉『부활』의 영향이더라
> 고. 이것은 이 소설의 공효功效의 일단이라 끝으로 붙이어 밝혀둔다.[14]

> 톨스토이 사전·사후에 나는 그의 작품의 일본 역이 있는 줄 안 것은 거진
> 다 구하여 보았다.『간이성서』까지 톨스토이의 작품이라고 사서 보았으니
> 다른 작품은 말할 것도 없다… 본지 만지한『안나 카레니나』는 17, 8년 전에
> 한 번 잘 보았고 보기를 원하던『전쟁과 평화』는 12, 3년 전에야 비로소 보게
> 되었는데 그나마 다른 사정으로 흥미없이 보고 말았다.[15]

편집자의 채근에 쓴 것으로 보이는 자전적인 글에서 루소의『참회록』을
본받아 과거를 적나라하게 고백할까? 니체의『엑체 호모』를 흉내 내어 철
인적 기염을 토할까? 나는 크로포트킨의『혁명가의 지난 생각』을 보았고
트로츠키의『탈주기』를 보았고 편산片山의『자서전』을 보았다는 대목이 보
인다. 그런가 하면 해방 직후의 좌담에서는 모리엘, 도데, 아나톨 프랑스,
프로벨의『살람보』등을 말하기도 한다.

> 내가 황진이에게 흥미를 느낀 것은 만석중과 황진이와의 관계가 아나톨
> 프랑스의 타이스와 비슷하기 때문이었는데 그 관계를 그린 점으로 상허의
> 것은 좀 불만이야…『사씨남정기』같은 것은 특색있는 작품이지. 말하자면
> 『엉클 톰스 캐빈』과 같은 작품이야.[16]

---

14)『자료』, 83쪽.
15)『자료』, 84-5쪽.
16)『자료』, 193쪽.

위의 인용문에서 볼 수 있듯이 그냥 읽었다고 하는 게 아니라 구체적인 맥락에서 비교 검토하면서 독서경험을 드러내고 있다. 그의 독서량과 범위에 놀라면서 『임꺽정』과 같은 대작이 폭넓은 독서경험에 기초해 있음을 새삼스레 확인하게 된다. 당대 작가 시인의 일반적 수준을 압도하는 이러한 독서경험이 그의 문학수업이 되고 작가수업이 되고 지도자 수업이 된 것이다. 그에게서 치기만만한 문학청년 냄새가 나지 않는 것도 이유가 있다 할 것이다. 젊은 문학지망자에게서 발견되는 성향의 하나는 쓰고 싶다는 열망에 들려있을 뿐 거기 상응하는 삶 경험이 부족하다는 것이다. 구체적 대상이 없이 "사랑을 사랑하는" 젊은이의 성적 열망과 비슷하다. 그러기 때문에 참으로 쓰지 않고는 배기지 못하는 것이냐고 한밤중에 스스로에게 질문하여 진정 쓰지 않고는 배기지 못하겠다면 그때 그 필연성으로 그대의 삶을 건설하라는 시인 릴케의 추상같은 충고가 나오는 것이다. 벽초의 광범위한 독서경험과 그의 폭넓고 다사다난했던 삶 경험이 포개져서 비로소 대작이 가능했다고 추정된다. 그 점 벽초는 만해와 크게 다르다. 만해의 소설이 작가의 희망적 자부심에도 불구하고 실패한 것은 아마도 문학작품 읽기가 빈약했기 때문이라는 추정이 가능하다.

박람강기와 대범함

벽초의 이력 중에서 이색적인 것은 한문 고전 교열을 했다는 점이다. 1939년에 신조선사에서 간행된 홍대용洪大容의 문집 『담헌서湛軒書』, 1941년엔 서유구徐有榘의 『누판고鏤板考』를 교열했다. 모두 실학자들인데 홍대용이 지동설과 우주무한설로 널리 알려진 반면 서유구는 그렇지 못한데 농정가로서도 일가견을 보여주고 있는 인물이다. 일제 말기에 이런 옛 책

교열을 맡았다는 것은 벽초의 일관된 조선탐구지향을 보여주면서 그의 생활고를 방증하는 것인지도 모른다. 그러나 무엇보다도 그의 공인된 한문 조예 때문에 맡게 된 것이라 생각된다. 이런 한적을 교열할 수 있는 당대의 태두요 권위였기 때문이다. 동아일보에 연재한 칼럼을 모은 『학창산화學窓散話』(1926)나 조선일보에 연재한 「양하잡록養痾雜錄」(1936)의 문장은 그 온축의 깊이를 보여준다. 중국 고전과 우리 쪽 옛 책을 들락날락하는 필치가 자유자재다. 지금 복중腹中에 미성서未成書로 있는 "양반계급兩班階級 사적연구史的研究"란 대목이 있는 것으로 보아 저서로서의 구상도 있었던 것 같은데 끝내 미성으로 남아있는 것은 유감이라 하지 않을 수 없다. 시대상황의 점증적 악화와 연관되는 것일 터이다.

벽초의 박람강기는 공인된 것이지만 그것을 절감하게 하는 것은 그의 좌담에서라 생각된다. 그 대표적인 사례를 조선조 당쟁에 관한 언급에서 엿볼 수 있다. 이원조가 사회를 본 「홍벽초, 현기당 대담」에서 당쟁 얘기가 나온다. 당쟁의 근본적인 원인이 무엇이냐는 질문에 대해서 벽초는 "그저 벼슬자리는 적고 양반 수효는 많고 해서 벼슬자리 싸움"이라 대답한다. 이에 대해 현상윤은 유학을 숭상하는 데서는 당쟁이 없을 수 없다면서 『주역』에서 음양을 가르고 음은 소인이고 양은 군자라고 하는데 모든 사람이 군자와 소인으로 대별이 되어 서로 시기하고 공격하게 된다고 말한다. 이에 대한 벽초의 반론은 전거를 들면서 아주 단도직입적이다.

> 하여간 당쟁의 핵심은 벼슬자리 적고 양반이 다수한 것이 핵심이야. 내 그 확증으로는 북헌(北軒: 김춘택金春澤)이란 이가 그 당쟁의 효장驍將인데 그가 그랬어. 당쟁은 그저 이·병판吏兵判 양전兩銓 쟁탈爭奪이 핵심이라고.[17]

벽초의 해석이 보다 현실에 즉한 합리적 해석이지만 이 맥락에서 우리

---

17)『자료』, 185쪽.

의 눈길을 끄는 것은 단박에 실제 당쟁에 휘말렸던 인사의 말을 예증하는 벽초의 기본적 강기強記이다. 김춘택은 김만중의 증손으로서『사씨남정기』를 한문으로 번역한 인물이다. 이러한 순발력 있고 즉시적인 전거 인용이나 제시는 벽초가 참여한 모든 좌담이나 대담에서 일관되게 발견할수 있는 특징이다. 이러한 사실이 널리 알려지면서 자타 공인하는 대가로 숭상된 것이라 할 수 있겠고 따라서 많은 의문이 해소된 것임을 첨가해둔다.

  벽초의 박람강기가 그것 자체로서 귀중하면서도 은연중 교육적 계몽적 영향력을 발휘한 것이 사실이다. 그 못지않게 중요한 것은 이러한 박람과 박학이 편벽되지 않고 균형 잡힌 안목과 관점을 제공해 주었다는 점이다. 무지와 확신은 왕왕 농행하는 법인네 그것은 20세기 전반과 같은 격동적 전환기에 있어 특히 현저하였다. 그런 가운데 벽초는 어떠한 사안이나 쟁점에 대해서도 계몽된 양식良識을 보여주고 있다. 사실 그의 견해나 표현은 정치하거나 세련된 것은 아니다. 언문일치 운동이 태동한 지 얼마 안되는 시점에서 사고와 표현의 치밀함과 세련됨을 기대하는 것은 비역사적인 성급한 희망사항에 불과할 것이다. 대체로 좌담이나 단문에서 표명된 그의 생각은 극히 대범하면서도 대체로 온당하고 편향되어 있지 않다. 그는 서문이나 추도문이 아니라면 특정 작가나 시인에 대해 애기한 경우가 희귀하다. 그런데 친구의 아들인 젊은 시인의 처녀시집에 부친 서문이 남아있는데 이미 나온『벽초 홍명희와 "임꺽정"의 연구자료』에 수록되지 않았으므로 자료 하나라도 기여한다는 의미에서 여기 적어두어 독자들의 판단에 맡기려 한다. 북으로 가기 전 우리 쪽에서 보여준 글 중 가장 뒤엣 것이라 생각된다.

    당시인 허혼許渾의 시에 "음시호사성선골吟詩好似成仙骨 골리무시막랑음骨裏無詩莫浪吟"이란 것이 있다.
    도가道家의 말을 들으면 선골 없는 사람은 백년수련도 구경究竟 소용없고 선골 있는 사람이 수련하여야 비로소 성선할수 있다고 한다.

시인도 이와 같아서 첫째 시골詩骨이요 그 다음에 시인될 공정功程을 쌓아야 한다. 또 당시인에게서 예를 들어 말하면 이백李白의 시골로도 광려십년독공匡廬十年篤工의 공정을 쌓았다.

시인은 언어의 주인이 되어야 하고 표현의 선수가 되어야 한다. 이러한 공정은 시골 있다고 저절로 갖추어질 것이 아니다. 시골이란 천분이니 인력人力으로 어찌할 수 없지만 공정은 순연純然한 인력이다.

박승걸朴勝杰군은 인력으로 어찌할 수 없는 시골을 이미 가졌으니 인제 공정만 남았다. 박군이 동서고금의 대시인을 능가할 의기意氣로 시인의 공정을 쌓으면 장래의 성취가 우리 시단의 광채를 더함에 그치지 않을 것이다.

나는 지금 박군의 시골에 놀라고 탐탐히 여기는 것 보다 장래 박군의 성취를 믿고 바라는 것이 더욱 간절함으로 아 뜻을 간략히 적어서 박군의 첫 시집 머리에 부친다.

— 을해乙亥 국추菊秋 벽초[18]

위에서 보듯 중국고전을 전거로 해서 언어의 주인이 되고 표현의 선수가 되라며 원론적인 얘기를 하면서 시인 수업에 공을 들여 시적 성취를 도모하라는 격려의 말을 하고 있다. 과찬이나 과기대가 없고 모든 것은 본인의 노력 여하에 달린 것임을 강조하고 있는데 대범하면서 부족함이 없는 서문이다. 벽초의 생각이나 글체의 특장이 잘 드러나 있다. 대범하고 편향됨이 없이 온건한 그의 성향에도 불구하고 그의 좌담과 글에는 시대와 당대의 일반적 풍조에서 한 걸음 앞서 있는 선진성을 늘 보여준다.

양반계급의 특징으로 1 소양, 2 범절, 3 행세, 4 지조를 들면서 그 장처를 언급함에 해박함을 드러낸다. 그러나 그것이 곧잘 단점으로 드러난다면서 양반정치가 진취적이 아니라 퇴영적이고 행동적이 아니라 형식적이며 이용후생利用厚生적이 아니라 번문욕례繁文縟禮적이라 말한다. 그리고 사대주의와 숭문천무崇文賤武를 가장 큰 결함으로 지적한다. 온건하면서도

18) 박승걸,『朴勝杰詩集』, 상호출판사, 1947, 7-8쪽. 출판 당시 서울대 정치학과 학생이었던 시인은 그 후 행방이 묘연하다. 전후에 그가 귀향해서 모임을 가졌다는 글이 어떤 책에 나와 있던 것으로 보아 전쟁 중 희생당한 것 같지는 않다.

적절하게 지난날의 행태를 비판하면서 은연중 그것이 당대인에게 계고가 되게 하고 있다. 이러한 건전한 선진성은 문화의 모든 분야에 대한 발언에서 발견된다. 문학에서의 이념문제에 대해서도 해방직후의 이념과잉의 노도질풍기에 그는 대범하면서도 극히 건전하고 침착한 어조로 말한다.

> 작가는 군중 속의 한 사람으로서 그 광경을 볼 게 아니라, 언제나 관조적인 태도로 검토하고 비판해야 할 것인데 상당한 시간이 경과해야만 검토하고 비판하도록 작자의 머리가 냉정해질 것 아니오.
> 예를 들면, 일제시대 우리가 조선독립을 열망하는 사상을 숨기려고 애써가면서 작품을 써도 독립사상이 저절로 우러나와서 형사화가 잘 되었는데 어떤 사람이 일부러 "난 이렇게 독립사상을 가졌다"고 여보란 듯이 작품을 쓰면 그런 작품은 대개 십중팔구 실패야. 요새도 마찬가지겠지.[19]

벽초의 인품에 대해서는 누구나 겸양과 공손을 말한다. 유약하여 과단성이 부족하다는 과격파의 평언이 있으나 야심과 패기가 없다고 지적하면서도 "전형적인 학자요 전형적인 귀족 타입이요 또 전형적인 장자풍長者風이 있는 분"이라며 "명문 출신이면서도 교만이란 조금도 없다"고 말하고 있다.[20] 이러한 인품과 박람강기와 총명함과 "40년 고절苦節이 중학밖에 나오지 않은 그를 국립대총장으로 추대하자는 일부 의견을 내게 한 것이라 볼 수 있다.

임꺽정과 일관된 조선정조

『임거정』은 1928년 11월부터 조선일보에 연재되다가 서너 차례의 중단

19) 『자료』, 221쪽.
20) 『자료』, 241쪽.

을 거쳐 1940년「조광」10월호 연재분을 마지작으로 미완인 채 중단되었다. 투옥과 병고로 인한 중단이지만 어쨌건 13년간에 걸쳐 집필한 것이다. 1928년은 중국에서 북벌을 재개하고 일본이 치안유지법을 개악하여 사형을 추가하고 일본군이 장작림張作霖을 폭사시킨 해이다. 1940년 8월엔 동아일보와 조선일보가 폐간된 것을 우리는 기억한다.

작가는 비록 좌담에서이긴 하나『임꺽정』에 대해서 겸사를 아끼지 않는다.『임꺽정』에게서 배운 것이 묘사의 정밀성이란 이태준의 발언에 이어 "『임꺽정』에야 묘사다운 묘사가 있나 어디"라고 말한다. 또 "그게 무슨 소설다운 소설이요"라고도 말한다. "소설이 아니라 강담講談식으로 시작했던 것이며 안재홍 씨 등이 조선일보에 계실 때 한 달에 생활비로 얼마씩 주마고 해요. 그런데 그냥 줄 수는 없으니 그 대신 글을 무어든지 쓰라고 하는군요. 그래서 그때는 생활이 좀 궁한 때라 쓰기 시작한 겝니다. 한편 작품의 발생학에 관해서『임꺽정』은 저 러시아 자연주의 작가 쿠프린의 '…'담譚이라는 것이 있지 않아요. 그게 장편소설인데 토막토막 끊어놓으면 모두 단편이란 말이야. 그러니까 이건 단편소설이자 곧 장편소설로도 재미가 있단 말야. 그래서『임꺽정』의 힌트를 얻었지요"라고 말한다. 그런가 하면『수호지』와의 유사성을 거론하는 이에게 동의한다고도 한다.[21]

이 모든 작가의 말이 단순한 겸양이 아니라 절반의 진심이 담겨있는 것이라고 생각한다. 이만한 대작을 쓴 작가로서의 자부와 긍지를 부정할 수 없지만 한편 그가 도스토예프스키와 톨스토이와 메레즈코프스키의 삼부작을 말하는 서양근대문학의 탐독자란 사실을 감안할 때 소설이 아니라 강담으로 시작했다는 말이 단순한 겸사는 아닌 것으로 생각된다. 또『수호지』등 중국소설과의 유사성에 대해서도 그가 중국소설의 탐독자였다는 사실을 고려할 때 너무나 당연한 일이다. 요컨대 중국소설과 서양근대소설의 탐독자였기 때문에 쓸 수가 있었던 상호텍스트성의 그릇큰 문학

---

21)『자료』, 222쪽.

이라고 말하고 싶다. 그러한 맥락에서 작가가 "『임거정전』을 쓰면서"란 글에서 토로하고 있는 말은 극히 중요하다.

> 다만 나는 이 소설을 처음 쓰기 시작할 때에 한가지 결심한 것이 있지요. 그것은 조선문학이라 하면 예전 것은 거지반 지나支那문학의 영향을 많이 받아서 사건이나 담기어진 정조情操들이 우리와 유리된 것이 많았고 그리고 최근의 문학은 또 구미문학의 영향을 많이 받아서 양취洋臭가 있는 것인데『임꺽정』만은 사건이나 인물이나 묘사로나 정조로나 모두 남에게서는 옷 한 벌 빌려 입지 않고 순조선 거로 만들려고 하였습니다. "조선 정조에 일관된 작품" 이것이 나의 목표였습니다.[22]

이러한 작가적 야심과 포부는 일차적으로『임꺽정』을 모든 독자들이 경탄해 마지않는 우리말의 보고이자 가장 능란한 우리말 구사의 모범사례로 만들어 주었다. 김만중은『서포만필』에서 자유로운 모국어에 의한 발상을 중시하여 사실상 후속되는 민족문학론의 맹아를 보여주었다. 그러한 생각을 이어받아 우리말로 가장 호쾌한 문학세계를 성취해낸 것이 20세기 전반에 나온『임꺽정』이다. 누구나 그 풍부한 어휘에 감탄하는데 "조선어 광구의 노다지"라는 왕년의 조선어학회장 이극로李克魯의 논평은 핵심을 찌르고 있다.[23] 벽초의 산문이나 대담에서는 그의 동양의 지적 전통에 대한 조예를 반영해서 요즘에 거의 쓰지 않는 한자어가 많이 나온다. 불과 백년도 안 되는 사이에 우리말은 커다란 변화를 갖게 되었다는 것을 실감한다. 그런데 소설에서는 한자어에서 파생되었다 하더라도 거의 토착화된 우리말 또 한자어로 소급해서 추정할 수 없는 우리말 어휘가 주로 쓰여 있다. 작가의 풍부한 우리말 어휘는 동양 지적 전통에 대한 소양과 마찬가지로 그의 총명함과 또 왕성한 지적 호기심의 결과일 것이며 그의

---

22) 『자료』, 39쪽.
23) 『자료』, 255쪽.

생활과 따로 떼어서 설명할 수는 없을 것이다.

그러나 몇 가지 추정은 가능할 것이다. 벽초는 세 살 때 모친을 여의고 주로 증조모와 대고모의 손에 자란 것으로 적고 있다. 특히 증조모의 지극한 사랑을 받은 것으로 되어있는데 이들 증조모와 대고모가 벽초의 우리말 어휘 소유에 많은 기여를 했으리라 추정된다. 대체로 한자어에 의존해서 일상 대화를 운영하는 양반남성에 비해 여성들이 토박이말 어휘를 풍부하게 구사하는 게 보통이기 때문이다. 그런 맥락에서 대가족제는 벽초에게 좋은 언어 환경이 되어주었다고 추정된다. 벽초는 14세에 상경하기까지 시골 농촌에서 성장하였다. 10살이라고 하는 것은 언어습득에서 중요한 해이다. 그 이전에 습득 사용한 언어가 제1언어이며 또 그 이전에 2개 언어를 사용했다면 그는 이중언어자가 된다. 농촌에서 자라면서 그는 많은 토박이말과 농민언어에 친숙해졌을 것이다. 가령 다음과 같은 좌담에서의 벽초 발언은 유념해둘만 하다.

> 농군들이 문학적 표현을 하는 실례를 하나 들어본다면, 언젠가 시골서 농사꾼들이 가래질하는 구경을 하고 있었는데 그때 흙이 눈에 뛰어들어가니까 그들이 말하길 "놀란 흙이 눈에 뛰어들었다"고 하거든. 그 얼마나 고급 표현이오? 그리고 빛깔을 말할 때에 분홍빛을 "웃는 듯한 분홍빛"이라 하는 것 같은 것도 그렇고. 그 말을 듣고 나서 가만히 생각해 보니까 딴은 빛깔에서 웃는 빛깔은 분홍빛밖에 없거든, 그런 것은 한두 가지 실례에 지나지 않지만 조선 농사꾼들의 대화 속에는 참말 문학적 표현이 많더군요.[24]

어휘와 그 구사

벽초의 비허구 산문이나 대화에 나오는 어휘는 요즘 세대에게는 고문

---

24) 『자료』, 203쪽.

에서나 볼 수 있는 것으로 여겨질 것이다. 그만큼 해방전후에 그리고 특히 해방 이후에 우리의 생활언어는 크게 변한 것이다. 변화의 대세는 재래의 우리식 한자어가 일산 한자어 혹은 일인 선호의 한자어로 대체되어 간다는 것으로 요약된다. 물론 구미 언어가 귀화어휘로 자리 잡는 것이나 토박이말이 한자어를 대체하는 경우도 없지 않다. 그러나 해방 이후 특히 21세기로 접어든 오늘에도 일산 한자어는 끊임없이 유입되어 오고 있다. 한자가 일제가 아니기 때문에 엄연한 일산 한자어임에도 불구하고 우리 것 인양 쓰이고 있다. 언어 변화도 자연스러운 사회변화의 일환이기 때문에 그것을 인위적으로 막을 필요도 막을 수도 없다는 입장이 가능하다. 그러나 프랑스 아카데미가 보여주었듯이 어느 정도의 자정 노력도 필요하리라 생각한다. 그런 의미에서 벽초의 어휘는 우리에게 시사하는 바가 많다. 1920년대와 30년대의 벽초 산문에서 몇 가지 사례를 들어본다.

통기通寄: 통지, 통고	기평譏評: 헐뜯는 평
영회領會: 이해	곡경曲境: 곤경
선통先通: 미리 알림	당고當故: 어버이 상사를 당함

통기와 같은 말은 완전히 대체되었다. 그것은 혼인이 결혼, 정혼이 약혼, 역사가 공사로 변한 것과 같이 이제는 돌이킬 수 없는 지경이 되었다. 기평은 이제 악평이나 혹평과 같은 보다 선명한 말로 대체되었다. 당고 같은 말은 관혼상제의 무게가 일상생활에서 옛날 같지 않으므로 다시 찾아 쓸 필요는 없을 것이다. 다만 이러한 변화가 식민지 시절의 일본문화 영향 탓이라는 것을 유념해 두는 것은 필요할 것이다. 최근 들어 부쩍 쓰이는 말에 전수조사全數調査란 것이 있다. 일본어에서 나온 말이다. 통계조사를 할 때 대상이 되는 것을 빠짐없이 조사하는 것을 뜻하며 센서스census가 그 보기이며 표본조사와 대칭관계에 있다. 이런 말을 차용하는 것도 부득이하다고 못 봐줄 것은 없다. 그러나 신문지상이나 정치인의 발언에

서 흔히 보이는 가령 진검승부眞劍勝負같은 일본어를 쓰는 것은 보기 흉하다. 사무라이의 나라였던 일본에서 목도나 죽도竹刀가 아니고 진짜 일본도로 승부하는 것이 진검승부다. 본인들은 멋있고 유식하다 생각해서 쓰는지 모르지만 툭하면 반일언사나 휘두르면서 이런 말을 쓰는 것은 저들에게 비웃음 사기가 십상이라 생각한다. 임꺽정 읽기는 그런 면에서도 시사하는 바가 많다.

소설『임꺽정』에 나오는 어휘는 놀랄 만큼 풍요하고 그 자유로운 구사는 경탄에 값한다. 물론 구질서 아래서의 생활과 관련되는 것이어서 많은 한자어와 마찬가지로 용도폐기 되거나 되게 마련인 어휘가 많은 것은 사실이다. 가령 자살이란 말은 사마천의『사기』에도 나오는 유서 깊은 말이다. 그러나 끔찍함을 덜어주기 위함인지 많은 동의어가 있다. 자해自害란 말은 자기 스스로에게 상처를 주거나 하는 일에도 쓰이는 경우가 있지만 본시는 자살과 동의어였다. 우리나라에서는 개화 전에 자진自盡이란 말을 많이 썼다. 본시는 노인이나 병자가 곡기를 끊어서 죽음에 이르는 것을 가리켰으나 자살의 동의어가 돼버렸다. 자결, 자재自裁도 자살의 뜻이다. 이번에 자처自處도 자살임을 알게 되었다. 이러한 동의어는 상황에 따라서 고유의 적정성을 얻게 되는 것이 사실이나 어휘의 자연선택에 맡겨서 더러 폐기한다 하더라도 애석한 일은 아니다. 그러나 작품 속에 보이는 어휘 중에는 재활용해서 우리말에 활력을 줄 수 있는 말들이 많은 것도 사실이다. 우선 자유자재하고 풍부한 언어구사의 사례를 접해 보는 것이 필요하다. 아래 사례는 7권「화적편 1」에서 대충 뽑아본 것이다. 아라비아 숫자는 쪽수이다.

관군 막을 이야기를 낮에 <u>중둥무이</u>하구 말지 않았어요?(27)
<u>선손</u> 걸은 사람이 누구인가? 잘못했다고 먼저 사과하게.(33)
이 사람 보게, 도망질할 사람이 하직 작별이 다 무언가. <u>도섭스러운</u> 소리 하지 말게.(44)

졸개는 건공잡이로 벌떡 일어나며 곧 가서 짐짝을 짊어지려고 하였다.(54)

이눔이 나를 씨까슬르지 않나.(56)

이눔 보니 거짓말이 난당이구나.(58)

죽을 꾀에 든 사람을 가엾이 생각 않구 웃기만 하드라니 아이구 잘코사니야.(58)

너 같이 뱀뱀이 없는 눔은 생전 남의 짐이나 지구 다녔지 별조 없다.(61)

졸개가 노밤이의 지저구니를 자세하게 이야기했다.(77)

보름보기 병신 하인을 무엇에 씁니까?(89)

노밤이가 언죽번죽 이야기를 잘하고…(94)

제가 낮잠속이 술명합니다.(수수하고 걸맞다.)(95)

바깥방에서 영위노릇을 하게 되었다.(95)

지금 서울 기생 중에 옛날 송도 황진이나 성주 성산월이나 평양 옥매향이 같은 절등한 미인이 혹시 있나?(107)

소월향이를 불러다가 놀게까지 되자면 한번 틀개를 단단히 놔야 할 판입니다.(107)

"자네가 소리두 잘 하구 풍류두 잘한다네 그려." "공연한 두슴 맙시오".(122)

"색시가 사람이 얼마나 슬금하우".(138)

꺽정이의 주먹과 발길이 왔다갔다 하는 동안에 십여 명이 늘빈하게 쓰러졌다.(145)

여편네가 식전부터 들싼을 놓았다.(197)

"욕을 왜 자청해서 먹으려고 그러세요?" 하고 사살하듯 말하였다.(204)

여편네는 늙도 젊도 않고 크도 작도 않고 몸집은 뚱뚱하고 낮판은 둥그런데 거벅스럽고 억척있고 끼억있고 틀지고 건방져 보였다.(206)

다시 말썽을 부리지 못하두룩 단단히 제독을 주어놓아야겠는데 어떻게 하면 좋을까.(213)

동네것들 와자지껄하는 것 재미없어 광 속 같은데 잡아놓구 죽일 것처럼 잡두리해 볼까.(213)

꺽정이의 꾸지람 한마디에 숙지는 까닭에 전에 비하면 참으로 딴 사람 같았다.(225)

죽여달라구 지다위하러 왔느냐?(295)

아랫줄 친 단어는 현재 유통되지 않는 말들이다. 얼마나 많은 단어가 유통에서 배제되고 망실되었는지 상상할 수 있다. 위에 나오는 단어의 서른곱도 넘는 유서 깊은 어휘가 사실상 유실되었다 해도 과언이 아니다. 그들 없이도 우리의 어문생활에 커다란 지장은 없다. 그러나 많은 어휘를 보유하는 것은 그만큼 우리의 문화유산을 풍부하게 보존하는 것이 된다. 뿐만 아니라 세계를 바라보는 우리의 눈과 마음을 그만큼 정교하게 운영하는 길이 되기도 한다. 가령 이웃나라 일본의 문학적 잠재력이 옛말과 고유어를 풍부하게 옛 작품 속에 가지고 있다는 사실과 크게 연관된다고 생각한다. 전통이란 살아있는 과거가 구체적으로 작동하는 것은 말을 통해서이다. 옛말을 많이 가지고 있지도 기억하지도 못하는 우리는 그만큼 빈약한 문학적 현재를 가지고 있는 셈이기도 하다.『임꺽정』의 어휘에 감탄하고 공허한 찬사를 바치면서도 우리는 어휘습득에 기울인 그의 문학적 노력을 전범으로 삼지는 않았다. 화받이, 두길보기, 구메혼인, 이리위저리위하다, 공먹이다, 싸다듬이하다, 명토 없이 묻다, 닛다홍 무명저고리와 갈매빛 무명치마와 같이 생각나는 대로 적어보더라도 우리가 아깝게 버린 말과 어법들이 너무나 많다. 소중한 우리말을 버리고 한자어라는 표면상의 유사성 때문에 구별 없이 일본어를 쓰는 폐습은 상습화되어 있다.『임꺽정』읽기는 우리의 일본어 의존에 대해서도 좋은 계고가 되고 반성의 계기를 제공해 준다. 아울러『임꺽정』을 읽지 않고 우리말에 관해서 이러쿵저러쿵 말한다는 것은 위태로운 일이라는 것도 부언해 두고 싶다.

가령 "나의 살던 고향"이 일본어를 모방한 잘못된 어법이라는 얘기가 우리 사이에는 널리 퍼져있다. 주요 일간지의 기명 칼럼에서도 그런 주장이 버젓이 실려 있었다. 동요 시인 이원수가 만년에 그 사실을 자괴했다는 말까지 씌어있었다. 중세(15세기)국어에서는 현대국어에서와는 반대로 주격조사 "-이"보다 관형적 조사 "-의"가 더 일반적으로 쓰였다. 즉 "나의 살던 고향"은 아주 우리말다운 어엿한 우리말 어법이다. 아직도 "나의 살던 고향"이 일본어의 흉내라고 생각하는 사람들에게『임꺽정』을 읽고 회개하고 자괴하기를 권면하고 싶다. 작품에는 "나의 살던 고향" 투의 말이 지천으로 깔려있다.

지리지地理誌이자 민족지民族誌

산과 산촌은 현대 소설 속에서 대체로 화전민이나 극빈자의 거주지역으로 나온다. 그러나 『임꺽정』에서 반사회적 거부집단의 근거지로서 권력의 힘이 미치지 못하는 치외법권적이고 임시적인 해방지구로 드러난다. 다양한 계층으로부터 충원된 수다한 등장인물을 포용하고 있어 지난날의 습속과 관행에 대한 소상한 고증과 재현으로 우리의 역사적 과거에 대한 신빙할 만한 참조자료가 되어주기도 한다. 작품 자체가 파란만장한 역마살 낀 인물들로 짜여있기 때문이기도 하지만 등장인물의 발길은 팔도강산에 미치지 않는 고장이 없다. 따라서 팔도지지地誌가 망라되어 있어 글로 쓴 대동여지도라는 국면도 가지고 있다. 가령 임꺽정이 금강산 구경을 간 자초지종은 다음에 보듯이 구체적이다. 오늘날의 일정표와 비교하면 허술하기 짝이 없는 것이나 지도 없던 시절의 여정치고는 그 궤적이 상세하다.

변해대사와 꺽정이가 허항령에서 혜산진으로 나와서 갑산甲山, 북청北靑을 지나 함흥에 와서 오륙일 두류하고 다시 영흥을 지나 덕언德源에 와서 회양淮陽으로 직로하지 아니하고 동해변으로 내려오며 통천通川 총석정叢石亭과 고성高城 삼일포三日浦를 구경하고 금강산에를 들어왔다. 금강산은 경개 걸출하여 처음 오는 사람의 눈을 놀래었다. 대사는 나이 이십 시절에 내외금강을 한번 다 돌아본 까닭으로 큰 절이나 암자에서 노독을 쉬이고 꺽정이가 혼자서 구경 다닐 때가 많았다. 은선대隱仙臺를 구경하고 안무재를 넘어서 마하암에 와서 묵을 때, 꺽정이가 비로봉에 올라가려고 대사에게 말하니 대사는 전에 올라가 본 곳이라 〈비로봉 절정에 올라가 보면 금강 일만이천 봉이 모두 눈 아래 굽어 보이고 망망한 동해가 눈앞에 내다보이느니라. 한번 시원하지, 그러나 나는 그만두겠다, 나는 수미암須彌庵으로 갈 터이니 그리 오시라〉하고 말하였다.(2권「피장편」, 308쪽)

1920년대에 "조선주의"가 팽배한 시절이 있었다. 양주동의『조선의 맥박』, 변영로의『조선의 마음』과 같은 시집 표제에도 그것이 드러나 있다. 조선주의는 우리 역사에 대한 계몽적 조명이나 국토 기행문의 융성의 형태로 표현되기도 하였다. 이 작품이 더러 글자로 풀어쓴 대동여지도나 축소된『택리지』의 형국을 가지고 있는 것은 단순히 등장인물의 지리적 이동의 실상을 보여주기 위한 소설적 세목이라고만 치부할 수는 없다. 그것은 국토에 대한 지식과 애정을 함양해야겠다는 조선주의적 충동을 당대의 국토기행문과 공유한 것이고 작자가 말하고 있는 조선적 정조에의 충실을 위한 조처였다고 생각된다. 우리는 고장과 고장 사이의 거리가 소루함이 없이 꼬박꼬박 적혀 있는 것을 보고 옛사람들의 거리와 행보의 계산법을 상상할 수 있게도 된다. 작품에서 청석골은 법의 보호를 받지 못하는 거부집단의 거점이 되어있는데 그 지리적 세목은 다음과 같이 서술되어 있다.

청석골은 서편 탑고개까지 나가기에 시오리가 넘는 긴 산골이다. 성거산이 내려와서 천마산이 되고 천마산이 내려와서 송악이 되니 송악은 송도의 진산鎭山이요 송악 한 줄기가 서편으로 달려와서 청석골이 생기었다. 천마산 줄기에서 솟아난 만경대와 부아봉과 나월봉은 삼거리 동북편이 겹겹이 둘러있고 대봉산은 남으로 떨어져 삼거리 정동편에 와서 있고 탑고개 북쪽에는 두석산이 있고 남쪽에는 봉명산이 있고 서남쪽에는 빙고산이 있다. 천엽같은 산속의 골짜기를 따라 큰길이 놓여있으니 이 길이 비록 소도부중에서 이삼십리밖에 아니 되는 서관대로이나 도적이 대낮에도 잘 나는 곳이라 왕래하는 행인들이 간을 졸이고 다니었다.(4권「의형제편 1」, 154쪽)

작품에서 중요 지리적 단위가 되어있는 청석골의 위치와 주위 지리가 상세히 서술되어 있다. 일반독자로서는 머릿속에서 정연하게 시각화하기가 쉽지 않지만 일단 세밀하게 적혀있다. 작가편의 지리적 고증이 없다면 쓸 수 없는 지문이다. 치밀한 세목 서술은 그러나 작품의 리얼리티 조성에 기여하여 독자들로 하여금 작품세계에 빠져들고 얘기의 진행에 순순히 동조하게 만드는 설득력을 갖고 있다. 이러한 설득력은 전편을 통해서 면면히 이어지고 있다. 지리적 특성뿐 아니라 그 지방의 생활상까지 자세히 적혀 있는 것은 일개 사수射手 이봉학이 천여 호 골의 원님으로 가는 제주도 풍물지를 보여주는 「의형제편 3」에서 볼 수 있다.

　　산에서는 희귀한 약재가 나고 바다에서는 풍부한 해물이 나선만은 백성은 살기가 간구하였다. 토지가 대개 돌서덕밭인데 농구가 변변치 못하여 밭벼 서속 같은 곡식이 소출이 적고 잠수질로 해의 전복 등속을 따고 낚시질로 은구어銀口魚 옥두어玉頭魚 등속을 잡으나, 그물 같은 좋은 어구漁具를 쓸 줄 모르고 사내가 적고 계집이 많은 곳이라 사내는 놀리고 계집이 일하는 것이 풍습인 까닭에 여름살이도 주장 계집의 일이요, 고기잡이도 역시 계집의 일이요, 잠수질은 특별히 계집의 장기로 펴서 바닷속으로 깊이 들어가는 딸이라야 여의기가 손쉬웠다. 계집의 덕으로 사는 백성들이 다른 침해만 아니 당하여도 오히려 잘 살 수 있지만, 관장도 침해하고 관속도 침해하고 더욱이 도지관都知管 벼슬을 세습하는 고씨 문씨의 붙이들의 침해가 자심하여 밭 뺏고 세간 뺏는 건 고사하고 사람을 잡아다가 사내를 계집종같이 부리되 인녹人祿이라고 자기네 받을 녹과 같이 여기었다. 고된 신역으로 겨우 식구 입에 풀칠을 하는 신세니 물건 지고 다니는 계집의 얼굴에 풀기 있을 까닭이 없고 모여서서 절구질 하는 계집의 노래가 자연 구슬프지 않을 수 없었다. 물건을 머리에 이지 않고 곡식을 방아로 찧지 않는 것이 역시 이곳의 풍속이었다. 백성들이 간구하니 읍 모양도 보잘것 없었다. 사가私家에 와가 없는 것은 말할 것도 없고 관가까지 초가라 정의현감의 동헌은 전주부내 잘사는 집의 안마루 폭도 못되었다. (6권 「의형제편 3」, 80-81쪽)

이러한 지지적地誌的 성격보다 두드러진 것은 민족지民族誌의 성격이다. 작가가 밝혔듯이 이 장편은 각각 독립된 듯한 긴 단편이 연작형식으로 되어 장편을 이루고 있다. 소설이 본격적으로 재미있어지는 「의형제편」에는 곽오주편이 나온다. 나중 꺽정이가 만들어 준 쇠도리깨로 청석골에서 유아살해로 악명을 떨치는 그는 "박명한 미인"으로 일생을 마친 과부를 아내로 맞아서 아기 아비가 되지만 상처 후 젖을 제대로 얻어 먹이지 못해 아기를 죽게 한다. 이에 실성하다시피 되어 우는 아이를 두고 보지 못한다. 농가의 다섯째 아들로 태어나 오주五柱란 이름을 얻은 그는 조실부모하여 형네 집에서 얹혀 형수 눈칫밥을 먹다가 뛰쳐 나와 머슴살이를 하게 된다. 정첨지의 집에서 머슴살이하던 때 이웃마을에 얼굴 고운 과부가 있다는 말을 듣고 정첨지 아들이 곽오주를 위시한 동네 청년 다섯을 시켜 그 과부를 업어오게 한다. 그 과정은 이렇게 묘사된다.

> 그러나 들음들음이 자기 같은 사람의 작은마누라로는 잘 올 것 같지 않아서 동여올 생각을 먹었다… 과부의 집이 어디 있는 것은 정첨지의 아들이 미리 다 알고 있는 까닭에 그 집 근처에 가서 집안 동정을 살핀 뒤에 화적 떼와 같이 뛰어들었다. 달빛이 있어서 대번에 소복한 젊은 과부를 붙들었다. 과부집 세 식구가 변변히 소리도 지를 사이 없이 오주가 과부를 홑이불에 싸서 들쳐 업고 다른 사람들과 함께 도망질을 쳤다… 난데 놈 대여섯이 동네 와서 과부 업어간 것을 알고 십여 명이 너나 할 것 없이 모두 쫓아가서 모두 빼앗아 온다고 장담들 하고 곧 떼를 지어 뒤쫓아 갔다. 업혀가는 과부가 홑이불에 싸여서 손발을 마음대로 놀리지 못하는 데다 업고 가는 오주가 황소같이 힘이 센 사람이라 과부가 죽을힘을 다 들어서 몸을 드놓아도 조금도 끄떡이 없었다.(4권 「의형제편 1」, 236-237쪽)

이렇게 업어온 과부는 정첨지와 며느리의 맹반대로 결국 곽오주에게 넘겨진다. "과부를 업어왔다 도루 보내면 그 집에 재앙이 있다"는 말도 있고 해서 그리 된 것이다.

여기서 상세히 묘사된 과부약탈혼은 사실상 널리 퍼져있던 것으로 생각된다. 손진태는 과부를 약탈해서 성립되는 혼인형태가 있는데 평안도에서는 "과부 메어 간다", 함경남도나 경북 일부 지역에서는 "과부 등진다", 경북에서는 "과부 퉁퉁이 한다", 경남 동래나 부산지역에서는 "과부 통태 끼운다", 전남에서는 "과부 포대쌈한다"고 한다면서 전국에 퍼져있는 것으로 적고 있다. 그러면서 1912년에 동래에서 강아무개라는 목수가 건넛마을의 과부를 동료 몇 사람과 작당해서 자루에 넣어 업어와 아내로 삼았다는 실화를 적어놓고 있다. 가난한 홀아비로서는 더없이 경비 절약이 되는 혼인형태라고도 적고 있다. 보편적인 현상이지만 약탈당한 과부 중에는 죽음으로써 저항하는 경우, 남자집에서 자살하는 경우, 또는 도망쳐 나오는 경우도 있으나 순순히 업혀가는 경우도 있다고 적고 있다. 그리고 일종의 규칙이 있어서 과부의 몸이 집안에 있을 동안은 가족들이 침입자와 맞서 대결할 수 있으나 발 하나라도 대문 밖으로 나오면 다시 불러들일 수 없다는 습속을 적고 있다. 따라서 빈민 사이의 습속이긴 하지만 『명종실록』에는 사족士族에서도 이러한 일이 있다는 기록이 있다고 적고 있다.[25]

그 밖에 보쌈에 관한 상세한 서술이나 혼례의 실상도 자세히 적혀 있어서 옛 습속에 대한 사전 같은 감개를 안겨준다. 어쨌거나 이러한 약탈혼이나 혼인 풍습서술은 소설에서 극히 재미있는 대목이 되어있는데 그것이 당대 풍습에 기초해 있다는 점이 중요하다.

꺽정의 처남인 황천왕동이의 장인이 사위에게 하는 말은 아마 지금까지도 전해지는 습속이 아닌가 생각된다. 꼭 믿어서가 아니라 재미삼아 많은 사람이 그리 생각하고 궁리해 보는 것이다.

"인물을 보는데 신수두 보구 행동두 보구 재주두 보구 여러 가지 보는 것이 있지만 이것저것 다 고만두구라두 상 하나는 보구 사괴야 낭패가 없다.

---

25) 손진태, 『조선민족문화의 연구』, 을유문화사, 1948년, 105-115쪽.

그렇기에 옛날 유명한 사람은 대개 다 상 보는 법을 짐작해서 지인지감이 있단 칭찬을 들었다. 내가 아는 것은 없지만 배돌석이 상이 잘 죽을 사람의 상이 아니더라. 얼굴은 빈상이구 눈은 사목인데 사목이란 뱀의 눈이야. 그런 사람은 친하게 사괴는 게 불길하니라."(5권,「의형제편 2」, 267쪽)

실제로「의형제편 3」에는 청석골 두령들이 상쟁이를 불러 관상을 보는 장면이 길게 나온다. 임꺽정에 대해서는 "저렇게 극히 귀하구 극히 천한 상은 처음 보우"라고 말한다. 그런 경우가 있을 수 있느냐는 물음에 대해선 "상이 그렇단 말이지 낸들 아우"라 대답한다. 수는 어떠냐는 물음에 대답은 않고 "성명은 천하 후세에 전하시겠구 또 귀자를 두시겠소"라 대답해서 꺽정이의 얼굴에 미소가 떠오르게 한다. 곽오주에 대해서는 "저분은 눈이 승냥이구 목소리가 이리 소리다"라 했다가 성급한 곽오주에게 뺨을 얻어 맞는다. 이 상쟁이는 모든 것을 족집게처럼 맞추는 대가인데 생전의 벽초가 곤경에 처하거나 어려운 선택과 마주쳤을 때면 임종의 발자크가 "어서 비앙송을 불러와, 내 병은 그가 아니면 못 고쳐!"라고 말했듯이 이 상쟁이를 불러보았을 것이다. 사실 이 상쟁이의 상읽기를 통해 독자들은 청석골 두령들의 인물 됨됨이가 요약되어 있음을 알게 되고 운명을 대충 예감하게 된다. 이러한 장면에서도 누당淚堂과 같은 그쪽 용어를 써서 실감조성에 만전을 기하고 있다. 그 자체가 재미있으면서 독자들의 등장인물 이해를 도와주고 있다는 점에 묘미가 있다.(「의형제편 3」, 315-20쪽)

작품 속에는 또 수많은 민담이나 속담이 활용되어 있다. 물론 그것이 모두 민간에서 돌고 있는 것의 복사는 아니고 작가가 창의적으로 보탠 것도 있고 또 약간의 수정을 가한 경우도 있을 것이다. 그러나 구비적 전승에는 이른바 정본이 있을 수 없다는 것을 상기할 때 그것을 일일이 구분할 필요는 없을 것이다. 다음과 같은 민담을 한 번쯤 들어보지 않은 사람은 없을 것이다.

옛날 어느 시골에 한 선비가 있었는데 그 선비가 아내를 못 잊어서 과거를 못 보러 가니까 그 아내가 꾀를 내서 몸에서 한가지를 떼어줄게 가지구 갔다 도루 가지구 오라구 말하구 홍합 한 개를 주었더라네. 그 선비가 그것을 받어 주머니에 넣구 과거길을 떠났는데 서울 오구 과거 보구 하는 동안, 틈틈이 남몰래 주머니에서 끄내 보구 싱글벙글 웃는 것을 다른 선비가 한번 눈결에 보구 수상히 여겨서 그 선비 자는 틈에 주머니 세간을 뒤지다가 홍합이 한 개 나오니까 넝큼 먹어 버렸드라네. 이튿날 방이 나서 그 선비는 급제가 되었는데 새 급제가 주머니를 샅샅이 뒤지더니 급제는 했어두 아내는 병신을 만들었다구 낙심하더라네. 이야기는 고만일세. 그것 좀 끄내놓게, 같이 먹세.(4권「의형제편 1」, 191쪽)

청석골 오가가 박유복에게 들려주는 얘기다. 민담뿐 아니라 속담이 구수한 대화 형식으로 많이 나온다. 우리가 많이 들어본 것의 변형이어서 어디까지가 전승의 복사요 작가의 창의인지는 구분할 수도 구별할 필요도 없다. 다음 역시 오가가 곽오주에게 하는 말이다.

"절에 간 색씨는 중 하자는 대로 하는 것이야."
"장가는 마구 들 것 아닐세. 하루 화근은 식전 취한 술이요, 일 년 화근은 발에 끼는 갓신이요, 일생 화근은 성품 고약한 아내란 말이 있지 않은가."(위 책, 208쪽)
풍경이 있으면 맑은 소리 울러나고 국노루가 있으면 향냄새가 풍기는 법이라 얼굴 고운 과부가 있고 소문이 안 날 리 없다.(위 책. 234쪽)
"여게 내 말 듣게. 우리 장인이 계양산 괴수루 유명짜하든 것은 자네두 들어 알지. 그가 심심하면 우리더러 거미를 배워라, 왕거미 떡거미가 너의 선생이다, 말씀하시더니 거미가 첫째 탐심이 많구 둘째 줄을 잘 늘이구 셋째 흉물스럽두룩 참을성 많은 것이 우리네 배울 것이란 말씀이라네. 자네두 거미를 좀 배우게, 요담 장날 같이 가세."(위 책, 178쪽)

이렇게 무진장한 속담은 그 자체로서 재미있을 뿐 아니라 말하는 사람의 됨됨이를 알려주면서 성격창조에 기여한다. 그리고 얘기가 가지고 있는 넓은 의미의 교훈을 제공함으로써 독자의 인간형성과 세속지혜 취득에 긍정적으로 작동한다. 그런 맥락에서도『임꺽정』의 민족지民族誌적 성격은 이 작품을 우리문학의 고전으로 올려놓고 있다. 또 이러한 친근한 속담이나 민담의 누적된 충전력은 불신의 자발적 정지를 야기하여 좀처럼 곧이들리지 않을 일도 쉬이 곧이들리게 하여 재미와 설득력을 더해준다. 강령술에 취한 곽오주가 호랑이를 잡는 장면이 그 좋은 사례가 될 것이다. 댕강 그 장면만 나온다면 불신의 자발적 정지는 어려울 것이다. 이러한 사례가 허다해서 이 작품의 현실감 조성력의 원천의 하나가 되어 있다.

> 오주가 한번 드러누우며 곧 잠이 들어서 한숨 곤히 자는 중에 얼굴에 물이 떨어지는 것 같아서 눈을 뜨고 보니 얼룩얼룩한 짐승의 꽁지가 얼굴을 도닥도닥 두드리는데 그 꽁지가 처끈처끈하였다.
> 호랑이가 술 취해 자는 사람을 깨울 때 의사스럽게 꽁지에 물을 축여다가 얼굴을 도닥거리는 것은 드메 장군들이 혹간 당하는 일이다. 오주가 곁눈으로 보니 중송아지만한 호랑이가 뒤로 돌아서 있다. (위 책, 279쪽)

요약하면

소식의『동파지림』에 이런 말이 있다.

> "거리의 어린아이들은 천박하고 수준이 낮은데, 집안사람들이 그 아이들 때문에 아주 질리게 되면, 돈을 주어서 모아 앉혀두고 옛날이야기를 듣게 했다. 이야기가 삼국의 일에 이르러 유현덕이 패하는 것을 듣게 되면 눈썹을 찡그리고 찌푸리다가 우는 놈마저 있다. 조조가 패하는 것을 들으면 즉시 즐거워해서 노래하며 기뻐했다.
> 이것이 곧 나관중의『삼국지연의』가 생겨난 시원이 아니겠는가? 이제 만

일 진수陳壽의『삼국지』나 사마광의『자치통감』을 대본으로 삼아 사람들을 모아 놓아 이야기해준다고 해도 눈물을 흘리는 사람은 없을 것이다. 이것이 통속소설이 지어지는 이유이다.[26]

역사와 통속소설의 차이점을 말하는 위의 글에서 주목할 것은 김만중이 성공적인 서사의 두 요소를 지적하고 있다는 점이다. 눈물을 흘리게 하며 슬퍼하게 하고 또 웃고 즐겁게 하는 요소가 성공적 서사의 필수적인 요소임을 은연중 말해주고 있기 때문이다. 그가 하나 빠트린 것은 이 다음에 어떻게 될까하는 궁금증을 불러일으킨다는 점이다. 어떻게 될까하는 궁금증, 울음, 웃음이라는 서사의 세 가지 요소를『임꺽정』은 넉넉하게 가지고 있다. 그 점에서 작품은 성공적인 서사가 되어있다. 그런데 조마조마하며 웃음과 울음 사이를 오가게 하는 것은 무엇인가? 그것은 기성질서 속에서 특혜적 위치를 차지하고 아랫것들을 부려먹고 괴롭히는 부패한 양반층과 기성질서에서 일탈하여 살고 있는 반체제적 변방인들 사이의 사회적 대립의 관계이다. 반체제적 변방인들이 정의를 구현하고 있다고 말할 수는 없겠으나 부정의에 저항하고 있는 것만은 사실이고 이에 독자들이 심정적 응원을 보내게 되는 것이다. 꺽정이나 박유복이 잘 되면 통쾌해지고 그들이 곤경에 빠지면 눈썹이 찡그러지게 되어있다. 청석골의 두령들은 꺽정이같은 천민, 곽오주 같은 빈농, 박유복 같은 농민의 아들, 길막봉 같은 소금장수, 백두산에서 태어난 황천왕동이, 등등 조선조의 하층 변방인들이다. 이들에게 독자의 동정이 가도록 구상하고 운필한 것이 벽초의 작가적 재능이요 시대에 앞선 선진적 지식인의 혜안이라 할 것이다. 작품을 사회적 정치적 전언으로 환원시키는 것은 소설을 약체화한다. 그러나 이 작품에서 되풀이 전경화된 주요 모티프가 있다면 그것은 조선조 구체제의 계급적 반상개념의 전면적 거부이다. 그런 맥락에서 황천왕동이가 아내에게 하는 말은 중요하다.

---

26) 김만중 지음, 심경호 옮김,『서포만필』하, 문학동네, 2010, 654-655쪽.

"부자가 대대로 역졸을 다닌다니 근본이 역놈이지 무어요."

"근본 가지구는 사람을 말하지 못하네. 당대에 영웅호걸이라구 할만한 인물은 거지반 다 근본이 하치않은 모양이네. 다른 사람은 고만두구 우선 보게. 우리 매부만한 인물이 지금 양반에 있을 듯한가. 지금 양반은커녕 그전 양반에두 없을 것일세. 전에 조재상이란 양반이 잘 났었다지만 그 양반두 우리 매부의 선생님께 배웠다데. 우리 매부의 선생님두 근본으로 말하면 고리백정이구 갓밧치야. 갓밧치에서 생불이 나구 쇠백정에서 영웅이 나는 걸 보게. 근본을 가지구 사람을 말할 건가. 아무리 소견없는 여편네라구 하드래도 황천 황동이의 아내 노릇을 하려면 이만 일은 짐작해야 하네."(5권「의형제편 2」, 266쪽)

중요한 것은 이러한 말이 아주 자연스럽게 들리도록 씌어있다는 것이다. 이념 표방의 작품이 때때로 생경한 언어로 부자연스럽게 전언을 앞세우는 것과 비교할 때 그 효과는 인상적이다. 그리고 이러한 말이 진실되고 설득력있게 들리도록 등장인물들이 그려져 있다. 황천왕동이가 지금 양반은커녕 그 전 양반에두 없다고 말하는 백정의 아들 꺽정이가 이봉학과 나누는 대화를 들어본다.

"형님이 꽤 심약해졌소, 그려"

"속을 썩이며 한 세상을 약하게 지내려니까 맘이 한편으룬 약해지고 한편으룬 독해지네."

"약해지면 약해지구 독해지면 독해지지 어떻게 한꺼번에 약해지구 독해지구 한단 말이요."

"글세, 내 맘이라두 나는 모르겠네."…

"내가 다른 건 모르네만 이 세상이 망한 세상인 것은 남보덤 더 잘 아네. 여보게 내 말 듣게. 임금이 영의정깜으루 치든 우리 선생님이 중놈 노릇을 하구 진실하기 짝이 없는 우리 유복이가 도둑놈 노릇을 하는 것이 모두 다 세상을 못 만난 탓이지 무엇인가. 자네는 그렇게 생각 않나?" … "자네는 나더러 유복이를 노둑놈 노릇하게 내버려 두었다구 책망하지만 양반의 세상에서 성명 없는 상놈들이 기 좀 펴구 살어 보려면 도둑눔 노릇밖에 할께 무엇 있나. 그 전에 심좌평이 우리 보구 반석평潘碩枰[27] 이란 사람 얘기를 많이 했었 지. 남의 집 종 자식으로 재상까지 되었을 젠 여간 좋은 성수를 타고난 사람 이 아닐껠세… 내 생각을 똑바루 말하면 유복이 같은 도둑눔은 도둑눔이 아 니구 양반들이 정작 도둑눔인줄 아네. 나라의 벼슬두 도둑질하구 백성의 재 물두 도둑질하구 그것이 정작 도둑눔이지 무엇인가."(6권「의형제편 3」, 100-101쪽)

이렇게 항변하는 반사회적 반골이지만 그는 누구보다도 어른답고 인간 미를 풍긴다. 곽오주가 뒷다리를 움켜잡고 잡은 호랑이를 한칼에 요절내 지 않고 괴롭히는 것을 본 꺽정이는 말한다.

"아서라 불쌍하다. 얼른 죽여 버리자. 아무리 짐생이라두 산중에서 제로라 하는 것을 개새끼같이 놀리는 것이 우리의 잘못이다"하고 곧 칼을 높이 들고 있다가 대가리를 겨누고 번개같이 내리쳤다.(4권「의형제편 1」, 282쪽)

루신은「개 고양이 쥐」란 글에서 고양이를 원수 취급하는 것은 참새나 쥐를 잡아먹을 때 한입에 물어 죽이는 게 아니라 잡았다가 놓아주기를 되 풀이해서 한껏 농락하다가 마침내 먹어 치우기 때문이라 적고 있다. 타인 의 불행을 즐기고 약자를 괴롭히는 심술궂은 인간 근성과 같아서 싫다는 것이다.[28] 이러한 중국 선비의 마음을 조선 백정의 아들 꺽정이도 공유하 고 있다. 또 통정한 여자를 버리려는 돌석이의 행동을 알고 "사내 대장부 가 나이 어린 기집애에게 언약해 놓구 주저하는 게 다 무언가" 하고 나무 라며 변의하게 한다. 그러나 그를 과도하게 미화해서 대중적 상상력에 호

---

27) 반석평은 실존인물로『중종실록』에 나오다. 천민 출신으로 당상관이 된 인물이다. 주인집 아 들이 공부하는 것을 뒤에서 보고 글을 깨쳐 감탄한 주인이 과거를 보게하여 급제하고 속량되어 벼슬길에 올랐다는 얘기와 조 모가 신분을 속이고 상경하여 공부시켜 과거급제하게 했다는 얘 기가 있다. 재상까지 했는지는 의문이나 판서까지는 이른 것 같다. 필자가 들은 바로는 반석칭 潘錫秤이었는데 확인 못했다. 정사와 야사가 섞여 알려졌다.

28) 魯迅著, 松枝茂夫譯, 『朝花夕拾』(岩波文庫, 1955), 12쪽.

소하는 의적처럼 만들지 않은 것도 작가의 인간통찰과 문학적 역량의 소치다. 이념에 입각해서 그런 면을 비판하는 견해도 있으나 설득력 없는 문학의 원리주의적 편향이라 생각한다.

꺽정이같은 백정의 아들을 주도적 등장인물로 삼았다는 것 자체가 1920년대 한국에서는 하나의 혁명적 문학 기획이었다. 당시만 하더라도 푸줏간 주인에게는 어린애가 반말을 하는 것이 예사였다. 푸줏간 어른도 그것을 당연한 것으로 수용하였다. 그것은 로맹 가리의 말을 빌리면 "세상에서 가장 오래된 얘기"가 된다. 그러한 사실을 감안할 때 비로소 기성 질서에 저항하는 벽초의 반체제적 시각의 선진성을 우리는 실감할 수 있다. 그런 의미에서 앞에서 얘기한 작품적 미덕을 가진 이 작품은 동시에 조선조에 대한 가장 신랄하고 전면적인 비판이 되어있다. 식민지 시대에 우리가 가졌던 가장 철저한 우리의 역사적 과거 비판이자 규탄이기도 하다. 나라를 잃고 하지 않을 수 없게 된 자기비판이나 자기반성은 때때로 민족성의 개조와 같은 관념적 자학의 형태로 나타났다. 벽초는 소설을 통해서 우리가 해야 할 일이 우선 평등의식의 확립이요 보급이란 것을 주장했고 그 의미는 평가받아 마땅하다. 그가 평등만을 꾸준히 일관되게 주장한 것은 다양한 주장보다도 하나라도 반듯하게 성취해야 한다는 판단에서 나온 것이라 생각한다. 의식의 전환이 중요하다는 것을 작가로서 직감한 것이다. (요즘 페미니스트들 가운데는 모계의 성을 성명에 드러내는 이들이 있다. 곽오주가 비슷한 생각을 앞당겨 보여주고 있다는 것은 작가의 선진적 안목 때문일 것이다.) "우리가 아버지 어머니 피를 다 받았으니까 성을 둘씩 가져야 하지 않소. 하필 아버지 성만 가질 거 무어 있소."(「의형제편 1」, 202쪽)

한을 우리 문학이나 우리 겨레의 특성으로 말하는 것에 대해서 늘 유보감이나 저항감을 가지고 있었다. 이번에 꺽정이의 이유 있는 비분강개나 박명한 미인으로 일생을 마친 약탈혼의 희생자가 죽기 전 아기에게 젖을 물리며 들려주는 독백을 읽으면서 한의 실체를 접한듯한 감회를 갖게 되었다. 한은 봉건적 신분관계의 고정성에서 유래한 부자유와 억압을 사회적인 것으로 의식하지 못하고 자연적인 것으로 간주하는 데서 오는 수동적 슬픔이 아닌가하고 생각하게 되었다. 지난날의 상민이나 여성 특유의 심정적 특성이며 의식화되지 못한 무자각의 계급의식이나 자의식의 자기소모적 영탄의 정서라는 관점에서 접근해야 하리라 생각된다. 한마디로 말해서 억압 속에 갇혀있다는 생활실감에서 시작되어 팔자한탄과 원망으로 끝나는 주체 소거적消去的인 체념과 자기연민의 무한선율이 한이라는 생각을 하게 되었다. 이러한 생각을 하게 해준 것만으로도 『임꺽정』다시 읽기는 소중한 체험이 되어주었다.

　망국 이후 일단 망명의 길로 떠나보았으나 여러 가지 이유로 귀국하여 식민지 체제하에서 문화실천을 통해 자기완성과 사회적 기여를 도모한 인물들이 있다. 호암 문일평, 위당 정인보, 춘원 이광수를 우리는 열거할 수 있다. 벽초도 그 중의 한 사람이다. 8·15 해방에 임해서 우리가 이렇다 하게 해방에 기여한 바 없다는 국민 다수의 보편적 자격지심은 해외에서의 정치투쟁을 한껏 숭상하고 높이 평가하게 되었다. 그것 자체는 당연지사이나 그것이 문화실천에 대한 상대적 과소평가를 수반했다는 것은 공정하거나 균형 잡힌 일이 못된다. 정치실천 못지않게 문화실천이 중요했으며 그 후속적 영향력이란 맥락에서는 후자가 전자를 오히려 능가한다는 느낌을 갖게 한다. 벽초는 단 하나의 작품밖에 남기지 않았고 그것도 미완으로 끝났다. 미완으로 끝난 것은 유감스러운 일이지만 작가의 잘못이 아니다. 그러나 단 한 편만 남겼다는 것은 작가의 총명함의 소치이며 그것이 식민지 시절의 문화적 실천 중 가장 우뚝한 봉우리이자 상록수라는 것은 단언해도 좋을 것이다. 오점을 남긴 춘원과 달리 삶의 도정이 시종 여일했다는 것도 기억할 만한 덕목이라는 것을 첨가하는 것은 아마도 사족이 될 것이다.

3부

서양의 고전
— 한 시험적 조망

고전이란 무엇인가

고전이란 어사에는 대충 네 가지의 의미가 있다. 첫째, 동양전통에서의 옛 의식儀式, 전형, 혹은 법식을 뜻한다. 지금 우리 사이에서는 거의 통용되지 않고 있는 뜻이다. 둘째, 옛날에 쓰인 책 그리고 지금도 읽혀지고 있는 책이란 뜻이 있다. 우리가 교과서에서 배우고 있는 옛글 중 상당 부분은 이에 해당한다고 생각한다. 우리 고전을 폄하하자는 것이 아니다. 한문고전이 배제될 수밖에 없는 상황에서 그럴 수밖에 없다는 것이다. 셋째, 계속 읽어야 하고 읽을 가치가 있다고 높이 평가되는 책이나 작품을 말한다. 넷째, 영어의 the classics가 뜻하는 바와 같은 고대 그리스·로마의 대표적인 책이나 작품을 말한다. 우리 쪽에서 고전이 대체로 책이나 저술만을 가리키는데 비해서 유럽 쪽에서는 가령 회화나 조각에도 이 말이 쓰이고 있다. '현대의 고전'이란 말에서 엿볼 수 있듯이 고전은 생산 시기와 관련 없이 대단히 가치가 있어 널리 읽혀지고 있고 또 읽혀질 필요가 있는 귀중한 책이나 작품을 뜻하게 된다. 아래에서는 주로 셋째, 넷째의 뜻으로 이 말이 쓰이게 될 것이다.

이 말이 셋째, 넷째의 뜻으로 흔히 통용되는 것은 서구어 classic의 번역어 성격을 갖게 되었기 때문이라 생각된다. 최고 계급을 뜻하는 라틴말을 어원으로 하는 "클래식"이 저쪽에서 숭상으로 말미암아 반열에 오른 옛 저자를 가리켰다가 저작도 의미하게 된 것이다. 로마인들은 일정한 고정 수입을 가진 최고 계급을 클라시시classici라 불렀다. 기원전 2세기 로마의 법률가이자 문법학자이며 문인인 아우르스 겔리우스Aulus Gellius가 classici 의 형용사 classicus를 여러 저작자에게 비유적으로 적용한 것이 계기가 되어 최고급의 저자와 저작을 가리키게 된 것이다.[1] 그가 최고로 친 저작 자가 일급의 저술을 가지고 있으면서 한편으로 넉넉한 재산을 가지고 있 는 이를 가리켰다는 것은 흥미 있는 사실이다. 무항산無恒産의 저작가가 일 급의 저작을 남긴다는 것은 그에겐 상상할 수 없는 일이었던 것 같은데 당대의 가치관을 엿볼 수 있다.

유럽 근대인에게 참다운 고전은 말할 것도 없이 고대의 저술가요 책이 다. 그 이전의 로마인에겐 그리스 고전이 유일한 고전이었음은 말할 것도 없다. 로마인들은 그리스 고전을 모방하고 그것을 굳이 감추려고도 하지 않았다. 그러나 키케로와 베르길리우스를 낳은 뒤에는 로마도 스스로의 고전을 갖게 되고 거기에서 긍지를 느끼게 된다. 중세에는 로마의 고전이 그리스 고전보다 더 숭상되는 풍조도 있었다. 생트뵈브가 말하는 것처럼 중세에는 오비디우스가 호메로스보다 우위를 차지하고 보에티우스가 플 라톤과 동등시되었다.[2] 오늘날 우리가 알고 있는 것과 같은 그리스와 로 마의 고전이 형성된 것은 르네상스 시대라고 할 수 있다. 르네상스의 인 문주의는 고전을 역사적 맥락에서 바라보게 된다. 이탈리아 인문주의의 학문적 기여는 역사성의 발견이고 이를 따른 흩어진 원전의 회복과 원전 확정을 위한 철저한 비평이 있었다. 또 이 시대의 현저한 업적은 그리스 어의 부활이었다. 물론 카툴르스Catullus, 퀸틸리아누스Quintilianus, 타키투스 Tacitus와 같은 라틴 작가들의 많은 작품들이 14, 15세기에 발굴된 것은 사

---

1) Sainte Beuve, "What Is A Classic?", *The Great Critics: An Anthology of Literary Criticism*, eds. James Henry Smith and Edd Winfield Parks (New York: N. W. Norton, 1951), P. 596.
2) Ibid., p.597.

실이다.[3] 그러나 그리스어의 부활은 중세가 보여준 로마 고전의 과대평
가나 숭상을 교정하는데 크게 기여하였다. 그러나 사정은 그리 단순하지
만은 않다.

18세기 말까지 유럽은 유럽으로 자처하기보다 로마제국을 이은 기독
교 세계라고 자처하였다. 그리고 그 교육제도는 라틴어 학습에 기초해 있
었다. 19세기가 되어서야 사정이 역전되어 그리스 연구가 우위를 차지하
게 되었는데 그것은 유럽 제국의 민족주의 감정 고조와 일치한다. 오비디
우스가 호메로스보다 우위를 차지했던 중세를 조롱조로 말하는 생트뵈브
자신도 베르기우스를 칭송하는 『베르기우스 연구』를 1857년에 발표해서
로마 고전에 대한 숭상을 표명했다. 이에 반해서 동시대의 영국인 매수
아널드는 "우리는 로마의 과거보다 그리스의 과거가 필요하다. 고전의 이
상은 고대 그리스다"라고 유명한 옥스퍼드 시학 교수 취임 강연에서 말하
고 있다.[4] 호메로스냐 베르길리우스냐 하는 우위 논쟁은 이념논쟁은 아
니나 마르크스나 니체의 고대 그리스 칭송에도 불구하고 아직도 지속되
고 있다.

그러면 계속 읽혀지고 있으며 읽혀야 할 정도로 가치 있다고 생각되는
고전의 구체적인 성격은 무엇인가. 그것을 살펴보는 데 있어 앞으로 살펴
볼 『서구세계의 명저』 편자들이 설정한 판단기준의 참조는 적절하고 편리
하다. 이 책의 편자들은 책을 선정하는 기준으로 3가지를 들고 있다. 첫
째, 그 역사적 맥락에서의 중요성뿐 아니라 오늘의 문제에 대한 적실한
유관성이 있을 것, 둘째, 재독의 가치가 있을 것, 셋째, 중요 사상에 관한
대화의 일부가 되어야 할 것, 즉 편자가 분류한 102의 주요 사상 중 적어
도 25개 항목과 유관해야 할 것을 들고 있다. 그리고 인종적 문화적 고려,
역사적 영향, 혹은 저자들이 표명하고 있는 견해에 대한 편자들의 동의는

---

3) 도널드 J. 윌컥스, 『신과 자유를 찾아서』, 차하순 옮김, 이대출판부, 1985, 137쪽.
4) Frank Kermode, *The Classic* (Cambridge: Harvard University Press, 1975), pp. 17-18.

선정 과정에 전혀 배제했다는 점을 밝히고 있다.

그들이 표명한 첫 번째 기준은 해당 명저가 생산된 특정 역사 지리적 맥락에서 중요성을 가지고 있을 뿐만 아니라 오늘의 문제에 대한 적실한 유관성이 있어야 한다는 것이다. 오늘의 우리의 관점에서 오늘의 문제를 성찰하는데 단서와 계시를 주고 빛을 던져주어야 한다는 것이다. 너무나 유포되어서 발설하기가 멋쩍을 지경이지만 현재와 과거의 대화라고 하는 역사 정의는 고전읽기의 현장에도 그대로 적용된다. 가령 미국의 해킷출판사에서 낸 『일리아스』의 표지에는 2차 대전 당시 연합국군의 노르망디 상륙작전의 사진이 복제되어 있다고 한다. 전쟁이 인류역사에서 간헐적이면서도 항상적인 사건이기 때문에 고대의 전쟁과 현대의 전쟁을 대비시킴으로써 독자의 흥미유발을 도모하는 상업적 발상인 것은 사실이다. 그러나 이것은 고전이 구현하고 있는 '과거 속의 현재'를 함의한다. 『일리아스』가 없었다면 『아이네이스』도 『신곡』도 『실낙원』도 없었다고 흔히 말한다. 『일리아스』가 지속적으로 영감의 원천이 될 수 있었던 것은 그것이 구현하고 있는 '과거 속의 현재'의 힘일 것이다. 『일리아스』는 서사시나 장시에만 영향을 끼친 것은 아니다. 톨스토이의 『전쟁과 평화』가 『일리아스』의 모방이라는 말은 단순한 과장어법이 아니다. 사실에 대한 충실성이나 거대한 스케일의 인간사를 조망하는 작가의 눈이나 유사성은 많다. 『일리아스』가 전쟁의 처참하고 무의미한 헛수고에 대한 논평인 것도 사실이지만 전쟁의 한 옆에서 영위되는 삶을 통해서 삶의 긍정을 보여주고 있으며 『전쟁과 평화』도 그 점에서 동일하다는 지적은 설득력이 있다.[5] 그린블랏의 『진로 전환: 세계는 어떻게 근대가 되었는가』가 밝혀주고 있듯이 루크레티우스의 『사물의 본성』은 1417년 독일의 한 수도원에서 발견되어 유수한 근대 지식인의 애독서가 되고 마침내 세계 변화의 지렛대의 하나가 되었다. 그것은 결국 루크레티우스란 과거가 근대를 내장하고 있

---

5) George Steiner, *Tolstoy or Dostoevsky* (Harmondswotth: Penguin Books, 1959), pp. 76-77.

다는 말이 된다. 우주에는 창조자나 설계자가 없다는 탈脫인간중심적 세계이해, 인간사회는 고요와 풍요의 황금시대가 아니라 생존을 위한 원시적 투쟁에서 시작되었다는 역사관, 모든 종교는 미신적 망상이며 항시 잔혹하다는 종교관을 표명하고 있는 루크레티우스에서 근대인은 자기 자신을 발견하고 그 선지자적 비전에 매료된 것이다.

둘째, 재독할 가치가 있는 것이 선정 기준이 되었다. 명저뿐만 아니라 좋은 책이나 작품은 반복적 향수나 수용을 감내할 뿐 아니라 그것을 권면하는 성질을 가지고 있다. 아는 만큼 보인다는 말이 있지만 고전의 경우에 특히 절실한 소리다. 독자의 관심 확대에 따라서 또 감식안의 세련도에 따라서 고전은 새로운 모습으로 다가오게 마련이다. 가령『논어』의 경우를 들어보자. "누군가 식초를 얻으려 오자 이웃에 가 얻어다가 그에게 주었다. 그런 미생고微生高를 누가 곧다고 할 것인가"라고 말하는「공야장편公冶長篇」의 대목을 접하고 감동받는 청년은 없을 것이다. 감동받는다면 청년이 아니다. "가난하면서 원망함이 없기는 어렵고 풍부하면서도 교만함이 없기는 쉽다"란「헌문편憲文篇」의 대목도 그렇다. 그러나 삶의 신산과 우여곡절을 겪고 난 후 읽어보면 각별한 소회로 다가온다. 평범 속 지혜의 정수를 접했다는 감개를 갖게 마련이다. 이것은 문학고전의 경우에 더욱 절실하다. 영화가 처음 나왔을 때 이제 소설의 시대는 끝났다는 소리가 지속적으로 나왔다. 그러나 그 후 영화는 영화대로 발달해 왔고 소설도 끄떡없이 건재하고 있다. 여러 가지 이유가 있지만 반복적 수용을 견디어 낼 수 있는 명작소설의 힘이 컸다고 생각한다. 아무리 좋은 영화도 두세 번 되풀이 보기는 어려울 것이다. 마르크스는 아이스킬로스의『묶여 있는 프로메테우스』를 좋아해서 해마다 되풀이 읽었다고 전한다. 요즘처럼 방대한 양의 서적이 쏟아져 나오는 시대에 특정 고전만의 반복적 독서를 이행한다면 시대착오적인 처사가 될 것이다. 그러나 중요 고전의 재독 삼독은 즐겁고 유익한 경험이 될 게 틀림없다.

왜 동일한 고전을 재독, 삼독하는가? 고전과 독서 당사자의 관계가 변화하기 때문이다. 생물 아닌 고전이 변화하는 것은 아니다. 그러나 독서 주체는 변화하고 발전한다. 변화한 독서 주체가 보는 고전은 이미 옛날의 고전은 아니다. 모든 책은 독서를 통해서 비로소 제 모습을 드러낸다. 책으로 된 문학작품은 독자가 읽기 행위를 끝내야 비로소 하나의 작품으로 완결된다. 변한 독서 주체의 읽기를 통해서 고전은 새로 태어난다. 한편 유관성을 찾는 독자들의 현재적 관심으로 말미암아 새롭게 드러나는 고전은 동일성을 유지하면서 변화를 보여주는 셈이다. 영속성 있는 동일성 속의 부분적 변화로 말미암아 고전은 고전이기를 계속한다고 할 수 있다. 허드레가 허드레인 이유는 반복적 향수를 견디지 못하기 때문이다.

셋째, 기준인 편자가 분류한 102의 주요 사상 중 적어도 25개 항목과 유관해야 할 것은 철학, 정치, 자연과학, 경제 등의 명저에 해당 적용시킨 경우이다. 끝으로 편자들은 인종적 사적 편견에 사로잡히지 않고 중립적 객관성을 유지했다는 자부심을 피력한 것으로 생각된다. 이것은 사실일 것이다. 그러나 1960년 이후 유럽에서 활발해진 정전正典 비판과 개방논쟁이 드러내 보인 것처럼 의식되지 않은 이데올로기적 요인이 고전 형성에 작동하고 있음을 간과할 수는 없을 것이다. 또 가다마 같은 이가 설파하듯이 "편견"이 반드시 배격해야 할 악한인가 하는 것은 검토에 값하는 것이라 하겠다.

"명저읽기"에 비친 고전

서양 고전의 구체를 알기 위해서 가령 미국대학에서 실시한 "명저읽기 Great Books Program"를 검토해 보는 것도 한 방법이 될 것이다. 이 명저읽기 강좌를 처음 창시한 이는 컬럼비아대학의 영문학교수 존 어스킨John Erskine 이었다. 그는 1915년에 「총명해야 할 도덕적 의무」란 책을 써서 인구에 회자되었는데 그의 생각을 따르면 명저읽기와 총명해야 할 도덕적 의무는 밀접한 연관을 가지고 있다. 한 사람의 시민으로서 또 직업인으로서 제대로 역할을 수행하고 또 총명한 인간이 되는 최선의 방법은 과거의 지적 예술적 걸작과 절친해지는 것이라는 게 어스킨의 소신이었다. 피아니스트이자 작곡가이기도 했던 어스킨은 음악이나 시각예술의 걸작도 염두에 두었으나 과거의 지적 걸작은 주로 책을 의미했다. 이러한 확고한 소신을 바탕으로 해서 1920년에 시작된 "교양 우등과정General Honors"은 3학년 4학년 학생을 대상으로 해서 15명을 한 반으로 편성한 2년간의 과정으로 일주에 2시간씩 시행되었다. 특기할 사항은 토론위주였고 토론을 주재하기 위해 2명의 교사가 배당되었고 이 2명은 서로 다른 의견을 제시해야 한다는 암묵적 양해가 되어있었다. 이 과정은 초기에 노장 교수들의 이의 제기로 우여곡절을 겪게 되나 1923년 이후 마크 반 도렌Mark Van Doren과 모티머 아들러Mortimer Adler 같은 신진교수들이 담당하면서 활기를 얻게 된다.[6] 그 후 고전읽기 과정은 시카고대학이나 슨트존스대학에서 한결 열의 있게 시행된다.

1929년 아들러가 시카고대학으로 부임하면서 총장인 로벗 허친스Robert Hutchins와 함께 공동연구로 "명저읽기" 과정을 구상하고 개설했다. 그리고 여기 사용된 명저들은 1952년에 54권으로 묶여『서구세계의 명저』란 이름으로 브리타니카 엔사이클로피디아에서 간행되었다. 소설, 역사, 시, 자연과학, 수학, 철학, 연극, 정치, 종교, 경제학, 윤리학 등 모든 분야에 걸친 명저들이었다. 허친스는 교양교육을 논하는 서론을 써서 제1권이 되고 102개의 쟁점을 102장으로 정리하고 장마다 마들러가 서론을 쓴 책이 2권과 3권이 되었다. 그 후 1990년에 재판이 나왔는데 초판 수록 중 일부를 빼고 20세기에 나온 책들을 첨가해서 모두 60권이 되었다. 모든 분야에 걸친 명저들은 결코 직은 분량이 아니다. 컬럼비아대학의 당초 기획

---

6) Lionel Trilling, *The Last Decade: Essays and Reviews*, 1965-75 (New York: HBJ Books, 1979), pp. 161-162.

이 인문학 중심이었던 것과는 다르게 서양의 고전들이 망라되어 있어 서양고전의 구체라고 말할 수 있을 것이다. 출판 당시 그들이 밝힌 선정기준과 그 의미는 위에서 살펴 본 바 있다.

명저읽기 과정의 목표는 "총명해야 할 도덕적 의무"를 이행할 수 있는 시민이자 직업인을 양성하기 위해서였다. 과거의 위대한 정신의 계도와 훈도로 교양과 덕성을 갖춘 인간형성을 도모하기를 지향한 것이고 젊은 영혼의 전인적全人的 발전을 위한 기획이었다. 과거의 위대한 정신과의 정신적 교류가 곧 전인적 인간 형성으로 이어진다는 생각은 동시에 자기완성이 사회와의 조화로 귀결될 것이라는 희망을 내포하고 있다. 오늘날 우리가 교양의 중요성을 얘기하는 것도 그것이 덕성과 함께 전인적 조화적 인간 형성의 모태가 되기 때문이다. 그것이 어려운 과정이라고 해서 간과할 수는 없을 것이다.

전인적 발전과 조화적 인간 형성은 사실상 르네상스 인문주의에서 물려받아 독일에서 발전시킨 개념이다. 그러나 그 규모와 수준에 대해 많은 이견이 있을 수 있으며 우리의 현실에선 더욱 그러하다. 이 점에 대해서는 인문주의 형성 이념에 충실했던 입장에서 오히려 의문이 제기되고 있다. 토마스 만은 「괴테와 톨스토이」 속에서 괴테가 전문화와 이에 따른 협소화나 빈곤화보다도 〈보편적 인간〉의 이상에 대해 유보감을 가지고 있었으며 언어교육에 대해 직업교육을 변호하고 있다는 사실에 주목한다. 인간의 교양은 제한의 방법에 의해서만 건전한 진보를 보인다는 것이 괴테의 생각이었다고 지적한다. "이제부터는 하나의 기술이나 직업에 몰두하지 않는 위인은 큰코다치게 될 것이다"란 『빌헬름 마이스터의 편력시대』 속의 대목을 인용하고 있기도 하다.[7] 다가오는 산업 사회, 기술사회에 대한 괴테의 선견지명을 보여주는 사례일 것이다. 『빌헬름 마이스터의 편력시대』는 〈체념한 사람들〉이란 부제를 달고 있는데 여기서의 체념은 한 가지 일에의 몰두, 또는 한 가지 활동 목적에의 자기제한이란 뜻이 강하

---

7) Thomas Mann, *Essays,* trans. H. T. Lowe-Porter (New York: Vintage Books, 1957), , pp. 171-172

다. 다방면으로 소실되는 힘을 제한적으로 집중하여 삶이나 사회의 행복에 기여해야 한다는 적극적인 의미를 갖는 것이다. 자신이 만능적 〈르네상스 인간〉이었던 인물의 생각이기 때문에 그 무게는 커진다. 이에 근접한 생각이 막스 베버의 『프로테스탄티즘의 윤리와 자본주의 정신』 끝머리에 보이는 것은 흥미 있다.

> 근대의 직업 노동이 금욕적 성격을 띠고 있다는 생각은 결코 새로운 것이 아니다. 전문화된 일에의 전념과 거기에 수반되는 파우스트적 인간의 전면성의 포기는 현대세계에서는 가치 있는 행위의 전제조건이다. 따라서 오늘날 업적은 불가피하게 체념을 수반한다. 괴테 또한 『빌헬름 마이스터의 편력시대』에서 그의 실제적 지혜의 최고 순간에 또 파우스트의 생에 부여한 막판에서 시민적 생활양식—그것이 양식의 부재가 아니라 하나의 양식이 되고자 한다면—이 가져야 할 금욕적 특징을 우리에게 가르쳐 주려고 하였다. 괴테에게 있어 이러한 인식은 충실하고 아름다운 인간성의 시대에 대한 체념적인 결별을 의미했지만 그러한 시대가 우리의 문화발전 과정에서 되풀이되지는 않는다는 것은 고대 아테나이의 전성기가 되풀이될 수 없다는 것과 마찬가지다. 퓨리턴은 직업인이 되기를 '원하였다'. 그러나 우리는 직업인이 되지 않을 수가 없다.[8]

번역으로 읽는 고전

"명저읽기" 과정은 영어로 번역된 서구 고전읽기 과정이다. 따라서 번역을 통해서 명저가 가지고 있는 섬세하고 깊은 뜻을 이해할 수 있겠느냐는 회의론이 나오는 것은 자연스러운 일이다. 특히 고전어에 대한 조예가 깊은 노장층 교수들이 이러한 반론을 강력하게 제기한 것은 상상하기 어

---

8) Max Weber, *The Protestant Ethic and the Spirit of Capitalism*, trans. Talcott Parsons (London: Unwin University Books, 1974), pp. 180-181.

렵지 않다. 이에 대해서 영어번역을 통한 명저읽기를 구상하고 이에 동조한 소장학자들은 영어로 된 명저의 경우에도 이해과정이 그리 자명한 것은 아니라고 주장했다. 또 가령『일리아스』시낭송을 듣는 당대의 일반 청중이 고전학자의 상세한 해석과 주석이 밝혀놓고 있는 바와 같은 모든 배경과 세목을 이해하는 것은 아니며 그렇다고 그들의 시낭송 경청이 부질없는 헛수고인 것은 아니라는 반론을 펴기도 했다. 이러한 번역의 문제는 특히 동양문화권에 속하는 우리가 서구고전 번역을 읽을 때 마주치는 문제이기도 하다. 번역에는 불가피하게 일실과 손상이 따르게 마련이다. 번역은 또 미묘한 차이를 소거하게 마련이며 원어가 가지고 있는 함의를 엉뚱하게 변용시키기도 한다. 그러한 사례를 구체적으로 살펴보기로 한다. 동양 수일의 고전이라 할 수 있는『논어』, 혁명 고취의 정치적 문서인『공산당선언』, 그리고 그리스 비극 대표작의 하나인 소포클레스의『안티고네』에서 한 대목씩 읽어보기로 한다.

『논어』

버트란드 러셀에게「동서양의 행복관」이란 에세이가 있다. 유교라는 윤리체계가 숭상되어 온 중국과 기독교 신앙을 가진 유럽을 비교하면서 그 행복의 이상형을 대범하게 말하고 있는 글이다. 유교의 윤리는 기독교의 그것과 달리 보통사람들도 실천할 수 있는 것이라면서 공자가 가르치는 것은 18세기 영국에 존재했던 구식 "신사"의 이상형과 아주 비슷한 것이라고 말한다. 공자는 의무와 덕성을 얘기하지만 인간본성이나 인정에 거슬리는 것을 강요하지 않는다면서 그 예증으로 논어 자로편에서 인용하고 있다.[9]

---

9) Bertrand Russell, *Skeptical Essays* (Oxon: Routledge, 2004), pp. 82-83.

葉公 語孔子曰 吾黨 有直躬者 其父攘羊 而子證之 孔子曰 吾黨之直者 異於
是 父爲子隱 子爲父隱 直在其中矣

섭공葉公이 공자에게 말하기를 우리 동네에 고지식하게 행하는 자가 있으
니 자기 아버지가 양을 훔쳤는데 아들이 증인으로 나섰다 하였다. 공자 말씀
하시기를 우리 마을의 정직한 사람은 이것과 다르니 애비는 자식을 위하여
숨기며, 자식은 애비를 위하여 숨기나니 정직한 것이 그 가운데 있다.(김종무)

위에서 볼 수 있듯이 양양攘羊은 "양을 훔쳤다"는 것으로 되어있고 모든
국역본이 그러하다. 주자 해석을 충실히 따르고 있는 주석서에 의하면 양
양攘羊의 양攘은 적극적으로 나서서 훔치는 것이 아니라 저쪽에서 온 것을
그냥 수중에 넣는다는 뜻이라 한다. 그러니까 여기서의 양양攘羊도 남의
양을 능동적 적극적으로 도둑질한 것이 아니라 수동적으로 제 것으로 만
든 것이다.

> The Duke of She addressed Confucius, saying: We have an upright man
> in our country. His father stole a sheep, and the son bore witness against
> him. In our country, Confucius replied, uprightness is something different
> from this. A father hides the guilt of his son, and a son hides the guilt of
> his father. It is in such conduct that true uprightness is to be found.(Lionel
> Giles)

> The 'Duke' of She addressed Master K'ung saying. In my country there
> was a man called Upright Kung. His father appropriated a sheep, and
> Kung bore witness against him.(Arthur Waley)

러셀이 인용하고 있는 것은 자일스 번역본이다. 우리 대부분의 국역이

그렇듯이 stole이라 해놓고 있다. 그러나 웨일리는 appropriated라 해서 미묘한 차이를 살리고 있다. 물론 장물 취득도 범죄라는 관점에서 보면 steal과 appropriate에 큰 차이는 없다. 그러나 섬세하고 미묘한 차이라고 그것을 간파하고 인지하는 것이 중요하다는 입장에 선다면 appropriate를 취택한 웨일리가 보다 엄밀하게 번역한 셈이 된다. (한편 직궁直躬을 고유명사로 보는 해석도 있고 『여씨춘추呂氏春秋』, 『회남자淮南子』가 그러한데 웨일리도 이 해석을 따르고 있고 그것을 역주에 붙이고 있다.)

『공산당선언』

"오늘에 이르기까지 모든 사회의 역사는 계급투쟁의 역사다"라는 첫 문장으로 시작되는 『공산당선언』이 첫선을 보인 것은 1848년이다. 한나 아렌트가 역설적이게도 가장 강력한 부르주아 예찬이 돼 있다고 지적한 모두 부분에는 다음과 같은 대목이 보인다.

> 부르주아 계급은 농촌을 도시의 지배에 굴복시켰다. 그들은 거대한 도시를 만들어내고 농촌인구에 대비하여 도시 인구의 수를 고도로 증가시켰고 그리하여 인구의 현저한 부분을 농촌생활의 무지에서 구해내었다. 그들은 농촌을 도시에 의존시켰던 것처럼 미개 및 반半미개국들을 문명국들에, 농경민족들을 부르주아 민족들에, 동양을 서양에 의존시켰다.

"농촌생활의 무지"는 영어로는 "rural idiocy"로 되어 있다. 언뜻 도회인의 시골 멸시나 촌뜨기 멸시를 연상시키는 말이요 직역하면 "시골의 천치다움" 정도의 뜻이 될 것이다. 『공산당선언』 간행 150주년을 기념하여 간행된 새 판에 부친 서론에서 홉스봄은 마르크스도 시골 환경에 대한 경멸을 가지고 있었으리라는 점을 부정하지 않는다. 그러나 독일어의 "dem

Idiotismus des Landlebens entrissen"이 어리석음을 가리키는 것이 아니라 시골 사람이 처해있는 "좁은 시야나 지평", "보다 넓은 사회로부터의 격리"를 가리키는 것이라 지적하고 있다. 그리고 그것이 천치나 천치다움이라는 현재 유통 중인 의미의 기원이 되는 그리스어 "idiotes"의 본래의 의미를 환기하는 것이었다고 부연하고 있다. 고전 그리스어에서 천치 혹은 백치는 보다 큰 공동체 문제에는 아랑곳하지 않고 오직 자신의 사적인 문제에만 관심이 있는 사람이란 뜻이었다. 그러나 1840년대 이후에 그리고 마르크스와는 달리 고전교육을 받지 못한 사람들이 참여한 공산주의 운동 속에서 본래의 의미는 증발되고 오독되었다고 지적하고 있다. 홉스봄도 인정하고 있듯이 마르크스의 의도야 어떻든 "rural idiocy"는 농촌생활의 무지로 이해되고 있다.[10]

『안티고네』

　프랑스 혁명 이후 유럽의 지식인 사이에서 압도적인 선호를 받았다는 이 고전비극은 우리 학생들도 대체로 권위주의적 권력 대 시민의 갈등이라는 맥락으로 접근하는 것이 보통이다. 그래서 크레온에 대해 아주 비판적이고 안티고네에 대해서 동조적이다. 미국 학생들이 크레온에 심정적인 지지를 보내고 있다는 폴 우드러프의 지적과 대조적이다. 작품 속에 자기 문제를 투사하는 것이겠는데 고전의 현재 유관성이란 국면 때문에 19세기 유럽의 지식인에게 각별한 호소력을 발휘한 것이라 할 수 있다. 그 작품 332행에서 352행은 다음과 같이 되어 있다. 코러스의 소리다.

---

10) Karl Marx and Frederic Engels, *The Communist Manifesto: A Modern Edition* (London: Verso, 1998), pp. 11-12.

세상에 무서운 것이[11] 많다 하여도
사람보다 더 무서운 것은 없다네.
사람은 사나운 겨울 남풍 속에서도
잿빛 바다를 건너며 내리 덮치는
파도 아래로 길을 연다네.
그리고 신들 가운데 가장 신성하고
무진장하며 지칠 줄 모르는 대지를
사람은 말[馬]의 후손으로 갈아엎으며
해마다 앞으로 갔다가
뒤로 돌아서는 쟁기로 못살게 군다네.
그리고 마음이 가벼운
새의 부족들과 야수의 종족들과
심해 속의 바다 족속들을
촘촘한 그물코 안으로 유인하여
잡아간다네, 총명한 사람은.
사람은 또 산속을 헤매는 들짐승들을
책략으로 제압하고,
갈기가 텁수룩한 말을 길들여
그 목에 멍에를 얹는가 하면,
지칠 줄 모르는 산山소를 길들인다네.(천병희)

Wonders are many on earth, and the greatest of these

Is man, who rides the ocean and takes his way

Through the deeps, through wind-swept valleys of perilous seas

that surge and sway.(Watling)

지상에 경이는 허다하나 가장 놀라운 경이는

---

11) 그리스어 ta deina를 '놀라운 것'으로 번역하는 이도 있다.

사람이어니, 크게 파도치고 요동치는 위태로운 바다,
바람이 휩쓰는 그 바다의 골짜기를 통해
바다를 타고 길을 가느니

Many wonders, many terrors,
But none more wonderful than the human race
or more dangerous.
This creature travels on a winter gale
Across the silver sea,
Shadowed by high-surging waves,(Paul Woodruff)

놀라운 것이 많고 부서운 것이 많시만
인류보다 더 놀라운 것은 없다.
혹은 더 위험한 것은 없다

There is much that is strange, but nothing
that surpasses man in strangeness.
He sets sail in the frothing waters
amid the south winds of winter
tacking through the mountains
and furious chasms of the waves. (Heidegger/Ralf Manheim)

이상하고 놀라운 것이 많지만
제일로 그러한 것은 사람이다.

　제일 앞에 든 천병희 국역본은 그리스 원전에서 번역한 국내 유일본으
로 생각되는데 원문에 충실한 번역으로 생각된다. 사람이 "무섭다"고 번
역하고 있고 각주에 "놀라운 것"으로 번역하는 이도 있다고 적어 놓고 있
다. 그 다음의 Watling 번역은 펭귄문고로 되어있어 많은 독자를 얻었는

데 놀라운 "경이"라고 하고 있다. 다음번의 Paul Woodruff 번역은 대학교 재로 많이 사용되며 학문적 엄격성을 표방하는 미국 해킷출판사의 "해킷 고전"판이다. 천병희 번역본과 펭귄문고판의 번역을 합쳐놓은 듯이 "놀랍고 무서운" 것으로 사람을 말하고 있지만 "인류"라고 하고 있는 것이 눈에 뜨인다. 펭귄판을 읽으면 인간찬가 혹은 송가로만 들리고 해킷고전판에서처럼 "놀랍고도 위험하다"는 함의는 별로 감지되지 않는다. 마지막으로 든 번역은 하이데거의 『형이상학입문』에 번역되어 있는 부분이다. 이 책의 번역자는 하이데거의 그리스말 번역이 전통적인 번역보다 근본적으로 다르다면서 번역에서 원전보다 하이데거 번역을 염두에 두고 영역했다고 적고 있다.

하이데거는 그리스어 deinon이 "무서운 것the terrible"과 "강력한 것the powerful"을 뜻한다고 하는 것을 길게 설명하고 있다. 그럼에도 "이상하고 놀라운the strange" 것으로 번역한 이유를 말한다. 인간이 이상하고 놀라운 것은 관습적이고 친숙한 한계로부터 벗어나며 난폭하고 친숙한 것의 한계를 넘어서려 하기 때문에 고압적이라는 의미에서 "이상하고 놀라운" 것이라고 말한다.[12] 요컨대 그리스의 인간관을 정의하는 맥락에서 the strange라고 하는 것이다.

위에서 보았듯이 고전 번역은 사실상 해석의 문제이기도 하다. 번역은 그대로 해석이다. 통역을 interpreter라 하는 것은 그 점을 말해준다. 번역을 통해 발생하는 상실이나 사소한 함의의 변화는 불가피하나 그것이 치명적인 것은 아니다. 『안티고네』 코러스 대목에 보이는 deinon이 terrible, wonderful, wonderful and dangerous, strange로 각각 다르게 번역되어 있지만 그게 혼란의 계기가 되는 것도 아니다. 사실 무섭고 경이로운 것은 일상적이고 아주 흔한 것이 아니기 때문에 이상하고 놀라운 것이기도

---

12) Martin Heidegger, *An Introduction to Metaphysics*, trans. Ralph Manheim (New Haven: Yale University Press, 1977), pp. 146-152.

하다. 도구적 이성의 야심적, 정력적인 구사가 파괴적 결과를 낳을 수 있다는 것을 인정할 때 코러스에 나오는 사람은 경이로운 동시에 무섭고 위험한 존재이기도 할 것이다. 처음 펭귄판본으로『안티고네』를 읽은 필자는 위의 코러스 대목을 인간찬가로만 받아들인 것이 사실이다. 그러나 그렇다고 해서 작품의 핵심적인 갈등을 이해하지 못한 것은 아니며 작품 읽기를 즐기지 못한 것도 아니다.

번역은 사실상 근사치를 향한 진땀나는 포복이다. 정도의 차이라는 변별성을 지닌 근사치로 만족해야 하는 것이 번역독자의 불운이다. 그리고 우리는 오해를 과도하게 경계할 필요도 없다. 오해는 대단히 생산적일 수 있다. 코러스가 나오기 때문에 그리스 고전극을 "노래하는 극"으로 오해한 데서 근대 유럽의 오페라가 생겨났다. 오해가 하나의 예술상드를 마련해 낸 것이다. 프랑스 상징주의 시운동이 미국시인 에드가 알란 포에게 빚지고 있다는 것은 널리 알려진 문학사의 삽화이다. 보들레르는 포를 번역하고 말라르메는 포를 "나의 위대한 스승"이라 적어 놓고 있다.「장수까마귀」를 번역하고「에드가 포의 무덤」이란 14행시를 남겨놓고 있기도 하다. 그러나 예이츠나 올더스 헉슬리 같은 원어민들은 에드가 포를 대단치 않은 시인이라고 보고 있다. 포에 대한 오해가 상징주의 시운동의 모태가 되었다는 점에서 "창조적 오해"의 한 사례가 되어있다. 그런 맥락에서 오해는 축복받은 재앙이 될 수도 있으며 번역읽기에서 과도하게 두려워할 필요는 없을 것이다.

고대 그리스와 아테나이

지리적으로 상거해 있고 시간적으로 2,500년이나 상거해 있는 외국 고전을 읽을 때 그러한 고전을 산출한 특정 시공간에 대한 약간의 예비지식은 필수적이다. 흔히 그것을 배경이라 한다. 아테나이의 극작가와 플라톤의 시대, 셰익스피어의 시대, 그리고 톨스토이와 도스토예프스키를 배출한 19세기 러시아소설의 시대를 유럽문학사에서 3대 승리의 시대라고 어떤 비교문학자가 말하고 있다. 그리스 고전비극을 읽을 때 우리가 알아야 할 기초적 배경 지식에는 어떤 것이 있을까. 그것은 허다하지만 몇 가지 사안을 적어본다.

고대 그리스의 세계는 우리가 알고 있는 현대 그리스와는 다르다. 많은 학생들이 이 사실에 맹목이어서 놀란 교실경험이 있다. Greeks란 말은 로마인이 붙인 Graeci에서 유래한 것이고 기원전 1400년에 1200년에 이르는 뮈케나이 시대엔 Achaeans라 불렸고 그 이후엔 Hellas라 불리게 된다. 이 헬라스는 흑해 동부 연안, 소아시아의 연안 지방, 에게해 제도, 그리스 본토, 남부 이탈리아와 시칠리아섬의 대부분, 그리고 지중해의 연안을 따라 리비아, 마르세이유, 그리고 스페인의 연안 지방 등으로 광범위하게 퍼져 살았다. 이렇게 멀리 상거해 있는 그리스인들은 단일한 문화를 가지고 있다는 의식을 가지고 있었다. "같은 종족이며 같은 언어, 공통의 신전과 제식祭式, 또 비슷한 관습을 가지고 있다"(VIII 144)고 헤로도토스는 적고 있다.[13] 불모의 산악이 넓지 않은 비옥한 지방을 상호격리 시키고 있다는 지리적 특징이 다양성을 촉발하고 새 식민지로의 이주를 장려하고 사용을 위한 생산보다 교환의 경제를 촉진시켰다. 정치적으로 민주제의 아테나이, 군국주의적 경찰국가인 스파르타, 봉건적 과두정치체제의 보에오티아에서 엿볼 수 있듯이 다양한 체제의 폴리스를 이루고 있었다. (폴리스는 "자치국가"란 뜻인데 흔히 도시국가라고 번역된다. 그러나 오도적인 이름이다. 폴리스에는 시골 인구가 많은데 마치 도시가 시골을 지배한다는 투의 잘못된 인상을 주기 때문이다. 가장 큰 폴리스인 아테나이의 인구는 최고 시기인 펠로폰네소스전쟁 발발 무렵 약 250,000명에서 275,000명 정도로 추정되고 있다.) 이집트나 바빌로니아와 같은 주

---

13) M.I. Finley, *The Ancient Greeks* (Harmondsworth: Penguin Books, 1966), p. 17. 이하에 나오는 그리스 관계 정보는 주로 이 책에 의존하였다.

요 하천 유역 특유의 중앙집권적 광역 국가와 반대되는 소규모 국가를 생각하면 된다. 플라톤에서 시작해서 활발히 전개되는 정치론이나 국가론은 그리스인의 이론지향과 더불어 다양한 정치체제의 비교와 펠로폰네소스전쟁 패전 이후 아테나이의 정치적 상황이 야기한 복합적 산물이라고 생각된다.

그리스 문명의 황금기는 아테나이가 주도한 시대이다. 그리스 고전의 큰 별들은 호메로스를 제하고는 모두 아테나이 출신이다. 아테나이 시대는 2시기로 나누어진다. 솔론이나 클라이스테네스가 기초를 다진 상업적 민주정치 체제의 아테나이 성립과 페르시아전쟁을 승리로 이끈 시대 그리고 스파르타와 마케도니아에 의한 패배의 시대가 그것이다. 비극은 전자의 소산이요 철학은 후자의 소산이다.

아테나이의 민주주의는 고대 그리스의 놀라운 발명의 하나임에 틀림없다. 그러나 19세기의 자유주의자들의 미화 성향이 여과 없이 전파되어 정치적 이상체제로 간주되는 경우도 없지 않다. 자유의 이념은 잃어버린 낙원의 비전이고 왕왕 그것은 있어 본 적이 없는 낙원의 비전이기가 쉽다. 펠로폰네소스전쟁에서 아테나이가 병영兵營국가이자 경찰국가인 스파르타에게 패배했다는 사실은 시사하는 바가 많다. 민주제의 운영 자체에도 그늘과 하자는 많다. 도편추방 투표현장에서 자기 이름을 적어달라는 읽기, 쓰기 못 하는 시골노인의 부탁을 받고 자기 이름을 적어 주었다는 아리스티데스의 미담이 플루타르코스 영웅전에 나온다. 그런 고결한 신사로서의 아테나이 정치가상에 대해 회의론자가 없지 않았다. 2차 대전 이후 아크로폴리스의 서쪽 벼랑에서 테미스토클레스란 이름이 쓰인 도편 190개가 들어있는 한 뭉치가 발굴되었다. 투표자에게 주려고 사전에 준비되었으나 결국 사용되지 않은 것이었다.[14] 민주제라고 해서 부정투표가

---

14) M. I Finley, *Politics in the Ancient World* (Cambridge: Cambridge University Press, 1983), pp. 50-51.

없었다고 믿을 이유는 없다. 또 전쟁과 정복과 제국에 반대한 도시국가나 사회계급도 없었다. 아테나이 민주제가 유지된 것은 직업군인이 없다는 사실과 연관된다고 생각된다. 육군은 상류 및 중류층이었고 스스로 무장해야했고 징병제였다. 해군 승무원은 보수 받는 직업군인이었고 하층계급에서 충원되었다.

비극

아이스킬로스, 소포클레스, 에우리피데스는 모두 기원전 5세기에 비극작가로 활동했다. 이들은 모두 300편의 비극을 썼으나 현재 남아있는 작품은 33편이다. 이 중 에우리피데스의 2편은 순수비극이 아니고 해학적인 사티로스극에 속한다. 그 밖에 약 150명의 비극작가의 이름이 전해오나 남아있는 작품은 한 편도 없다. 3월말에 디오니소스축제가 열린다. 첫날에는 행진, 동물 공양, 신상神像의 극장 배치가 있다. 둘째 날에는 5개의 희극상연이 있다. 사흘째부터 비극 경연이 열린다. 하루에 한 비극작가의 3개의 비극과 사티로스극이 상연되고 그것이 사흘에 걸쳐 계속된다. 2만 명 수용의 야외극장 입장은 무료, 유료, 수당 지급 등의 변화를 겪는다. 아티카를 구성하는 10개 부족部族이 각각 약간 명의 심판후보자를 내어 그 명단은 10개의 항아리에 밀폐 보관한다. 이 항아리가 상연에 앞서 극장 안으로 옮겨지고 비극상연의 집정관archon이 항아리에서 명단 하나씩을 고른다. 이렇게 선발된 10명의 심사자가 경연에 참가한 3명의 작자 중 자기가 생각하는 순위를 투표한다. 이 10명의 심사자가 항아리에 넣은 10표 가운데서 집정관이 아무렇게 5표를 빼내고 그 5표로 순위가 결정된다. 즉 반만 개표하고 순위를 결정하는 것이다. 이러한 관행은 많은 해석을 낳기도 하였다. 우연에 맡기는 부분이 있어야 한다는 것에서부터 패자에 대한 고려라는 해석 등 다양하였다. 그러나 부정방지책이었다는 해석이 유력한 것으로 보인다. 10표 전부를 개표할 경우 6표를 얻으면 우승하게 된다. 따라서 6명만 매수하면 된다. 그러나 5표만 개표하면 이론상으로 보면 7표를 얻고도 3표에게 질 수 있다. 그러니까 8명을 매수해야 우승이 확실해진다. 부정으로 우승하기가 그만큼 어려워진다는 해석이다.[15] 한편 4편의 작품을 상연하는 작자의 선정은 집정관의 몫이었다. 지정된 작가는 공적 신화해석의 권한을 위임받는 셈이다. 집정관은 3명을 지정하는 것과 동시에 3명의 부자를 지정하여 이들이 코러스 단원을 고용하고 연습기간 수당을 지급하도록 하였다. 군함 건조 때 부자에게 의존하는 바와 같다.

유념할 것은 극장이 아테나이의 발명이란 점이다. 또 수당 지급에서 엿볼 수 있듯이 아테나이의 공적 행사였다. 펠로폰네소스전쟁의 와중에서도 이 비극상연은 어김없이 이어졌고 해마다 새 작품을 상연했다. 플루타르코스는 413년에 시라큐스에서 포로로 잡힌 아테나이 병사 가운데 에우리피데스의 대목을 외울 수 있어서 목숨을 건질 수 있었다는 얘기를 전하고 있다. 사실이든 아니든 비극의 높은 위상을 보여준다. 배우는 1인에서 3인으로 시간이 지남에 따라 불어났다. 12명이었다가 소포클레스가 15명으로 불렸다는 코러스는 춤을 추면서 노래하는 역할에서 시작해 대화도 나누고 다양했으나 점차 축소되어 에우리피데스의 몇몇 작품에선 단순한 음악 간주곡이 돼 있다. 배우나 코러스 단원은 남성에게만 열려있었다.

그리스 비극에 관해서는 많은 연구와 천착이 이루어졌고 현재에도 이루어지고 있다. 다양한 축적적인 연구에도 불구하고—아니 바로 그러기 때문에—그 어원의 연유나 기원에 관해서 비평적 합의를 얻어 정설로 굳어진 것은 없어 보인다. 필자가 접할 수 있었던 연구서 가운데서 설득력 있게 느껴져 흥미 있게 읽은 책의 하나는 프랑스의 고전학자 장 피에르 베르낭의 "고대 그리스의 신화와 비극"이다. 그리스 비극은 아테나이에서

---

15) Christian Meier, *The Poltical Art of Greek Tragedty*, trans. Andrew Webber (Cambridge: Polity Press, 1993), p. 56.

생겨나서 번창하다가 쇠퇴했는데 그것은 백 년 안의 일이었고 예술, 사회제도, 인간 심리 등 각각의 관점에서 보아 새로운 발명품이었다는 것을 그는 강조한다.[16] 비극의 참 재료는 도시국가 특유의 사회사상 특히 당시 발전하고 있던 법률사상이었다는 선행 연구를 수용하면서 베르낭은 비극 시인들의 법률적 전문 용어의 구사는 즐겨 다루어진 비극의 주제와 법정의 권한에 속했던 소송 사건과의 밀접한 관계를 강력히 나타내고 있다고 말한다. 비극시인들은 그 모호성, 변동성, 불완전성 등을 의도적으로 이용하면서 법률용어를 활용한다. 그리고 사용된 용어의 불명료성, 의미 변화, 모순 등은 법률사상 안에서의 의견 상치를 드러내고 또 종교 전통이나 도덕 사상과의 갈등을 나타내고 있다. 법률은 도덕사상과는 별개였으나 양자의 영역은 아직 분명히 구분이 되지 않았던 것이다. 그리스인들은 원칙에 기초해서 일관성 있는 체계로 구성된 절대적 법이란 생각을 가지고 있지 않았다. 또 정의Dike나 법률nomoi이란 말도 가변적이고 의미 변화가 심하였다. 그러한 상황에서 비극은 정의와 가변적이고 고정되지 않은 법과의 갈등을 그린다. 물론 비극은 법적 논쟁이 아니다. 그러기 때문에 비극은 이러한 논쟁을 견디어 내거나 결정적인 선택을 하지 않을 수 없거나 모든 것이 불안정하고 모호한 가치의 세계에서 행동 방향을 찾아야 할 인간을 주제로 삼는다. 요컨대 비극은 법정이고 도시국가 및 법률제도와 동시에 생겨난 것이라는 것이다.

그는 또 비극이 추상적인 차원의 형식논리상으로는 신화적 사고와 철학적 사고 즉 헤시오드와 아리스토텔레스 사이의 통로라고도 말한다. 신화적 사고는 모든 개념이 가변적인 모호성의 논리를 갖는다. 철학적인 사고는 동일성의 논리를 갖는다. 이에 반해 비극의 논리는 반대물 사이, 상반되는 힘 사이의 긴장의 논리이며 대립의 논리이다. 그것은 소피스트의 논

---

16) Jean-Pierre Vernant and Pierre Vidal-Naquet, *Myth and Tragedy in Ancient Greece*, trans. Janet Lloyd (New York: Zone Books, 1996), pp. 25-28.

리이기도 하다. 어떤 문제에 대해서도 두 개의 상반되는 논의가 가능하며 모든 인간문제에는 양극단이 있다는 논리이다. 그러나 뒷날 고전 철학 운동과 함께 진실과 오류가 구분되고 이에 따라 철학이 승리를 거두고 비극이 종말을 고하게 되었다는 것이다. 베르낭이 그리스 비극을 특정 시기의 시대적 산물임을 강조하는 것은 신화적 사고와 철학적 사고 사이의 통로라는 사실을 강조하기 위해서이다.

세 사람의 비극시인 가운데 우승기록이 가장 많은 이는 단연 소포클레스다. 가장 적은 것으로 알려진 에우리피데스는 시대에 앞선 진보적 사상 때문이라는 관점이 있다. 심사자들이 대체로 연만해서 보수적 성향을 띄어 그를 거부했다는 것이다. 여권주의자들이 문학적 여권선언으로 선호하는 『메데이아』에 보이는 다음과 같은 강렬한 발언으로 보아 충분히 있을 수 있는 일이라 생각된다.

> 이 세상에 태어나 마음을 가지고 있는 만물 가운데서
> 우리 여자들이 가장 비참합니다.
> 터무니없이 비싼 값으로 남편을 사야하고
> 이어 몸을 바쳐 임자로 모셔야 하지요. 이것이 더 큰 재앙입니다.
> 그러니까 만사가 좋은 남자를 만나느냐, 몹쓸 남자를 만나느냐에 달려 있
> 지요. 여자에겐
> 이혼이 점잖지 못하고
> 남편을 물리칠 수도 없으니까요.
> 미지의 생활 습관 속으로 뛰어 들어와 여자는 남편을 어떻게 다루어야 하
> 는지
> 정말 아득합니다.
> ……
> 남자의 경우엔 집사람에 싫증이 나면
> 밖에 나가서 위안거리를 찾을 수도 있지요.
> 우리 지어미들은 그저 한 사람만을 쳐다보고 있어야 합니다.

우리들은 집안에서 위험 부담 없이 살고 있으나
남자들은 일선에 가야 한다고 사람들은 말합니다.
무슨 씨도 안 먹는 소리! 애기 하나 낳기보다는
센 번 싸움터에 나가는 걸 난 택하겠어요.(230-251)

그리스 비극 중 아직도 가장 숭상되는 이는 소포클레스다. 다른 어떤 작품도『오이디푸스 왕』,『안티고네』의 성가와 작품성을 능가하지 못한다. 그 완벽한 플롯으로『시학』에도 언급되어 있는『오이디푸스 왕』은 소재가 된 신화의 충격성 때문에 독자나 관객에게 영속적인 감동을 주게 마련이다. 프로이트의 오이디푸스 콤플렉스는 다시 작품의 성가에 기여하게 된다. 상호배제적인 두 부분적인 선 사이의 갈등을 다룬 비극적 갈등의 사례로서 압도적인 호소력을 발휘한『안티고네』는 19세기 내내 유럽 지식인 사이에서 가장 숭상되는 고전비극이었다. 20세기에 들어와서도 연극이나 오페라에서 12개의『안티고네』가 생산되었다는 것은 그 막강한 위력을 말해준다. 그리스 비극은 신화를 소재로 하고 있고 그만큼 고대 그리스인의 세계 이해나 인간관을 반영하고 있다. 그러니만큼 그들 특유의 사고를 이해하는 것이 필요하다.

가령『오이디푸스 왕』의 비극적 결함을 얘기할 때 휴브리스란 말을 쓴다. 오만이란 뜻을 가지고 있는 그리스말이다. 그러나 그것은 오만한 성격이나 태도를 가리키는 것이 아니라 삶에 대한 태도를 가리킨다. 인간의 한계를 무시하거나 넘어서려고 하는 것은 휴브리스에 빠지는 것이다. 너무 운이 좋다던가 성공을 누린다던가 하는 것도 휴브리스에 빠지는 것이다. 요즘 로토 당선으로 거액을 횡재한 사람들이 불행하게 되는 사례가 더러 보도된다. 그리스인의 관점에서 보면 로토 당첨과 이에 따른 거액 횡재도 휴브리스의 죄과를 범하는 것이다. 헤로도토스가『역사』의 2권과 3권에서 다루고 있는 삽화는 시사하는 바가 많다. 휴브리스와 함께 그리스인의 운명관을 엿보게 한다.

사모스의 참주 폴리크라테스는 억세게 재수 좋은 성공과 행운을 연거푸 갖게 된다. 그의 생애는 과도한 휴브리스의 전형이 되고 그 결과 무서운 응보가 뒤따르게 된다. 그의 계속적인 작전 성공에 불길한 예감을 갖게 된 친구이자 이집트의 왕 아마시스는 다음과 같은 취지의 편지를 폴리크라테스에게 보낸다.

> 동맹관계에 있는 친구의 행운을 듣는 것은 즐거운 일입니다. 그러나 신들이 성공을 시샘한다는 것을 알기 때문에 나는 귀하의 과도한 행운을 기뻐하기만 할 수 없습니다. 나 자신과 내가 사랑하는 사람들을 위한 제 자신의 소망으로 말하면 만사형통하기보다는 성공하기도 하고 실패하기도 하면서 행운과 불운을 번갈아 겪으며 한평생 지내고 싶습니다. 매사에 행운만을 만났다가 결국엔 비참한 종말을 겪지 않은 사례를 들어본 바 없기 때문입니다. 그래서 귀하의 계속적인 성공의 위험에 대처하기 위해 다음과 같이 결행하기를 충고드립니다. 귀하가 가장 소중히 여기는 것, 그것을 잃으면 아주 애통해할 것이 무엇인가를 잘 생각해 내어 그것을 버리십시오. 아무도 그것을 다시 볼 수 없도록 내버리십시오. 그 뒤에도 계속 행운과 불운이 교차하는 일이 없으면 제가 마련한 방법을 되풀이하십시오.(『역사』제3권, 40절)

이 충고를 그럴싸하다고 생각한 폴리크라테스는 손에 낀 인장 달린 반지를 생각해 내고 부하들과 함께 바다로 나가 모두가 보는 가운데서 반지를 바닷속으로 던졌다. 그리고 애통해하였다. 그러나 대엿새 후 한 어부가 큰 고기를 잡아 너무나 큰 대어를 그냥 팔아넘길 수 없다고 생각해서 폴리크라테스에게 바쳤고 그의 하인들은 고기 뱃속에서 인장 달린 반지를 발견하였다. 그들은 크게 기뻐하며 반지를 폴리크라테스에게 갖다 바치고 이를 신의 뜻이라고 생각한 그는 자초지종을 적어서 아마시스에게 보냈다. 편지를 본 아마시스는 한 사람이 다른 사람을 운명으로부터 구해주는 것이 불가능하다는 것, 일부러 바다에 버린 것을 다시 찾게 될 정도로 행운인 사람이 언젠가는 비참한 최후를 맞으리라는 것을 깨달았다. 그는 즉각 사신을 사모스로 파견하여 동맹관계의 파기를 알렸다. 그 후 폴리크라테스는 사르디스의 총독이었던 페르시아인 오로이테스에게 죽음을 당하는데 헤로도토스는 그것이 "너무 끔찍하여 언급하지 못한다"고 3권 125절에 적고 있다.[17]

그리스 비극은 아테나이 민주제와 불가분의 관계를 가진 만큼 아테나이 민주주의의 붕괴와 함께 소진한다. 더 이상 새 비극 작품은 쓰이지 않았다. 그러나 폭력적인 것과 양식화된 대화가 융합된 기존 비극은 기원전 4세기에 벌써 고전이 되어서 연극으로 순회공연단에 의해서 그리스, 시칠리아, 남부 이탈리아, 지중해 동부지역에서 상연되었다. 그리고 로마 극작가에게 영감을 주어 로마비극을 낳게 된다.

서사시

호메로스의 영웅 서사시『일리아스』는 대략 16,000행에 이르고『오디세이아』는 12,000행에 이른다. 『일리아스』는 "ilium(트로이)에 관한 시"란 뜻이고『오디세이아』는 "오디세우스의 노래"란 뜻이다. 핀리에 따르면 이들 서사시가 마련된 곳은 그리스 본토가 아니라 에게해의 섬이나 아니면 훨씬 동쪽인 소아시아 즉 지금의 터키이며 시기는 대체로 B.C. 750년에서 700년 사이라고 추정된다. 이 시기에 그리스 말의 알파벳이 발전하여 급속히 퍼졌다. 서사시의 배경이 되고 있는 트로이 전쟁 시점은 대체로 기원전 1200년경이라고 추정된다. 그리스인들은 예로부터 호메로스의 소작으로 믿었다. 그러나 당연히 이견이 많았다. 20세기에 와서 호메로스의 서사시가 정교하게 구성되어 있고 성격묘사에 일관성이 있으며 전체적으

---

17) Herodotus, *The Histories*, trans. Robin Waterfield (Oxford: Oxford University Press, 1998), p. 220.

로 탁월한 예술이기 때문에 한 시인의 작품임에 틀림없다는 단독론이 우세하게 되었다. 미국의 고전학자 밀먼 패리는 단독론이 우세하던 상황에서 새로운 발견을 추가하게 된다. 그는 호메로스가 규격화된 상투어구를 되풀이해서 사용했다는 것을 찾아냈다. 대부분은 예측 가능한 관용구로 점철되어 있는데 이는 운율상의 필요 때문이었다. 모든 것을 기억에 의존하는 구비口碑문화에서 상투어구의 반복적 사용은 불가결한 것이다.『일리아스』가 그리고 있는 것은 전투에 참가한 병사들의 참혹한 삶이다. 살육과 부상과 고통이 전경화되어 있는 전쟁의 진실은 독자를 숨 막히게 한다. 시체로 모여드는 들개와 네발짐승과 파리와 구더기의 모습은 처참함의 극치다, "지상을 걸으며 숨 쉬는 모든 종족 가운데 인간처럼 비참한 것은 없다"(제17권 446)는 시행이 괜한 소리가 아니다. 전쟁이 사라지지 않는 한『일리아스』는 인간지옥의 리얼리즘으로 인류의 악몽이기를 계속할 것이다.

트로이전쟁이 끝난 후 오디세우스의 귀향을 다루고 있는『오디세이아』는 해피엔딩으로 끝나는 모험담이다. 제임스 조이스의『율리시즈』때문에 더더욱 필독서가 된 이 서사시를 띄엄띄엄 읽음으로써 당대의 상황이나 작품이 드러내는 지혜를 주마간산 격으로 살펴본다.

> 우리가 항시 낙으로 삼는 것은 먹기 잔치, 라이어, 춤,
> 깨끗한 옷으로 갈아입기, 온수욕, 그리고 잠자리다.
>
> — 제8권, 282-83행

오디세우스의 말을 받아 알키노우스가 하는 말이다. 영웅 서사시에 나오는 전사들의 항상적 희망 사항을 간결하게 요약해 주고 있다. 요즘 말로 하면 그들의 행복관이라고 말할 수 있겠다. 그러니까 대충 3천 년이나 2천5백 년 전의 전사들의 소망은 가장 기본적인 생존 조건의 충족이었다고 할 수 있다. 그것을 예증하는 사례는 서사시 곳곳에서 발견된다.

사람이 숨길 수 없는 것은 걸귀 들린 창자,
그것은 저주요 인류 재앙의 화근이어니.
크나큰 배를 차려
거친 바다 건너 적을 무찌르는 것도 그 때문이어니.

— 제17권, 313-16행

우리들 가엾은 인간 종자에게는
어떠한 죽음도 참혹하지만
굶어 죽는 것이 제일로 처참한 법

— 제12권, 367-69행

고대 그리스의 황금시대는 대개 기원전 4세기 전후로 잡는 것 같다. 오늘날 우리가 헬레니즘이라 부르는 것은 조금 뒤 알렉산드리아시대의 세계화된 그리스 문화를 가리키는 것이다. 그러니까 호메로스가 다루고 있는 시기는 그 보다 훨씬 이전이다. 그렇긴 하지만 서사시에 나오는 전사들의 삶의 황폐함에 우리는 놀라지 않을 수 없다. 전사들의 목숨은 극히 짧고 살육과 비인간적인 제신諸神의 변덕에 속절없이 노출되어 있다. 뿐만 아니라 그들이 전투에 전념하는 것도 "걸귀 들린 창자" 때문이다. 그들은 또 가장 처참한 죽음인 굶어죽음의 공포에서도 헤어나지 못하고 있다. 한편 우리는 그들이 희구하는 행복 세목의 왜소함과 초라함에 다시 한 번 숙연해진다. 그들이 전사이기 때문만은 아니다. 전사 아닌 일반 평민들의 삶은 더욱 처참하고 가혹했다고 보아야 할 것이다. 누이 한 사람을 빼고 전 가족이 강제수용소에서 희생되었으나 그나마 정신과 의사라는 직업 때문에 살아남은 빅톨 프랭클이 수용소의 절박한 상황에서 가장 생각나는 것이 빵, 과자, 담배, 목욕이라 적고 있는 것은 이러한 맥락에서 흥미있다.

오늘의 관점에서 볼 때 그들 전사들에게는 내면세계란 것도 없다. 일부

급진주의자들은 내면성에 대한 경멸을 혁명적 의식의 징후라고 칭송하지만 내면성은 때로 생존의 물질적 궁핍에서 도피해 위로와 구원을 구상하는 망명처가 될 수도 있다. 일거에 지상 낙원이 실현되지 않는 한 그러한 내면의 망명처는 황폐한 삶에 필요하기도 하고 유용하기도 하다. 그런 내적 망명지는 옛 서사시의 삶에서 범주적으로 배제되어 있다. 어떤 프랑스의 비평가는 고대 그리스인들은 현대 유럽인들이 즐기는 흡연의 즐거움을 알지 못했다는 작가의 말을 보충해서 소설 읽기의 즐거움도 몰랐다고 부연하고 있다. 전성기의 그리스를 두고 한 말이긴 하지만 사치스러운 얘기다. 호메로스의 세계에도 소박한 수준의 노래와 춤은 있다. 그리고 약탈을 통해 취득한 입성이 있기는 하다. 그러나 문자를 모르고 책이 없다는 것은 얼마나 허전하고 적막한 일일 것인가?

> 아비만 한 아들은 거의 없다
> 대개 아비만 못하고 극소수가 아비를 능가 할 뿐
>
> — 2권 309-10행

오디세우스의 아들 텔레마코스를 두고 하는 말 중에 보이는 대목이다. 우리 속담에는 형만한 아우가 없다는 말이 있는데 어투가 쏙 빼닮았다. 아무래도 나이가 위인 형이 책임감도 더 있고 마음 쓰임이 후하다 해서 나온 말일 것이다. 호메로스에서는 아비만 한 아들이 없다고 돼있다. 대개 국왕이 된 자나 창업주의 2세들은 아비만 못하고 그것이 세상 이치다. 부자가 3대를 누리기 어렵다는 말도 같은 맥락에서 나온 것이다. 또 경험이 많은 아비보다 세계 경험이 얕은 자식은 모든 면에서 아비에 비해 사려 깊지 못하며 미거하게 마련이다. 그래서 우리는 세상의 진실을 만났다는 느낌을 갖게 된다.

> 사자死者를 다스리는 왕 되기보다

차라리 째지게 가난한 농투성이
남의 집 종살이를 땅 위에서 하리다.
그건 그렇고, 내 아들 소식이 있으면 알려 주시오
내 뒤를 따라 싸움터로 나가 빼어난 전사가 됐는지를
그리고 고귀한 펠레우스에 대해서도

— 제11권, 556-562행

오디세우스가 지하의 사자死者의 나라로 내려갔을 때 듣게 되는 말이다. 이 사자의 나라에서 왕 노릇 하느니보다는 지상에서 째지게 가난한 집 종살이를 하고 싶다고 아킬레우스는 말한다. 지상의 삶에 대한 집념을 나타내는데 "쇠똥에 뒹굴어도 이승이 좋다"는 우리네 속담과 너무나 흡사하다. 이어서 아킬레우스는 자기 아들의 안부와 소식을 묻는다. 자기의 명예를 이어갈 용사가 되었는지를 묻고 그 다음에 아비인 펠레우스의 안부를 묻는 것이다. 내리 사랑이라고 자식 소식부터 먼저 묻고 이어 아비 안부를 묻는 것이다. 그 우선순위가 무엇보다도 재미있다. 사람은 어디서나 엇비슷한 모양이다.

사람들이 가장 칭송하는 노래는
듣는 귀에 가장 오래 메아리치는 최신의 노래입니다

— 제1권, 405-6행

어머니 페네로페가 너무 슬픈 노래여서 자기 가슴이 메어진다며 음유시인에게 노래를 말리려 하자 아들 텔레마코스가 하는 말이다. 이 세상에 일어나는 일에 책임이 있는 것은 시인이 아니라 제우스신이라며 덧부치는 말이다. 오래된 노래보다 새 노래에 끌리는 것이 인지상정이라고 말하는 셈이다. 해 아래 새로운 것이 없음에도 불구하고 또 세월이 더디게 가던 그 옛날에도 모더니즘의 매혹과 필연성은 엄존했던 것이다. 비록 당분간일지라도 낡은 것은 새것에 밀리게 마련이다.

스킬라는 죽지 않는다, 영원히 살 마녀다
끔찍하고 흉폭하고 사나워 방비책이 없다
그저 그녀에게서 도망쳐야 하느니, 그게 유일한 방책이다

— 제12권, 128-30

펭귄문고 산문 번역에서는 훨씬 원뜻에 가깝게 번역되어 있다.

안돼! 그녀에겐 대책이 없으니
도망치는 것이 바로 용기다.

승패가 뻔한 싸움에서는 삼십육계 도망치는 것이 최고의 방책이요 그것
은 비겁이나 못난이 짓이 아니라 진정한 용기라는 것이다. 2차 대전 당시
일본군인은 태평양 소재 도서 곳곳에서 이 단순명쾌한 이치를 어기고 사
실상의 집단자살이란 만행을 저질렀다. 위에서 명령한 자는 대개 멀쩡히
살아남았고 시퍼런 청년들만 희생을 당한 것이다. 위의 대목은 로렐라이
모티프의 원형이라 할 수 있는 스킬라와 카립디스의 난항 코스를 다룬 제
12권에 나온다. 『계몽의 변증법』의 저자들이 「오디세우스 혹은 신화와 계
몽」이란 장에서 심도 있게 해석한 세이렌의 노래 장면에 이어서 나온다.
오디세우스는 세이렌의 노랫소리에 저항할 수 없다는 것을 알고 있지만
꼭 들어보겠다고 작심한 뒤 부하들의 귀를 밀랍으로 틀어막고 제 몸은 돛
대에 단단히 묶어놓게 한다. 귀를 틀어 막힌 그의 부하들은 맹렬히 노를
저어 위험한 고비를 넘기게 된다. 여기서 오디세우스의 부하들은 저자들
에게 피지배층으로 해석된다. 인류의 대다수에게 아름다움과 사랑은 근
접할 수 없는 미지의 것이 되고 오직 특혜 받은 소수만이 그것을 알게 되
고 수중에 넣게 된다. 저자들에게 이 삽화는 문명의 역사가 곧 인간의 자
기 지배의 역사임을 보여주는 축도가 된다.

이 고초 또한 언젠가는 우리가 기억하리니
내 그것을 믿어 의심치 않는다.

— 제12권, 241-2

　앞의 장면에 이어 스킬라와 연관된 위험에 대해 오디세우스가 부하들을 격려하기 위해서 하는 말이다. 여태껏 우리는 많은 고초를 겪었다. 그러나 지금의 곤경이 큐클롭스가 우리를 동굴 속에 가두어놓은 때보다 더 고약한 것은 아니다. 그때도 나의 용기와 침착이 위기를 벗어나게 했다. 이와 같은 말끝에 하는 말이다. 우리 쪽에서도 곤경이나 어려움을 당했을 때 이 모든 것이 지나가고 옛날 얘기할 날이 올 것이라고 서로 위로하고 혹은 자기위로를 꾀하는 경우가 많다. 아주 흡사하다.

　되는 대로 뽑아 읽어본 몇 줄로 그 의미와 재미가 소진될 수는 없다. 다만 이런 사례를 통해서도 고전이 보여주는 삶의 진실과 지혜를 엿볼 수 있음은 사실이다. 그 세계와 우리의 오늘이 얼마나 다른가? 그럼에도 불구하고 인간을 규제하고 있는 조건들은 또 얼마나 비슷한 것인가? 번역이라는 매개를 통해서도 우리는 인간 문제의 보편성이라는 것을 실감하게 된다. 오디세우스는 전쟁과 귀향길에서 살아남는 영웅이지만 그를 살아남는 영웅으로 만든 것은 무엇인가? 행운이 그의 편에 서준 것도 사실이지만 그가 빼어난 기운과 꾀를 가지고 있는 위인임을 간과해서는 안 될 것이다. 그의 이야기는 꾀와 힘이 세상을 살아가는데 긴요한 덕목임을 깨우쳐 준다. 호메로스 이후 오디세우스는 율리시즈란 로마식 이름을 첨가받아 서구의 문학적 상상력 속에서 항상적인 존재가 되어있다. 앞에서 진실이란 말을 썼지만 그것은 가령 속담이 구현하고 있는 진실이요 진정성이지 획일적으로 적용되는 공식은 아니다. "형만 한 아우가 없다"는 속담을 놀부와 흥부에게 적용시킬 수는 없을 것이다.

플라톤

화이트헤드가『과정과 실재』에서 토로했다는 "서양철학은 플라톤의 철학에 부친 각주에 지나지 않는다"는 말은 아마 가장 흔하게 인용되는 명언일 것이다. 월터 페이터의『플라톤과 플라톤 철학』에는 다음과 같은 대목이 보인다.

> 그의 놀라운 문학적 참신성에도 불구하고 플라톤에게 절대적으로 새로운 것이 없다고 말하는 것은 결코 과장이 아니다. 천재가 낳은 많은 독창적 작품은 언뜻 보아 새로운 것처럼 보이는 경우에도 가령 양피지 사본, 한번 썼던 실로 짠 주단, 또 벌써 여러 번 살았다 죽었다했던 미분자로 구성된 동물의 골격처럼 아주 오래된 것인데 플라톤의 경우도 그렇다.[18]

해 아래 새로운 것이 없다는 구약 대목의 철학적 문학적 적용이다. 그러면서 페이터는 수와 음악의 철학자 피타고라스, 파르메니데스, 그리고 만물유동을 얘기한 헤라클리투스가 단편적인 글만을 남겼지만 플라톤이 많은 것을 흡수했다고 말하면서 그것을 분석해 보여주고 있다. 역설적으로 들릴지 모르지만 월터 페이터의 이 말은 그대로 화이트헤드의 말을 뒷받침해 주고 있다고 생각한다. 단편적인 글이 아니라 정치, 법률, 교육, 현실, 어떻게 살 것인가 등에 대한 본격적인 수다한 저작을 남겨놓은 최초의 서양철학자이기 때문이다. 실제로 플라톤을 읽어보면 화이트헤드의 말이 진실이라는 사실을 확인하게 된다. 필자가 그것을 실감한 사례로『고르기아스』를 살펴보기로 한다. 플라톤의『국가』는 유명한 시인 추방 언설 때문에 문학도에겐 필독서가 되어있지만 너무 규모가 큰 책이어서 얼마쯤 버겁게 느껴지는 게 사실이다. 플라톤의 초기 작품에 속한다는 이

---

18) Walter H. Pater, *Plato and Platonism*(1910), Kindle edition, location 31-32.

대화체의 책은 분량이나 소재나 논리전개가 누구나 친근하게 다가갈 수 있다는 덕목을 가지고 있다.

『고르기아스』는 칼리클레스, 소크라테스, 카이레폰, 고르기아스, 폴로스의 5인이 나누는 대화로 되어있다. 고르기아스는 연만한 변론술의 대가이고 폴로스는 고르기아스를 존경하는 제자이고 얼마쯤 경박한 젊은이다. 이 두 사람은 모두 외국에서 온 변론술의 교사이고 당대의 실존 인물이라 생각된다. 칼리클레스는 현실정치가이고 세상물정에 밝은 위인이며 아테나이의 시민으로 변론술의 공부를 한 인물이다. 카이레폰은 드물게 몇 마디해서 그저 그림자 같은 인물이다. 소크라테스가 이들과 나누는 대화는 도전적인 질문과 이에 대한 답변으로 되어있어 시종 긴장감을 자아낸다. 고르기아스의 직업이 변론술의 교사임을 확인한 후 변론술이 무슨 기술인가를 추궁해서 결국은 법정이나 민회民會 등에서 사람들을 설득하는 것임을 드러내게 한다. 소크라테스는 폴로스에게 변론술에 대한 견해를 서슴없이 토로해서 "정치술의 한 부분의 그림자" 같은 것이라고 말한다. 그러한 생각은 마침내는 변론술이 의술과 같은 어엿한 기술이 아니고 경험이나 숙달에 지나지 않고 보비위flattery란 점잖지 못한 짓을 할 뿐이라는 결론에 이른다. 이에 대해 폴로스는 현실에서 변론술이 갖는 효용을 강조하고 그 습득에서 오는 이점을 강조하고 있는데 이것은 당시 아테나이의 정치 풍조에 대한 플라톤의 비판적 시각을 보여준다고 생각된다. 소크라테스의 입을 빌려 그는 누누이 보비위 거래를 성토하고 있다. 이 책에서 가장 흥미 있는 인물은 칼리클레스라 생각된다. 그는 서슴없이 말한다.

> 보다 뛰어나고 똑똑한 자가 열등한 자를 지배하고 보다 많이 갖는 것이 자연의 정의라고 나는 생각해요.[19]

---

19) Plato, *Gorgias*, trans. Benjamin Jowell, Kindle edition. location 1670-1677.

국가 행정에 있어 현명하고 용감한 자는 국가의 지배자가 되어야 하고 이들이 지배받는 자보다 더 많이 갖는 것이 정의라고 벌써 나는 말한 바 있소.[20]

자연의 정의란 이름으로 그는 지배와 부를 옹호하고 강자를 두둔하며 약자와 빈자를 하대한다. 열등한 자가 합당한 보답을 받는 것은 당연하다는 투다. 사회 다위니즘의 선구자라 해도 과언이 아닐 것이다. 그는 "힘이 정의"라고 강변하면서 소크라테스가 표방하는 정의나 절제의 덕성이 "노예의 도덕"이라며 업신여긴다. 기독교 비판에서 노예도덕을 적용한 19세기 니체에게 영감의 원천이 되었으리라는 추측이 가능하다. 문학에서 천사를 그리기는 어려워도 악마의 성격 묘사는 어렵지 않다는 말이 있다. 대개 부정적 인물일수록 생생하게 살아있다고도 말한다. 소크라테스가 치밀하고 정연한 논리로 타인을 압도하지만 칼리클레스도 생생한 인물로 살아있다. 젊은날의 플라톤은 비극시인 지망이었다는 말이 있는데 특히 『고르기아스』를 읽어보면 그럴법하게 들린다. 아테나이 민주정치를 꽃피웠다고 역사에서 배운 페리클레스를 모르는 사람은 없다. 이 책에서 소크라테스가 페리클레스를 언급하는 것도 극히 흥미 있다.

그가 처음으로 수당을 지급해서 아테나이인을 게으르고 비겁하게 만들고 수다와 돈을 좋아하게 만들었다는 말도 있소.[21]

페리클레스가 처음 아테나이에서 크게 성가가 있었지만 나중엔 공금 유용으로 유죄 선고를 받았다는 것을 거론하며 그것은 아테나이인들을 보다 좋은 사람으로 만들지 못한 탓이니 유능한 정치가라 할 수 없다는 말을 하고 있다. 기타 당대 정치인들에 대한 언급이 나오는데 이것은 당대 정치에 대해 플라톤이 가지고 있던 생각이 반영된 것으로 보인다. 또 장

---

20) Ibid., location 1701-1702
21) Ibid., location, 2143-2144.

중한 비극의 시가 궁극적으로는 청중을 즐겁게 하기를 지향하기 때문에 변론술의 기술로 다듬은 대중 연설에 불과하다는 생각을 피력함으로써 뒷날의 시인 추방 언설을 예감케 한다. 이 책은 평생을 바르게 또 경건하게 산 사람은 사후에 "행복자의 섬"에서 행복한 삶을 보내게 되고 바르지 않게 또 제신諸神을 업신여기면서 산 사람은 지하의 타르타로스로 떨어져 벌을 받는다는 소크라테스의 말로 끝난다. 뮤토스라 생각할지 모르지만 로고스로 얘기하는 것이라고 그는 말한다. 이 책에서 강조하고 있는 것은 바르게 살기이며 부정의 대상이 되는 것은 보비위와 영합이다. 재미있게 읽힌다는 것이 이 책의 미덕이고 그것은 모든 고전의 미덕이기도 하다. 지적 전통의 계보를 엿볼 수 있는 것도 고전 읽기의 낙이자 덤이기도 하다.

그리스 비극의 세계
— 고전에의 권유

들어가면서

언제부터인지 분명치 않지만 고전에 관한 냉소적 정의가 생겨나서 공공연히 유통되고 있으며 또 암묵적 동조자를 얻고 있는 것으로 보인다. 가장 많이 언급되고 인구에 회자되기는 하나 막상 독자가 없는 책이나 작품이 고전이란 것이다. 특히 독서열이 상대적으로 취약하다고 하는 우리 사회에서 일반적으로 고전은 경원의 대상이지 친화적 접근의 대상은 아닌 것으로 생각된다. 오늘의 우리가 당면한 절박한 문제를 정면에서 정공법으로 다루고 있는 "현대의 고전"이 수두룩하기 때문에 아득한 옛 고전에 몰두하는 것은 쉽지 않고 때로는 복잡한 현대로부터의 도피라 여겨지기가 십상이라는 의견이 있다. 또 시간상의 거리가 현격한 옛 고전이 대체로 난해하고 현대와의 의미 깊은 유관성에 의문이 가는 것도 고전 경원의 사유가 된다는 지적도 있다. 그리스 비극은 서구문학에서 고전 중의 고전인 것이 사실이다. 고전을 싸고도는 경원과 편견의 안개를 거두어내고 편안한 마음으로 접근할 수 있기 위해서는 고전이 살아있는 현재로서 우리의 오늘에 깊이 또 은밀하게 개입하고 있음을 밝히는 것이 우선 필요하다. 그러한 맥락에서 몇 가지 사항을 확인해 두는 것으로 시작하려고 한다. 비극 상연은 고대 아테나이에서 폴리스의 집단적 연례행사의 일환으로써 시민들의 참여를 통해 이루어졌고 또 펠로폰네소스전쟁의 어려운 시기에도 중단 없이 계속되었다. 당대 아테나이 시민과 비극의 관계는 현대인과 영화의 관계와 흡사하다. 그런 맥락에서 고전을 경원하는 고정관념을 버리고 편안한 마음으로 접하는 것이 필요하다고 생각한다.

그 문학적 깊이나 높이와 상관없이 많은 독자를 가지고 있는 장르로 추리소설을 지적할 수 있다. 비평가나 문학계 여론 주도자의 냉대에도 불구하고 추리소설은 독서 군중을 애독자로 가지고 번창하고 있다. 추리소설의 문장은 대체로 접근이 평이하다는 공통성을 가지고 있다. 그러나 많은 중독자를 가지고 있고 우드로우 윌슨이나 아이젠하워 같은 정치 지도자나 예이츠나 버트란드 럿셀 같은 전문 지식인들을 애독자로 가지고 있다. 추리소설을 미국에서 후단잇who-dun-it라고도 하는데 문자 그대로 "누가 했나"의 뜻이다. 살인사건이 벌어지고 살인범을 찾기 위해 탐정 혹은 형사가 이리 뛰고 저리 뛴다. 그러나 매우 지능적인 살인범의 용의주도한 언행으로 좀처럼 드러나지 않는다. 유력한 용의자는 번번이 알리바이가 성립되고 집요하고 세심한 추적으로 마침내 살인범을 잡고 보니 그는 전혀 의외의 인물이어서 독자들은 놀라게 된다. 모든 추리소설은 누가 했나를 추적하는 플롯을 가지고 있고 그래서 "누가 했나"란 별칭을 얻게 된 것이다. 범인이 누구인가를 알게 되면 소설 읽기는 재미가 없어진다. 그러니까 추리소설 출판사나 서평자들 사이에는 진범에 대한 단서를 알려주어서는 안 된다는 묵계가 성립되어 있다. 이렇게 뻔한 플롯을 가지고 있는 추리소설이 다수 독자를 가지고 있는 오락으로 요지부동의 위치에 있는 것은 사냥감을 좇아서 이리 뛰고 저리 뛰는 구석기시대의 사냥꾼의 피가 현대인에게도 흐르고 있기 때문이라는 반농반진의 해석도 있다. 가공적 살인범을 좇는 형사나 그 가공적 행적을 호기심에 차서 좇는 독자들은 바로 현대의 사냥꾼이라는 것이다.

그리스 비극의 최고 걸작의 하나로 아리스토텔레스가 비극을 얘기할 때 좋은 사례로 거론하는 『오이디푸스 왕』은 바로 "누가 했나"의 플롯을 따르고 있다. 테바이에 역병이 돌고 이에 따른 갖가지 재앙이 따르자 오이디푸스왕은 사람을 보내어 델포이의 신탁을 듣게 한다. 테바이에서 양육되는 나라의 오욕汚辱을 몰아내어 정화를 해야 한다는 것이 신탁의 내용이다. "사람을 추방하고 피를 피로 갚는 것"이 신탁이 알려준 정화의 방법이다. 오이디푸스가 왕으로 추대받기 전 라이오스왕이 살해되었는데 살인자를 찾아내어 벌주라는 것이다. 이 살인자를 찾아내는 과정은 흡사 추리소설의 플럿처럼 전개되고 마침내 오이디푸스가 그 범인으로 밝혀진다. 뜻밖의 인물이지만 더욱 가공할 만한 것은 라이오스가 오이디푸스의 생부라는 사실이다. "누가 했나"가 밝혀짐과 함께 오이디푸스는 자기 발견에 이르고 다 알다시피 스스로 눈을 찔러 맹인이 되어 유랑의 길로 나선다. 추리소설의 플럿을 그대로 따르고 있다기보다 추리소설의 원형이 되어있다고 하는 편이 옳다. 추리소설이 등장인물에 대한 탐구 없이 기계적으로 "누가 했나"를 찾아 헤매고 있는 것과 대조적으로 삶과 사람과 세계에 대한 성찰을 담고 독자에게 성찰을 요구하는 것이 비극이다. 아울러 필요한 것은 하나도 빼놓지 않고 불필요한 것은 하나도 들여놓지 않는 고전적 완벽성을 보여 이상적 구성을 보여주기도 한다. 오늘의 추리소설이 플럿 상으로는 『오이디푸스 왕』의 아류라고 하는 사실을 상기할 때 추리소설 속에 살아있는 과거로서 고전 비극이 잠복해 있음을 알게 된다. 그 점을 예감하고 인지할 때 고전 비극은 벌써 경원의 대상이기를 그칠 것이다.

그리스 비극의 현대와의 유관성 회의론에 대한 강력한 작품적 반론은 『안티고네』에서 찾을 수 있다. 전근대에서 근대로의 이행은 "운명에서 선택으로"란 말로 요약될 수 있다. 근대인의 삶은 신분의 고정성에서 벗어나 선택을 통한 신분이동이 가능하다는 것이 특징이다. 그런 맥락에서 보면 양자택일의 선택은 근대인이 항상적으로 마주치는 당연하나 난감하고 곤혹스러운 상황이라 할 수 있다. 양립될 수 없는 상호배제적 부분적 선 사이에서의 갈등과 선택의 결과를 다루고 있는 『안티고네』는 따라서 근대로 내려올수록 더욱 호소력을 갖게 된다. 20세기에 들어와서 연극이나 오페라에서 12편의 『안티고네』가 생산되었다는 것은 우연이 아니다. 브레

히트나 장 아누이 같은 재능들이 생산에 가담했다는 것도 특기할만 한 일이다. 현대인에 대한 호소력이라는 맥락에서 보면 소포클레스의 초기작이라고 알려진『아이아스』에 대해서도 비슷한 말을 할 수 있다. 경쟁자에게 영광이 돌아간 것을 안 아이아스는 자존감이 상해 격분하고 광란상태에서 양과 가축을 도륙한다는 치욕적인 망동을 저지르고 나서 자괴감 끝에 자살하고 만다. 아이아스가 기골이 장대하고 용감한 전사여서 무공이 컸다는 것은 사실이다. 그러나 객관적으로 보면 트로이를 함락시킨 것은 지모에 능했던 오디세우스가 트로이의 목마란 계책을 세우고 실천했기 때문이다. 아가멤논과 휘하의 장수들이 오디세우스에게 영광을 돌린 것은 자연스러운 일이다. 그러나 이리 뛰고 저리 뛰어 많은 전우들의 목숨을 구해주고 적군을 무찌른 아이아스가 영광을 탐내는 것 또한 자연스러운 일이다. 남의 떡이 더 커 보이는 그만큼 또 자기 공이 커 보이는 것이 인간사이다. 그가 특히 분격한 것은 꾀나 부리는 오디세우스를 평소 경멸하고 싫어했기 때문이다. 상처 입은 자존심은 마침내 광란과 자살로 이어진다. 가령 기업에서 일하는 현대인은 상사의 압력과 동료와의 경쟁으로 수시로 상처받고 수시로 격분하고 수시로 불안감에 싸인다. 자신을 부당하게 냉대받는 쁘띠 아이아스로 생각하는 상황은 의외로 많을지 모른다. 떳떳하고 명예롭게 사느냐 혹은 떳떳하고 명예롭게 죽느냐, 이것이 고귀한 인간이 물어야 할 소임이라고 말하지 못하는 것이 오늘날의 졸장부 아이시스의 난경이란 것이 조금 다를 뿐이다.

20세기 이후 대중의 호응을 가장 많이 받은 것은 아마도 영화일 것이다. 영화 속에서 공간은 역동성을 획득하고 시간 또한 미래와 과거를 오가며 역동적으로 전개한다. 이러한 시공간의 제약으로부터의 자유가 영화의 서사 가능성과 시각적 향유 잠재성을 확대해서 관객을 사로잡는다. 권력 또한 그 막강한 홍보 잠재성에 착안하여 후원함으로써 영화는 시대의 총아가 된다. 막대한 재력이 동원되어 다수의 영화가 제작되는데 그 소재의 다양성도 괄목할 만하다. 그러한 가운데 가령 랩 라이너 감독의

『소수 정예A Few Good Men』같은 법정 영화도 다수 제작되어 관객을 모으고 있다. 그리스 비극이 영감의 원천이 되어 이러한 법정 영화가 나오게 되었다는 추정은 결코 상상력의 비약만은 아닐 것이다. 어떻게 보면 그리스 비극은 주인공이 피고이고 무창단舞唱團이 배심원이며 관객이 판결을 내리는 법정이라고 생각해서 크게 잘못은 아닐 것이다. 코러스의 존재가 그리스 비극이 노래로 진행되었을 것이라는 오해를 야기해서 유럽 근세의 오페라가 탄생했다는 것은 유럽 음악사의 유명한 삽화이다. 이러한 창조적 오해의 모태가 되었다는 것 자체가 그리스 비극의 풍요성과 향유 유발 능력을 강력하게 시사하는 것이다.

가령『햄릿』의 관습상의 외적 특징을 잠시 떠올려 보는 것도 그리스 비극의 압도적 영향을 실감하는데 도움이 될 것이다.[1]『햄릿』은 5막으로 된 비극이다. 셰익스피어 당대에 그리스 비극은 5막으로 나누어진다고 믿고 있었기 때문이다. 대화는 약강격의 운문으로 되어 있는데 이 또한 그리스 비극을 따른 것이다. 그리스 비극의 주제는 시인이 발명한 것이 아니며 예외 없이 신화에서 따온 것이고 언제나 왕과 왕비와 왕자를 다루고 있다.『햄릿』도 이러한 관습을 그대로 따르고 있다. 그리스 비극은 편협한 귀속 폴리스의 이해관계에 매여있지 않다. 아테나이의 비극 시인은 테바이나 아르고스 등에서 자유롭게 주제를 선택하였다. 마찬가지로 셰익스피어는 영국 역사에서 소재를 따오기도 했지만 덴마크나 이탈리아에서 소재를 따왔다. 덴마크의 왕자가 초자연적인 계시를 받아서 부왕의 복수를 하는 것은 오레스테스의 경우와 같다. 뿐만 아니라 엘시노어성城 앞의 첫 장면은 아이스퀼로스의『오레스테이아』첫 장면의 판박이이다. 작품의 세목을 꼼꼼히 비교해 보면 유사성은 더욱 두드러진다. 그리스 고전 이해의 중요성은 고전의 현재 유관성에 대한 회의론을 일거에 반박하면서 전통의 중요성을 재확인시켜 준다.

---

1) Gilbert Murray, *The Classical Tradition in Poetry* (New York: Vintage Books, 1957), pp. 21-23.

축제·경연·폴리스

그리스 비극은 기원전 6세기에 시작하여 해마다 중단 없이 상연되었다. 펠로폰네소스전쟁 중에는 물론이고 아테나이가 스파르타에게 패배를 당한 뒤에도 중단이 없었다는 것은 주목할 만하다. 그러나 그 전성기는 기원전 5세기이며 현존하는 비극 텍스트는 그 무렵에 쓰인 것이다. 시기적으로 비극은 아테나이의 민주정과 나란히 발전하였다. 세계 역사상 처음으로 인구의 대다수가 정치에서 강력하고 정규적인 목소리를 내게 되고 결국엔 역할을 하게 된 시기에 비극이 동반 발전하였다는 것은 우리가 유념하고 숙고해야 할 국면이다. 비극은 지리적으로 산재해 있던 그리스 세계에서 두루 환영받았고 기원전 4세기에는 많은 그리스 도시가 자기네의 극장을 가지고 있었다. 그러나 기원에 있어 비극은 아테나이의 문화적 산물이다. 비극tragedy이란 말이 "산양노래"에서 왔다는 것은 밝혀져 있지만 왜 그랬나에 대해선 의견이 분분하였다. 최근엔 우승자에게 주어진 포상품襃賞品이었다는 해석이 대세인 것 같다. 마찬가지로 비극의 기원에 대해선 알려진 바가 없고 정설이 없다. 아리스토텔레스의 『시학』에 근거하여 비극이 디오니서스를 기리는 송가와 관련된 무창단舞唱團의 실연에서 발전해 왔다는 추정이 지배적이다.

비극은 디오니서스를 기리는 아테나이의 축제에서 상연되었는데 가장 중요한 것이 해마다 봄에 열리는 디오니서스제祭이다. 3월 하순에 열린 축제는 지중해 주변의 항해가 시작되는 시기여서 많은 외국인들이 행사를 보러 아테나이를 방문했다. 아테나이의 정치적 군사적 역량을 보여주는 행사를 통해 애국적 자긍심을 드러내려는 것이 역력하였다. 아테나이 제국 안의 많은 도시들이 공물供物을 바치는 기회이기도 했고 이 공물들은 극장 안에 전시되었다.

첫날에는 아테나이를 위해 싸우다 죽은 전몰전사들의 아들들이 행진을 하고 또 갑옷 선물을 받았으며 아테나이 유공자들이 포상을 받았다. 또 동물 공양, 신상神像의 극장 배치가 있었다. 둘째 날에는 희극 5편이 상연된다. 그 다음으로 이어지는 비극 경연이 이 축제에서 가장 중요한 행사이다. 하루에 한 비극작가의 비극 3편과 사티로스극이 상연되고 그것이 사흘에 걸쳐 계속된다. 그러나 3인의 비극시인이 어떻게 선정되었느냐 하는 것은 알려져 있지 않다. 비극 상연은 아테나이 시민들을 합일시키고 아테나이 시민됨이 의미하는 것에 대한 성찰을 요청하는 것을 목적으로 한 대규모 공적 축제의 일환이었다. 아티카를 구성하는 10개 부족이 각각 약간 명의 심판 후보자를 내어 그 명단을 10개의 항아리에 밀폐 보관한다. 상연에 앞서 이 항아리는 극장 안으로 옮겨지고 비극 상연의 집정관 archon이 항아리에서 명단 하나씩을 고른다. 이렇게 선발된 10명의 심사자가 경연에 참가한 3명의 작가 중 자기가 생각하는 순위를 투표한다. 심사자가 항아리에 넣은 10표 가운데서 집정관이 되는 대로 5표를 빼내고 그 5표로 순위가 결정된다. 즉 절반만 개표해서 순위를 결정하는 것이다. 구구한 해석이 있었으나 부정 방지책으로 구상된 것이라는 해석이 설득력이 있는 것으로 생각된다.

사진을 통해 독자들이 친숙해진 경사진 관객석이 특징인 디오니서스제의 야외극장은 플라톤이 3만의 관객을 포용했다고 추산하고 있다. 그러나 최근의 추산은 5천에서 6천에 이르는 관객을 상정하고 있다. 외국인, 노예, 이민자들이 비극 경연을 참관했으나 여성이 관람했는가의 여부는 결정적인 증거가 없다. 그리스 비극에 걸출한 여성이 다수 등장하는 점에 비추어보아 불가해한 일이다. 여성이 배제되었다는 주장도 있으나 여성 관람을 시사하는 대목이 플라톤을 위시한 몇몇 저자들의 책에 보인다. 관객이 사회 각 계층으로 구성되어 있기 때문에 교육받지 못한 관객의 외면을 받아서도 안 되지만 교육받은 관객에게만 영합迎合할 수도 없다. 성공적인 비극은 스펙터클과 자극적인 장면을 포함하고 있지만 동시에 관객의 사고와 성찰을 유발하고 조장하였다. 경연이기 때문에 비극작가들은 무엇인가 새롭고 도전적인 것을 보여주어야 했고 옛 신화를 개변하기도 했다. 입장은 유료, 무료, 수당 지급 등 변화를 겪었는데 이는 아테나이 민주제가 정체停滯를 몰랐다는 증거이기도 하다. 민주제가 붕괴하기 직전까지 꾸준히 체제 개선을 도모했다는 것이 고대 민주정의 역사적 사실이다.

근대의 자연주의 연극에 친숙한 사람들의 눈으로 본다면 그리스 비극은 고도로 양식화된 극이다. 기본적으로는 배우들 사이의 대화와 무창단의 무창舞唱으로 구성되어 있다. 기원전 5세기 중엽의 비극시인들은 3명의 배우, 15명의 무창단, 그리고 말 없는 무제한의 엑스트라를 활용할 수 있었다. 배우는 모두 남성이었고 폴리스의 공적 재정지원을 받았다. 무창단원 역시 남성이었으나 부유한 개인들의 재정지원을 받은 것이 달랐다. 엑스트라는 인상적인 장면과 같은 시각적 효과를 위해 활용되었다. 비극장르의 최종 형태에 이르는 발전 과정은 불확실하나 테스피스Thespis란 인물에서 기원을 찾는 전승이 있는 것은 사실이다. 그가 무창단의 서사 상연에 한 사람의 배우를 도입함으로써 비극을 발명하였다는 것은 그러나 역사라기보다 전설에 가까운 것으로 간주되고 있다. 여기에 아리스토텔레스는 아이스킬로스가 제2의 배우, 소포클레스가 제3의 배우를 도입했다고 덧붙이고 있다. 아리스토텔레스의 이러한 분석은 점차적으로 배우 수를 늘리면서 오랜 시간에 걸쳐 비극이 발전하여 마침내 최종 형태에 이르렀다는 사실을 시사한다. 아이스킬로스의 『페르시아인들』, 『테바이에 맞선 7인』, 『공양하는 여인들』과 같은 현존 초기작은 2인의 배우를 요하지만 기원전 458년의 『오레스테이아』에 이르면 3인이 필요해진다. 3명의 배우가 분담해서 여러 역할을 맡아야 했기 때문에 이들은 가면을 썼다. 비극배우들이 썼던 가면은 양식화되어 있으며 개체를 나타내기보다 왕이나 노부인과 같은 인물 유형을 나타내고 있다. 아마포亞麻布로 된 가면은 머리 전체를 덮었으나 목소리를 내도록 입쪽은 크게 열려있었다. 가면을 쓴 데다가 극장 공간이 넓어서 배우들은 보다 크고 단박에 인지할 수 있는 몸짓을 하여야 했다.

옛 기록은 당시의 관객이 열중해서 구경한 것만은 아니고 때로는 소란스럽고 난폭했음을 시사하고 있다. (비슷한 얘기는 1년에 40회 개최된 민회民會에도 적용될 수 있다.) 배우나 극이 기대했던 수준을 보여주지 못했을 때 고함치고 소란을 피워 배우나 무창단이 무대를 떠나지 않으면 안 되는 경우도 있었다. 통제할 수 없을 때 관객을 제어하는 극장경찰조차 있었다는 것이 알려지고 있다.

모든 장르가 그러하듯이 그리스 비극도 그 나름의 관습convention을 가지고 있다. 과거를 언급하기도 하고 미래를 예상하지만 단 하루에 일어난 일을 다룬다. 또 예외적인 경우가 있기는 하나 단일한 장소에서 일이 벌어진다. 장소는 대개 집 바깥이고 죽음이나 중요한 사건은 무대 밖에서 일어나며 사자使者의 전언 형태로 관객에게 전달된다. 작중인물에게 일어난 참혹한 자초지종을 상세하게 전하는 사자의 전언은 가장 흔한 비극의 특징이다. 또 서두에 그때까지의 얘기를 전하는 도입부나 상반되는 견해를 가진 등장인물 사이의 토론 즉 애건agon에 대해서도 같은 말을 할 수 있다. 그리스 비극을 말하면서 우리가 빼놓을 수 없는 것은 아리스토텔레스가 『시학』에서 표명하고 있는 비극론이다. 널리 알려진 것이어서 상론하는 것은 피하지만 "희극은 보통 이하의 악인을 모방하려 하고 비극은 보통 이상의 선인을 모방하려 한다"는 대목은 유념해 두어야 할 것이다. 비극을 관람하면서 관중들이 연민과 공포를 경험하지만 아리스토텔레스가 카다르시스라 부른 과정을 통해서 감정의 정화를 성취한다는 것이 비극의 효과라 할 수 있다.

요컨대 비극은 인간의 삶에서 어려운 문제, 특히 왜 우리가 고통받는가 하는 것을 다루는 것에 주요 관심이 있는 장르이다. 비극은 그리스 신화 가운데서도 존속살해, 가족살해, 근친상간, 사회의 붕괴와 같은 소재를 선택해서 가장 어두운 국면을 다루고 있다. 그러나 이런 것을 아름다운 것으로 승화시키고 도덕적 해이를 과함으로써 다루어진 고통은 의미있는 것이 된다. 또 고난을 통한 학습 효과 즉 우리에게 무엇인가를 가르치는 능력 때문에 또 보다 넓은 우주적 질서를 반영함으로써 인간 삶에서 가장 감당하기 어려운 경험을 벌충하려 한다. 그리고 우리에게 일상생활을 넘어선 즐거움을 주려 한다.

기원전 5세기에 활동하였던 60여 명의 비극 시인들의 이름이 전해오지만 작품은 망실되고 오직 단편斷片만이 남아있다. 아이스킬로스의『페르샤인들』(472)이 현존작품 중 가장 오래된 것이다. 소포클레스가 처음 아이스킬로스를 누르고 우승한 것은 468년이었고 3등을 한 적이 없었다. 그는 적어도 18회 우승을 거두었고 이 숫자는 아이스킬러스와 에우리피데스의 우승 횟수를 합친 것보다 많다. 아이스킬로스의『오레스테이아』3부작은 458년에 상연되었다. 에우리피데스의 첫 우승은 441년이었다.

5세기 말이 되면 위에 적은 3인이 가장 위대한 비극 시인이라고 대부분의 사람들이 생각하게 되었다. 3대 시인들은 모두 다작을 하였으나 남아있는 것은 극소수다. 아이스킬로스는 90편 중에서 6편, 소포클레스는 123편 중 7편, 에우리피데스는 92편 중 18편이 남아있을 뿐이다.『오이디푸스 왕』이 상연되었을 때 이 작품은 경연에서 2등을 하였고 우승은 아이스킬로스의 조카인 필로클레스에게 돌아갔는데 그의 작품은 모두 망실되어 그 수수께끼를 해명할 길은 없어지고 말았다.

기원전 4세기나 3세기엔 비극 텍스트는 이집트에 있는 그리스 도시 알렉산드리아의 도서관에 소장되었다. 건조한 기후여서 극본을 복사해 놓은 파피루스 두루마리를 보존하기가 좋았다. 그러나 기원 4세기에 도서관은 파괴되고 비극의 복사본은 기독교가 로마제국의 공식 종교가 되면서 망실되게 된다. 마지막엔 읽기나 수사학 공부에 적당하다고 판단된 소수의 비극 대본만이 계속 복사되어 망실을 모면하고 살아남게 된 것이다. 망실도 자연선택의 일환이라고 볼 때 반드시 애석해야 할 사안은 아닐 것이다.

비극의 갈등

> 고전세계와 근대세계의 모든 걸작들 가운데서—나는 그 걸작들의 거의 대부분을 알고 있으며 제군들 또한 알아야 하고 알 수 있다—『안티고네』는 이런 종류의 가장 장엄하고 만족스러운 작품으로 내게는 보인다.[2]

방대한 헤겔『미학강의』의 끝부분에 적고 있는 위의 대목은 자신만만한 자부심과 함께 이 비극작품에서 비극 갈등의 핵심을 발견한 저자의 탄복이 엿보인다. 3편의 테바이 비극 중에서 가장 먼저 쓰인 것으로 추정되는 『안티고네』는 근대로 내려올수록 높은 평가를 받고 있다. 프랑스 혁명 이후 근대인은 개인과 역사의 만남을 목도하면서 양자의 상반되나 거부할 수 없는 요구의 정당성에 갈등을 경험하는 경우가 많아졌다. 그러한 경험의 한 원형적 형상화로서『안티고네』의 호소력이 증대해 왔다는 해석이 가능하다.

헤겔을 따르면 아이스킬로스가 선례를 보여준 이후 소포클레스가 더할 나위 없이 아름답게 처리한 주요한 대립은 정신적인 일반성을 지닌 공동체 생활(국가)과 자연의 공동체(가족)의 대립이다. 이 두 영역의 조화와 조화로운 현실 내부에서의 균형 잡힌 행동이야말로 공동체 생활의 완전한 형태를 구성하기 때문에 이 두 명백한 힘이 비극에 표현돼 있다. 안티고

---

2) G.W.H. Hegel, *Aesthetics: Lectures on Fine Art*, Vol. II, trans. T.M. Knox (Oxford: Oxford University Press, 2010), p. 1218.

네는 친족의 연줄과 지하의 제신諸神들을 공경함에 반해서 크레온은 공공 생활과 사회복지를 관장하는 제우스신만을 공경한다. 이러한 소재는 어떠한 시대에도 적용될 수 있는 보편성을 지니고 있어 그 표현은 민족의 차이를 넘어서 우리의 인간적 예술적 공명을 자아낸다.[3] 국가와 가족의 대립의 전형적 사례로 안티고네와 크레온을 들고 있지만 사실 클뤼타이메스트라와 아가멤논의 대립도 같은 구도를 가지고 있음을 상기할 필요가 있다. 편의상 국가라는 근대적 개념을 사용했지만 사실상 그것은 폴리스polis같은 공동체를 말한다.

> 하지만 현명한 사람은 오라버니를 존경하는 내 행동이
> 옳다고 할 거예요. 내가 아이들의 어머니였거나
> 내 남편이 죽어 썩어 갔더라면, 나는 시민들의 뜻을 거슬러
> 이런 노고의 짐을 짊어지지 않았을 거예요.
> 어떤 법에 근거하여 이런 말을 하느냐고요?
> 남편이 죽으면 다른 남편을 구할 수 있을 것이며,
> 아이가 죽으면 다른 남자에게서 또 태어날 수 있을 거예요.
> 하지만 어머니도 아버지도 모두 하데스에 가 계시니
> 내게 오라버니는 다시는 태어나지 않겠지요.
> 그런 법에 따라 나는 당신을 누구보다도 존경했건만.
>
> — 904-913행, 천병희 역[4]

오빠의 시체를 들개와 독수리와 영원한 저주로부터 보호하기 위해 매장이란 금지된 행위를 범함으로써 바위굴 속에 갇힌 안티고네의 말이다. 재생산이 가능한 남편이나 자식을 위해서는 그러지 않겠지만 부모가 죽었기 때문에 재생산이 불가능한 오빠를 위해서는 이럴 수밖에 없다는 생각은 우리에겐 매우 생소한 생각이다. 괴테는 그녀에게 전혀 어울리지 않

---

3) Ibid., p. 1213.
4) 『그리스 비극 걸작선』, 천병희 역, 서울: 숲, 2010, 279쪽. 이하 행수만 표시함.

고 거의 희극에 가까운 동기설명이라 했고 동조자가 많은 것 또한 사실이다. 소포클레스의 필치 같지 않다며 의문을 제기하고 뒷날 써넣은 것이라는 고명한 고전학자 리차드 젭Richard Jebb의 주장에 동조하는 이들도 많다.[5] 그러나 친족에 대한 그것을 포함해서 사람의 감정구조는 시대와 지역에 따라 다르다. 이러한 가정의 요구에 대해서 국가를 대표하는 크레온은 이렇게 말한다. 직접 안티고네에게 하는 말이 아니라 약혼자에 대한 선처를 호소하는 자기 아들 하이몬에게 하는 말이다.

> 유독 그녀만이 온 도시에서 공공연히
> 내 명령을 어기다 잡혔는데, 그녀 때문에 나는 자신을
> 시민들 앞에서 거짓말쟁이로 만들고 싶지 않다.
> 아니, 나는 그녀를 죽일 것이다. 그녀더러 친족의
> 보호자인 제우스에게 호소하라고 그래! 내가 내 친척을
> 버릇없이 기른다면 밖에서도 버릇없는 짓을
> 참아야 할 것이다. 자기 가정도 제대로 다스리지 못하는
> 사람은 도시도 제대로 다스리지 못할 것이다.
>
> — 655-661행

위에 적은 두 인물의 대사는 헤겔이 말하는 상호배제적 부분적 선 사이의 갈등을 극명하게 보여준다. 두 인물의 말은 자기 나름의 정당성을 가지고 있다. 두 인물의 말 끝에 코로스장은 이렇게 응수한다. 앞서 적는 것은 크레온의 대사에 대해서 뒤의 것은 안티고네의 대사에 대한 응수이다.

> 우리가 노망이 든 것이 아니라면
> 그대는 현명한 말씀을 하신 것 같아요.
>
> — 681-682행

---

5) Sophocles, *Antigone*, trans. with introduction and notes by Paul Woodruff (Indianapolis: Hackett, 2001), kindle Books. loc. 237.

그대는 영광스럽게. 칭찬받으며
사자들의 깊숙한 처소로 내려가는 것이오.
그대는 병에 걸려 쇠진한 것도
죄를 짓고 칼을 맞은 것도 아니오.
그대는 뜻대로 살다가 인간들 중 유일하게
산 채로 하데스로 내려가는 것이오,

— 817-822행

코로스의 대사는 시간이 지남에 따라 점차 축소되는 경향이 있는데『안티고네』에선 상대적으로 비중이 높다. 332행에서 383행까지 이어지는 무서운 혹은 경이로운 인간론은 너무나 유명하다. 코로스가 시종일관 같은 입장을 취하는 것은 아니다. 처음엔 크레온에게 지극히 공손하고 그의 말을 받아들이지만 작품이 진행됨에 따라 독립적인 모습을 보여준다. 마지막을 장식하는 코로스의 노랫말도 제신에 대한 경의를 강조하면서 오만이 지혜와 정반대되는 것임을 말한다. 지혜가 행복이기 때문에 오만은 결국 불행을 자초함을 암시함으로써 크레온에 대한 암묵적 비판이 되어준다. 지혜와 행복의 동일시나 휴브리스에 대한 경고는 그리스 비극에서 되풀이 발견되는 전언이라 할 수 있다.

지혜야말로 으뜸가는 행복이라네.
그리고 신들에 대한 경의는
모독되어서는 안 되는 법.
오만한 자의 큰소리는 그 벌로
큰 타격을 받게 되어
늘그막에 지혜가 무엇인지 알게 해준다네.

— 1346-1353행

왕이시여, 그의 말이 적절하다면 그대는 그에게 배워야 하오.
도련님도 아버지에게 배우시오. 두 분 말씀이 다 옳으니까요

— 724-725행

　마지막 코로스를 통해 우리는 그리스 비극이 지닌 종교적 요소를 감득할 수 있다. 724-5행은 하이몬의 대사가 끝난 후 코로스가 들려주는 논평이다. 코로스의 성격을 잘 드러내 주면서 비극의 인물이 저마다의 정당성을 가지고 있음을 보여준다. 이러한 멜로드라마의 범주적 거부를 통해서 비극은 비극이 된다.

　여기서 코로스에 대한 헤겔의 관점을 검토해 보는 것은 비극 이해를 위해 긴요하다고 생각한다. 코로스가 하는 일은 조용히 전체를 성찰하는 것이며 행동하는 인물들은 특수한 목적이나 상황에 매여있어 코로스와 그 관찰을 자기네 성격이나 행동의 가치 척도로 삼게 된다. 그리고 관객은 앞에서 벌어지고 있는 사건에 대한 자신의 판단을 객관적으로 대변해 주는 것으로 여긴다는 당대의 코로스관이 진실을 담고 있는 것은 사실이라고 헤겔은 말한다. 코로스가 공동체 정신을 구현한 고도의 의식으로써 잘못된 대립을 경계하고 결말을 저울질한다는 사실을 제대로 파악하고 있기 때문이다. 그럼에도 불구하고 코로스는 관객처럼 바깥에서 아무 일도 하지 않고 사태를 지켜보기만 하는 도덕적 인격 같은 것이 아니다. 공동체 정신을 구현한 영웅의 생활과 행동을 받쳐주는 현실의 토대이며 개개 영웅들과 대립하는 민초people이기 때문이다. 따라서 코로스가 본질적으로 성립하는 사회상황은 공동체의 혼란에 대해서 정의에 부합하는 명확한 법률이나 확고한 종교 교의가 아직 확립되지 않은 상황, 공동체 정신이 가까스로 일상의 살아있는 현실 속에 나타나기 시작해서 개개인의 행동의 대립하는 에너지가 야기하는 가공할 갈등에 대해선 부동의 생활의 안정감이 방파제가 될 뿐이라는 그러한 상황이다. 이렇듯 코로스를 비극의 본질적 부분으로 보기 때문에 코로스가 전체에서 분리되어 장식이 되

어버리는 현상을 헤겔은 비극의 타락이라고 본다.[6] 그런 의미에서 세 편의 테바이 극은 코로스가 제대로 작동하는 모범 사례라 할 수 있다.

근대 이후 『안티고네』의 성가는 계속 높아져 왔다. 당대의 아테나이 관객들의 반응은 어떠했을까? 소포클레스의 명성이나 우승 이력으로 보아 압도적인 갈채를 받았을 것이다. 그렇다면 작중인물로서의 안티고네는 어떻게 수용되었을 것인가? 상대적으로 열의 있는 탄복을 받지 않았을 것이라는 추정도 있다. 그리스말로 크레온은 치자ruler이고 안티고네는 "born against"의 뜻이라 한다. 안티는 우리가 알고 있는 영어 접두어로서의 그 anti이다. 이름 자체가 벌써 사고덩이라는 함의가 있다. 안티고네는 이스메네와 상의하기 위해 동트기 전 캄캄한 시각에 외출하는데 당대 아테나이 여성이 하지 않는 일이었다. 시체매장도 남성이 하는 일이었다. 남성의 권위를 인정하지 않는 점, 도시의 질서에 위협을 주는 점도 여성적인 것으로부터의 일탈이었다. 약혼자가 있는 처지에 결혼보다 오빠의 시체 매장에 목숨을 걸고 더구나 지하에서 오빠 곁에 누워 있고 싶다는 대사가 근친상간의 함의가 있는 것이라는 지적도 있다.[7] 이러한 비판적 지적을 종합해 보면 아테나이 관객의 안티고네 수용은 반드시 호의적인 것만은 아니었을 것이다. 오이디푸스 가문에 나려진 저주를 생각하면 더욱 그렇다. 그럼에도 안티고네가 불멸의 인간상으로 우뚝 솟아있는 것은 참주를 용인하지 못하는 아테나이 시민들의 크레온 거부와 연관된다고 할 수 있고 그런 점에 소포클레스의 안목과 역량이 돋보인다 할 수 있다.

> 나 또한 한낱 인간에 불과한 그대의 포고령이
> 신들의 변함없는 불문율들을 무시할 수 있을 만큼
> 강력하다고는 생각지 않았어요.
> 그 불문율은 어제오늘에 생긴 게 아니라

---

6) Hegel, *Aesthetics*, pp. 1210-1211.
7) Sophocles, 앞의 책. loc. 258.

영원히 살아있고, 어디서 왔는지 아무도 모르니까요.
나는 한 인간의 의지가 두려워 그 불문율들을
어김으로써 신들 앞에서 벌 받고 싶지 않았어요.

— 453-459행

현존 텍스트에서 "불문율"이란 개념이 나오는 것은 이 대목이 처음이라 한다. 이 개념은 인간의 법nomos과 자연physis 사이의 잠재적 갈등에 대한 의식이 증가함에 따라서 기원전 5세기에 각광을 받게 된 것이라 추정되고 있다. 이 대목을 통해서『안티고네』는 유럽사상에 자연법natural law의 전통을 열게 된 것이다.[8] 스토아학파에 앞서 그 사상의 맹아를 보여준 것은 비극시인의 인간통찰의 결과일 것이다.

『오이디푸스왕』이 보이고 있는 갈등을 헤겔은 깨어있는 의식에 있어서의 정의와 제신에 인도되어 무의식적으로 의지 없이 현실에서 행한 행동의 대립으로 설명한다.『안티고네』가 보여주는 갈등과 비교하여 부차적인 것으로 처리하고 있는 셈이다. 그렇게 볼 때 국가와 가족 사이의 갈등과 같이 상호배제적인 부분적 선 사이의 갈등을 중시하는 것이 헤겔 비극론의 특징이라 할 수 있다. 부분적인 선이라 했지만 현실에서는 정의를 표방하는 것이 보통이다. 주인공이나 등장인물이 아니라 갈등에서 비극의 핵심을 본 것이 헤겔 비극론의 불멸의 강점이라 할 수 있다.

비극과 정치적 함의

아리스토텔레스가『시학』에서 비극의 전범처럼 다룬데다 프로이트 사상의 주요 개념의 전거가 되어 있는 탓에『오이디푸스 왕』을 철저하게 역

---

8) Hegel, *Aesthetics*, pp. 1213-1214.

사화하는 일은 조금은 생소해 보인다. 그러나 비극이 아테나이 민주정과 궤를 같이하면서 동반 발전하였다는 사실을 감안할 때 당대 상황과의 연관 속에서 그 정치적 의미를 고찰하는 것은 필요한 일이다. 현존하는 그리스 비극은 아이스킬로스의 『페르시아인들』 한 편을 제외하고는 모두 신화를 소재로 하고 있다. 신화세계가 그리스 비극의 문학적 고향인 셈이다. 신화는 구비문학에서 그렇듯이 원본이 있을 수 없다. 문자로 쓴 문학에서는 오자나 탈자 그리고 타인의 첨가 등에서 비롯된 변개 부분을 밝히고 교정해서 작자의 당초의 의도가 잘 드러나 있다고 판단되는 '원본'을 확정하는 것이 보통이다. 구비문학이 전달되는 과정에서 혹은 구전이나 낭송의 현장에서의 애드립ad lib은 자연스러운 것이다. 구비전승의 일환인 신화의 경우에도 같은 말을 할 수 있다. 가령 오이디푸스 신화의 원본을 확정하는 것은 부질없고 불가능한 일이기도 하다. 할 수 있는 것은 가장 오래된 단순한 형태로부터 그것이 어떻게 변모하고 확장 내지 세련되어 가는가 하는 과정을 추적하는 일일 것이다.

오이디푸스는 『오딧세이』에도 벌써 등장한다. 오디세우스는 지하 망자의 나라에 가서 여러 사람을 보게 되는데 그 가운데 오이디푸스의 어머니도 있다. 그러나 그녀의 이름은 소포클레스의 비극에 나오는 이오카스테Jocaste가 아니라 에피카스테Epicaste이다.

> 그리고 나는 오이디푸스의 어머니, 아름다운 에피카스테를 보았다.
> 그녀는 얼마나 끔찍한 일을 저지른 것인가, 아무것도 모르는 채—
> 그녀는 아들과 결혼했고, 아들은 아버지를 죽이고, 그녀와 결혼한 것이다!
> 신들은 그것을 곧 만천하에 알렸다.
> 슬픔 속에서 오이디푸스는 신들의 파괴적인 조언을 받들며
> 사랑스러운 테바이에서 캐드머스의 후손들을 다스렸다.

그러나 여기에는 스스로 맹인이 되었다든가 테바이를 떠나 망명의 길에

올랐다는 얘기는 없다. 『일리아스』 23권에 나오는 한 대목은 그가 콜로누스가 아니라 테바이에서 죽었으며 융숭한 장례를 받았음을 보여주고 있다. 따라서 우리가 알고 있는 오이디푸스는 호메로스의 시대와 기원전 5세기 사이에 정교화된 것이다.[9] 나아가 테바이에서 스스로 망명의 길을 떠났다가 만년에 콜로누스에 묻히는 오이디푸스 얘기가 사실은 소포클레스의 테바이 극 3편을 통해 완성된 것이라고 말할 수도 있을 것이다. 오이디푸스의 아들 형제 폴리네이케스와 에테오클레스 중 후자가 형이라는 것도 『안티고네』에 와서 정해진 것이라는 것은 시사하는 바 많다.

고전학자이자 정치학자인 피터 아렌스더프Peter Ahrensdorf는 「참주정, 계몽, 그리고 종교Tyranny, Enlightenment, and Religion」라는 논문에서 정치학자답게 매우 이색적이고 설득력 있는 해석을 보여준다.[10] 그는 우선 호메로스, 핀다르, 그리고 아이스킬로스에 오이디푸스가 등장하지만 어디에도 역병 얘기는 나오지 않는다는 사실에 주목한다. 트로이 전쟁 발발 이전에 고대 테바이에서 일어난 얘기에 근거한 극을 소포클레스는 펠로폰네소스 전쟁 기간 중 아테나이를 강타한 역병과 유사한 역병 얘기로 시작하고 있다. 왜 그랬을까? 『오이디푸스 왕』을 아테나이에 창궐하고 있는 역병과 유사 관계에 있는 테바이의 역병 얘기로 시작함으로써 소포클레스는 오이디푸스의 테바이와 소포클레스 자신의 페리클레스 아테나이 사이에는 어떤 친연성이 있음을 시사한다. 비전통적이고 합리주의적이고 계발된 반종교적 정신을 특징으로 하는 오이디푸스의 테바이 통치와 그 비슷한 정신이 특징인 페리클레스의 아테나이 통치 사이의 평행관계에 소포클레스는 주의를 집중시킨다.

그러한 정신은 두 도시를 습격한 치명적 역병에 의해서 시험된다. 그리

---

9) G. S. Kirk, *The Nature of Greek Myths* (Harmondsworth: Penguin Books, 1974), pp. 163-164.
10) Peter J. Ahrensdorf, "Tyranny, Enlightenment, and Religion", *The Oedipus Plays: Philosophical Perspectives*, ed. Paul Woodruff (Oxford: Univ. Press, 2018), pp. 94-124. 이하 요약 부분은 일일이 표시하지 않음.

고 두 도시의 역병에 대한 종교적 반응은 이성의 빛만으로 통치하려는 오이디푸스와 페리클레스의 아테나이 시민들의 노력을 에워싼 중대한 어려움을 드러내 주고 있다. 페리클레스의 아테나이 정부와 소포클레스의 오이디푸스 사이의 유사성을 확인하기 위해서 튜키디데스의 역사가 인용된다.

역병에 의해서 혹독하게 시험된 아테나이 정부의 특징적 정신은 아테나이와 스파르타의 전쟁 때 아테나이 전몰자를 추모하는 페리클레스의 추도연설에서 분명하게 드러나 있다. 페리클레스에 따르면 아테나이의 특징은 최대한의 인간 자유와 법치를 결합함으로써 인간본성이 효과적으로 만개하는 것을 허용하는 능력에 있다. "우리는 공동체를 염두에 두면서 정치를 자유롭게 실천한다."[11] 오직 아테나이에서만 안정되고 비교할 수 없으리만큼 강력한 공동체에서 사는 것의 이점을 충분히 향유하면서 인간은 쾌락, 지혜 그리고 영광에 대한 욕구를 자유롭게 충족시켜 온전한 인간일 수 있다는 것이다. 아테나이 이외의 다른 사회들은 법률과 공동체가 격정과 이성 등 인간 정신을 전통, 선조, 제신諸神에 대한 의문 없는 일체화된 경의에 종속시킴으로써 유지된다. 아테나이는 그러나 이러한 경의를 거부하고 또 법에의 순종과 명철한 이성에 기초해서 공동체에 헌신함으로써 인간사회가 번창하고 힘과 영광의 절정에 도달한다는 것을 증명하고 있다고 페리클레스는 역설한다.

튜키디데스가 전하는 페리클레스의 아테나이 정부는 인본주의적이고 계몽된 정치제도이고 인간 격정과 이성을 전통적인 종교적 도덕적 제한으로부터 해방시키고 아테나이 시민으로 하여금 고매함, 지혜, 영광 그리고 자신들의 도시의 힘을 사랑하기를 요구한다. 아테나이 정부의 인본주의와 계몽의 비범한 정신은 그러나 아테나이를 찬양하는 페리클레스의 장례연설 직후에 아테나이를 강타하는 유별난 파괴적 역병에 의해서 혹

---

11) Thucydides, *The Peloponnesian War*, trans. P.J. Rhodes (Oxford: Oxford Univ. Press, 2009), pp. 91-92.

독하게 시험된다. 왜냐하면 튜키디데스가 강조하듯이 역병의 위력 앞에서 의술도 다른 어떤 인간 기술도 소용이 없고 질병의 양상이 이성보다도 강력함을 보여주기 때문이다.

게다가 아테나이 시민들의 순리에 맞는 법에 대한 순종과 공동체에 대한 헌신은 역병의 파괴력 앞에서 맥없이 무너지고 만다. 임박한 죽음이 편재遍在해 있는 것으로 보여 아테나이 시민들은 즉시적인 쾌락을 탈법적으로 추구하며 모든 자기 절제를 포기하였다. 신을 두려워하는 마음이 아테나이 시민의 불법이나 탈법을 방지하지 못하였지만 아테나이 시민들은 역병은 신앙심 깊은 스파르타에 전쟁을 건 벌로 아폴로가 보낸 것일지도 모른다고 믿었다는 것을 언급하고 있다. 페리클레스 자신도 튜기디데스의 책에 나오는 네 번째이자 마지막 연설에서 역병을 신의 소관사의 하나라고 언급하고 있다. 이렇듯 역병은 페리클레스 치하 아테나이의 반전통적이고 반종교적이며 합리주의적인 성격을 약화시키고 어느 모로는 종교의 반동적 역풍을 고무한 것으로 보인다. 아렌스도프의 치밀한 분석은 전문적이고 또 텍스트에 밀착해 있다. 아렌스도프는 그리스어 티라누스 tyrannus가 갖는 의미를 세세히 서술하고 작품에서의 쓰임새를 분석하고 있다. 등장인물에 따라 오이디푸스가 어떻게 파악되고 있는가를 논증하고 있는데 원문 정독을 통해 그가 읽어내는 작품의 정치적 함의는 다음과 같이 요약할 수 있을 것이다.

페리클레스의 통치가 인간이성의 실험으로 구성되어 있다면 작품 속 오이디푸스의 시작은 그러한 실험의 포기를 보이고 있다. 오이디푸스는 자신의 이성에 따라 스핑쓰의 수수께끼를 풀고 그렇게 함으로써 아폴로신의 예언자의 무능, 속임수, 불필요성을 폭로하고 신탁이나 예언자의 지도를 구함이 없이 오랫동안 테바이를 통치해 왔다. 그런 그가 처음엔 아폴로의 신탁, 다음엔 예언자의 지도를 받으려 한다. 이러한 행위는 곧장 파멸에 이르게 된다. 아폴로의 신탁은 예언자를 소환함으로써 라이오스왕의 살해를 탐사하게 하고 타이레시아스는 부모의 정체를 탐사하도록 오이디푸스를 부추긴다. 그리고 이 두 개의 탐사는 오이디푸스의 근친상간과 부친 살해의 발견, 이오카스타이의 자살, 그리고 오이디푸스의 자해에 의한 시력상실, 그의 통치의 전면적 파국으로 절정에 이르게 된다. 지난날 폴리부스Polybus와 메로페Merope가 정말 내 부모인가라는 물음을 매몰차게 물리쳤는데도 왜 오이디푸스는 아폴로의 신탁을 구하려 했는가? 스핑쓰의 수수께끼도 풀지 못하는 것이 드러났는데 왜 타이레시아스의 도움을 받으려 했는가? 모두가 역병 때문이었다. 여러 상황 증거로 보아 크레온을 신탁으로 보낸 그의 결정은 세계는 인간들에 대해서 배려할 것이며 세계는 고통받는 인간을 구해줄 힘과 의사를 가지고 있는 아폴로 같은 제신들에 의해서 지배되고 있다는 믿음에 근거한 것이지 이성에 근거한 것은 아니다. 테바이로 들어온 이후 오이디푸스는 테바이를 살인적인 스핑쓰로부터 구하고 여러 해 동안 성공적으로 통치할 때 이성을 유일한 지표로 삼았다. 그러나 이성이 테바이를 역병으로부터 구하지 못하는 게 드러나고 고통과 그의 도시의 죽음에 직면하여 이성이 체념을 조언하자 오이디푸스는 제신들이 보호해 줄 것이란 희망에 따라 제신들에게로 향하게 된다. 외관상 계몽된 페리클레스의 아테나이 시민들은 모든 인간의 기술에 도전하는 파괴적 역병에 직면하여 델포이의 신탁을 상기하고 아폴로가 자기들을 벌주는 것이 아닌가 생각하고 신을 진무하고 역병을 끝내기 위해 페리클레스의 퇴출을 고려했다고 투키디데스는 기술하고 있다. 마찬가지로 계몽된 오이디푸스는 모든 인간의 "숙고"와 "판단"에 도전하는 파괴적인 역병에 직면해서 델포이의 신탁을 향하고 아폴로신을 따름으로써 역병을 끝내려는 믿음에 따라 행동하는 반응을 보인다는 것이다. 투키디데스의 서술은 아테나이 시민들을 벌주기 위해 아폴로 신이 역병을 보냈다는 신앙심 깊은 믿음에 의문을 표명하고 있다. 튜키디데스는 역병이 아테나이로 오기 전에 아프리카나 아시아에도 퍼졌다는 것을 기록하고 있으며 역병을 예언했다는 신탁이나 신탁 자체에 대해 통렬한 회의감을 나타내고 있다. 이렇듯 투키디데스는 역병이 일월식, 홍수, 지진, 화산의 폭발과 함께 대다수 스파르타인들이나 아테나이 시민들까지 믿고 있는 신의 개입이라기보다 무심한 자연 파괴력의 사례일 뿐이라고 시사하고 있다. 역병이 자연의 원인으로 아테나이로 왔다가 마침내 제물에 사라졌다는 것이다.[12]

소포클레스는 오이디푸스의 몰락을 야기한 것은 역병 자체가 아니라 역병에 대한 그의 반응이라고 시사한다. 그가 델포이의 신탁을 알아보려 하지 않고 또 타이레시아스를 불러오지 않았다면 라이우스왕의 살해자를 벌하려 결심해서 자기 자신이 부친 살해와 근친상간의 장본인임을 알게 되지는 않았을 것이다. 이러한 사실을 알게 된 후에도 오이디푸스의 운명을 결정한 것은 자기 이성을 근절하기 위한 헛된 노력으로 취한 행위인 시력 자해이다. 그러므로 오이디푸스를 파멸시키는 것은 그의 합리주의가 아니라 합리주의의 포기이다. 그럼에도 역병에 임해서 그가 합리주의를 포기하는 것은 이성만으로 정치 공동체를 통치하려는 기도의 결정적인 어려움을 극명하게 보여준다고 소포클레스는 시사한다.[13] 왜냐하면 오이디푸스의 경우는 인간의 분별력이 죽음 앞에서 언제나 휘청거림을 보여주기 때문이다. 죽음의 필연을 수용하기를 저어하는 타고난 성향을 고려할 때 인간은 위기의 한복판에서 신앙으로 향하고 오이디푸스처럼 우리를 영원히 보살필지도 모르는 제신이 있다는 희망을 포용한다. 오이디푸스는 너무 과도하게 종교와 종교가 제공하는 모든 위안을 거부하고 이성을 유일한 별과 나침판으로 포용하였다고 소포클레스는 시사한다. 능란하고 공경스럽게 시민들의 불멸을 위한 종교적 동경과 희망을 배려하는 한편으로 이성을 보다 일관성 있게 따르는 것이 보다 현명한 정책이 될 수 있었을 것이다.

『오이디푸수 왕』을 통해서 소포클레스는 아테나이 시민들에게 과도한

---

12) 위의 책, 100쪽.
13) Ahrensdorf, 앞의 책, 120쪽.

정치적 합리주의에 대해 경고한다. 종교적 믿음이 아무리 몽매한 것이라 할지라고 그것은 인간본성의 지울 수 없는 특징을 반영한다. 즉 불멸에 대한 희망과 세계가 그러한 희망에 대해 무심하다는 것을 받아들이려 하지 않는 성향이 그것이다. 그리고 이성이 아무리 계발되었다 하더라고 그것은 인간심정을 확고하게 잡지 못하며 그것이 종교적 동경과 희망에 터 놓고 또 직접적으로 반대할수록 더욱 그것은 급격히 무너진다. 극을 통해 내내 소포클레스는 특히 그들의 과도한 합리주의가 자기파괴적인 극단적 종교의 역습을 도발한다는 위험성에 대해 경고를 하고 있다. 그리고 투키디데스의 역사는 대체로 소포클레스의 경고가 분별력 있는 것임을 암시한다.

『오이디푸수 왕』을 통해서 소포클레스는 당대의 계몽된 아테나이에게 하나의 거울을 들어 보인다. 자기 정신만을 가지고 영웅적으로 한 도시를 구하고 제신의 도움 없이 독립적으로 통치한 "현인"의 묘사는 각별히 아테나이 시민들의 관심을 끌고 고무했을 것이다. 완전히 자기충족적이어서 그들을 찬양할 호메로스도 그들을 헤아려 줄 제신도 필요하지 않은 도시공동체의 페리클레스가 가차없이 지혜를 사랑한다 했던 그 시민들 말이다. 그러나 계몽된 지도자로 하여금 궁극적으로는 파괴적인 신탁과 예언자의 지도를 포용하도록 하는 무시무시한 역병의 얘기는 계몽된 아테나이시민들에게 자기파괴적인 종교적 역습과 이러한 역습을 도발하는 반종교적 합리주의를 경계하라는 사려깊은 경고를 제공한다. 아테나이 시민들 자신이 무시무시한 역병과 대치하고 있었던 것이다. 이렇게 계몽된 아테나이 시인은 동료 시민들에게 정치적 계몽의 위험에 대해 경계심을 촉구하고 있다.

위에서 페리클레스가 지혜를 사랑했다고 정의한 아테나이시민이나 호메로스도 제신의 도움도 필요치 않은 도시 공동체는 옛 그리스의 언어로 말하면 휴브리스의 구현에 지나지 않는다. 아렌스더프가 소포클레스와 튜키디데스의 정독을 통해서 부각시키고 있는 정치적 국면과 그 해독은 결국 휴브리스가 몰락을 가져온다는 시사이다. 당대의 관객들에게『오이디푸스 왕』이 안겨준 충격은 중층적이었겠지만 정치적 함의는 강렬한 직접성을 가지고 있었다고 추정된다. 지금껏 읽은 어떠한 해석보다도 공감이 가는 그의 설득력은 부분적으로 그의 문체에서도 온다. 같은 책에 수록된 우드러프Woodruff의 영미 철학 특유의 투명성과 달리 아렌스더프의 문체는 고전적인 정치함과 중후함으로 호소하면서 독자에게 육박해 온다. 그의 해독을 소개하는 데 많은 지면을 할애한 것은 우리에게 결여된 미덕의 경험을 권장하기 위해서이기도 하다. 직접 접해보면 실감될 것으로 믿는다.

탄생과 죽음

20대의 젊은 고전 문헌학 교수가 1872년에 상자한『비극의 탄생』은 아폴로적인 것과 디오니소스적인 것의 유형적 고찰로 널리 알려져 있다. 그리스 세계에서는 그 기원에 있어서나 목표에 있어서나 조형적인 예술인 아폴로적인 것과 음악이란 비조형적 예술 즉 디오니소스적인 예술 사이에 커다란 대립이 있다는 것이다. 그는 조각을 아폴로적인 예술의 모범 사례로 생각하였다. 태양신인 아폴로는 질서와 명석성의 후원신이었다. 이에 반해서 디오니소스는 본래 포도주와 성적 방종과 열광적인 집단 경험 중에 자아를 상실하는 신이다. 그는 듣는 이를 도취시키고 개인 사이의 분리를 타파하는 음악을 본질적으로 디오니소스적인 예술로 생각했다. 대조의 도식으로 시작하는 이 책은 표제와는 달리 비극의 탄생뿐 아니라 죽음까지 다루고 있다. 논리적 정합성보다 상상력의 섬광적인 통찰로 독자에게 호소하는 이 책은 랩소디처럼 전개되어 비유표현의 되풀이가 많다. 그러나 핵심적인 것은 책의 첫머리 부분에 이미 밝혀져 있다.

이들 매우 다른 두 개의 성향은 서로 평행으로 나가는데 대개의 경우 공공연히 반목한다. 그러면서도 계속적으로 서로 자극이 되어 더욱 강력한 새 자손들을 낳게 된다. 그 대립은 "예술"이란 공통어에 의해서 겉으로는 화해한 듯이 보인다. 마침내 두 성향은 그리스적 "의지"의 형이상학적 기적에 의해서 부부가 되어 나타난다. 그리고 이 결혼에 의해서 디오니소스적이면서 아폴로적인 예술 형태인 그리스 비극이 태어나게 된다.[14]

비극의 대화 부분은 아폴로적이요 코로스 부분은 디오니소스적이기 때문에 그러한 양자의 결혼이란 비유도 나오지만 그것은 표면적인 것이다. 일단 비극의 탄생을 이렇게 설명하고 나서 디오니소스적인 것과 아폴로적인 것의 상세한 부연설명이 이어진다. 왜 그리스인들에게 올림포스의 제신이 필요했고 비극이 필요했는가를 서술할 때 니체의 말은 독자들의 의표를 찌르면서 강렬한 파토스에의 호소력을 갖는다. 우리에게 신화 속의 미다스왕은 당나귀의 귀를 가진 임금이었고 만지는 것마다 황금이 되는 곤경에 처하자 소원을 철회해서 사금을 만들어낸 임금이었다. 니체가 거론하는 것은 디오니소스의 동패인 지혜로운 실레누스의 얘기다. 미다스는 오랫동안 숲속에서 실레누스를 찾아다녔지만 잡지 못하였다. 마침내 실레누스가 잡혔을 때 미다스는 인간에게 가장 좋고 소망스러운 것이 무엇이냐고 물었다. 입을 봉하고 있던 실레누스는 강요에 못 이겨 날카로운 웃음소리와 함께 내뱉었다.

"저주받은 하루살이 종족이여! 우연과 고통의 아이여! 듣지 않는 것이 제일 좋은 것을 어찌 내게 말하라고 강요하는가? 최상의 것은 그대가 할 수 없는 일이다. 태어나지 않는 것, 존재하지 않는 것, 無가 되는 것이다. 그러나 차선책次善策은 빨리 죽는 것이다."[15]

---

14) Friedrich Nietzsche, *Basic Writings of Nietzsche*, trans. and ed. Walter Kaufmann (New York: The Modern Library, 1991), p. 33.
15) 위의 책, 42쪽.

그리스 신화는 그리스인들이 삶의 공포와 끔찍함에 대해 극히 민감하고 그것을 통렬하게 의식하고 있었음을 보여준다. 모든 인식 위에 무자비하게 군림하는 운명의 여신 모이라, 독수리에게 간을 뜯기는 인류의 벗 프로메테우스, 지혜로운 오이디푸스의 끔찍한 운명, 오레스테스에게 모친 살해를 강요하는 아트레우스 가문에 내린 저주 등등. 20세기에 와서 친숙해진 시지포스가 빠져있는 것이 눈에 뜨인다. 그럼에도 그들은 실레누스의 철학을 거부하고 허무주의를 극복함으로써 서양문명을 창조하고 유례없는 문화적 성취를 보여주었다. 실레누스의 철학을 올림포스의 제신들이라는 예술적인 중간세계에 의해서 늘 새로이 극복하고 가리고 눈에서 멀리하였다.

> 살기 위해서 그리스인들은 이들 제신을 가장 깊은 필요에 의해서 창조해내지 않을 수 없었다… 생존을 보충하고 완성해서 계속 살아가도록 유혹하는 힘을 가진 예술―그런 예술을 낳게 하는 것 같은 충동이 올림포스의 세계도 성립시킨 것으로써 그리스적 "의지"는 이 세계를 정화의 거울삼아 거기 자신의 모습을 비추어 본 것이다. 그리하여 제신들은 스스로 인간의 생활을 영위함으로써 인간의 생활을 정당화한다. 이것만으로도 만족스러운 변신론 辯神論이 아닌가![16]

기원전 8세기에는 호메로스의 아폴로적인 예술을 통해서, 5세기에는 위대한 비극시인들의 디오니소스적인 예술을 통해서 허무주의를 극복하고 삶에의 의지를 고양시켰다는 답변보다도 어떻게 그리스인들이 허무주의를 극복할 수 있었는가, 하는 의문 제기에서 『비극의 탄생』 전반부의 박력과 설득력이 나온다.

이 책의 또 하나 중요한 주제는 비극의 죽음이다. 비극의 죽음을 말하

---

16) 위의 책, 43쪽.

는 부분에서 우리는 니체의 비극관을 다시 확인하게 된다. 비극의 탄생을 얘기할 때보다 비극의 죽음을 얘기할 때 그의 필치는 한결 절제되어 있고 랩소디에서 멀어져 간다. 탄생을 말할 때의 문체가 디오니소스적이라면 죽음을 얘기할 때 아폴로적으로 변한다고 말해도 좋을 것이다. 그러나 의표를 찌르는 생생한 비유는 여전하다.

> 그리스 비극은 모든 연상의 자매예술과는 다른 방식으로 망해갔다. 비극은 풀 길 없는 갈등의 결과 자살로써 그러니까 비극적으로 죽은 것이다. 한편 자매예술은 모두 고령에 이르러 더할 나위 없이 아름답게, 더할 나위 없이 편안하게 숨을 거둔 것이다.[17]

비극의 죽음과 함께 거대한 공허가 생겨나 도처에서 그것이 통절하게 느껴졌다고 니체는 계속한다. 비극을 선배로 혹은 스승으로 받드는 새로운 종류의 예술 즉 희극이 꽃을 피우게 된다. 이 새로운 종류의 예술은 아티카의 새희극New Attic Comedy이라 알려져 있다. 거기에선 관객이 에우리피데스에 의해서 무대로 올려진다. 관객석에서 무대로 올라온 것은 일상생활 속의 인물이다. 그리스 비극의 근원과 본질은 섞여 짜인 두 예술적 충동, 즉 아폴로적인 것과 디오니소스적인 것의 표현이란 이중성에 있다. 그런데 그 근원의 막강한 디오니소스적 요소를 비극으로부터 배제하여 비非디오니소스적인 예술과 도덕과 세계관에 기반을 둔 순수하게 새로운 비극을 재건하는 것이 에우리피데스의 경향이다. 비극은 낙관주의와 합리주의로 사망에 이르게 되는데 에우리피데스와 소크라테스는 합리주의를 공유하고 있다.[18]

간략하게 요약해 본 니체의 비극의 죽음론에 대해서 니체의 영역자인 월터 코프만은 아이스킬로스가 소포클레스나 에우리피데스와 비교할 때

---

17) 위의 책, 76쪽.
18) 위의 책. 81쪽.

한결 낙관적이라고 하면서 그럼에도 비극을 창조했다는 것을 강조한다. 니체의 논리에 따르면 아이스킬로스에게서 벌써 비극의 종말이 엿보인다는 것이다.[19] 소크라테스에게가 아니라 에우리피데스에 대해서 니체가 불공평하였다고 하면서 코프만은 괴테의 소견을 인용하고 있다. 그리스의 3대 비극시인들은 다작多作이어서 각기 백 편 내외의 작품을 써냈다. 호메로스의 비극적 소재나 영웅 전승은 어떤 경우 서너 번씩 다루어졌다. 이렇게 많은 작품을 생각할 때 소재나 내용이 점차 탕진되었고 3대 시인들 이후에 작품을 쓰는 시인들은 무엇을 해야 할지 몰랐을 것이다. 즉 너무나 많은 기존 작품 때문에 비극이 쓰여지지 않게 되었다는 것이다. 비극이 신화를 소재로 하고 있다는 점은 잊지 말아야 할 점이다.[20] 이러한 사정을 고려할 때 창작 경험이 풍부한 르네상스적인 거인의 소견은 타당성이 있는 것으로 생각된다.

역사가 빅톨 에렌부르크가 에우리피데스가 소피스트들의 인간관, 수사학, 회의주의를 누구보다도 잘 반영하고 있다며 합리주의자이고 극장 설계나 극중 인물의 심리학에서 위대한 혁신가라 부르면서도 비극의 무덤을 팠다고 할 때 그는 니체의 비극 자살론의 연장선상에 서있는 것으로 보인다.[21] 비극이 종말을 고하는 한편으로 다수의 하잘것없는 시인들이 뒤따랐다. 그리스의 많은 도시에서 극장이 건조되었고 3대 시인의 작품이 되풀이 상연되었는데 에우리피데스가 단연 빈번히 상연되었다. 기원전 5세기가 알고 있던 비극은 주로 직업적 배우들의 높아져 가는 명성으로 계속 상연되었으나 창조적 예술로서는 아니었다. 오직 인기 있는 오락으로서 희극이 살아남았으나 그 성격이나 사회적 의미는 변하였다. 합리적 사고의 세계는 모든 종류의 시가 철학과 수사학으로 자리를 내주게 하

19) Walter Kaufmann, *Tragedy and Philosophy* (Garden City: Anchor Books,1969), p. 193.

20) Nietzsche, 앞의 책, 13쪽.

21) Victor Ehrenberg, *From Solon to Socrates* (London: Routledge, 2011), p. 286.

였다.[22] 비극이 신화적 사고와 철학적 사고 사이의 통로라는 관점을 상기시키면서 에렌부르크는 비극의 죽음을 확인한다. 그러나 보다 넓은 관점에서 본다면 아테나이 민주정의 쇠락과 종언이 그 배경이 되어 있다는 것을 상기할 필요가 있을 것이다.

끝으로

이상에서 그리스 비극의 몇몇 국면을 살펴보았다. 방대한 연구와 견해가 피력되어 있어 거기 의존해서 독자에게 도움이나 자극이 될 만한 사항을 적어본 것이다. 아리스토텔레스, 헤겔, 니체가 가장 중요한 비극 이론을 제시했다는 점에서 헤겔의 갈등 이론과 니체의 비극의 탄생 및 죽음 해석을 다루었다. 그러니까 우연과 선호에 의한 편집자적 선택적 조명을 해본 것이다. 마지막으로 편안한 마음으로 자신의 소견을 몇 가지 적어보려 한다. 편집자적 조명에 대한 벌충으로 시도해 보는 것이다.

우선 그리스 비극에 대한 관심을 갖게 된 계기를 적어둔다. 중년 이후 되풀이 한정적으로 읽게 된 것은 인간이성과 이해력을 넘어서는 어떤 힘을 느끼게 하는 삶 경험과 현실경험 때문이다. 거시적, 장기적으로는 이성이나 정의가 역사 속에서 확대되고 실현될지 모르나 한 개인의 의식 사안이 아니라면 무슨 소용이 있을 것인가? 비극적 비이성과 부정의가 삶의 조건이요 질서가 아닌가? 그래서 위안받는 측면이 있었다. "형이상학적 위안"이란 것과는 다른 구경꾼의 무사하다는 비겁한 안도감과 연관되는 것인지도 모른다. 솔직히 길이가 짧다는 것도 매력이었다. 멜빌이나 헨리 제임스의 끝없는 장광설에 멀미가 난 젊은 날의 독서경험과도 연관이 있을 것이다. 그리스 비극이나 20세기 영화나 동아시아의 전통적 시간 단위

---

22) 위의 책, 290쪽.

였던 2시간과 얼추 비슷한 상연 시간을 가졌다고 생각하면 혹 인간의 신체리듬과 관련된 것일지도 모른다.

1. 경연과 극단

그리스 비극의 사건에는 원시적 잔혹성이 보인다. 오이디푸스가 권좌에서 내려오고 망명의 길로 나서는 것은 당연하다 하더라도 자해로 시력 상실자가 되는 것은 너무 끔찍하지 않은가! 신화를 극화하는 것이니 비극시인의 재량에는 한계가 있을 것이다. 또 메이디아가 남편에 대한 항의로 자기 소생들을 살해하는 것도 그렇다. 물론 원형적인 상황이요 원형저인 인물이니 극단화된 것이기는 하다. 고전극의 특징상 비극의 주인공이 한 고정관념의 소유자로 나오는 것과노 관련된다. 그러나 한편으로 생각하면 경연이라는 비극 상연의 특성 때문에 관객에게 영합하기 위해 극단을 지향하게 되고 그것이 관습이 된 것은 아닐까? 극장경찰이 필요했다는 사실을 감안할 때 아테나이 관중을 과대평가할 수는 없다. 셰익스피어의 경우 여러 층의 관중이 있었다. 대사에 나오는 음담패설에 환호하는 층, 유혈 낭자한 사건에 숨을 죽이는 층, 이러한 모든 것을 아우르면서도 운문으로 된 대사에 감동하는 층이 있었다. 이른바 예술성과 대중성을 겸비하고 있었다는 셰익스피어의 비밀은 이 점에 있었다. 엘리자베스시대 영국의 관객보다 고대 아테나이의 노천극장 관객을 심미적으로 더 세련되고 계몽된 관객이라고 생각할 이유는 없어 보인다.

2. 여성 문제

페리클레스 시대에도 여성의 사회적 지위는 낮았다. 부부가 외출하는 경우에도 나란히 걷지 않고 여성은 뒤따라 다녔다. 여성은 민회民會에도 참석하지 못했다. 동성애적 우정을 권장했던 풍조도 여성의 낮은 사회적 지위와 관련될 것이다. 그럼에도 『미학강의』의 저자가 탄복해 마지않는 안티고네를 위시해서 늠름한 여성들이 기라성같이 비극 무대에서 자기 소리를 내는 것은 어인 까닭인가? 늘 궁금하면서도 궁금증을 풀지 못하였다. 대답을 찾지 못할 때 잠정적으로 임시답안을 작성해 두고 수정할 태세를 갖추는 것이 배움 길 병사의 상사常事이다. 어머니 대지를 말하는 신화적 상상력이 여성을 괄시할 수 없다는 사정도 있을 것이다. 또 그리스 비극이 기원전 13세기에서 12세기에 이르는 영웅시대의 신화를 바탕으로 하고 있으며 왕가와 같은 지배층이 주인공으로 되어 있다는 것도 고려해야 할 것이다. 그럼에도 불구하고 석연치 않은 미흡감을 누를 수 없다. 그때 떠오르는 것이 문학적 구상력의 강력한 힘이다. 가령 톨스토이는 안나 카레니나란 작중인물을 처음 부정적으로 그릴 셈이었으나 소설을 써내려 하면서 자기가 구상한 여인상에 끌리어 사회인습에 희생되는 동정에 값하는 인물로 조형해 내었다. 작자의 편견이나 이념을 넘어서 진실에 도달한 것이라 할 수 있다. 엥겔스가 발설해서 뒷날 남용되고 속화된 감이 있는 리얼리즘의 승리라는 개념으로 포괄할 수 있는 것은 아닐까? 그것이 자신 없는 잠정적 답안이다. 가정의 파탄을 그린 작품에서 책임이 남녀 모두에게 있음을 암시하는 것은 비극시인들의 편향되지 않은 안목을 상기시킨다.

3. 비극과 시민교육

기원전 399년 아테나이 인민 법정은 281대 220의 유죄 평결을 통해 소크라테스를 사형에 처했다. 배심원 501명이 전원 참석해서 내린 평결이다. 아테나이는 해마다 501명 혹은 1,001명의 배심원을 추첨으로 결정해서 통고한다. 그릇 큰 인물의 재판이라 하더라도 501명의 배심원 전원이 참석했다는 것은 주목할 만하다. "정치에 무관심한 시민은 조용함을 사랑하는 사람이라 간주되지 않고 폴리스를 떠받치는 의무를 다하지 않는 자로 간주되는 것이다." 페리클레스의 전몰자 추도연설에 보이듯 배심원들은 시민적 의무를 다한 것이다. 비극 참관은 유료, 무료, 수당지급과 같은 여러 단계를 거친다. 수당지급까지 했다는 것은 시민교육으로서의 비극의 가치를 평가한 것이 아닐까? 일종의 의무교육이 아니었을까? 더구나 비극은 재판정을 연상케 하는 바가 많다. 그렇다면 잠재적 배심원인 시민에게 배심원 교육 기회의 하나로 생각한 측면도 있지 않을까? 많은 순기능 가운데의 하나가 아닐까? 비극이 신화적 사고와 철학적 사고 사이의 통로이며 비극의 논리가 반대물 사이, 상반되는 힘 사이의 긴장의 논리라고 생각하는 프랑스의 고진학자 장 피에르 베르낭은 비극시인들이 법률적 전문용어를 즐겨 구사했다는 사실을 지적하고 있다. 그가 명시적으로 배심원을 언급한 것을 보지는 못했지만 비극 관람 장려가 법률적 판단에 도움을 준다는 현실적 고려도 작용하지 않았을까 하는 추정이 가능하지 않을까 생각한다. 비극 경연이 아테나이 민주정과 뗄 수 없는 것임을 다시 확인하게 된다.

4. 비극의 전언

"어떤 사람도 행복하다, 불행하다, 하지 말라, 죽을 때까지는 모르는 일이어니"라는 대사로 소포클레스의 『트라키스의 여인들』은 시작된다. 그것은 오래된 속담이다. 『오이디푸스왕』의 코로스도 비슷한 취지의 뜻을 전하면서 작품을 끝낸다. 오이디푸스 같은 영웅도 마지막엔 이런 참혹한 지경에 이르니 인간사는 모르는 것이라는 뜻이다. 문학작품에서 협의의 교훈을 도출하려는 기도는 미련한 짓이다. 그러나 그리스 비극 곳곳에서 발견되는 이런 생각은 사실상 권력자에 대한 경고이기도 하다는 것을 부정할 수 없다. 특히 "참주"를 열심히 혐오하고 거부했던 아테나이 시민 사이에서는 그랬을 것이다. 휴브리스 경계는 고대 그리스의 지혜이기도 하다. 고대 그리스의 휴브리스는 인간 품성으로서의 오만함만을 가리키지 않는다. 인간이 인간 능력을 초월하는 것을 지향하거나 지나치게 많은 행운을 누리는 것도 휴브리스이다.

5. 위선자 부재

신화나 비극에 위선자가 보이지 않는다. 물론 편의를 위해 거짓말을 하거나 속임수를 위해 거짓말을 하는 경우는 있지만 근대사회에서 흔히 보게 되는 표리부동한 상습적 위선자는 찾기 어렵다. 신화 속의 인물들은 장고 끝에 행동하지 않고 즉행적이다. 비극의 영웅들도 마찬가지다. 위선자는 말과 행동을 통해 장기간에 걸쳐 거짓말을 하는 거짓말쟁이요 광대이다. 습관이 천성이 된 면도 있을 것이다. 위선은 악이 선에게 바치는 최고의 경의라고도 한다. 그렇다면 부정적인 것만은 아니다. 영어의 hypocrite는 광대를 뜻하는 그리스 말에서 나왔다. 민주정과 광대적인 인물 및 위선자의 범람사이에는 어떤 함수관계가 있는 것은 아닐까? 전투에서 위선은 작동할 여지도 필요도 없다. 위선은 호메로스가 그리는 시대를 지나 조금은 진보된 단계의 문명의 산물이라는 생각이 든다.

6. 비극의 죽음

주술로부터의 세계 해방이 현실화하면서 비극의 자리는 사라졌다. 근대비극의 죽음 논의는 궁극적으로는 주술로부터의 세계 해방의 일환으로써 설명하는 것이 합리적이라 생각한다. 그런 맥락에서 니체나 에렌베르크의 비극의 죽음론은 여전히 시사하는 바가 많다.

자기 형성과 형성소설

『마의 산』과 『빌헬름 마이스터』가 속해 있는 범주인 독일 형성
소설은 모험소설의 승화이자 내면화가 아니고 무엇이란 말인가?
— 토마스 만

형성소설은 주인공이 살면서 실험을
수행하는 일종의 실험실이다.
— 코린 윌슨

『자기형성과 형성소설』은 Bildung과 Bildungsroman을 번역한 것이다.
여기에는 부연 설명이 필요하다. 두 단어는 사실상 번역해 놓으면 원어가
가지고 있는 뜻과 함의가 실종되기 때문에 유럽에서는 그냥 독일어를 쓰
는 경우가 흔하다. 독영사전에 보면 Bildung은 1. 교육education, 교양culture
2. 형성formation, 3. 형태form, shape로 풀이되어 있다. 그런데 Bild는 이미지,
그림, 비유 등의 뜻이 있어 자연 Bildung은 다양한 미적 연상聯想을 야기한
다. 그러한 사항들을 염두에 두고 Bildung을 self-cultivation으로 이해하
면서 자기형성으로 읽는 것이 좋겠다고 생각해 보았다. 반듯한 사람됨과
교양 축적을 꾸준히 추구한다는 함의가 있다는 것을 유념해야 한다는 뜻
이다.
　Bildungsroman도 번역하기가 어려운 말이다. 영어에서 형성소설, 성장
소설, 발전소설, 교육소설 등으로 번역해서 사용하는 경우가 있으나 아무
래도 풍성한 함의가 실종되고 만다. 원어를 그대로 사용하는 것도 한 방

법이나 그러자면 일관성이 없어져 가장 근접한 형성소설로 정하였다. 일본에서 써온 교양소설은 bildung을 교양으로 축소하는 위험이 있어 적정한 것으로 생각되지 않는다.

빌헬름 폰 훔볼트는 프로시아 교육부장관으로서 페스타로치의 교육사상에 기초해서 학교 제도를 개혁했고 베를린 대학의 창설자의 한 사람으로도 알려져 있다. 자기형성 개념의 성립과 밀접히 연결되어 있는 훔볼트에게서 자기 형성 개념이 어떻게 진화하고 성숙했는가를 저서의 제1장에서 추적하고 있는 W.H. 브르포드는 1796년에 훔볼트가 실러에게 보낸 편지을 인용하고 있다.

> 만약 우리가 자신을 도야하는 것을 유일한 삶의 목적으로 삼고 있는 사람을 상상한다면 그의 지적 활동은 (a)연역적으로 인간됨의 이상 (b)귀납적으로 현실에서의 명확한 인류상人類像을 발견하는 데 집중돼야 할 것입니다. 이두 가지가 그의 마음속에서 가능한 한 정확하고 완전하다면 그는 그 둘을 비교함으로써 거기서 행동을 위한 규칙과 금언을 도출해야 할 것입니다.[1]

이어서 중요한 것은 인간 행동의 형태가 아니라 행동이 수행되는 정신이라고 말하고 있는데 그것은 뒷날 『빌헬름 마이스터의 수업시대』에서 괴테가 표명한 생각과 아주 근접해 있다고 지적한다. 훔볼트는 1793년의 한 단장斷章에서 자기형성의 이론에 관해 극단적 형식으로 자기 생각을 피력하고 있다. 이 단장에서 훔볼트는 "왜 우리가 이 것 저 것을 학습 하는가, 라고 자문하고 나서 우리는 우리가 배우는 것에 사실 관심이 없으며 또 어떻게 외부 세계를 개선하는가에 관심이 있는 것도 아니라고 대답한다. 오직 우리의 내적 자아의 향상과 적어도 우리를 압도하는 내적 불안

---

1) W. H. Bruford, *The German Tradition of Self-Cultivation: Bildung from Humboldt to Thomas Mann* (Cambridge: Cambridge University Press, 1975), p. 15.

의 해소만을 염두에 둔다고 말하는 것이다."² 인문주의의 지도 이념의 하나로 "자기형성"을 말하는 자리에서 가다마가 인용한 대목을 첨가한다면 우리는 훔볼트의 자기형성의 개념을 얼추 파악할 수 있다. "우리의 언어에서 우리가 Bildung을 말할 때 우리는 보다 높고 보다 정신적인 것을 의미한다. 즉 전면적인 지적 도덕적 노력의 성과인 지식과 감정으로부터 조화롭게 흘러나와 감수성과 성격으로 들어가는 마음의 성질을 의미하는 것이다."³ "자기형성"이 자신의 능력과 재능을 발전시키는 단순한 교양이 아님이 분명해진다고 가다마는 부연한다. 여기까지 살펴본 것만으로도 Bildung은 원어로 쓸 수밖에 없다는 것이 분명해진다.

우리가 일단 형성소설이라고 지칭해보는 Bildungsroman도 사정은 마찬가지여서 단순치가 않다. 이것은 문학 장르의 문제이기 때문에 거기에 따르게 마련인 개념과 범주 상의 견해 차이가 많다는 것이 참작돼야 할 것이다. 우리 사회가 지금 첨예하고 다양하며 불행한 형태로 보여주듯이 사람이 유년기와 청년기를 거치면서 성숙한 개인으로 성장하는 것은 결코 쉬운 일이 아니다. 성장하는 것 자체가 심신의 위기로 가득 찬 도전과 시련의 과정이기 때문이요 불안정한 사회에서 위기의 가능성이 커지기 때문이다. 젊음으로부터 조화로운 사회통합에 이르는 도정에서 사람은 개인의 열망과 사회가 요구하는 순응사이에서 갈등과 좌절의 순간들을 무수히 경험한다. 고전적 형성소설은 자아와 사회의 관계를 탐구함으로써 방황하는 청년들에게 실용적 조언을 해준다는 부차적 기능을 담당하기도 해서 많은 후속 작품을 낳게 했다고 할 수 있다.

말 자체, 그리고 독일 계몽주의 이상과의 연관 속에서 형성소설이 독일 고유의 장르라고 파악하는 주장이 문화적 민족주의에 고무되어 독일 쪽에서 제기된 것이 사실이다. 그러나 근대의 상징적 형식으로 형성소설

---

2) Ibid., p. 17.

3) Hans-Georg Gadamar, *Truth and Method*, trans. Joel Weinsheimer & Donald G. Marshall (New York: Crossroad, 1989), pp. 11-12.

을 파악하는 프랑코 모레티는 젊음의 이동성과 불안한 내면성을 말하면서 18세기 말의 유럽에서 대두했다며 형성소설을 지리적으로 한정하는 태도에 맞선다.[4] 그보다 앞서 바흐친은 인간의 형성이 사사로운 일이 아니라면서 "그가 형성되는 것은 세계와 함께이고 자신 속에 세계의 역사적 형성을 반영하고 있다"[5]고 말한다. 이때 바흐친은 라블레의 『가르강튀아와 팡타그뤼엘』이나 『빌헬름 마이스타의 수업시대』같은 소설의 주인공들에 의거해서 이러한 발언을 하고 있으며 따라서 암묵적으로 독일문학 고유의 장르라는 생각을 부정하고 있는 셈이다. 우리는 아래에서 독일소설에서의 인간형성과 형성소설을 살펴보겠지만 그것은 독일 고유 장르라는 견해를 수용하기 때문인 것은 아니다. 대상을 축소시켜야 그나마 의미 있는 얘기가 가능하지 않을까하는 기대와 계산에서이다.

소설 장르의 특성

고대 그리스의 메니피언 풍자문학에서 소설의 연원을 찾는 바흐친의 소수의견을 비롯해서 문화적 민족주의에 근거한 이견이 있는 것은 사실이다. 그러나 근대소설의 시작을 18세기 영국에서 찾는 서구의 지배적 견해는 설득력이 있다고 생각한다. 유럽의 어느 나라보다 앞서서 시민혁명을 완수하고 중산계급이 주도권을 잡는 사회를 발전시킨 것이 바로 영국이기 때문이다. 중산계급의 문학인 소설 장르는 근대사회의 특징을 반영하는 몇몇 성질을 가지고 있다.

첫째, 소설은 신에게 버림받은 세계의 서사시인 것 이상으로 후원자에

---

4) Franco Moretti, *The Way of the World: The Bildungsroman in European Culture* (London: Verso, 1987), p. 5.
5) M.M. Bakhtin, *Speech Genres & Other Late Essays*, trans. Vern W. Mcgee (Austin: University of Texas Press, 1990), p. 23.

게 버림받은 시대의 문학 장르라 할 수 있다. 가령 영국 엘리자베스 시대의 시인인 에드먼드 스펜서는 자기의 『요정의 여왕Faery Queen』의 목적이 신사나 귀족을 신사답고 덕성스러운 범절에 따라 형성하는 것이라고 말하고 있다. 극시인을 제외한 당대의 시인들은 대체로 귀족층 후원자의 비호에서 생계를 찾고 있었다. 귀족이나 영주의 시인을 받기 위해 시인은 귀족의 문화이론의 영역 안에 갇혀있었고 작품이 노린 교훈적 성향은 오직 귀족의 세계만을 염두에 두고 있었다. 귀족층 독자의 예상이 이 시대 시문학의 주요 특징을 설명해 주고 있다. 그러나 18세기 영국작가들이 의존한 것은 대중잡을 수 없고 변덕스러운 개개 독자들뿐이었다. 이제 작가들은 그 얼굴 모습을 떠올릴 수 없는 익명의 독자들의 비위를 맞추지 않을 수 없게 된다. 소설이 가질 수밖에 없는 대중영합은 소설의 장르적 성격을 크게 규정한다.

둘째, 소설은 활판인쇄술이 발명된 이후에 등장한 문학 장르이다. 소설은 서사시처럼 청중들에게 낭송되지도 않고 또 연극처럼 관객 앞에서 상연되지도 않는다. 개인이 다수 청중이나 관객에서 떨어져 나갈 때 개인의 대두와 고립을 부축해주는 문학형태에 대한 요구가 일어나고 소설은 이러한 요구에 호응해서 발전한 장르이다. 그것은 근대사회의 외로운 개인이 눈앞에 보이지 않는 작가와 보다 은밀하고 사사로운 관계를 갖게 하면서 경험의 보다 직접적인 전달의 가능성을 열어준다.

소설의 독서는 보다 은밀하고 사사로운 내면공간을 독자에게 요구하는데 바로 이 때문에 연극이나 시가 가지고 있는 엄격한 의미의 관습convention이 없어도 되는 것이다. 소설이 엄밀한 구조와 시학으로부터 동떨어진 채 무정형無定形의 느슨함을 누릴 수 있는 것은 소설독서가 일정한 시간 속에 한정돼 있지 않고 언제 어디서 시작해도 좋고 언제 어디서 중단해도 좋은 임의로움 때문이다. 이 임의로운 잠재성이 소설공간의 열려 있는 특징이다. 그것은 중산층의 독방에 쾌적하게 어울리는 예술장르이다. 이 점 본시 낭송되었기 때문에 일종의 공적 의식이라는 성격을 가지고 있던 서사시와 날카로운 대조를 이루고 있다.

　마지막으로 가장 중요한 것은 소설이 봉건질서 아래서의 신분의 고정성
이 무너지고 지리적 이동과 함께 수직적 신분이동이 극히 유연해진 활발
한 사회적 이동social mobility시대의 문학형태라는 점이다. 소설의 중심적 모
티프는 바로 이 사실에 밀접히 관련되어 있으며 장르상의 특징도 이 사실
에서 유래한다. 이 점 소설의 주제는『돈 키호테』이후 비교적 단순하다고
말하는 모리스 슈로더의 명제는 지나친 단순화이긴 하나 핵심을 찌르고
있다. "소설은 무지의 상태에서 경험의 상태, 축복이랄 수 있는 무지에서
실제로 세상 돌아가는 것에 대한 깨달음으로의 추이를 기록한다."[6]『소설
의 이론』의 저자도 추상적인 단계이긴 하지만 그것을 암시한 바 있다.

> 　소설의 내적 형식은 문제성 있는 개인이 자기 자신을 향해 가는 도상途上의
> 과정이라고 이해되어 왔다. 즉 단순히 현존하는 현실―그 자체로서는 이질
> 적이고 개인에게는 무의미한 현실―속에 미련하게 갇혀있는 상태에서 또렷
> 한 자기인식에 이르는 길이란 말이다.[7]

　슈로더는 그것을 보다 구체적으로 얘기한다. "형성소설은 단순히 특수
한 범주인 것은 아니다. 소설의 주제는 본질적으로 형성의 주제요 교육의
주제인 것이다."[8] 그런데 이러한 형성소설의 주인공은 거의 모두 시골 태
생의 젊은이이다. 미국 비평가 라이오널 트릴링은『적과 흑』,『고리오 영
감』,『환멸』,『막대한 유산』,『전쟁와 평화』,『백치』,『카사마시마 공작부인』
등을 모두 이 형성소설의 계보로 규정하고 설명하는 인상적인 대목에서
아래와 같이 적고 있다.

---

6) Maurice Z. Schroder, "The Novel as a Genre", *The Theory of the Novel*, ed. Philip Stevick (New York: Free Press, 1967). p. 14.

7) Georg Lukacs, *The Theory of the Novel,* trans. Alan Sheridan (Cambridge: The M.I.T. Press, 1971), p. 80.

8) Schroder, 앞의 책, P. 16.

296　　고전과 키치의 거부

이러한 변화는 매일처럼 볼 수 있었던 문자 그대로의 사실을 나타내는 것이라고 하더라도 결코 과언이 아니다. 18세기 말에서 19세기 초에 걸쳐 서구의 사회구조는 문명의 변화에 각별히 어울렸다. 아니 변화에 알맞도록 꾸며졌다고 할 수도 있겠는데 이 변화는 마술적이고 낭만적이었다. 상류계급의 기풍이 강력해서 젊은이가 경계를 뛰어넘는 것은 유별난 것으로 보이게 했으나 한편으로 예외적인 경우 그 경계선 넘기를 허용할 정도로 취약하기도 하였다. 못 먹어서 삐쩍 마르고 비굴한 종자인 제네바 태생의 무기력한 소년이 일약 프랑스 귀족사회의 총아가 되고 삶의 모든 분야에서 그 가정들을 조작操作하는 것이 유럽에서 허용되었다. 장 자크 루소는 코르시카 태생의 젊은이를 포함한 모든 시골 출신 젊은이의 아버지다.[9]

트릴링이 화려한 수사학으로 얘기하고 있는 것은 결국 수직적 신분이동과 사회적 이동의 마술적이고 낭만적인 자재로운 움직임이다. 소설은 이런 사회적 이동의 시대에 현란한 수직적 신분 이동의 꿈을 독자들에게 만끽시켜 주면서 성장해 왔다고 볼 수 있다. 소설이 관습에서 비교적 자유로운 문학 형태라는 것도 유동적인 사회의 삶과 보조를 같이 하려는 지향 속에서 빚어진 것이다. 수직적 신분 이동에의 꿈, 재산과 신분 획득의 꿈이 언제나 이루어지는 것은 아니다. 그 약속은 마술적이고 낭만적일지 모르지만 사회는 극히 예외적인 경우에 한해서 약속을 실현시켜 주었다. 형성소설의 한 끝에 환멸소설이 자리 잡고 있는 것은 결코 우연이 아니다. 그것은 수직적 사회적 이동이 겉보기처럼 손쉬운 것이 아니라는 점에서 이론상으로 무엇이나 될 수 있는 사회에서의 가능성의 한계와 상동관계에 있다고 할 수 있다.

위에서 우리는 근대소설의 장르적 특징을 살펴보았다. 형성소설도 소설인 이상 위에서 살펴본 소설의 특징을 가지고 있다. 그러나 "소설의 주

---

9) Lionel Trilling, *The Liberal Imagination* (New York: Viking Press,1951), p. 64.

제는 본질적으로 형성의 주제요 교육의 주제"라는 슈로더의 명제를 극단으로 끌고 가면 형성소설의 범주를 부정하는 셈이 될 것이다. 18세기 독일에서 등장한 중요 소설을 통해서 형성소설의 특성을 검토함으로서 그 특징과 소설 일반과의 차이점을 밝히는 것이 필요해진다.

성장소설-모험소설의 내면화

성장소설과의 연관 속에서 특히 간과해서는 안 될 근대소설의 중요 국면은 시간에 중요성을 부여했다는 점이다. 고전 서사시나 고전극에서 자연계의 한 차원으로서나 혹은 역사발전 및 개인성장의 차원으로써 시간은 그 역할을 정당하게 인정받지 못하였다.

> 호메로스의 주인공들은 성장하고 있는 모습이나 혹은 성장해 온 모습이 거의 그려져 있지 않기 때문에 그들 대부분—네스트로, 아가멤논, 아킬레스—은 등장할 당시의 나이에 고정되어 있는 것 같다. 오랜 시간의 흐름과 그 사이 일어난 수많은 사건 때문에 성장의 기회가 많았을 터인 오디세우스조차도 그것을 보여주지 않는다. 돌아온 오디세우스는 20년 전 이타카를 떠났던 당시의 오디세우스와 아주 똑같다.[10]

서사시도 서사시지만 고전 비극에 있어 3일 치의 법칙—이른바 3일 치의 법칙이란 아리스토텔레스가 엄격하게 규정해 놓은 것은 아니다. 르네상스기의 사람들이 그의 『시학』에 주의를 기울이면서 그것이 법칙화된 셈인데 이때 30시간도 허용되었다. 이 법칙이 엄격하게 지켜진 것은 프랑스 고전주의 비극에서이고 19세기 초의 빅토르 위고에 와서야 깨어졌다—에 따라 시간이 대충 24시간으로 제한된 것은 인간생활에서의 시간 차원의

---

10) 에리히 아우어바흐, 『미메시스』, 김우창·유종호 역, 민음사, 1999, 63쪽.

중요성을 인정하지 않았기 때문이었다. 이데아가 시간의 세계의 구체적인 대상 뒤에 있는 궁극적 현실이라는 플라톤의 생각에 깊이 감염된 고전세계의 세계관에서는 현실 또는 실재란 무시간적無時間的 보편 속에 있는 것이기 때문에 존재에 대한 진실은 일생 동안에서와 마찬가지로 하루 동안에도 드러날 수 있다고 생각했던 것이다.

근대소설에 와서 비로소 작중인물이 시간 속에 뿌리박고 있으며 그렇게 됨으로써 오이세우스처럼 20년 전에나 후에나 변함없는 인물이 아니라 시간의 흐름 속에서 동일성을 유지하면서도 경험에 의해서 계몽되고 변모하고 혹은 타락하는 인간이 등장하게 된다. 이것은 작중인물이 비역사적인 존재에서 역사적 존재로 되었음을 뜻하며 아울러 역사적 존재가 뿌리박고 있는 공간이 역사적 차원을 얻게 되었음을 뜻한다. 모든 역사적 사실은 동시에 사회적 사실이기 때문에 소설의 역사성 획득은 사회현실 묘사가 훨씬 튼튼한 기반과 구체성을 얻었음을 뜻한다. 뒷날 뛰어난 작가들이 제가끔 뛰어난 역사가를 자처하게 된 것은 우연이 아니다. 소설에서의 시간 차원의 중요성을 강조하는 것은 특히 형성소설에서 시간이 발전의 공간으로서 중요한 기능을 수행하고 있기 때문이다.

『빌헤름 마이스터의 수업시대』

이 작품은 형성소설이란 말을 낳게 하고 유포시키는 데 결정적인 구실을 했다. 오랫동안 형성소설에 관한 비평은『빌헤름 마이스터의 수업시대』와 휠덜린의『하이페리온』의 분석에서 비롯된 빌헤름 딜타이의 정의를 추종해 왔다는 정설이 있기 때문이다. 독일문학사에서 정전적 위치를 갖고 있던 딜타이의 정의를 요약하면 아래와 같이 된다.

개인의 삶속에서 조정된 발전이 관찰된다. 그 각각의 단계가 그 내재적 가치를 지닌 채로 보다 높은 단계로의 기초가 된다. 삶의 불협화음과 갈등이 개인의 성숙과 조화로 가는 도상의 필요한 성장점으로 드러난다.[11]

괴테는 『빌헬름 마이스터의 수업시대』의 5권까지의 첫 소고를 『빌헬름 마이스터의 연극적 사명』이란 표제로 1777년에서 1785년 사이에 써놓고 중단했다. 1910년에 발견되어 1911년에 간행된 이 초고본에서는 극장을 통한 자기실현의 주제와 독일 지식인의 야망이었던 독일국립극장의 창설의 주제가 가장 중요한 것으로 드러난다. 그 후 실러의 권유로 자신의 성장과 이탈리아 여행 경험 그리고 실러의 사상적 영향을 살려 긴 형성소설로 완성시켜 그 후의 독일소설에 하나의 형성력으로 작용하게 된다. 독자들은 18세기 소설들이 대체로 우연의 일치가 많고 개연성이란 측면에서 후대의 소설보다 당돌하고 신빙성이 떨어진다는 점을 인정하고 들어가야 할 것이다. 현대의 기준으로 보아 구성이 극히 산만하고 탈선이 많아 유장하면서도 복잡해서 따라가기 버거운 이 작품을 요약하기란 쉽지 않다.

빌헬름 마이스터는 베르너와 동업관계인 부유한 상인의 아들이다. 빌헬름과 베르너의 아들은 부친의 가업을 승계해야 할 처지이다. 소설이 시작될 때 빌헬름은 순회극단 단원으로 프랑크푸르트에 머물고 있는 마리아네란 미모의 여성과 사랑에 빠져있다. 어린 시절 인형극에 매료되었던 경험의 연장선상에서 무대생활을 동경하고 사랑에 빠진 그는 부친의 사업을 떠맡는 것이 내심 아주 싫다. 빌헬름은 마리아네와 결혼하고 배우가 되려고 한다. 그러나 빌헬름은 돈이 없고 마리아네는 부유한 애인에게 재정적으로 의존하고 있다. 이 사실을 알게 되자 빌헬름은 깊이 상처받고 속상해서 건강까지 나빠진다. 회복되자 극장이 싫어진 그는 극장과 연을 끊겠다고 결심하고 3년간 회사에서 열심히 일한다. 그러다 그의 부친과

---

11) Martin Swales, *The German Bildungsroman from Wieland to Hesse* (Princeton: Princeton University Press, 1978), p. 3. 그러나 사실상 처음으로 이 말을 쓴 사람은 Karl Morgenstern이며 1820년대 초에 처음으로 이 말을 사용했다 한다. 이 책 12쪽.

동업자는 자기들이 받아야 할 돈을 수금해 오라고 빌헬름을 여행으로 내보낸다.

그는 며칠간 한 소도시에서 머물게 되는데 우연히 한 무리의 배우들을 알게 되어 다시 연극과 연을 맺게 된다. 이때 신의 있고 남성적인 배우 라에르테스, 인간미 있는 여배우 필리네, 그녀를 따라다니는 소년 프리드리히, 불가사의한 침묵에 싸여있는 이탈리아 태생의 미뇽과 하프 키는 노인 등을 알게 된다. 그들과 쉽게 떨어지지 못한 그는 순회극단과 함께 어느 백작의 성에 당도하여 귀족들의 구경거리를 위해 연극공연에 참여하게 된다. 그 후 백작의 성을 떠나 새 일터를 찾아 이동하던 중 강도단을 만나 총격전이 벌어지고 빌헬름은 부상을 입는다. 그는 반의식의 상태에서 한 아름다운 여인의 구조를 받게 되지만 의식을 되찾았을 때 그 여인은 행방이 묘연하였다. (이 부분은 이른바 피카레스크소설의 특성을 보여준다.) 그 여성을 다시 보게 될지 모른다는 기대를 품고 있던 그는 평소 알고 지내던 제를로를 찾아가 그의 극단에서 셰익스피어 공연에 참여하고 햄릿의 역할을 맡아 무대에 서기도 한다. 이러한 순회극단과의 얽힘이나 연극 경험 끝에 그는 그때까지 걸어온 길이 잘못된 길임을 깨닫게 된다.

그는 극단을 떠나 로타리오의 성으로 가고 비밀결사인 "탑 모임"에 참여하고 거기서 개혁귀족 로타리오를 위시해 많은 사람들과 사귀게 됨으로써 그때까지 가지고 있던 생각을 탈피하게 된다. 즉 그때까지 생소했던 귀족세계를 접함으로써 삶의 전부라고 생각했던 연극에의 길이 그의 삶의 길에서 일종의 수업시대에 불과했다는 것을 깨닫게 된다.

마리아네의 소생이 자기 아들임을 알고 아버지로서의 의무를 감지하고 이를 위해 이재에 밝은 테레제와의 결혼도 생각한다. 그러나 그는 테레제를 통해 늘 마음에서 떠나지 않던 자기를 구해준 나탈리에를 만나게 된다. 그녀는 "탑 모임"의 가장 정력적인 멤버인 로타리오의 누이동생이자 백작부인의 언니요 프리드리히의 누나임이 밝혀진다. (19세기의 리얼리즘소설이 금기로 삼던 우연의 일치나 개연성의 도외시가 두드러지는 부분이다.) 결국 빌헬름은 나탈리에와 결혼하여 진정한 충족감을 얻게 된다. 좌절과 실패와 방황 끝에 그가 얻은 지혜는 인간은 활동적으로 됨으로써만 삶을 의미 있게 만들 수 있다는 것이다.

작품의 제6권에는 "어느 아름다운 영혼의 고백"이란 일기가 삽입되어 있는데 한 여성이 성장해서 확실한 목표를 갖게 되고 정신적 자아실현에 이르는 과정이 적혀 있다. 어느 모로는 삽입된 수기는 소설의 줄거리와 긴밀하게 연관되어 있는 것은 전혀 아니다. 여기서의 "아름다운 영혼"은 마지막 부분에서 빌헬름이 결혼하게 되는 나탈리에의 숙모이다. 그러나 주제라는 관점에서 보면 수기가 중요한 이어주기 기능을 가지고 있다. 빌헬름의 극장에의 관여는 여러모로 그의 인품 탐구나 시야를 넓히는 것을 가능하게 하였기 때문이다. 또 극장은 모험에 찬 떠돌이 삶을 제공하였고 갖가지 역할을 맡음으로써 자아를 확충할 기회를 안겨 주었다. 그러나 그것은 초점 없고 맺힘 없는 삶이었다. 수기는 인간이 세속에서 초연하며 내면에 집중함으로서 성취감을 찾을 수 있다는 것을 빌헬름에게 가르쳐 준다. 「어느 아름다운 영혼의 고백」은 유기적 필연성 없이 삽입되어 있어 구성상으로 결함이 되어있다는 지적도 있다. 그러나 이 부분은 그 자체로서 매우 매력 있고 빛나는 대목을 이루고 있어 독립된 중편으로 읽어도 손색이 없다. 독일의 형성소설이 남성 중심적이요 보수적이라는 20세기 후반의 비판을 염두에 둘 때 이 수기가 소규모인 대로 여성의 형성소설이 되어있다는 점에 착안하는 것도 필요할 것이다. 18세기에 널리 퍼져있었다는 "아름다운 영혼"은 "괴테에게서 세속적 활동과 조화롭게 도야된 내면적인 삶의 조화로운 통일을 의미했다"[12] 는 루카치의 말은 이 수기와 작품 전체와의 유기적 연관성을 지적하는 것으로 이해해도 좋을 것이다. 윤

12) Georg Lukacs, *Goethe and His Age,* trans. Robert Anchor (New York: Grosset & Dunlap, 1969), p. 57.

동주의 「또 다른 고향」에 나오는 "아름다운 혼"도 그 연원은 이 「어느 아름다운 영혼의 고백」이라 생각하면 이 수기의 영향력의 크기를 생각하지 않을 수 없다.

자기형성의 계기와 지향

　내 자네에게 간단히 한마디로 말하겠네만 이렇게 있는 그대로 나 자신을 완성시켜 나가는 것―그것이 내가 어렸을 적부터 희미하게나마 품어왔던 소원이요 의도였다네. 아직도 나는 바로 그 생각을 가지고 있고, 다만 나에게 그것을 가능하게 해줄 수 있는 수단이 약간 더 분명해진 것뿐이라네. 나는 자네가 생각하고 있는 것 보다는 더 많이 세상을 보아왔으며, 자네가 짐작하고 있는 것보다는 더 능숙하게 그 세상을 이용해 왔다네. 그러니 내가 말하는 것이 자네의 뜻과 아주 맞지 않더라도, 내 말에 약간의 주의를 기울여주게나.

　만약 내가 귀족이라면 우리의 토론은 금방 결말이 날 수 있을 거야. 그러나 나는 단지 시민에 불과하기 때문에 어떤 독자적인 길을 선택하지 않을 수 없는 것이네. 그래서 나는 또 자네가 나를 이해해 주기를 원하는 것이지. 나는 외국에서는 어떠한지 알지 못하네. 그러나 독일에서는 일반 교양, 아니 개인적인 교양이라는 것은 오직 귀족만이 갖출 수 있네. 시민계급으로 태어난 자는 업적을 낼 수 있고, 또 최고로 애를 쓴다면, 자기의 정신을 수련시킬 수는 있겠지. 그러나 그가 아무리 발버둥을 친다 해도 자신의 개성만은 잃어버리지 않을 수 없어. 그러니 아주 고귀한 사람들과 교제하며 살아가야 하는 귀족은 스스로 고귀한 예절을 갖출 의무가 있으며, 또한 이 예절에는 조그만 방문도 성문도 없기 때문에 자칫 잘못하다간 너무 자유로운 예절이 되기도 쉽지. 요컨대 귀족은 궁정에서건 군대에서건 간에 자기의 풍채와 인격이 재산이요 힘이기 때문에, 그는 자연히 그것들을 중히 여기게 되고, 또 자신이 그것들을 중요시한다는 사실을 나타내지 않을 수 없는 거야.

　일상적인 일에서 그 어떤 엄숙한 우아함을 나타낸다든가 진지하고 중대한 일에서 일종의 경쾌한 멋을 보여주는 짓은 그가 언제 어디서나 균형을 잃지 않고 있다는 사실을 보여주기 때문에 그에게는 잘 어울리는 것이지. 그는 공적인 인간이라네. 그의 동작이 세련될수록, 그의 목소리가 청아할수록, 그의 전체적 태도가 신중하고 침착하면 할수록 그는 더욱더 완전한 인간이 되는 거야.

자, 그런데, 여기에 그 어떤 평범한 시민이 있어서 이런 귀족들의 특권들로부터 어디 한번 맛이나 약간 보겠다는 생각을 했다고 치세. 그 시민은 틀림없이 완전히 실패할 것이네. 그리고 그가 그런 귀족 행세를 할 수 있는 능력과 추진력을 많이 타고 났으면 났을수록 그는 더욱더 불행해질 것이네.

귀족은 일상생활에서 아무런 한계선도 모를 뿐만 아니라 사람들도 그를 왕이나 그와 비슷한 인물로 취급할 수 있기 때문에 자기는 어디를 가나 남 앞에 떳떳이 나설 수 있다는 은밀한 의식을 지닌 채 도처에서 자기와 비슷한 부류의 사람한테는 자신의 둘레에 그어져 있는 한계선에 대하여 담담하고도 침착한 감정을 유지하는 것이 가장 잘 어울리는 것이네. 그는 "너는 어떤 사람이냐?"라고 자문해서는 안 되고, 다만, "너는 무엇을 가지고 있느냐? 어떤 통찰, 어떤 지식, 어떤 능력을 가지고 있느냐? 그리고 재산은 얼마냐?"하고 자문할 수 있을 뿐이지. 귀족이 자신의 인품을 현시함으로써 모든 것을 나타낼 수 있는 데 반하여, 시민은 자신의 인격을 통해 아무것도 나타낼 수 없고, 또 나타내어도 안 돼. 귀족은 자기의 변모를 바깥에 빛나게 드러내어도 좋고 또 드러내어야 하지만, 시민은 단지 존재하는 것으로만 만족해야 해. 시민이 무엇인가 화려하게 드러내려고 하면, 그것은 우스꽝스럽거나 몰취미한 것이 되어버리지. 귀족은 행동하고 영향력을 행사하지만, 시민은 일하고 생산해야 하네. 시민은 자신이 유용한 사람이 되려면 각자 한 가지씩 자기 능력을 길러야 하는 것이지. 그래서 그는 자신을 '한 가지' 방법으로 유용하게 만들기 위해 다른 모든 것을 소홀히 하지 않을 수 없기 때문에, 그의 본성 속에는 조화란 있을 수 없고 또 있어서도 안 된다는 것이 이미 전제로 되는 셈이지.[13]

---

13) 괴테, 『빌헬름 마이스터의 수업시대 1』, 안삼환 역, 민음사, 1999, 444-449쪽.

위의 긴 인용문은 『빌헬름 마이스터의 수업시대』 제5권 제4장에서 뽑은 것이다. 주인공이 자기형성을 지향하고 그를 위해 의식적인 노력을 하는 자초지종을 친구 베르네에게 편지로 설명하고 있다. 길게 인용한 것은 자기형성 지향의 구체적 계기와 의미가 직접적으로 토로되어 있어 그 이해에 핵심적이라고 생각하기 때문이다. 추상적 어휘로 기술되는 개념 설명과 달리 문학작품 고유의 매력인 구체적 직접성으로 자기형성의 발생학과 필연성이 토로되어 있다.

빌헬름은 자기가 귀족 아닌 시민이기 때문에 일하고 생산하고 유용한 사람이 되어야 하고 그러자면 한 가지 방법으로 유용해야 하니 다른 모든 것은 소홀히 할 수밖에 없기 때문에 조화란 있을 수 없다고 자각한다. 그러니까 자기형성은 생득적으로 유리한 조건을 갖추고 있는 귀족에게 맞서서 시민이 사회적으로 유용한 인물이 되면서 자신의 잠재적 가능성을 조화롭게 발전시켜 교양을 갖추고 기품 있는 인격체로서 정신의 귀족이 되는 길의 모색이요 방법이다. 이러한 계기에서 출발해서 사실상 자기의 목표를 어느 정도 달성한 것으로 작품은 끝난다고 할 수 있다. 여기에는 괴테 자신의 삶이 투영되어 있는 만큼 괴테의 인간적 노력도 엿볼 수 있어 흥미롭다고 할 수 있다.

자기형성이 세속적인 활동과 내면적인 삶의 조화를 지향할 때 우리 성품의 전체성의 회복을 극단적으로 지향하는 인문주의 이상과 모순된다고도 할 수 있다. 따라서 시민사회에서의 한정된 역할에 만족하면서 적정한 내면성의 획득을 지향해야 한다는 생각에서 속편이 필요했을 것이란 해석은 설득력이 있다.[14] 그런 맥락에서 『빌헬름 마이스터의 편력시대』 끝자락에 보이는 『마카리에의 서고에서』에 보이는 다음과 같은 대목은 신중한 음미에 값한다고 생각한다.

---

14) W.H. Bruford, 앞의 책, 57쪽.

한 가지 기예나 손기술에 전념하지 않는 사람은 이제부터는 곤란을 겪게 될 것이다. 급하게 돌아가는 세상을 지식만으로는 더 이상 감당할 수 없다. 온갖 것에 관심을 기울이다 보면 결국 자기가 무엇을 하고 있는지도 알 수 없게 되는 것이다.

그렇지 않아도 지금 세상은 폭넓은 교양을 강요하고 있다. 따라서 더 이상 폭넓은 교양을 얻으려고 애를 쓸 필요는 없으며 특수한 것을 내 것으로 만들어야 한다.[15]

작품에서 수시로 토로되는 주인공의 단편적 상념은 특정 상황에서의 반응이니만큼 그 자체로써가 아니라 전제와의 연관 속에서 파악해야 한다는 점을 우리는 상기해야 할 것이다. 형성소설은 교훈적인 요소로 차있지만 교훈소설이 아님을 잊어서는 안 된다.

자기형성에 성공했다고 생각할 수 있는 교양시민층이 실제 독일에서 얼마나 될 것인가? 19세기말 독일제국의 사회구조는 전산업화시대의 구귀족과 신흥시민층에 의해서 지배되었다. 1895년 당시 이 두 집단과 그 가족들은 전체 인구의 1%를 넘지 못하였다. 가족 포함해서 교양 시민층이 인구의 1%를 차지하고 있었으며 이를 합친 인구 2%가 독일제국의 엘리트를 형성하고 있었다. 이러한 문학 외적 사실은 형성소설의 사회적 한계를 보여준다고도 할 수 있다.

『마의 산』

아마도 자기 작품 중 하나를 골라 작품에 얽힌 얘기를 해달라는 요청에 호응해서 행하여진 강연의 대본이 되었다고 생각되는 「『마의 산』의 성립」

---

15) 괴테, 『빌헬름 마이스터의 편력시대 2』, 김숙희 외 역, 민음사, 1999, 233-234쪽.

이란 토마스 만의 글이 있다.[16] [17] 미국의 빈티지판『마의 산』번역본 끝에
수록된 이 글에서 작가는 1912년 부인이 폐질환으로 스위스 다보스의 고
지 새너토리엄에서 6개월간 요양을 하게 되어 그 곳을 방문한 것이 계기
가 되어 이 작품을 쓰게 되었다고 술회하고 있다. 때마침 거의 탈고한『베
니스에서의 죽음』과 길이는 비슷하나 조금은 가볍고 유머러스한 속편으
로 구상했다 한다. 그러나 구상한 작품이 자신의 생각을 갖게 되고 그 생
각들은 작가가 당초 구상한 것과는 다르게 전개되었다. 그러자 1차 세계
대전이 발발하였다. 전쟁은 작품 쓰기를 중단시켰고 동시에 작품의 내용
을 이루 말할 수 없이 풍성하게 하였다. 몇 해 동안 작품은 방치상태였다
가 1924년 간행되었을 때 그것은 거대한 장편으로 드러났다. 첫 구상에서
완결까지 12년이 소요된 것이다.

　작품이 길어진 것은 종말을 향해 가는 것의 기록이자 미래에 대한 걱정
스러운 예언적 전망이란 주제의 무게 때문이었다고 말할 수 있겠다. 또
오직 철저한 것만이 흥미롭다는 작가의 성향에서 나온 것일 터이다. 작품
이 극히 독일적인 것이고 아마 그러기 때문에 외국 비평가들이 그 보편적
인 호소력은 과소평가했던 것 같다고 작가는 술회하고 있다. 작가가 노벨
상을 수상했을 당시 스웨덴 한림원 회원이던 한 비평가는 아무도『마의
산』을 외국어로 번역하려 하지 않을 것이라고 단호한 어조로 공개적으로
작가에게 말하였다. 번역 시도에 절대적으로 적합하지 않기 때문이란 것
이다. 그러나 작품은 곧 여러 유럽어로 번역되었고 자신의 어떤 작품보다
도 성공적이었는데 특히 미국에서 그러했다는 것이 자랑스럽다고 토로하
고 있다. (일본문학 연구자로 고명한 도널드 킨은 1938년 9월에 콜롬비아 대학에 들어갔
는데 상급생 시절『마의 산』을 읽지 않고서는 동료학생과의 대화에 낄 수가 없었고 크리스
마스 선물로는 엘리엇 시집이 보통이었다며 빈사 상태 이전의 문학 전성시대를 그리움의

---

16) Thomas Mann, "The Making of the Magic Mountain", *The Magic Mountain*, trans. H.T.
Lowe-Porter (New York: Vintage Books, 1992), pp. 720-729. 이 글은 1953년 1월에 Atlantic에
처음으로 발표된 것이다.

심정으로 회고하고 있다.)

작가는 외람되다는 단서를 붙이며 독자가 두 번은 읽어주기를 종용하고 있다. 첫 번째로 읽을 때는 주제를 알게 되고 두 번째 가서야 상징적, 암시적 부위를 읽을 수 있다는 것이다. 비단 이 작품뿐 아니라 읽을 만한 모든 작품은 두 번은 읽어야 이해가 온전해진다. 두 번째로 읽을 때 비로소 알아차리게 되는 부분이 있고 그것은 작가가 남달리 공들인 경우일수록 더욱 그러하다. 특히 서유럽의 문화전통에 상대적으로 익숙하지 못한 동양문화권의 독자에게 이 작품은 반복적 읽기를 요구한다고 할 수 있다.

소설은 1907년 여름 다보스에 있는 폐결핵 환자를 위한 고지 새너토리엄에서 시작된다. 엔지니어 훈련을 마치고 함부르크 소재 조선회사에 입사하기로 된 한스 카스톨프가 새너토리엄에서 치료 중인 사촌 요하임을 방문하러 찾아온다. 3주간의 방문 예정이었으나 카스톨프 자신이 결핵에 감염되어 있음이 밝혀져 방문은 연기된다. 그의 다보스 체재는 결국 7년간이나 계속되었고 세계대전 발발로 잠시 중단될 뿐이었다. 이 기간 중 카스톨프가 받은 영향은 전폭적이고 광범위해서 작가가 특정한 의미로 붙인 "마력"이란 지칭이 괜한 것이 아니었다는 감을 준다. 정직하나 재주 있는 주인공에게 작용한 불가사의한 마력은 위선 질병의 형태로 찾아와 그의 체온을 높이고 신체 기능을 자극하고 활성화한다. 또 병원이 모든 환자에게 처방해 준 생활지침은 여가, 사색, 현상조사, 분주하고 정력적이나 둔중한 평지사람들이 못하는 사물에 대한 탐구를 위한 넉넉한 시간을 허용해 준다. 마지막으로 주인공을 많은 사람들과 어울리게 함으로써 다른 곳에서는 상상할 수도 없는 많은 것을 배우게 해주었다는 점을 들 수 있다.

주인공이 어울리게 되는 사람들도 환경에 어울리게 모두 범상하지 않은 인물들이다. 결혼했으나 새너토리엄에서 홀로인 러시아 여인 쇼샤 부인은 학교 시절 첫사랑을 상기시키면서 곧 주인공을 매혹시킨다. 식당에 들어올 때 문을 쾅하고 닫거나 단정치 않은 옷차림이나 식탁에서의 자세 때문에 거리감을 느꼈던 주인공은 이내 그녀에게 육체적으로 끌린다. 그러자 애초 단점으로 느껴졌던 것도 매혹의 일부가 된다. 독일인들은 자유보다 질서를 사랑한다고 말할 수 있는 그녀는 서구문학에 흔히 나오는 매정한 유혹자가 아니다. 때로 자신의 보신을 꾀하기보다 자신을 파괴하는 것이 한결 도덕적일 수 있다고 여기는 그녀는 사육제날 밤 주인공과 사랑을 나눈다. 진정한 도덕성은 위대한 죄인 쪽에 있다는 것을 가르쳐 준 셈이다. 예측할 수 없는 성품의 그녀는 곧 무대에서 사라지는데 후반에 가서 페페르코른의 정부로 다시 등장한다. 독자들은 카스톨프가 새너토리엄에 남아있는 것이 그녀 때문임을 눈치채게 된다. 어쨌건 그녀는 주인공에게 첫 번쌔 삶의 교사 역할을 하게 된다.

그러나 삶의 교사로서 가장 뚜렷한 인물은 작품에서 유럽 계몽주의를 대표하며 이성과 도덕을 절대적으로 신뢰하는 이탈리아인 인문주의자인 세템브리니다. 그는 작품 속에서 불을 켜는 일이 많은데 그것은 상징적 행위로써 이성과 밝음에 대한 믿음을 암시한다고 할 수 있다. 때로는 악마로 때로는 우스꽝스러운 수다쟁이로 때로는 친절한 보호자이자 친구로 주인공에게 비치는 그는 비합리적인 것에 대한 과도한 두려움을 가지고 있어 얼마쯤 깊이가 없는 것으로 파악된다. 그는 타고난 교사이지만 때로 그의 언설은 공허하게 들리기도 한다. 늘 같은 양복바지를 입고 있는 그를 주인공은 오르간 주자奏者라 부르는데 그의 가난과 언설의 단조함을 드러낸다고 할 수 있다. 마지막에 눈물을 흘리며 주인공에게 작별을 고하는데 조국을 위해서 싸우라고 권면한다.

또 하나 개성이 강한 삶의 교사는 예수회의 수도사인 나프타이다. 동유럽 유대인인 나프타는 유대인 박해로 부친이 살해된 후 독일로 이주하였다. 명민하고 박식한 그는 예수회에 발굴되어 신부가 되기 위한 엄격한 훈련을 받았다. 폐결핵에 걸려 다보스에 왔으나 허름한 집에서 하숙을 하였고 마침 그 집 방 한 칸에 세템브리니도 기거한 참이었다. 세템브리니는 재정형편으로 새너토리엄 시설을 포기하지 않을 수 없었던 것이다. 나프타는 고급 복장을 하고 있었으나 외모는 못생긴 편이고 호감이 가는 쪽이 아니다. 원유原油를 뜻하는 나프타란 그의 이름은 상징적이다. 그의 볼품없는 외모를 벌충하는 것은 박식과 유창한 말솜씨다. 세템브리니와 나프타는 곧 불꽃 튀기는 논쟁을 교환하게 되고 카스토르프는 주의 깊게 경청한다. 두 멘토는 카스토르프의 동조를 얻기 위해 경쟁한다. 사실 나프타의 생각은 세템블리니의 생각과 정반대이다. "인간의 도시"를 건설하려는 시도는 "신의 도시"의 약속에 대한 모욕이라고 나프타는 말한다. 그는 유럽 인문주의의 전 역사를 인간 영혼의 진정한 유일 가치인 "초자연적인 것"의 파괴라고 생각한다. 인간이성의 효능에 대한 환멸이나 불신이 그 밑에 깔려있다. 잘못된 길을 가는 인간을 교정하기 위해 폭력에의 호소도 불사한다. 사사건건 맞서는 두 사람은 사실 작품에 열띤 분위기를 조성한다. 사소한 일로 세템브리니를 충동해서 결투로 몰고 가지만 상대가 공중에 총을 쏘자 분노를 이기지 못해 머리에 총을 쏘아 자살하고 만다.

자바에 커피농장을 소유하고 있는 부유한 고령의 네덜란드인 페페르코른은 요하임이 죽은 후 뒤늦게 소설에 등장한다. 쇼샤 부인이 죽음을 앞두고 새너토리엄에 돌아올 때 그녀의 동반자로서 찾아온 것이다. 그는 여러모로 거인이고 여타 인물들을 압도하는 위력을 가지고 있어 주인공에게 깊은 인상을 남겨준다. 카스토르프는 그가 주변인물을 모두 호주머니에 넣고 있다는 공상까지 한다. 자연의 원초적 능력과 정력을 가지고 있는 듯한 그는 환자들의 세계에 자연의 숨은 잠재력과 생명력을 대조적으로 보여주지만 자살하고 만다.

병원의 정신분석가인 크레코프스키의 강연은 환자들에겐 재미있게 수용되고 있는데 주로 성적 함의 때문에 그러하다. 그에겐 무언가 부자연스럽고 속돼먹은 구석이 있으나 정신분석에 관한 지식이 주인공에게 교양 취득 기회를 주는 것은 사실이다. 병원의 책임의사인 베렌스는 그 자신이 결핵환자다. 예측할 수 없고 재치는 있으나 부자연스럽게 사교적인 그에겐 무언가 부패의 기미가 보인다. 병원의 소유주의 한 사람으로서 환자의 치료보다 현상 유지에 이해 관계를 가지고 있다는 혐의가 짙다. 그럼에도 무던한 인간적 측면이 있고 그의 말은 유머러스해서 소설에 재미를 불어 넣어 준다. 카스톨프의 사촌인 요하임은 마지막에 오래 열망한 독일군인의 생활로 돌아가지만 그것이 원인이 되어 지병 악화로 새너토리엄으로 다시 돌아와 세상을 뜬다. 책임감과 의무 관념이 강한 그는 어떻게 보면 작가가 가장 애정을 가지고 그리고 있는 인물이기도 하다.

이러한 등장인물이 이러저러한 방식으로 모두 카스톨프의 성숙과 형성에 일조한다. 그것이 가능한 것은 카스톨프가 가지고 있는 경험에 대한 열의 있는 개방성이다. 새너토리엄에서 사람들은 대체로 죽음을 피하고 외면하려 한다. 그러나 카스톨프는 다르다. 가령 임종을 앞둔 빈사상태의 환자를 찾아가 꼼꼼히 관찰해서 의사나 연고자의 상을 찌푸리게 한다. 그의 자기형성을 몇 마디로 축약 설명할 수는 없다. 그러나 7년간의 다보스 체재가 그대로 성장과 성숙의 도정이 된 것이란 점을 확실하게 말할 수 있겠다.

『베니스에서의 죽음』의 가볍고 유머러스한 속편을 염두에 두었다는 작가의 말은 우리로 하여금 『마의 산』에서의 죽음의 처리에 각별한 관심을 갖게 한다. 그런 맥락에서 제6장의 〈눈〉은 검토에 값하고 사실 많은 비평적 조명을 받은 바 있다. 될수록 많은 경험을 갖고 싶어 한 카스톨프는 스키 타는 법을 배우고 어느 날 혼자 스키를 타게 된다. 경사를 신나게 내려가고 하는 사이 갑작스러운 눈보라를 만나 길을 잃고 만다. 눈을 뜰 수 없는 눈보라 속에서 맴돌다가 한 오두막에 이르고 기진맥진한 그는 거기 기대선 채 눕고 싶은 충동을 느낀다. 잠이 죽음을 뜻하는 것임을 의식하면서도 눕고 싶은 유혹은 물리칠 길이 없었다. 그는 깜빡 졸았고 꿈을 꾸었다. 그가 본 것은 목가적 광경으로서 아름다운 시골에 남녀노소할 것 없이 사랑과 만족감으로 가득 찬 사람들이 어울리는 정경이었다. 그러나 바로 그 곁에서 마녀들이 조그만 어린이의 몸뚱이를 갈기갈기 찢고 있었다. 목가적 장면 속의 한 젊은이가 그 인간희생의 장면을 알고 있는 것처럼 보였다. 꿈속의 끔찍한 장면이 카스톨프의 정신을 들게 하였던 것이다. 그는 그 꿈의 의미를 곰곰이 생각해 보았다. 그는 병과 죽음에의 관심이 바로 삶에 대한 관심과 동전의 안팎임을 깨닫게 된다. 깊은 생각 끝에 그가 내린 결론은 "사람은 사랑과 선의를 위해 사람의 생각에 대한 지배권을 죽음에게 양도해선 안 된다.For the sake of goodness or love, man shall let death have no sovereignty over his thoughts"는 것이다. 카스톨프가 이러한 결론으로부터 행동을 위한 지침을 설정한 것은 아니다. 그것은 삶에 대한 태도요 정신의 문제이다.

전통적인 형성소설은 다양한 경험과 무수한 사람들과의 무량한 토론 끝에 주인공이 세계에서 자신 있게 한몫을 하게 되는 것으로 끝나는 게 보통이다. 그는 어떠한 형태의 미래에도 대처할 태세를 갖추고 있다. 카스톨프는 7년간의 새너토리엄 생활 끝에 삶을 받아들이기보다는 죽음, 그렇게 말할 수 없다면 삶의 그림자로서의 죽음을 받아들인다. 그가 세계대전 발발 때문에 새너토리엄을 떠날 때 그것은 "형성"된 인간으로 자기 의지로 선택하는 것은 아니다. 외적 환경이 그를 위해 선택해 준 것이다. 그가 돌아가는 "삶"이 유럽의 전쟁터라는 것도 의미심장하다. 거기서 카스톨프가 어떻게 될지는 아무도 모른다. 그런 의미에서 형성소설의 패러디라 할 수도 있다. 아니면 현대는 이미 형성소설이 반듯하게 성립될 수 없는 위기라는 함의가 있는 것인지도 모른다. 나프타가 유창하게 설파하는 전체주의 체제에서 개인의 형성은 사실상 무의미한 것이 되기가 첩경이다.

*

위에서 독일소설을 중심으로 자기형성과 형성소설의 몇몇 국면을 살펴보았다. 두 소설이 모두 남성 우위 사회를 다루는 만큼 자연 주인공도 젊은 남성으로 책정된 것이다. 그러나 가령 제인 오스틴의 작품은 여성이 주인공이 된 형성소설이라 본다면 형성소설의 변형은 수다하고 다양하다고 할 수 있다. 또 가령 조이스의『젊은 예술가의 초상』이나 로런스의『아들과 연인들』을 포함시킬 때 그 수효는 증가할 터이다. 이 점은 특히 유의해 두어야 할 사항이다.

우리의 근대문학에서 보기를 찾을 수 있느냐 하는 의문도 자연스러운 것이다. 느슨하게 적용해 볼 때 그래도 가장 근접해 있는 것이 이태준의『사상의 월야』라 생각한다. 반자전적 소설인 이 작품은 고아인 주인공이 성장해서 일단 세계에서 자기 자리를 찾는 과정을 그리고 있다. 사회사적으로도 공식 역사가 전하지 않는 역사적 사실을 풍성하게 담고 있어 20세기 초의 우리 사회를 알기 위해서도 한 번쯤 읽어볼 만하다고 생각한다.

키치의 거부
─ 밀란 쿤데라 『농담』

인간의 참된 선의는 아무런 힘도 지니지 않은 사람들에 대해서만
순수하고 자유롭게 베풀어질 수 있다. 인류의 진정한 도덕적 실험,
가장 근본적인 실험, (너무 심오한 차원에 자리 잡고 있어서 우리의 시선에서 벗어
나는) 그것은 우리에게 운명을 통째로 내맡긴 대상과의 관계에 있다.
동물들이다. 바로 이 부분에서 인간의 근본적 실패가 발생하며, 이
실패는 너무도 근본적이라 다른 모든 실패도 이로부터 비롯된다.
─ 『참을 수 없는 존재의 가벼움』

시의 목적은 놀랄만한 사고로 우리를 눈부시게 하는
것이 아니라 존재의 한 순간을 잊히지 않는 순간으로 또
견딜 수 없는 그리움에 값하는 순간으로 만드는 것이다.
─ 『불멸』

글머리에

문학작품의 질과 독자층의 수용 사이에 긴장 혹은 대립적 관계가 있다
는 것은 널리 인지되고 있다. 20세기에 와서 그 대립관계는 더욱 첨예해
졌다는 것을 실감하게 된다. 가령 영문학의 경우 언어의 문학적 가능성을
극한까지 몰고 가서 산문을 시의 경지로 끌어올렸다는 평가를 받고 있는
『피네간의 밤샘』에 대해 찰스 로즌은 작자 자신의 낭독 음반을 들으면 마
치 음악을 듣는 듯한 즐거움을 준다며 그 가독성은 놀랄만하다고 적고 있

다. 그러나 그 작품을 통독했다는 사람은 불과 몇 명밖에 만나지 못했다고도 적고 있다.[1] 외국인인 우리로서는 제임스 조이스의 초기 단편집 『더블린 사람들』이나 장편 『젊은 예술가의 초상』에 의지해서 그의 후기작품의 작품적 경지를 상상할 수밖에 없다. 소설 한 편을 위해 무량한 시간을 바치기에는 삶이 너무 짧고 고단하며 읽어야 할 책이 너무나 많기 때문이다. 그런가하면 1915년에 나온 반半자전소설 『인간의 굴레에서』가 발간 50년째에 1,000만 권의 판매량을 보였다는 서머싯 몸은 대중작가로 분류되어 문학사에서 홀대되고 대학교재용 사화집에서도 묵살되는 것이 보통이다. 그의 작품을 본격적인 작품과 상업적 작품으로 나누어 평가하려는 일부의 비평적 시도도 소수파의 견해로 머물러 있다. 문학성에 있어서나 대중적 수용에 있어나 크게 성공하였던 셰익스피어와 같은 행복한 사례의 부활은 가망이 없는 것인가? 그것은 가뭄에 콩 나듯 어쩌다 빚어진 우발적 요행으로써 다시는 기대할 수 없는 일회적 역사 현상에 지나지 않는 것인가? 이것은 예술사회학 혹은 문학사회학이 안고 있는 하나의 지극한 난문제라 할 것이다. 예외적 소수에 속하는 안목 있는 전문적 독자와 안이한 소일거리로 문학을 수용하는 일반 독자로 독자층이 양극화하는 것은 반드시 문학 분야로 한정되는 것은 아니다. 문명의 발달과 세분화되는 노동 분업과 점증하는 전문화 경향은 이러한 분리현상을 가중시키는 것으로 보인다.

그런 가운데 문학적 성취나 독자 끌기에서 20세기 후반에 크게 두각을 나타낸 작가는 가르시아 마르케스와 밀란 쿤데라라 생각한다. 가지를 잘리고 피를 철철 흘리는 초목, 젊은 유혹자의 몸을 싸고 심상치 않게 덤벼드는 누런 나비 떼, 마을을 휩쓰는 전염성 불면증, 죽은 자와 산 자가 나누는 대화 등의 장면이 천연스럽게 전개되는 마르케스의 작품세계는 일

---

1) Charles Rosen, *Freedom and the Arts: Essays on Music and Literature* (Cambridge: Harvard Univ. Press, 2012), p. 381.

거에 세계적인 반응을 일으켰다. 그것은 분명히 놀라운 문학의 신세계였다. 한편 1980년대의 프랑스에서는 누구나 밀란 쿤데라 특히 그의『참을 수 없는 존재의 가벼움』을 읽고 있다는 말이 나돌았다. 비평적 반응이 극히 우호적이었고 독자의 반응도 폭발적이었다. 물론 이러한 축복받은 문학적 행운이 작품 고유의 내재적 가치나 미덕에서 유래된 것만은 아니다. 그 수용에 친화적으로 작용하는 지적 사회적 풍토와 연때가 맞아서 가능한 것이다.

1950년대 후반 이후 "제3세계"가 역사의 무대에 본격 등장하면서 라틴아메리카 여러 나라가 세인의 관심을 끌었다. 해방신학, 종속이론, 체 게바라의 이름을 상기하면 대체로 당대 분위기를 상기할 수 있을 것이다. 가르시아 마르케스를 낳은 콜롬비아는 동시에 반정부 게릴라 활동 중 사망한 카밀로 토레스신부를 낳기도 하였다. 마르케스가 일거에 세계적 명성을 얻게 되는 데에는 제3세계로 귀속된 라틴아메리카 출신 작가란 사실도 일조했음은 부정할 수 없다. 한편 쿤데라의 경우 소련군의 탱크부대 진주로 막이 내린 프라하의 봄과 무관할 수 없다. 첫 장편인『농담』의 첫 불어판이 나온 것은 1968년 가을의 일로서 "사람 얼굴을 한 사회주의"를 표방했던 알렉산더 두브체크가 모스크바로 공수되어 굴욕적 처우를 받고 온 직후였다. 전세계 주시의 대상이었던 소련군의 프라하 진주와 그 여파는 한 보헤미아 작가의 열의에 찬 수용에 크게 기여하였다. 훌륭한 작품은 언젠가는 진가를 인정받게 마련이지만 문학 외적 요소가 그 촉진에 기여하는 것은 흔히 목도되는 비근한 문화현상이다.

작가 소묘

스물다섯이 되기까지는 문학보다 음악에 경도했다고 쿤데라는 말하고 있는데 그의 문학적 첫 열정은 서정시였다. 1953년에 나온 시집『인간: 넓은 정원』에는 "갑갑한 이데올로기 형성기"의 불안이 벌써 엿보였다. 그러나 1955년과 59년에 각각 새 시집을 내고 있다. 혁명에 가담하는 시인이 주인공으로 되어있는 두 번째 장편인『삶은 다른 곳에』는 그래서 반자전적인 작품이란 평을 받고 있기도 하다. 후르시초프의 스탈린 격하가 시작된 1950년대 중반에 그는 "시 비판이면서 동시에 그 자체가 시가 되는 소설을 쓰는 방법이라는 미학적 문제"를 생각하기 시작하였다고 뒷날 회고하고 있다. 1962년엔 그의 첫 희곡작품인『열쇠 임자』가 프라하 국립극장에서 상연되었는데 그 암묵적 체제비판 때문에 큰 센세이션을 일으켰다. 뒷날의 쿤데라는 이들 청년기의 문학적 모험을 격하게 물리치면서 자신의 "작품"이라고 간주하기를 거부하고 있다. 1963년에 얄팍한 단편집 3권을 내었는데 이 중의 일부가 뒷날『우스운 사랑』에 수록되었다. 이내부터 작가 쿤데라가 탄생한 셈이다. 첫 장편인『농담』은 1965년에 탈고했으나 2년간의 검열 당국과의 옥신각신 끝에 1967년에 프라하에서 출판되었다.[2]

첫 장편『농담』에 이어『우스운 사랑』,『삶은 다른 곳에』,『이별의 무도회』,『웃음과 망각의 책』,『참을 수 없는 존재의 가벼움』,『불멸』을 내는데 모두 체코어로 쓴 것이다. 그 이후에 나온『느림』,『정체성』,『향수』그리고 15년의 공백 끝에 2015년에 나온『하찮은 것의 잔치』는 모두 프랑스말로 쓴 것이다. 이 가운데서 가령『이별의 무도회』같은 작품은 없어도 크게 아까울 것이 없지만 모든 작품이 그 나름의 독자적 매력과 미덕을 가지고 있다고 말할 수 있다. 소설 이외에도 에세이 모음에『소설의 기술』,『배반의 약속』,『커튼』,『어느 만남』이 있고 희곡에『자크와 그의 주인』이 있다. 1975년에 프랑스로 이주한 쿤데라는 1981년에 프랑스 시민권을 얻었다. 1993년부터 프랑스말로 작품을 쓴 셈인데 1985년에서 1987년 사이에 그는 프랑스말 번역본을 대폭 수정하였고 모든 작품의 프랑스말 번역

---

2) Paul Wilson, "Kundera: Looking for the Joke", *New York Review of Books* (2015. 11. 5.), pp. 45-46.

본이 원본으로 간주되고 있다. 작자 자신이 그리 원한 것이다.

첫 번째 에세이 모음인『소설의 기술』의 표제가 보여주듯이 쿤데라의 에세이는 주로 소설의 이모저모를 다룬 소설론이다. 그러나 음악학자이 기도 했던 그의 부친이나 젊은 날의 이력을 반영하여 그가 경의를 가지고 있던 체코의 작곡가 야나체크를 비롯하여 스트라빈스키 등을 다룬 음악론이 있다. 또 과거의 역사적 인물에 대한 판단이나 평가와 같은 중요한 문제를 다룬 에세이도 있다. 그의 에세이는 중복되는 부분이 많고 또 치밀한 논리적 정합성보다는 작가 특유의 대담한 발언이 많아 때로 공감하기 어려운 대목이 없지 않다. 그러나 서구문학의 근면한 독자로서 특히 서사전통에 대한 견고한 이해와 통찰을 가지고 그 바탕위에서 작가의 길을 걷기 시작했다는 사실을 그의 에세이는 경탄스럽게 보여준다. 그러한 맥락에서 쿤데라 작품 이해를 위해서 그의 에세이는 필수적이라 할 수 있지만 문학 일반의 이해를 위해서도 더없이 유익하고 재미있는 읽을거리가 되어있다. 작가로서의 방법적 자각에 이르는 과정과 그 궁극적 경지가 선명히 드러나 있기 때문이다.

> 인간사의 상대성과 모호성을 근간으로 한 서구세계의 한 모형으로써 소설은 전체주의적인 우주와 양립할 수 없다. 이 양립불가능성은 반체제인사와 당료·관료 혹은 인권운동가와 고문담당자를 가르는 양립불가능성보다 한결 깊다. 왜냐하면 그것은 정치적 도덕적일 뿐만 아니라 존재론적인 것이기 때문이다. 존재론적이라는 것은 다음과 같은 뜻이다. 유일한 진실의 세계와 소설의 상대적이고 모호한 세계는 전적으로 다른 질료로 빚어진 것이다. 전체주의적 진실은 상대성과 회의와 질문을 배제한다. 그것은 내가 말하고자 하는 소설의 정신을 수용하지 못한다.[3]

소설의 정신은 복합성의 정신이다. 모든 소설은 독자에게 말한다: "사물은

---

3) Milan Kundera, *The Art of the Novel,* trans. Linda Aster (New York: Harper & Row, 1988), p. 14.

당신이 생각하듯이 단순하지 않다." 이것이 소설의 영원한 진실이다. 그러나 질문보다 더 빨리 나와서 질문을 차단하는 안이하고 신속한 답변의 소음 속에서 그 진실을 듣기는 꾸준히 어려워지고 있다. 현대의 정신풍토에서 옳은 것은 안나가 아니면 카레니나이고 아는 것의 어려움과 진실의 붙잡기 어려움을 말해주는 세르반테스의 옛 지혜는 성가시고 부질없어 보인다.[4]

그의 소설은 그가 말하는 "소설의 정신"에 충직하다고 할 수 있다. 그의 반체제적 입장도 근본적으로 소설의 정신에서 유래한 것임을 알 수 있다. 소설의 정신이 위기에 처한 것이야말로 유럽의 위기를 말하는 것이라고 그가 강조하는 것은 당연해 보인다.

『농담』을 고른 이유

쿤데라 작품 중에서 가장 많은 독자를 모은 것은 『참을 수 없는 존재의 가벼움』이다. 영화화되었다는 첨가적 사유도 곁들여서 쿤데라 애독자 형성에 크게 기여했다. 사랑의 얘기이면서 동시에 사상소설이기도 하고 장난기가 있으면서도 심각한 사색이 어우러진 매혹적인 작품이다. 삽입된 상념이 일탈로 느껴져 소설의 균형을 깨는 법도 없다. 『불멸』, 『농담』과 함께 쿤데라의 필독 수작이라고 말하고 싶다. 그럼에도 굳이 『농담』 읽기를 선택한 것은 대충 세 가지 이유에서다.

첫째, 이 작품은 쿤데라의 첫 장편이다. 처녀작은 한 작가의 잠재 가능성을 보여주면서 사실상 작가적 성장의 예고지표가 되어준다는 측면이 있다. 그래서 첫작품이 대표작으로 귀착되는 역설적인 경우도 없지 않다. 첫작품을 정독하는 것은 작가의 작품세계 전체를 이해하는데 가장 유효하다고 생각하기 때문이다. 두 번째로 묘사하는 세목이 풍부해서 직접성

---

4) Ibid., p. 18.

의 충격이 강렬하기 때문이다. 『느림』이후의 후기 작품들은 이에 비하면 작품세목의 구체가 소루해지면서 많은 것이 생략되어 있다. 삶과 현실과 인간은 복잡하고 복합적이다. 이 복합성에 정공법으로 대치해서 쿤데라 자신의 말을 빌리면 "생활세계를 조명하면서 독자를 존재망각으로부터 보호"[5] 할 때 작가는 최고의 순간을 갖게 된다. 그러한 최고의 순간들이 점철되어 있다. 쿤데라는 그가 경애하는 작가 무질에 대해서 자주 언급했는데 「안개속의 길」이란 에세이에서는 무질의 동시대인들이 그의 작품보다도 지성에 감탄해마지 않으면서 그가 소설보다도 에세이를 썼어야 한다고 말했음을 거론한다. 그러나 그의 에세이는 답답하고 지루한데 그것은 무질이 오직 소설에서만 위대한 사상가이기 때문이라고 지적한다. 그의 사상은 구체적인 작중인물로 북돋아 주어야 한다면서 그의 사상이 철학적 사상이 아니라 소설적 사상이라고 말한다.[6] 사실 이러한 소설적 사상으로 충만해 있고 과거의 전통적 소설의 미덕이 두루 갖추어져 있는 것이 『농담』이라고 생각되는 것도 이유가 된다.

위의 말과 연관되는 것이지만 생동하는 다양한 작중인물들이 등장해서 사회의 여러 층위를 보여준다는 점도 큰 강점이다. 남녀 주인공에 해당하는 인물 이외에도 수다한 군소인물이 나오는데 모두 살아 생동한다. 가령 제6부의 화자로 등장하는 코스트카는 복음서에 나오는 형제애가 실현되기를 꿈꾸는 기독교도이다. 공산당이 절대 권력을 잡기 이전에 대학 토론회에서 그는 공산주의자 편을 들어 동료 기독교도들을 곤혹스럽게 만들었다. 기독교의 이상과 공산주의가 표방하는 가치가 합일점을 찾을 수 있을 것이란 공상적 희망에서 공산주의자에 동조한 것이지만 이런 인물이 나온다는 것 자체가 흥미 있다. 사회주의가 근원적으로 종교적이며 하느님의 왕국을 지상에 건설하려는 인간노력의 역사 속에서 한 과정이라고

---

5) Ibid., p. 17.
6) Milan Kundera, *Testament Betrayed*, trans. Linda Astertrans (London: Farber & Farber, 1995), p. 237.

생각한다. 그에게 루치에는 종교쇠퇴시대의 어린 희생자이며 그녀에게 사랑의 가능성을 실감시켜준다. 군소인물로서 루드빅이 소속해 있던 검정표지 부대의 애송이 중대장, 중대원들에게 밀고자라고 오해받고 왕따를 견디어 내지 못하고 자살하는 알렉세이,『마담 보바리』에 나오는 쥐스탱을 연상시키는 인드라 등이 모두 쉬 잊히지 않는 인물로 살아있다.

  20세기 역사의 가장 중요한 특징은 전체주의 체제의 등장이라고 생각할 수 있다. 유일 정당과 이데올로기에 의해서 지배되며 모든 정치적 사회적 경제적 행위가 그 안으로 흡수되고 포괄되는 정치체제의 사례로서 파시즘과 나치즘과 스탈린주의를 지적할 수 있다. 모든 이의 제기나 반대가 경찰 폭력에 의해서 억압되는 것도 공통적인 현상이며 막강한 비밀경찰의 역할 또한 마찬가지다. 파시즘과 스탈린주의를 일괄 취급하는 관점에 대해서 비판적인 견해가 있는 것은 사실이다. 그러나 권력이 누구를 위해서 행사되느냐, 다시 말하면 전체 인민을 위해서 행사되느냐 혹은 특권적 소수를 위해서 행사되느냐에 따라서 양자가 구별된다는 논리는 현실적 설득력을 발휘하기 어렵다. 그것은 표피적인 명분상의 구별이란 측면이 강하다. 붕괴 후에 드러난 동구권의 실제 상황과 그 사회역사적 세목은 파시즘이나 나치즘과 스탈린주의의 판별 필요성 이론을 사실상 무력화시키고 있다. 전체적 전면적 지배는 마치 모든 인간이 한 개인이기나 한 것처럼 인간의 무한한 복수성과 구별을 조직하려고 시도한다. 그리고 이 과정에서 개개인의 인간됨은 가차 없이 유린된다. 전체주의 체제라는 20세기의 정치적 공룡 아래서의 생활세계를 정면으로 다루고 있다는 점에서 가장 도전적인 작품이기도 하다는 것이『농담』선택의 또 하나의 중요한 사유다.

  이 작품이 처음으로 번역 간행되었을 때 구미에서는 대체로 사실주의 작품으로 수용하는 경향이 있었다. 공산주의 체제하의 최초의 20년간의 체코의 사회조건을 보여주고 있기 때문이다. 최초의 프랑스어판 서문에서 루이 아라공은 가장 위대한 20세기 소설의 하나라고 격찬하였다. 그러나 작자 자신은 1980년에 있었던 텔레비전 토론 프로에서 누군가가 『농담』이 스탈린주의에 대한 주요한 규탄이라고 하자 "그 스탈린주의는 빼주세요. 『농담』은 사랑 이야기요!"하고 말참견했다고 한다. 그리고 묘지에서 꽃을 훔쳐서 애인에게 선사한 소녀가 체포된 체코의 소읍에서의 사건에 감흥을 받아서 쓰게 된 것이라고 설명했다고 전한다.[7] 이 같은 반응은 쿤데라가 아니더라도 작가라면 누구라도 제기했을 법한 반론일 것이다.

한 권의 장편소설이 스탈린주의 규탄이라고 정의되면 아무리 그것이 소설의 주요 특징이라 하더라도 환원적 효과를 나타내어 작품의 전체성이 독자 수용과정에서 훼손되게 마련이다. 더구나 스탈린주의 규탄이라는 정치적인 정의는 그 환원적 효과가 크다. 쿤데라는 조지 오웰의 『동물농장』에 관해서 혹독하게 비판한 적이 있다. 그 작품이 현실을 정치적 차원 그것도 정치적 차원의 부정적인 차원으로 집요하게 축약 환원시키고 있다는 것이다. 전체주의의 악은 바로 삶을 정치로 환원하고 정치를 선전으로 환원하는 것이라면서 선의의 의도에도 불구하고 오웰소설은 전체주의 정신, 선전의 정신에 가담한다는 것이다.[8] 이렇게 "소설의 정신"에 어긋나는 축약이나 환원주의에 대해서 비판적인 그가 자기 소설이 상투적인 정치적 관용구로 환원될 위험성이 큰 딱지 붙이기에 크게 반발한 것은 당연한 일이다. 또 그의 입장에서 보면 『농담』이 오로지 스탈린주의 규탄 소설이라고 한다면 소설만이 말할 수 있는 것을 말해야 하는 작가의 윤리와 미학을 방기한 셈이 될 것이다. 이에 관해서는 그가 일본작가 오에(大江)의 단편 「인간의 양」에 관해서 얘기하고 있는 것이 흥미 있고 참조에 값한다고 생각한다.

어느 저녁 일본인 승객이 가득 찬 버스에 술 취한 외국 군인 한 떼가 승차한다. 이들 군인들은 한 학생 승객을 강압하여 하의를 내려 궁둥이를

---

7) Maria Nemcova Banerjee, *Terminal Paradox: The Novels of Milan Kundera* (New York: Grove Weidenfeld, 1992), p. 13.

8) Milan Kundera, *Testament Betrayed*, p. 225.

벌거숭이로 드러내게 한다. 학생은 승객들의 숨죽인 웃음소리를 감내한다. 그러나 군인들은 한 사람의 희생자에게 만족하지 않고 승객 태반이 하의를 내리도록 강요한다. 버스가 정거하고 군인들이 하차하고 하의 내린 승객들은 다시 하의를 올려 입는다. 다른 승객들은 무저항상태에서 깨어나 망신당한 승객들이 경찰에 가서 외국 군인의 행패에 대해 신고해야 한다고 채근한다. 한 교사 승객이 학생에 대들기 시작하더니 버스를 내린 그를 뒤따라 집까지 가면서 그가 당한 망신을 세상에 알리고 외국인들을 규탄할 것을 요구한다. 모든 것은 두 사람 사이의 증오의 폭발로 끝난다. 단편을 요약하고 나서 비겁과 창피와 정의의 사랑을 자처하는 가학적 파렴치를 다룬 굉장한 단편이라 하고 나서 여기서 외국 군인들이 누구인가 하는 물음을 제기한다. 그들은 전후에 일본에 진주한 미국 군인들임에 틀림이 없다. 승객들이 일본인이라고 딱 부러지게 말하면서 왜 군인들의 국적은 밝히지 않는 것인가? 정치적 검열 때문인가? 스타일상의 문제인가? 그렇지 않다는 것이다. 만약 단편에서 일본인 승객들이 미국 군인들과 마주하고 있는 것으로 말한다면 어떻게 될 것인가! 명백히 밝힌 단어 하나의 사용이 강력한 효과를 나타내어 그 단편은 정치 팜플릿 즉 점령군에 대한 고발로 단순 환원되고 말 것이다. 단 하나의 형용사를 포기함으로써 정치적 국면은 흐려지고 작가의 최대 관심사인 "실존의 수수께끼"가 각광을 받게 된다는 것이다.[9]

쿤데라의 지적은 "시를 비판하면서 동시에 그 자체가 시가 되는 작품"을 희구하는 작가에게 어울리는 발언이다. 술 취한 외국 군인이 행패를 부릴 때는 잠자코 있다가 그들이 하차한 후에 피해자에게 창피당한 것을 고발하라고 강요한다. 정의와 인권의 수호자인 양 행세하며 피해자에게 이중의 굴욕감을 안겨주는 것은 남의 불행을 정치 쟁점화하여 활용하려

---

9) Milan Kundera, *The Curtain: An Essay in Seven Parts*, trans. Linda Astertrans (New York: HarperCollins), pp. 67-68.

는 흔히 목도되는 현상이다. 이러한 것도 쿤데라가 말하는 키치에 해당한다. 『참을 수 없는 존재의 가벼움』에 나오는 화가 사비나는 1968년 소련군의 체코 침공 전후해서 프라하를 떠나 스위스로 망명한 뒤 정치단체가 마련해주어 독일에서 작품 전시를 한 적이 있다. 전람회의 카탈로그는 망명화가 사비나를 흡사 순교자처럼 소개하고 있었다. 핍박받고 불의에 항거하다 마침내 조국을 버리고 투쟁을 계속하는 것으로 서술하고 있었다. 그녀가 항의하자 주최자는 현대미술이 공산주의의 박해를 받고 있지 않느냐고 묻는다. 화가 난 그녀는 "나의 적은 공산주의가 아니라 키치예요!"하고 대답한다.[10] 자기 삶을 질료로 키치 만드는 일을 피하기 위해 도미 후에는 체코인임을 밝히지 않는다. 사비나가 토마시를 좋아하는 것은 그가 "키치의 정반대"이기 때문이다. "아름다운 거짓"은 키치이지만 거짓 태도도 키치이다. 사비나의 인물 묘사에는 작가 자신의 경험과 혐오감이 그대로 반영되어 있다고 해도 틀림이 없을 것이다. 스탈린주의 규탄이란 성격 규정은 『농담』을 정치적 담론으로 격하시키고 작품이 보여주고 있는 다채로운 인간 실존의 수수께끼를 경시하고 평가절하하게 한다. 우리는 작가의 격한 반발이 이유 있는 것이라고 수긍하게 된다. 『농담』은 소설만이 전할 수 있는 다양한 진실을 보여주고 있는 작품이다. 그것은 사랑의 소설이면서 자연스레 2차 대전 전후 20년의 체코의 사회정치사를 보여준다. 인간의 내면을 속속들이 보여주며 역사 속에서 부침하는 생생한 인물들을 통해 사회를 보여준다. 사람은 가지가지란 실감을 다시 확인하게 된다. 소설이란 장대한 허구는 세목의 진실에 의해서 현실성을 갖게 된다는 말이 있지만 『농담』에는 세목의 진실이 그의 어느 작품에서보다도 풍성하다. 규격화된 정의나 선입견을 떠나서 강렬하고 재미있는 이 작품을 읽어보는 것은 문학 읽기에서 좋은 새 경험이자 훈련이 될 것이다.

---

10) Milan Kundera, *The Unbearable Lightness of Being*, trans. Michael Henry Heim (New York: Harper & Row, 1987), p. 254.

구성과 재구성

모두 7부로 구성되어 있는『농담』은 네 작중인물의 서로 얽혀있는 독백 모음 형태를 하고 있다. 주인공인 루드빅, 그의 친구인 야로슬라브, 코스트카, 그리고 학생 시절 주인공의 전락에 큰 몫을 한 인물의 아내인 헬레나가 각각 화자 역할을 담당한다. 루드빅이 1부, 3부, 5부를 담당하고 헬레나가 2부, 아로슬라브가 4부, 코스트카가 6부를 담당하고 있다. 7부는 루드빅, 야로슬로브, 헬레나가 번갈아 나와 화자 노릇을 하고 있다. 일인칭 화자나 3인칭 주인공으로 일관하는 소설과 달리 하나의 사선이나 경험이 여러 시점에서 서술되는 것이 특징이다. 그러나 시점의 이전을 수반하는 그러한 복합적 시점은 야심적 실험소설에서 왕왕 그렇듯이 독자를 혼란스럽게 하는 법이 없고 독자는 자연스럽게 작중인물의 심리와 경험을 따라가면서 서사 흐름을 재구성하게 된다. 전통적 방법에 대한 부분적 충실이 이 작품의 가독성을 높이고 독자에게 직접성의 충격을 친화적으로 안겨주게 되는데 그 점은 재독해 보면 더욱 선명히 드러난다.

제1부: 서술 주체인 30대 중년 남자 루드빅은 15년 만에 모라비아 지방의 고향으로 돌아온다. 삶의 최초의 재앙을 초래하는 데 중요 역할을 한 학생회장의 아내 헬레나를 유혹하여 복수를 하자는 자기부과적 사명을 가지고 온 것이다. 이발소에서 그는 군인과 광부 생활 중 열렬히 사랑했던 루치에를 보게 된다.

제2부: 화자인 헬레나는 방송국에서 일하고 있는 열성 당원인데 다음날 르포 제작 차 모라비아로 갈 참이다. 잠자리에 든 그녀는 파벨 제마네크와 결혼한 과정을 회상한다. 부부 사이가 원만치 않은 그녀는 루드빅을 만나보고 호감을 갖게 된다. 딸아이를 위해서도 자신을 위해서도 젊은 날의 기억을 위해서도 가정을 깨서는 안 된다고 생각하지만 따라오겠다는 루드빅을 거절하지 못한다.

제3부: 3부는 소설 중에서 가장 긴 부분인데 다시 루드빅 차례다. 그의 삶의 첫 번째 재앙으로 가게 되는 사연이 서술된다. 농담을 즐기는 치명적 성향과 농담을 이해 못 하는 마르케타 사이에서 사달이 발생한다. 연수회에서 너무나 연수에 열중하는 마르케타를 골려주기 위해 짤막한 농담조의 엽서를 보낸다. 그것이 빌미가 되어 당과 대학에서 축출된다. 루드빅은 입대, 광산 노동, 감옥생활 등의 밑바닥 생활을 거치는데 그 사이 루치에라는 19세 여성을 알게 된다. 두 사람만의 공간을 두 차례 어렵사리 마련했으나 루치에는 성적 접근을 완강히 거부한다. 그후 그녀는 근무처에서 사라지는데 보헤미아 쪽으로 갔다는 소문이 돌았다. 군대 생활의 세목이 소상하게 서술되는데 작품 중에서 가장 박력 있는 핵심적 부분이라 이를 만하다.

제4부: 루드빅의 어릴 적 친구인 야로슬라브가 화자다. 두 사람은 밴드에서 함게 연주를 한 사이다. 민속놀이인 "왕들의 기마행진"에 관한 옛일을 추억한다. 거리에서 루드빅을 보았는데 그가 피한다는 것을 간파하고 생각에 잠긴다. 그의 기억을 통해서 루드빅의 이모저모가 새로 밝혀진다. 다시 친구가 될 수 없을까 하고 생각한다.

제5부: 다시 루드빅이 화자가 된다. 루드빅은 사명을 완수하지만 그 결과는 완패였다, 파벨과 헬레나는 사실상 같은 아파트에 살면서 몇 해째 별거 상태라고 헬레나가 밝힌다. 뿐만 아니라 그녀의 남편이 젊은 애인과 함께 나타나 사태를 파악하고 있음을 알린다. 이용한 것이 아니라 이용당했다는 열패감에 빠진다. 밤을 즐긴 것이 그가 아니라 그녀였기 때문이다. 그는 헬레나가 사라지기를 바란다. 그리고 코스트카가 보고 싶어진다. 루치아 얘기를 듣고 싶었다. 루드빅이 등장해야 작품이 빛나게 되고 특히 5부의 3장은 쿤데라만이 보여줄 수 있는 부분이다.

제6부: 기독교 신자이며 세균학도인 코스트카가 화자로 나온다. 몇 번 루드빅의 도움을 받은 적이 있는 그는 서부 보헤미아지방의 국영농장에서 일할 때 루치에를 알게 된다. 루치에는 6명의 불량소년들에게 집단성폭행을 당했고 감화원에 수용된 이력이 있다. 농장에서 일하게 했고 그녀에게 사랑을 가르쳐 주었다. 코스트카의 입을 통해 루드빅은 루치에의 전모를 알게 된다.

제7부: 루드빅, 야로슬라브, 헬레나가 화자다. 루드빅은 루치에를 전혀 모르고 있었다는 것을 깨닫는다. 야로슬라브는 "왕들의 기마행진"에 아들이 참여하지 않고 모터사이클 경주에 갔음을 알게 되고 아내가 사전에 알고도 묵인했음을 알게 된다. 시대가 변한 것이다. 루드빅이 자기를 떠나려 하자 헬레나는 자살을 시도하나 음독한 것이 아니라 설사약을 먹어서 한바탕 희극으로 끝난다. 야로슬라브와 함께 밴드연주에 참여하여 루드빅은 클라리넷을 분다. 그러나 야로슬라브는 심장발작을 일으킨다. 루드빅은 자기에게 가해진 부정을 바로잡으려는 온갖 노력이 타인에게 부정을 가하는 결과가 되었음을 루치에가 상기시켜 주었음을 깨닫는다.

위에서 요약할 수 없는 것의 요약을 시도해 본 것은 작품의 구성이 독자로 하여금 서사의 재구성을 꾸준히 요청함을 상기하기 위해서다. 독자들은 작중인물에 대해서 계속 새로운 사실을 알게 된다. 모든 걸작들은 재독, 삼독을 요구하고 또 거기에 값하지만 추리극적인 요소가 많은 이 작품의 경우 특히 재독은 필수적이라 생각한다. 가령 주인공인 루드빅이나 루치에나 끝자락에 가서야 참모습의 전모가 드러난다. 그들은 낯모르는 타인으로 만나서 가까워지지만 서로를 제대로 알지 못한다. 이것은 삶에서도 마찬가지다. 사람을 이해하고 판단하는 것이 얼마나 어려운 일인가 하는 깨우침을 덤으로 주기도 한다.

농담과 웃음

작품 표제가 되어있는 "농담"은 작품의 여러 국면에 적용할 수 있으며 작가의 소설적 사고가 응축된 열쇳말이다. 그러나 루드빅의 전략에서 결정적인 역할을 하는 마르케타에게 보낸 엽서가 그 성격을 잘 드러내준다. 루드빅은 여자 친구 마르케타와 더 절친한 사이가 되려고 작심하고 있다.

방학 중 보헤미아 지방에서 열리고 있는 연수회에 참가한 마르케타는 연수에 열중하여 루드빅의 접근에 담담하다. 그곳의 "건강한 분위기"를 찬양하며 서유럽에서 불원장래에 혁명이 일어날 것이라고 덧붙이는 편지를 보낸다. 루드빅 역시 서유럽 혁명을 믿고 있으나 마르케타를 몹시 보고 싶어 하는 자기와 달리 너무나 행복한 그녀를 수용할 수 없었다. 그녀에게 충격과 혼란을 주기 위해 엽서를 보낸다. "낙천주의는 인민의 아편이다! 건강한 분위기는 어리석음의 악취를 풍긴다. 트로츠키 만세! 루드빅."

농담을 좋아하는 루드빅과 달리 농담을 이해 못하는 열아홉의 마르케타는 짤막하고 건조한 답장을 보낸 뒤로는 남자의 편지 공세에 답장을 않는다. 개학이 되자 마르케타를 볼 수 있다는 기대감으로 차있는 루디빅에게 당사무국으로 오라는 전화가 온다. 사무국에서는 위원장이 문을 열어주었으나 "노동에 영광"이라는 당원 사이의 인사에 답례도 없이 끝 방으로 가보라고 이른다. 그 방에서 당의 학생위원회 위원 3명에게서 심문을 받는다. 그들은 엽서 내용을 빌미 삼아 그를 트로츠키주의자로 몰아 학생연맹에서의 지위를 박탈한다면서 방 열쇠를 반환하라고 통고한다. 그저 농담이었을 뿐이었다는 해명은 3명의 파상 공세 속에서 전혀 먹히지 않았다. 루드빅을 낙천주의와 당의 기율을 조롱하는 인물로 예단하고 밀어붙이는 것이다. 이제 남은 것은 자연과학대학 당위원장인 제마넥에게 호소해 보는 것이란 친구의 말을 듣게 된다.

루드빅을 만난 마르케타는 자기가 엽서 내용을 발설했다는 것을 실토한다. 그리고 "명예의 법정"이란 영화에 나오듯이 루드빅이 진심으로 과오를 공개적으로 시인하면 그의 곁에 서있겠다고 제의하나 루드빅은 거절한다. 제마넥이 책임자가 된 것에 루드빅은 희망을 걸었다. 모라비아 민속음악을 좋아해서 모라비아 출신인 루드빅과 친한데다가 마르케타와도 친해서 그녀를 잘 알고 있기 때문이다. 그녀를 놀려주기 위해서 난쟁이 얘기를 꾸며서 얘기하는 루드빅을 방조해서 함께 재미있어 한 적도 있지 않은가! 그러나 자아비판에도 불구하고 대학 전체 위원회에서 제마넥은 루드빅의 죄과에 대해 보고하고 조직의 이름으로 축출을 제안한다. 교수와 친구를 포함한 백여 명이 전원 손을 들어 찬성을 했고 학업의 계속마저 금하고 만다.

당의 학생위원회 소속 3명의 학생이 루드빅을 심문하는 과정은 짤막한 단문으로 속도감 있게 전개되어 이단재판의 공포분위기와 대책 없음을 생생하게 보여준다. 평소 흉허물 없이 편하게 지내던 사이이지만 반혁명분자에 대해서는 추호의 우정도 참작도 보이지 않는다. 그나마 희망을 걸었던 제마넥의 능란하고 효율적인 죄과 보고와 출당 제의 및 만장일치의 찬성은 섬뜩한 전율을 경험하게 한다. 공산당이 집권한 직후의 시기여서 특히 청년층의 혁명대열 참여가 열성적이었던 만큼 그들 사이에서 심한 충성경쟁이 있었던 것도 배경설명이 되어줄 것이다. 정치 정세나 분위기가 달라지면 대세를 따르기 위해서 또 경쟁적 분위기가 조성된다. 그것은 1956년 스탈린 비판이 시작되어 그의 범죄가 공공연히 거론되고 신문이 온통 거짓말투성이이고 국영 상점이 구실을 못하며 문화는 쇠퇴하고 집단농장은 애초부터 잘못된 것이고 소련에는 자유가 없다고 누구나가 얘기하는 시절에 대한 제2부 헬레나의 독백에서도 여실히 드러난다.

퇴교당한 루드빅은 결국 군에 입대하여 오스트라바 근교에서 병영생활을 한다. 정치적 위험분자임을 알리는 검정 표지가 달린 군복부대에 소속된 그는 무기 공급은 받지 못하고 엄격한 훈련과 함께 탄광에서 노역을 하게 된다. 자신의 농담 때문에 검정표지 군복을 입고 있지만 결백하다는 것을 정치위원에게 호소해서 이해를 얻은 것 같았다. 그러나 상부에 알아본 그는 "왜 날 속이려 들었나? 트로츠키주의자라며!"라고 질책한다. 병영생활 중 수시로 루드빅은 자기를 출당과 퇴교로 몰아넣은 대학위원회의 결의를 떠올리며 반추해서 그것이 치유하기 어려운 정신외상임을 보여준다.

농담은 웃음과 직접적으로 연관된다. 농담조차 통하지 않는 억압적 분위기는 당연히 병영에서 한결 더 지배적이다. 사실 전체주의 사회는 명령에 따라 일사불란하게 움직여야 하는 병영과 다를 바가 없고 양자는 완벽한 상동관계에 있다. 검정표지 부대에서의 생활 강요는 반드시 징벌적 의미만이 있는 것이 아니다. 거기서의 경험을 통해서 전체주의 사회에의 적응을 습득하라는 교육적 효과를 노리는 것이기도 하고 따라서 징벌이 아니라 재교육이란 말이 흔히 쓰인다. 농담과 웃음이 없는 세상이란 어떤 것인가? "처음으로 농담을 한 사람, 말에서 웃음을 마련한 사람은 누구인가?"란 질문을 던지고 나서 조지 슈타이너는 "구약에 농담이 없는 것으로 보아 아마 순수한 말놀이 기지機智는 비교적 근자에 생긴 전복적 발전이 아닐까?"하고 적고 있다.[11] 농담이나 웃음에는 사실 전복적인 요소가 있다. 웃음이 부조화 인지의 반응이라고 할 때 유일신이나 단일한 이념체계가 지배하는 권위주의 사회에서 웃음은 유일권위에 대한 암묵적 조롱이나 비판이라는 국면을 갖게 마련이다. 또 진지함의 반대라는 점에서 웃음이나 농담은 권력과 권위에 대한 도전이 된다. "자기가 우월하다고 생각하기 때문에 웃음이 나온다"고 적은 보들레르는 동시에 "사자의 이빨을 갖고 있지 못한 인간은 웃음으로 깨물고 뱀의 표리부동함을 갖지 못한 인간은 눈물로 유혹한다"고 적고 있다.[12] 농담은 이렇게 권위를 부정하며 내장된 공격성을 가지고 있다. 그것이 허용되지 않는다는 점에 전체주의 사회의 어둠이 있지만 그렇기 때문에 그런 사회에는 많은 농담과 지어낸 우스갯소리가 지하에서 활발히 유통된다.

『농담』이란 표제는 농담조차 허용되지 않는 전체주의 사회의 어둠을 함의하기도 하지만 결코 단성적인 것이 아니다. 유혹에는 성공하나 복수에는 실패한 헬레나와의 정사를 두고 루드벡은 자기가 우스갯감이 되었다면서 그게 하나의 "농담"이라고 말한다. 루치에와의 격렬했던 사랑도 결국은 시시한 "농담"이란 생각이 스치기도 한다. 그런 점에서 "농담"은 다성적이고 모호하고 그래서 더욱 매혹적이다.

11) George Steiner, *After Babel: Aspects of Language and Translation* (New York: Oxford Univ. Press, 1976,) p. 22.

12) Baudelaire, *Selected Writings on Art and Artists*, trans. P.E. Charvet (Harmondsworth: Penguins Books, 1976), p. 143.

사랑과 해방

『농담』에서 루드빅과 루치에의 사랑은 순수하고 강렬하나 완성에는 이르지 못한다. 두 사람의 사랑은 제3부에서 서술되지만 그 전모는 끝자락에 가서야 드러나며 그동안은 독자의 궁금증으로 남아있게 된다. 오스트라바에서 병영생활을 하던 루드빅은 극장 근처에서 처음으로 루치에를 보게 된다. 아주 평범한 모습의 그녀에게 끌렸는데 그녀의 특이한 느낌에 내혹되이 따라갔다. 그녀가 극장으로 들어가자 표를 사고 따라 들어가 그녀 옆자리에 앉는다. 관람이 끝나고 그녀가 외투를 입으려 한쪽 팔을 집어넣을 때 다른 쪽 팔을 끼우는 것을 도와준다. 공장에서 일하고 여성기숙사에서 사는데 11시까지는 들어가야 한다는 그녀를 바래다주고 언제 다시 만날 수 있을지 엽서로 알리겠다하고 작별한다. 돌아보니 여자는 그 자리에 서있고 한참 후 거리가 멀어지자 경직된 태도를 풀고 루드빅을 응시하고 이어서 손을 들어 보인다. (이 대수롭지 않은 장면도 재독을 하면 그 함의가 분명해진다.) 남자 편에서도 손을 들어 보이고 발걸음을 옮겼는데 루치에는 여전히 손을 흔들고 있었다. 이렇게 시작된 사랑은 유례없는 강열함과 아름다움과 긴장의 장면으로 펼쳐진다. 루치에를 알게 되면서 루드빅에게 일어나는 변화는 회고적인 것인 만큼 사색과 성찰이 섞인 농도 짙은 것이 된다.

그날 저녁부터 나의 내면은 일변하였다. 내 안에 누군가가 다시 살게 된 것이다. 내 안에 마치 방안에서처럼 갑자기 살림이 차려지고 누군가가 거기 살고 있었다. 몇 달째 소리 없이 벽에 걸려있던 시계가 갑자기 똑딱거리기 시작하였다. 의미심장한 일이었다. 그때까지 무에서 무로 소리도 표도 없이 강물처럼 무심하게 흘러가던 시간이 (나는 정체 속에서 살고 있었으니까!) 다시 사람의 얼굴을 띠기 시작하였다. 시간이 자신을 구분하고 또 측정하였던 것이다.

한 여자를 그토록 많이 생각하고 그토록 한 여자에게 골똘히 정신을 집중시킨 일이 그 전엔 없었다. (하기야 그럴 시간도 많지 않았었지만 말이다.) 다른 어떤 여인에 대해서도 그런 감사의 마음을 느낀 적이 없었다.

감사의 마음이라고? 무엇에 대해? 우선 무엇보다도 루치에는 우리를 에워싸고 있던 애처로울 정도로 한정된 성애의 시야로부터 나를 해방시켜 주었다.

그러나 루치에는 단지 오스트라바의 그 삭막한 성적 모험 후에 느꼈던 전반적 구역증으로부터 나를 해방시켜 주기만 한 것이 아니었다. 나는 이제 내가 싸움에 졌다는 것을 알았다… 그러나 이러한 태도의 변화는 단지 이성과 의지의 차원에 있는 것이었고 그러기 때문에 나의 잃어버린 운명에 대해 내가 속으로 흐르는 눈물은 마를 수가 없었다. 이 내면의 눈물을 루치에는 마치 마술처럼 진정시켜 주었다. 내 곁에 그녀를 또한 그녀의 삶 전체를 느끼기만 하면 되었다. 그녀의 삶 속에서는 세계동포주의와 국제주의, 정치적 엄중경계와 계급투쟁, 프롤레타리아 독재의 정의에 대한 논쟁들, 전략과 전술이 동반된 정치, 이 모든 것이 아무런 역할도 하고 있지 않았다. (제3부 8장)

학생 루드빅은 공산당 당원이었고 또 그 운동에 열렬히 가담하였다. 그리고 그런 중에 좋아하는 여성에게 보낸 농담 엽서로 말미암아 전락하게 된 것이다. 처음 그는 그러한 사태에 도저히 자신을 적응시킬 수가 없었다. 그러던 차 루치에라는 교육받지 못한 공장 근로자 여성을 통해서 마음속의 통한을 진정시킬 수가 있었다. 그녀는 학생들이 즐겨 논쟁하던 정치문제 같은 것에 소양도 없고 별 관심도 없다. 어찌 보면 그녀에 대한 사랑이 계기가 되어 루드빅이 냉정한 자기 이해에 이르게 된다.

이 운동에서 무엇보다도 나를 매혹시키고 심지어 현혹시킨 것은 역사의 수레 가까이에 서 있다는 느낌(실제이건 겉으로건)이었다… 우리가 경험했던 도취는 흔히 권력의 도취라고 알려져 있다. 그러나 (약간의 선의로) 나는 보다 순한 말을 고를 수가 있을 것 같다. 우리는 역사에 홀렸다. 그 등에 올라탔고 우리 엉덩이 밑에서 그것을 느낀다는 생각에 취했다. 대개의 경우 결과적으로 추악한 권력에 대한 탐욕으로 드러나는 것을 인정하지만 그러나 (모든 인간사는 모호한 것이므로) 거기에는 (특히 우리들 젊은이들 사이에는) 이상주의적인 환상이 있었다. 즉 사람이 (모든 사람들이) 역사에 바깥에 있지 않고 역사의 발굽아래 있지도 않으면서 역사를 창조하고 인도하는 그러한 인간의 시대를 연다는 환상이었다. (제3부 8장)

역사의 수레바퀴에서 동떨어진 곳에는 삶이란 있을 수 없고 오직 식물적인 무위의 생활과 권태와 시베리아만이 있다고 믿었던 루드빅은 이제 시베리아 생활 6개월 만에 완전히 새롭고 예기치 못했던 삶의 기회를 찾게 되었다. 비상하는 역사의 날개에 가려서 숨어있던 일상생활이란 잊혀진 초원이 눈앞에 전개된 것이다. 그 초원에서 가난하고 가련한 그러나 사랑스러운 여인이 그를 기다리고 있었다. 바로 루치에였다. 작가에 따르면 그녀는 역사에 대해서 아무것도 몰랐고 역사 아래에서 살고 있었으며 역사에 대한 갈증도 없었다.

거대하고 당대적인 일들을 전혀 몰랐고 오로지 작고 영원한 자신의 문제들을 위해 살았다. 그리고 나는 홀연 해방되었다. 그녀는 나를 자신의 회색빛 낙원에 데려가려고 찾아온 것이다. 한순간 전만 해도 그렇게 두렵게만 보였던 그 발걸음, '역사의 바깥으로' 나를 이끌었던 발걸음이 갑자기 내게 안도와 행복의 발걸음이 되어 있었다. 루치에는 수줍게 내 팔꿈치를 잡았고 나는 그녀에게 끌리는 대로 가만있었다. (제3부 8장)

루드빅은 루치에의 처지에 관해서 알게 된다. 견습공으로 가기 전 열네 살까지 학교에 다녔으나 집에서 행복하지 못했다. 어머니가 재혼한 티요 의붓아버지는 술고래였다. 두 사람은 루치에가 돈을 훔쳤다고 구타까지 하였다. 이러한 불화가 어떤 고비에 이르자 오스트라바로 도망쳐와 살게 된 것이 1년이 넘었고 친구도 있으나 혼자 극장가는 것이 낙이다. 그 다음 만났을 때 시를 읽어주었는데 루치에는 흐느끼더니 남자의 작업복에 얼굴을 묻고 계속 울었다. 한 달에 세 번은 루치에를 만날 수 있었고 부지런히 편지를 보냈다. 답장 대신 루치에는 꽃다발을 가지고 왔다. 처음엔 그게 어색해서 꽃은 남자가 여자에게 주는 것이라 했으나 루치에가 울음을 터트릴 것 같아 받았고 곧 익숙해졌다. 그때가 가장 행복했던 때라고 그는 생각한다. 그때껏 그들의 사랑은 마른 입맞춤뿐이었으나 옷을 사주고 새 옷을 입은 루치에게서 루드빅은 육체를 발견한다. 어렵사리 루치에의 기숙사를 방문해서 두 사람만의 공간을 갖게 되었으나 루치에는 남자의 접근을 완강히 거부한다. 그러나 다음번엔 내 여자가 되어달라는 루드빅의 말에 약속한다고 말한다. 루치에는 병영 철조망으로 장미를 건네주기도 하고 매일처럼 철조망으로 찾아오고 루드빅 또한 편지를 보낸다. 어렵사리 철조망을 빠져나가 어느 광부의 집에서 평복으로 갈아입고 약속한 장소에서 루치에를 만난다. 루드빅은 루치에가 떨고 있음을 알고 사유를 묻는다. 무슨 일이 났을까 보아 두려워서라고 대답하는 루치에는 남자의 포옹을 뿌리치려 한다. 초조해진 루드빅은 옷을 벗기려 하고 루치에는 자기를 사랑하지 않는다며 물리친다. 긴장감 있게 소상히 전개되는 두 번째의 두 사람만의 공간 밀회는 결국 루두빅이 루치에를 방에서 내 쫓는 형국으로 끝나버린다. 루드빅은 루치에의 저항을 이해할 수 없었고 루치에 편에서는 루드빅이 다른 남자들과 다를 바 없으며 자기를 사랑하는 것이 아니라고 생각한 것이다.

키치의 거부

본의 아니게 수통스럽게 헤어진 후 철조망 쪽으로 루치에가 나타나지 않나 주목하였으나 그녀의 모습은 보이지 않았다. 돌아와 주기를 간청하는 긴 편지를 보냈으나 수취인이 주소를 남기지 않고 떠났다는 글씨가 적힌 채 반송되었다. 아침 작업조에서 안전등을 받고 그대로 루치아의 기숙사를 찾았으나 2주일 전에 트렁크에 물건을 챙겨가지고 떠났다고 수위는 말한다. 작업 종료 직전에 막장에서 올라오는 동료와 합류하였으나 오전에 무단 외출한 것이 들통나서 그는 군사재판에서 탈영죄로 십 개월을 선고받았다. 영창 생활 중 모친이 작고했으나 장례에 가지 못했다. 다시 검정표지 부대에서 1년을 복무했고 복무기간 이후엔 3년간 더 광산에서 일하는 계약을 했다. 거부하면 군대에서 더 복무해야 한다는 소문이 있었기 때문이다. 군복무를 마치고 나서야 루치아가 보헤미아 서쪽에 있는 것 같다는 말을 들었으나 더 이상 그녀를 찾지 않았다. 루치아와 헤어지고 나서 15년 후에야 코스트카의 입을 통해서 그녀에 대한 진실을 듣게 된다.

오스트라바를 떠난 루치에는 서부 보헤미아의 농촌 쪽으로 가서 마을을 떠돌아다니며 구걸도 하고 빵과 우유를 도둑질하다가 붙잡히게 된다. 국영농장에서 일하던 코스트카가 농장에서 일하게 했고 거기서 루치아의 반생이 드러난다. 오스트라비아에서 국영농장으로 보낸 신상기록에 따르면 루치에는 셰브에서 견습 미용사로 일하다가 풍기문제로 감화원에서 1년을 보낸 후 오스트라바에서 노동자로 일했는데 기숙사에서는 모범적이었고 유일한 비행은 묘지에서 꽃을 훔쳤다는 것이 그 내용이다. 꽃을 훔치게 된 자초지종 끝에 어느 병사를 따라갔다가 도망친 얘기를 하는 루치에는 그 병사가 "다른 모든 사람들과 같이 못되고 거칠었다"고 말한다. 그리고 열여섯 때 역시 16세에서 20세에 이르는 남성 6명에게 집단 성폭행을 당했고 함께 어울렸다 해서 감화원에 가게 된 사연을 들려준다. 제6부에 가서야 비로소 독자들은 루드빅과 루치에의 숨막히는 마지막 밀회의 전모와 진상을 파악하게 되는데 서사의 재구성을 야기하는 시점 전환 장치의 치밀한 작동은 쿤데라의 능란한 기법의 소산이다.

기독교도인 코스트카의 감화로 육체의 사랑도 신의 뜻이라는 것을 수용하는 루치에는 그와 봄날의 대자연속에서 사랑을 나누게 된다. 그러나

"루치에가 내 삶의 유일한 성취"라고 말하는 코스트카도 그녀 곁을 떠났다. 그녀는 결혼했으나 행복하지 못했고 남자는 바람둥이에다가 아내 구타까지 한다는 소문이었다. 작품 속에서 우리가 그녀를 마지막으로 보는 것은 고향에 돌아온 루드빅이 들른 이발소에서 일하는 이발사로서이다.

> 그녀의 목소리는 분명 생소한 것이었다. 초연하고 무심하고 거의 귀에 거슬리는 음성, 완전히 낯선 목소리였다. …그것은 그녀가 나를 알아보았으며, 마음의 동요를 억누르고 있었다는 증거라고 생각하니 가슴이 두근거렸다.… 내가 아는 것은 아무것도 모른다는 것이 전부라는 것 또 그 얼굴이 한때 그토록 사랑했던 이의 얼굴인지 아닌지도 확신하지 못한다는 것이 참으로 매정하기 이를 데 없다는 사실이었다.(제1부)

쿤데라가 그려낸 여성 가운데서 가장 감동적인 여성의 하나라며 15년 만에 만난 루드빅이 루치에를 더 찾으려 하지 않아 소설 속에서 그녀는 그저 사라지고 만다고 폴 윌슨은 지적하고 있다. 단순히 지적인 트라우마가 아니라 현실에서의 트라우마를 어떻게 처리해야 할지 작가가 알지 못하는 것처럼 보이는데 그렇지 않았다면 강력할 이 작품에서 유일한 실망 사항이라고도 말하고 있다.[13] 과연 그럴까? 이 작품의 결말은 모든 것이 확실하게 종료되지 않고 어중간하게 끝나고 있다는 느낌을 주기 쉽다. 행동과 사건 위주로 따지고 보면 루치에도 루드빅도 어중간한 상황에서 작품이 종료된다고 말할 수 있다. 시작과 중간과 끝이 있어야 한다는 작품의 구조는 움직임을 멈추지 않는 삶과 역사의 구조와 대응하지 않는다. 작품 구조 논리에 충실하다 보면 정작 삶과 역사의 논리를 저버리게 된다. 따라서 삶과 역사에 충실하기 위해서 작품을 뚜렷한 결론 없이 어중간하게 끝낸 것이고 루치에의 경우가 바로 대표적이라 할 수 있다. 작품 속에서 그냥 사라진 것이 아니라 극한적 불우와 신산 끝에 이발사로 일하

---

13) Paul Wilson, Ibid. p. 45.

고 있고 결혼생활은 행복하지 못하나 그녀의 삶은 계속되고 있다. 가령 그녀가 루드빅과 다시 만나 서로의 과거를 이해하고 행복한 삶을 함께 보낸다 치면 그야말로 삶과 현실의 논리에서 벗어난 감상적 멜로드라마, 즉 키치로 떨어지고 마는 것이 아닌가? 쿤데라가 성토해 마지않는 키치는 미학적 문제이기도 하지만 그에 앞서 진실 지향의 리얼리스틱한 태도의 문제가 아닌가? 쿤데라는 키치를 거부하고 작가의 소임에 충실하게 리얼리티를 택한 것이 아닌가? 뿐만 아니라 행동이나 사건 위주로 보지 않고 의식의 변혁이나 새로운 자기 이해와 세계이해를 중시할 때 사실 이 작품은 어중간하게 끝나는 것은 결코 아니다.

제7부 1장에서 모든 것을 알게 된 루드빅은 루치에에 대한 사랑에 대해서 반추와 성찰을 계속한다. 그는 결국 자신은 루치에를 알지 못했으며 "그녀는 내가 처한 상황의 상관물이었을 뿐이고 그 구체적인 상황을 넘어서는 모든 것, 그녀 자체로서의 그녀의 모든 것을 간파하지 못하고 말았다"는 것을 깨닫는다. 그녀를 그녀 자체로서 알고 이해하고 사랑했어야 하는데 그러지 못해서 그녀와 자신에게 상처를 입혔다는 것이다. 은밀한 공간에서 그녀가 완강히 저항한 것을 떠올리며 하나의 농담 혹은 웃음거리 같다고 생각한다. 자신이 처녀가 아니라는 사실 때문에 또 상대가 그것을 알게 될까 두려워서 그랬던 것이 아닌가? 아니면 코스트카가 이해하듯이 집단성폭행의 경험이 대부분의 사람들이 사랑의 행위에 부여하는 의미를 루치에에게서 박탈하여 육체는 추악하다는 고정관념으로 굳어진 탓일 수도 있다고 생각한다. 젊은 날의 또 기억 속의 루치에가 당시 처해있던 상황의 상관물이라면 상황이 변한 15년 후의 두 사람은 다시 낯선 타인으로 돌아갈 수밖에 없다. 작품이 리얼리티의 추구를 포기하지 않는 이상 이 소설은 그렇게 끝날 수밖에 없다고 생각하게 된다.

제7부 19장을 따르면 루드빅은 민속음악의 세계에 대한 사랑을 되찾게 되는데 그것은 정치선전과 문화 관료와 사회유토피아와 광고 등에 의해서 버림받은 그 황량함 속에 그 궁극적 아름다움을 보았기 때문이다. 그

런 맥락에서 자기와 루치에가 모두 파괴되고 유린된 삶이기 때문에 동류이며 두 사람의 운명이 흡사하다는 성찰에 이르게 된다. 자신과 루치에는 파괴되고 유린된 세계에서 살았으나 파괴된 것들에 대해 공명하는 법을 알지 못해 그들과 자신을 해쳤다는 인식이 이를테면 작품의 대단원이라 할 수 있다. 무구함을 잃어버린 루치에는 다음 대목에서 보듯이 루드빅에 의해서 사랑의 대상으로서의 위엄을 복원 받게 된다.

> 루치에가 육체적인 사랑을 유린당하고 그녀의 존재에 대하여 가장 기본적인 가치를 박탈당한 것과 마찬가지로 나의 인생 또한 원래 의지하려고 했던 가치들을 박탈당했다. 그것은 그 기원으로 돌아가 보면 아무 죄도 없는 결백한 것들이다. 그렇다 결백한 가치들이었다. …내가 그토록 사랑했던, 그러나 제대로 사랑하지는 못했던 루치아, 네가 여러 해가 지난 뒤 내게 와서 말하고자 한 것은 바로 이런 것인가? 유린된 세계에 대한 연민을 청원하러 온 것인가?(제7부)

집단난행이란 트라우마나 전혀 애매하게 출당과 퇴교와 광산노동을 강요당한다는 공통성 이외에도 두 사람은 비슷한 계층 출신이다. 독일군의 강제수용소로 간 후 소식 없는 벽돌공의 아들인 루드빅은 고모의 경제적 후원으로 학업을 계속했다. 시골 건축사인 고모부 내외는 루드빅의 지체 낮은 모친을 하대해서 집으로 초대하는 법이 없었다. 매일처럼 혼자 초대받는 루드빅이 분개하여 반항하려 하나 모친이 극구 만류한다. 중산계급에 대한 적의는 소년 시절의 궁핍경험과도 관련되지만 대학 입학 후 당에 가입하여 비교적 열성이었다. 어쨌거나 체제가 대외적으로 표방하는 것과 달리 노동계급 출신의 두 남녀가 가장 혹독하게 유린된 희생자로 드러나는 것은 커다란 아이러니다. 루치에가 여기저기 떠돌아다닐 때도 루드빅에게서 온 편지뭉치를 버리지 않고 있었다는 것은 시사하는 바가 많다.

이에 반해서 체제 속에서 승승장구하는 제마넥이나 헬레나가 부르주아 출신이란 것도 아이러니다. 제마넥은 공산정부 초창기에는 마르크스 레닌주의를 강의하면서 시대에 영합한다. 그러나 후르시초프의 스탈린 비판 이후 이제는 "철학"을 강의하면서 개혁적 사회주의자로 자처한다. 철저한 기회주의자로 처신하는데 처음엔 당의 사냥개란 뒷말을 듣고 있던 헬레나에게 크게 의존했지만 이제 젊은 제자 애인을 두고 교조주의자인 헬레나와 이혼하려 하고 있다. 이러한 아이러니도 쿤데라의 눈에는 모두 "농담"으로 비쳐지는 것이다.

> 젊음은 끔찍하다. 그것은 어린아이들이 희랍 비극배우의 장화에 다양한 무대 의상 차림을 하고, 무슨 말인지 제대로 이해도 못하면서 광적으로 신봉하고 암기한 대사들을 떠벌리고 다니는 그런 무대이다. 그리고 역사 또한 끔찍하다. 너무도 자주 미숙한 이들의 운동장이 되어버리기 때문이다. 젊은 네로, 젊은 나폴레옹, 쉽게 흥분하는 아이들 집단의 운동장이 돼버리기 때문이다. 그리고 이 아이들이 흉내 내는 격정이나 단순화된 겉치레 태도는 홀연히 변형되어 현실에서 파국적으로 실현되는 것이다.(제3부 10장)

눈에 띄는 대로 옮겨 본 작중인물의 이러한 사색을 곧 작가의 전언이라고 수용할 필요는 없다. 주인공 루드빅의 다양한 감개와 사색 중의 하나이며 그것은 그가 놓인 상황의 상관물이다. 도처에 보이는 이러한 사색과 성찰은 쿤데라 소설의 특징의 하나다. 이러한 문제에 대해 깊이 생각해 보는 것이 바로 이 작품을 제대로 수용하는 방식이 될 것이다.

부기
『농담』에서의 인용문은 대체로 방미경 번역 민음사판을 따랐으나 뜻을 명확히 하기 위해 더러 손을 보았으며 혹 부실함이 있다면 필자의 책임임을 밝혀둔다.